Le radiateur d'appoint

ALEX LUTZ

Le radiateur d'appoint

ROMAN

J'AI LU

Moins 10, ressenti moins 25. Quel drôle de monde où, par-dessus nos peurs palpables, on nous en tapisse de bien pires encore, comme si l'on nous racontait une histoire effrayante le soir près d'un feu.

Moins 10, ressenti moins 25.

Le pays semble en état de siège. Dans le grand magasin de bricolage, travaux et jardinage, c'est la razzia sur tout ce qui isole, chauffe et réchauffe, répare et se rajoute. Il n'y a pas de prévision de neige, mais l'on y trouve malgré tout des pelles pour déblayer les entrées de garage. Certaines se vendent par deux. Certaines se vendent par deux avec également différents petits embouts râtisseurs, gratteurs ou repousseurs. Les vendeurs parlent de chauffage au sol ou de thermostats avec des discours experts qui font opiner du chef les hommes et céder dans une prudence contrite les femmes ; « Ah ben le ressenti cette année est terrible ! », « Même à l'époque, gamins, on a pas connu ça », « Quand nous, on a construit en 88, on savait, bien sûr, mais pas avec des écarts pareils que là », « Nous, on nous a fait enlever l'amiante : eh bien quelque part on aurait pas dû »...

Nous sommes en décembre et les caissières sont toutes coiffées de bonnets de père Noël amusants ou, pour les plus récalcitrantes, de serre-têtes rehaussés de bois de renne clignotants en peluche ; l'une d'elles estime plusieurs fois par jour que, vu son SMIC horaire, sans compter les trajets, elle est pas là pour faire des parades de carnaval. Une autre trouve que c'est aussi ça les traditions, c'est pas non plus la mort. Une autre encore est persuadée que c'est ça qui lui fait de la dermite du cuir chevelu. Une dernière trouve que rien. Pour les autres, c'est un autre uniforme, point.

Moi, je suis dans mon carton et j'attends.

Avec cette histoire de grands froids, je suis très mis en valeur. Avec mes confrères de la même marque, nous sommes des radiateurs dits d'appoint. Notre groupe a profité d'une véritable scénographie cette année. Nos cartons sont disposés en une forme de grande structure qui pourrait, avec plus de moyens, évoquer celle d'un igloo. De l'organdi blanc pailleté, découpé en forme de stalactites, nous ceinture de toute part et un faux feu de bois électrique crépite chaleureusement au centre de notre petite agora. Xavier Lepers, comme le présentateur et responsable, a voulu que les aléas météorologiques soient en quelque sorte une force pour le magasin. Les rayons, en plus d'un esprit de Noël habituel pour la saison, doivent s'amuser de manière décalée et vendeuse des problématiques de froid que rencontre le pays. Il est par exemple très satisfait de l'initiative de Patricia Becker-Salvini, remariée, rayon luminaires, d'avoir pris sur elle de mettre en place un partenariat avec le JouéClub qui jouxte notre bâtiment pour obtenir le prêt de grands ours blancs en Lego à disposer dans son rayon. Il trouve qu'elle a su éditorialiser son périmètre. Ça avait été ses termes. Depuis, Patricia emploie très souvent le mot « éditorialiser »… Elle veut notamment éditorialiser son dîner de Noël cette année : « Ce sera la mer, les embruns. »

Nous sommes arrivés dans le magasin après un long voyage par bateau depuis un pays lointain. Je ne pourrais plus dire lequel exactement, je sais juste y avoir été assemblé en une nuit ou un jour, que sais-je, l'atelier ne disposant d'aucune ouverture vers l'extérieur, à part une grande porte de tôle que je pourrais reconnaître entre mille. Il y avait un bruit infernal… Un mélange de siècles de labeur industriel, de matières nouvelles – ni papiers ni plastiques –, de bips électroniques incessants et de designs sonores comme ceux qui retentissent des smartphones à réception d'un courriel, de la visseuse également, puissante, sobre et répétitive.

À l'aube, nous sommes arrivés sur palettes, réunis, compactés par des mètres d'une sorte de papier film. Nous sommes restés seuls longtemps sur le grand parking vide à quelques mètres du quai de déchargement. Il y avait des lampadaires allumés, du verglas et du givre. Des fumées épaisses sortaient par masses lourdes des bâtis et des rocades qui dessinaient les contours de la grande zone d'activités, que quelques anciens appellent également « zone industrielle », ou pour qui être moderne a un sens souverain : « Nouveau parc de chalandise et d'activités ».

Ici, il est merveilleusement possible de faire des courses alimentaires pour un mois et plus, d'acheter des meubles, des livres, du multimédia, de manger en famille des plats évoquant l'Italie, la Bretagne ou le Mexique ; la Chine et le Japon sont souvent réunis sous une même enseigne : c'est l'esprit Asie qui prime ; l'Afrique enfin fait comme souvent partie des grandes oubliées gastronomiques ; elle existe toutefois à côté d'éléments incas, petits mobiliers de bambou, des pirogues ou masques vénitiens, grands fourre-tout de globe-trotters, dans d'immenses halles où les mots « Monde » ou « Ailleurs » s'affichent fièrement aux portes d'entrée.

Il y a aussi la présence du septième art avec la possibilité de voir toutes sortes de films dans de grands ensembles où confiseries et piscines à boules de couleurs peuvent accueillir les plus petits pendant que les grands font la queue.

Dans ce type de zone, il faut se rendre en voiture. Elles aussi y ont leurs commerces médecins : les pare-brise peuvent se remplacer dans l'heure, quant aux bosses ou aux éclats de peinture, les devis y sont rapides et compétitifs.

Les animaux – poissons rouges pour l'enfant qui a été sage, chats, chiens, poules ou petits reptiles amusants – ne sont pas en reste. Tout ce qui leur est dédié se déniche dans de grandes jardineries où l'on peut aussi acheter du miel de manuka, des fontaines électriques zen, diverses palissades de jardin ou des pommiers.

Ces zones finalement fêtent de manière toujours plus gourmande l'union presque sacrée de l'inerte et du vivant, de l'inerte pour le vivant, du vivant pour l'inerte ; cette messe où se fredonnent les nouveaux cantiques du « pouvoir d'achat » et du « moral des Français ».

Je ne saurais expliquer pourquoi j'ai une âme, au fond, un esprit, le même exactement, que l'on s'empare du carton de mon modèle en exposition ou de celui du fin fond de la réserve. Cet esprit, le même exactement, se retrouvera chez tous ceux qui auront choisi notre service de chaleur d'appoint par froid ressenti comme inédit.

Cet esprit, cette âme encartonnés ne savent pas encore, sous les réclames grésillées dans les enceintes du magasin, entre Bonnie Tyler et Claudio Capéo, qu'une sorte de catastrophe bientôt oubliée va toutefois se produire.

Par ce froid, comment imaginer une seconde que des gens viendraient s'offrir une place de théâtre pour la nouvelle création de la compagnie Anouck Sens ?

Anouck se disait cela en attendant le bus 47. Elle se dit aussi, maintenant qu'elle y est installée, qu'elle a de vieilles mains. Elle les contemple longtemps, avec même un peu de complaisance. Les bagues, d'Inde ou du Maroc, au moins une à chacun de ses doigts, sont devenues pour certaines trop grandes. Elles tournent sans peine autour de ses phalanges. Les veines sont à présent saillantes sans qu'aucune pression au niveau du poignet ait besoin d'être exercée. Il y a quelques taches encore claires, et la certitude d'avoir échoué partiellement.

Il y a encore quoi ? dix ans ? quinze ans ? elle croyait en sa place, en la culture. Elle y avait si longtemps cru. Elle avait tant œuvré dans la médiation culturelle, les ateliers de rencontres artistiques, les festivals hors les murs, les ateliers Handi-Culture, le théâtre en appartement, en bistrot, au carré d'or des boutiques partenaires « Pass'culture », les capsules « Raconte-moi ta troupe, dis-moi ton voisin ».

Elle avait fondé sa compagnie de théâtre contemporain grâce à sa version de *Médée* à partir de Botho Strauss et Heiner Müller, et dont la mise en scène avait atomisé le *off* à Avignon. Les subventions et les aides s'étaient obtenues. Des années durant. Avec la ville, une municipalité de gauche depuis quarante-sept ans, les liens avaient parfois été tendus, mais les projets d'Anouck étaient systématiquement et tacitement reconduits. Elle devait bien sûr avaler quelques couleuvres, faire le dos rond, être politique… Ne pas hurler dans des bureaux décideurs : « Je suis plus intelligente que vous ! Vous êtes plus que débiles ! Bande de connards ! », mais opter pour le jeu de rôles du dialogue construit, sur le mode du tac au tac à idées, faire semblant de rire, après tout, de ces petits bras de fer administrativo-artistiques, singer l'artiste puérile parfois, innocente, presque trop pure, si sensible : « D'un autre côté, des gens comme vous, il en faut », « Ah, ben moi, ce que j'aime avec les artistes, c'est justement qu'ils sont entiers quelque part », « Quelle emmerdeuse, mais quel talent ! Rien que d'apprendre les textes, je sais pas comment vous faites ! » Alors elle admettait, d'un rire, d'un sourire, d'un souffle du nez minimisant, d'un coup de coude complice ; dans les cocktails, les vernissages, les premières des pièces des autres, ou des siennes, elle admettait ce masque de charmante petite enfant terrible qui faisait s'arracher les cheveux des commissions culture, mais qu'on adorait tant finalement.

Anouck avait su faire. Elle avait été belle à mourir, aussi. Ça aussi elle le savait. Enfin, belle… Elle connaissait surtout la force de la beauté quand elle est associée au charme, à l'intelligence. Elle avait éprouvé la chance d'être ce petit bout de femme dynamique, aux seins lourds, mais tenus, à la taille de guêpe, aux fesses rebondies de danse africaine. Le sourire éclatant, la voix légèrement cassée, le rire fort et en cascades enrouées de petits cailloux qui évoquaient un tabac encore inoffensif, des bruits de bijoux du monde, un simple trait de khôl sur des yeux qui trahissaient en toute irrévérence la moindre émotion. Et ce look enfin, qui empruntait au rock de Patti Smith, se rehaussait d'une étoffe afghane, de créoles mexicaines, tout en sachant offrir le détail subtil d'une montre bouton or blanc de chez Cartier.

Cette tintinnabule a demeuré avec les années ; pour le reste... Elle soupire.

Dans le bus, fixant et frottant ses mains, Anouck sait qu'elle a pris un coup derrière la nuque. Elle semble sèche, fragile, et moins sympathique quand elle n'a rien à jouer... Reste le sourire, Dieu merci ! Avec un peu d'entretien, c'est un des trucs qui dure le plus longtemps, croit-elle.

Elle déteste cette zone d'activités où je suis vendu. Elle n'est qu'à trois arrêts de bus de la friche industrielle pour laquelle elle profite d'un bail emphytéotique pour y « inscrire » – c'est un mot important pour elle –, y inscrire ses créations.

Elle reproche à notre ensemble commercial d'avoir vidé la ville de tout ce qui « fait sens, justement, dans une ville ». Cet argument en prologue à sa longue diatribe contre la mise en œuvre de ce qu'elle appelait avec mépris « cette énième zone indus' » avait été brutalement interrompu par une voix masculine : « Et vous ! Vous faites sens, madame Sens, avec vos pièces incompréhensibles aux frais du contribuable dans des locaux municipaux !? »

La commission de consultation « Cap'Nord » devint soudain un vaste brouhaha de gloussements, d'indignations et de commentaires :

« Bernard, arrête ! », « Quoi !? », « C'est pas la question », il y eut des « ha », des « ho » et des termes répétés fort plusieurs fois. C'est finalement le maire lui-même, de sa main de boucher tapée fermement sur la table et les plans du site, qui imposa le silence.

Anouck, des plaques rouges aux joues et au cou, reprit la parole fébrilement pour défendre son point de vue sur ce qu'elle et une grosse centaine de signataires issus de ses abonnés estimaient être une dangereuse et déviante aberration, « le ciment social par l'achat seul roi ». La formule avait fait se gonfler des joues et des yeux d'admiration ou d'incompréhension.

Anouck s'était tue après un silence qu'elle savait être une débâcle du petit clan qu'elle représentait.

Le réseau de bus est récent. Les sièges ont tous été changés. Avec « le problème actuel de l'écoresponsabilité », ce sont des évocations végétales qui ont été sélectionnées pour tapisser les assises des trams et des bus de la ville. Pour plus de vie, les arrêts sont annoncés par des voix enregistrées ; mais pour éviter l'aspect impersonnel, il avait été voté que ce seraient des acteurs de la vie culturelle et publique de la ville qui les incarneraient.

Dans un soupir, Anouck reconnaît donc sa propre voix : « Prochain arrêt Cap'Nord. »

Elle avait vécu comme une ironie traître le fait d'enregistrer cette descente de bus-là ; celle qui précisément mène à la zone de chalandise qui avait été son combat, celle où je suis vendu. Elle avait voulu « Place Malraux », mais on lui avait fait comprendre qu'il était plus impactant que cet arrêt soit annoncé par Malik El Fatih, chroniqueur local à France Bleu. Elle ne s'était pas battue : les ingénieurs du son étaient à leur poste, elle s'était déplacée, le cachet n'était pas honteux et personne ne reconnaîtrait sa voix. « Merde ! » s'était-elle dit.

Aujourd'hui, en descendant à Cap'Nord, elle vient dans notre magasin. À la demande de Pierrick, son régisseur général, elle doit prendre des rallonges de dépannage et un exemplaire de moi : dans une des loges du théâtre en effet on gèle, personne sait pourquoi.

En traversant le parking, elle a un peu la nausée, honte d'elle, et se dit confusément, et sans trop savoir pourquoi, qu'elle ferait peut-être un saut chez Intersport. « Non, putain ! Non ! Je suis débile ou quoi ? »

Anouck marche vite, elle a froid. Les répétitions de sa nouvelle création reprennent dans une heure quinze ; ces achats doivent être vite torchés.

* * *

Lorsqu'elle pénètre dans notre magasin, quelque chose d'inexplicable ralentit son allant. Une sorte de poids sur tout le corps, la tête et l'âme. Comme si elle se réveillait sans douleur d'un coup de pelle qui l'aurait assommée.

Il y a tous ces sons, ces bips de caisses en continu, la musique qui crachote, Slimane et Vitaa cette fois, ces hautes lumières de hangars diluées à celles mises en scène le long de l'interminable couloir des luminaires. Il y a ces téléviseurs partout qui diffusent en boucle de petits documentaires de propagande pour une colle qui fixe également des étagères, un aspirateur combiné « vapeur », des dalles autocollantes souples qui reproduisent à la perfection des carreaux de ciment solognots.

Dans ces petits films, il y a un conteur émerveillé et des comédiens qui jouent avec un enthousiasme codéiné les apprentis bricoleurs.

Anouck est hébétée. Elle se dit que, parmi eux, certains doivent forcément jouer du Beckett parfois, ou même *Le Journal d'Anne Frank*.

La voilà qui se marre toute seule dans les allées, avant de rapidement maronner que c'est un cauchemar pour trouver un truc précis dans « ces foutus magasins ». Elle répète dans ses dents plusieurs fois qu'elle ne veut pas de la peinture extérieure « bon sang de bordel de merde ! », comme si le rayon des enduits et peintures l'avait volontairement happée, avalée, enfermée.

Lorsqu'elle me trouve enfin, elle se saisit de mon emballage avec une violence qui fait partiellement s'écrouler notre formation en igloo.

Elle ne ramasse rien, ostensiblement, et avec une énergie de loi du talion trace vers les caisses. Mais Xavier Lepers, responsable, la rattrape. « On ne lui a jamais appris à remettre les affaires à leur place à la dame ?! » Son ton n'est pas méchant, tout juste ironique ; mélange de tentative de drague perdue d'avance et de fermeté de chef de famille. Rien d'agressif, donc, chez cet homme assez séduisant, ancienne gloire de foot au collège, aujourd'hui légèrement déplumé et saucissonné dans son jean brut et sa chemise à carreaux. Le gilet sans manches du magasin quant à lui est évidemment trop grand. Rien d'agressif chez Xavier qui tente déjà comme il peut de remettre en place notre édifice. Dans un sourire, accroupi au sol, il tente même une petite blague, pour arrondir les angles : « Je suis nul moi, faudrait presque appeler Damidot… »

Il n'a pas le temps de finir. Anouck le sèche glacialement d'un méprisant et inapproprié :

« C'est vous qui vendez toutes ces merdes ! Vous n'avez qu'à les empiler correctement au lieu de me faire chier ! » Xavier est soufflé, sans voix. Il ouvre tout de même la bouche, mais le « Pauvre type ! » mal chuchoté d'Anouck dans son éloignement lui procure un chagrin infini ; quelque chose de l'enfance, quelque chose qui mettra du doute, du froid et de l'infériorité sur ses pectoraux saillants et ses épaules pour le reste de la journée, peut-être même pour la semaine.

Il faut dire que depuis plusieurs semaines, Xavier n'est pas dans son assiette.

Dans le magasin, il pérore, fait comme si de rien n'était. Il est un commercial d'excellente qualité, il a de l'ancienneté. Il a commencé comme magasinier en intérim. Et maintenant il peut être fier du chemin qu'il a parcouru dans l'entreprise. Aujourd'hui il est « responsable équipes ». Il n'y a pas de petite économie de temps ; on ne dit pas « responsable DES équipes », mais « responsable équipes ». Les mots, même simples parfois, pèsent, retardent, embrouillent… Il en sait quelque chose, lui qui a vécu toute sa scolarité comme un enfermement vain, sourd, éteint… « Responsable équipes » sans le « des », pour Xavier, cela a du sens. Cela va très bien. L'idée que l'action, le mouvement, le geste, le corps, le faire sont la preuve de tout. Bonne ou mauvaise ; la seule vérité. La garantie de toute chose, de toute sensation, de toute émotion authentique. Xavier aime les formules de séries télé ou d'émissions telles que « Au bout de l'aventure », « Je dois tout donner », « Tu le sais au fond de toi », ou « C'est le moment de saisir ta chance »...

C'est presque lui qui dirige et s'assure du fonctionnement optimal du magasin. On ne la lui fait pas. Il voit et sait tout. Au sens propre : il a porté, soulevé, apposé, modifié, réformé, étiqueté, liquidé, dépassé, organisé, réorganisé, entré, empilé, validé... La liste est infinie de tous les premiers groupes qui ont façonné les fonctionnalités et la connaissance absolue de Xavier pour le magasin. Xavier est devenu avec tout ça un excellent élément. Son engagement sans faille et son endurance lui ont donné une valeur appréciée et digne de verbes du deuxième et du troisième groupe. En gagnant des échelons, il a ainsi subi, gravi, conduit, appris, compris, entendu, battu, abattu, cru, admis, saisi, inscrit, accompli, entrepris, vendu...

Il est devenu à force de travail cette petite classe moyenne, dont les contours et les nuances sont qu'on le veuille ou non plus importantes en nombre. Il en est certain.

Pour autant il n'a jamais eu honte de son héritage prolétaire, du bleu de son père et du tablier de sa mère. Au contraire, ils ont toujours été le premier chapitre, soigné et charnel, de son auto-roman. Le roman des possibles. Du « quand on veut, on peut tout ». Avec le temps, quelques stages et certaines émissions télé qui sont sa passion, il a appris à parler, à exprimer, à ne plus faire de fautes, à l'écrit et à l'oral. Il lui fallait un cadre pour cela, une motivation, un salaire, des commissions. Le magasin les lui a offerts.

Quand il a dit à ses équipes que Patricia avait su « éditorialiser » son rayon avec ses ours blancs en Lego, certains avaient gloussé. Une autre l'avait comparé avec cynisme à une sorte de Stéphane Plaza du pauvre. C'était une stagiaire, assez mignonne, un peu gothique, qui envisageait d'obtenir avec son BTS une équivalence pour attaquer à la rentrée une fac de psycho. Elle avait objectivement une très haute estime d'elle-même, et pour Xavier, elle avait quelque chose de la figure putschiste.

Instinctivement, il se méfie d'elle, autant qu'il est attiré par elle. Depuis son divorce et la garde alternée, il dégage à nouveau du temps pour ça ; l'attirance, les petites aventures vivifiantes, quelques clubs de striptease, du sexe et rien d'autre.

Mais le magasin est un lieu sacré. Pas question d'y « faire du zizi ». Cette expression qui le fait rire lui vient de Valérie Kamuso, une de ses chefs caissières, gouailleuse en diable, « gueuleuse » de bonnes aventures, râleuse devant l'éternel et pudique à crever. Avec ses lunettes fantaisie et ses cheveux courts méchés de trois ou quatre couleurs primaires, elle amuse la galerie : « Ça va ? Et toi Lamatelas ? », « Tu m'étonnes que t'es naze ! T'as encore fait du zizi toute la nuit ! », « Eh ben, t'en fais une gueule, Bertrand, t'as encore confondu ton lit avec la morgue !? »...

Avec elle tout le monde rigole.

Mais il n'y a qu'avec Xavier qu'elle a parlé un jour derrière l'entrepôt tirant sur sa clope, les yeux un peu mouillés, de son « mononichon », et de ce qu'elle appelle ses séances d'UV pour parler de sa chimio. C'était il y a six ans. Elle est tirée d'affaire ; elle a eu chaud au cul. Quand Xavier lui a dit pour son divorce il y a vingt-trois mois, elle l'avait écouté et fixé avec un regard qu'il n'oublierait jamais. Il avait même appuyé sa tête sur l'épaule de Valérie. Après un silence, elle lui avait soufflé à l'oreille : « Sur mon sweat, il y a marqué *Fuck me, I'm famous*. Si tu veux te taper une amazone, je suis ton homme. » Puis elle l'avait embrassé chaleureusement avant de lui filer un de ses mouchoirs usagés : « Tiens, mes miasmes, ça te donnera une bonne raison d'avoir le nez qui coule. » Puis ils avaient ri fort, puis ils avaient fumé Lucky et Marlboro en silence devant les palettes de jardinières en promotion.

Aujourd'hui et depuis quelques semaines, Xavier, donc, n'est pas dans son assiette. Et cette fois, ni son ex-femme, ni ses parents, ni la truculente Valérie, ni personne ne pourront l'écouter ou en être émus. C'est à cause de moi qu'il n'est pas bien. Je n'en ai pas l'air avec mon emballage, mais j'ai un défaut.

Lorsqu'on me choisit, on me ramène chez soi, on me déballe, puis l'agacement commence.

D'une part je suis suremballé. Des coussinets de polystyrène m'enserrent de partout afin que toute ma contenance épouse parfaitement mon grand carton d'emballage. Il y a plusieurs notices d'utilisation traduites en une trentaine de langues, et d'autres livrets de mises en garde diverses et variées, des logos garantissant ma qualité et ma sécurité sur le territoire européen. Pour plus de sûreté, mes coussinets de polystyrène sont ceinturés de bandes de plastique toilées et thermocollées. Ma prise électrique est enroulée comme un petit lasso et tenue par plusieurs bagues de fil de fer plastifiées ; elle est aussi protégée d'une goulotte de la même matière que celle que l'on emploie pour fabriquer des sachets de plastique. Une sorte de grande capote d'une matière identique entoure également tout mon corps de métal émaillé dans ce que la notice appelle « l'étui ».

Enfin, deux photos autocollantes au format A4, me représentant dans un chaleureux salon, flanquent chacune de mes parois d'émail perforées par lesquelles doit se diffuser ma chaleur d'appoint électrique.

C'est vraisemblablement dans ce dernier détail que s'est logé le défaut, la catastrophe.

Ces deux autocollants sont extrêmement fastidieux à retirer ; il faut me gratter, utiliser des ustensiles trouvés chez soi, tout ce qui racle, user ses ongles, des éponges à récurer, de l'eau brûlante, des liquides dissolvants, il faut insister, recommencer... Les autocollants ne se retirent que petit bout par petit bout. Souvent, et comme lors d'un gommage dans un hammam, de petits vestiges enroulés se logent dans mon mécanisme, alors que la notice est très claire sur les risques encourus avec « l'insertion de corps étrangers dans les orifices de votre radiateur ».

Plusieurs fois, l'un de mes modèles avait été rapporté au magasin à cause de ce défaut de finition... Cela s'était le plus souvent résolu bon an mal an à coups d'arguments sur le fait que le magasin n'est pas responsable de tout, que malgré tout c'est encore le client qui est roi « à ce que je sache », pour finir le plus souvent par des tractations engageant des « Bons achats », des « Avantages carte » ou des remises anticipées... La révolte à grande échelle n'avait donc pas eu lieu jusqu'ici.

Notre stock pourtant était important, et, selon Étienne Quarar, supérieur de Xavier, il fallait nous écouler... Le grand froid était une aubaine finalement ; les gens seraient concentrés là-dessus et ne viendraient pas nous casser les couilles toutes les trois minutes avec des histoires d'autocollants récalcitrants sur un pauvre radiateur à 100 balles !

Mon prix exact est de 89 euros et 78 cents...

Xavier, depuis des années, craignait autant qu'il admirait Étienne. Ce grand échalas blond vénitien taillé dans la pierre, les plats en sauce et le sport en salle tous les jeudis, en imposait un max. Il était un gars qu'il ne fallait pas emmerder. Sa femme, ses gosses, ses clebs, les gens, le gouvernement... C'était lui ou eux... Et il avait toujours choisi lui. Directement, sans détour, l'assumant avec des formules telles que « on a qu'une vie, ça va durer deux minutes ».

Il avait fait des sports de combat durant plusieurs années, et, même s'il ne pratiquait plus depuis un accident de voiture qui n'avait rien à voir, il en parlait suffisamment pour créer autour de lui une attirance inquiète qu'il appréciait particulièrement. Du personnel, il faisait ce qu'il voulait et ne craignait que très peu les cabrades éventuelles, estimant que le pourcentage de gens angoissés de leurs factures et smartphones à payer serait désormais bien plus important que celui révolu de ceux, rares, fantasmant encore, sans grande rage, octobre rouge.

Xavier aussi il le tenait. Il avait tout fait, comme avec d'autres, pour tout savoir de sa vie, dans une relation qu'il avait d'abord entretenue comme de la franche camaraderie. Les bières au cul du camion, les pizzas payées de sa poche entre midi et deux au Vesuvio, haut lieu de quelques cadres sup de la zone indus', les échanges de DVD ou de clés USB, avaient entre eux cimenté quelque chose dont Xavier n'aurait jamais la force de se défaire totalement. Il l'avait également emmené à sa salle de sport. Xavier avait été fier de cette invitation et avait changé trois fois de tenue d'entraînement avant de l'y rejoindre. Sur la route il avait même eu une sorte de trac incompréhensible. Là-bas, ils avaient couru de concert sur des tapis inclinés, rigolé grassement des blagues salaces qu'Étienne balançait sans vergogne à quelques licenciées quadragénaires aux formes généreuses, soulevé de la fonte dans un rapport prof-élève subtilement inapproprié et pris une douche aux vestiaires. Dans le sauna, qu'Étienne avait exigé dans des plaisanteries légionnaires, les dernières confidences de Xavier sur sa vie et surtout la liste de ses faiblesses étaient tombées tout naturellement. Étienne n'avait plus qu'à ramasser, y allant lui aussi de quelques traits de caractère sincères, mais sans grandes précisions. Après il le lança sur le cul, s'étonnant des expériences trop banales et rangées de Xavier, pour mieux pérorer sur ses propres exploits, sa nécessité à jouir souvent, ses infidélités qu'il trouve naturelles tant qu'elles ne font pas de mal, sa bite qu'il a trop grosse, mais qui est devenue avec le temps sa meilleure amie. Il raconta enfin deux trois partouzes d'avant son mariage avec deux bombes atomiques rencontrées au rayon visserie. Une autre fois une pipe mémorable dans les échantillons de sols stratifiés avec une cliente venue demander un remboursement. Il racontait et surveillait son emprise. Quand Xavier, recroquevillé dans son coin, rougissant sous sa mini-serviette prêtée par la salle eut soudain une demi-molle provoquée par un quart d'heure d'intenable récit, Étienne put enfin l'achever totalement d'un gros rire enroué. « Eh ben, mon cochon, t'es pédé ou t'as pas vu une chatte depuis cinq ans ?! Allez viens, on sort, tu vas nous faire un AVC. » Xavier rit fort à son tour avant de lancer dans une voix un peu voilée : « T'es con... c'est toi là aussi avec tes trucs. » Étienne se tut, le fusilla du regard trois secondes, puis hurla à nouveau de rire. C'en était fait, il aurait désormais une autoroute pour humilier à sa guise et en cas de besoin le discipliné Xavier Lepers.

* * *

Aujourd'hui qu'Étienne est hospitalisé pour une triple fracture de la cheville – une chute imbécile dans la pente de son garage à cause du verglas, le pied finalement coincé dans la porte automatique, dont il avait invalidé le système de sécurité parce que ça l'emmerdait plus qu'autre chose – aujourd'hui qu'il est hospitalisé donc, Xavier Lepers a *a priori* tout le champ pour être détendu : une souris qui danse, en somme...

C'est bizarrement tout le contraire qui s'opère. À distance, l'ombre d'Étienne plane sans cesse. Plus que d'habitude, Xavier met en œuvre les missions imposées par Étienne avec une fébrilité nouvelle et un zèle autoritaire auquel il n'avait habitué personne jusqu'alors. Il faut dire que, bien qu'alité et souvent sous morphine, Étienne n'a pas perdu la main pour déstabiliser ses semblables. Il était un enfant terrorisé, battu comme plâtre pour trois Playmobil traînant dans un salon ; il terrorise aujourd'hui. C'est une forme de salut. Quand la pulpeuse soignante rousse à la peau claire s'était entretenue avec lui lors de son admission, elle l'avait lancé sur la pression au travail, la responsabilité lourde d'être père et directeur, l'idée qu'une cheville cassée et un tendon d'Achille en morceaux avaient sans doute du sens. Une très légère provocation dans de la bienveillance qui avait tout de suite figé le solide Étienne. Il avait alors fixé la rousse des mamelons au front et du front aux mamelons sans pour autant croiser son regard franchement. Quand enfin la rousse se mit à rosir doucement, il la regarda enfin au fond des yeux en murmurant qu'il avait très chaud. Confuse et balbutiant son reste de psychologie de comptoir, elle se leva, embarrassée, pour lui ouvrir la fenêtre. Elle quitta la chambre en précisant qu'elle repasserait un peu plus tard, qu'il était préférable qu'il se reposât. La porte fermée, le rythme cardiaque d'Étienne s'était ralenti lentement ; il sourit en fermant les yeux, avec à l'esprit les érythèmes pudiques de la soignante rousse. Elle ne revint plus.

Avec Xavier, et malgré l'arrêt maladie, il entretient tous les jours un échange téléphonique pour savoir si les choses sont ou ont été faites. Il ne l'appelle jamais à la même heure : maintenir le qui-vive, avec l'image en tête de Xavier à poil recroquevillé dans le sauna pour avoir tout de suite dans la voix la tessiture idéale de l'ascendant sur autrui. La vibration dans la poche de Xavier ou sur un meuble proche de lui pouvait donc retentir à 6 heures du matin, 13 h 20 ou 22 h 46. Xavier se rongeait les sangs sans symptômes apparents.

Et moi, je faisais partie de ces missions inconfortables : être vendu avec mes camarades, pis, être écoulé et mis en avant malgré mon défaut d'autocollant quasi « irretirable ».

C'est idiot, ce petit pommier ne donnait plus grand-chose, mais elle l'aimait beaucoup. Son feuillage, même malade, et certaines branches mangées de lichens ne manquaient pas de poésie à chaque saison. Avec le givre notamment, c'était magique.

Parfois, Françoise Kimpernot s'autorisait à lui en tailler certains rameaux pour agrémenter ses bouquets. Dominique la fleuriste était toujours plus chère, et se margeait terriblement sur les feuillages. Françoise avait préféré faire elle-même ; elle achetait des bottes de ce qui lui plaisait, puis elle composait chez elle, avec ce que son petit jardin avait bien voulu lui offrir.

Antoine est décédé il y a six ans. Il abusait de beaucoup de choses, du sucre. Le sucre, dans sa terrible douceur, l'a emporté. Aujourd'hui quand Françoise est au potager ou quelque part dehors pour trois courses et qu'il y a des nuages blancs, elle murmure dans un petit rire étouffé : « Eh ben mon amour, tu en as encore chié des meringues ! » Elle aime bien l'humour un peu potache, elle le dit sans gêne, elle aime bien.

Il est bizarre ce quartier, avec sa petite bicoque qui ne vaut pas un clou dessus. Il y a quarante-cinq ans, avec Antoine, ils avaient acheté là sur les conseils du beau-frère de Thierry, un collègue d'Antoine. Ça n'était pas très cher, la verdure, quelques bocages, un hectare et demi de potagers populaires loués en une multitude de petites parcelles, elles-mêmes sous-louées en été par quelques mains moins vertes, quelques voix plus braillardes auxquelles se mélangeaient les cascades de sons de l'enfance, rires ou pleurs, autour d'une dispute, une histoire de framboise, de groseille, de cerise ou de vitre cassée, de chipolata volée par un chien. La poésie de toutes ces petites cabanes plus ou moins sophistiquées, des couleurs qui, sans pour autant s'accorder ensemble, composaient un horizon de Mondrian dynamisé d'arbres, pilonnes de bois et moulins à vent de couleurs vives, c'était l'horizon plein de promesses d'Antoine et Françoise. Leur Petit Trianon à eux en terre d'Essonne. Le pavillon était modeste, mais élégant. Il y avait un point d'eau dans chaque pièce ; l'agent immobilier leur avait précisé que c'était un plus énorme. « Plus énorme », Françoise se redit ses mots dans sa tête : « Plus énorme »... Elle se dit que cela pourrait être le nom d'une énième nouvelle enseigne, parmi celles déjà implantées tout autour de chez elle. Il y a d'abord eu notre magasin de bricolage, puis – et entre autres, elle ne compte plus – un ensemble permettant de nourrir un siège capricieux, une jardinerie-animalerie, un cinéma à côté d'un fast-food et d'un restaurant proposant des moules-frites pour deux cents couverts, un garage toutes marques, deux stations-service, un JouéClub, une autre enseigne de bricolage plus professionnelle, un hangar à camions, un concessionnaire de caravanes, deux concessionnaires de voitures neuves, un concessionnaire de tondeuses et tracteurs en tout genre, trois autres de voitures d'occasion, un Éléphant Bleu, trois enseignes de produits surgelés, un Monsieur Meuble fermé jouxtant un Ikea ouvert, d'autres encore et de vastes parkings. Depuis des années, elle n'ouvre plus sa fenêtre à cause du bruit. Le lundi est un jour de paix où seuls les camions et fourgonnettes circulent. Son Petit Trianon est prié de bientôt battre en retraite. Ce sera juste après elle. Elle le sait. Son fils est loin. À Düsseldorf, il fait des bonnes affaires et la pousse à vendre avant qu'une préemption plus forte ne lui laisse aucun choix. « Comment vous avez pu acheter une merde pareille avec papa, j'te jure ! » Il lui parle comme si elle avait perdu le sens commun. Elle l'a peut-être perdu, se dit-elle souvent. Mais il est ravi qu'elle ait installé Skype sur l'ordinateur que lui a donné Colette qui ne s'en servait de toute façon jamais. Quand il est contraint de « juste » lui téléphoner sur le fixe, il demande si tout va bien d'abord, puis la dispute comme une petite fille prise en faute parce qu'elle n'a pas fait ses mises à jour. Si elle veut le voir avec l'ordi, il faut qu'elle fasse ses mises à jour. Elle se dit qu'il a peut-être honte, qu'elle ne lui provoque plus que de l'inquiétude, pire, de l'agacement.

Aujourd'hui, l'enseigne de lames de parquet exige les trois mètres carrés du pommier. Ce sont les leurs. Sur le cadastre c'est tout à fait clair. Le notaire ne peut que corroborer cette injonction. Françoise est embêtée, parce que son fils ne répond pas. Il voyage en ce moment dans des pays du monde, pour voir ce qu'ils ont de pareil que chez nous ou ce qu'ils n'ont pas encore. Elle aurait tant voulu qu'il vienne se battre avec elle pour son pommier vieillissant ! Physiquement s'entend. Elle aimerait qu'il se bagarre avec le monsieur qui s'occupe du magasin de lames de plancher ; après tout, elle l'a emmené au judo pendant quinze ans, ce serait un juste retour sur investissement : sauver ce dernier vestige partant maladroitement vers le ciel de ce que fut le Petit Trianon verdoyant et dérisoire de la princesse Françoise et du comte Antoine Kimpernot. Elle rigole devant le courrier administratif qui ne lui laisse pas de choix. La photo du petit avec le chien dans la piscine gonflable, les lambris mal posés par Antoine, sa cuisine impeccable, l'escalier repeint l'année dernière après avoir vu *La Maison France 5*. Et son pommier par la fenêtre. Bientôt, il y aura là une grande pancarte électrique proposant une gamme de planchers. Puis la photo du petit encore. Cette grande nouille diplômée a sans doute été conçue sous ce pommier si les calculs de Françoise sont exacts. Petit moment d'extase interrompu de rires, de douleurs, de crampes et d'inexpérience. Ça n'était pas grave... Ici, sous ce pommier, à côté des bocages, allait se construire leur indestructible empire d'amour, leur repli mérité.

Quand son fils reviendra lui raconter avec expertise quelque chose d'à neuf mille kilomètres d'ici, il n'y aura pas de tarte aux pommes, hélas... Son sucre et son sel disparaissent doucement. Elle regarde sans haine, tout juste un pincement.

L'été a fait place à l'automne, puis à l'hiver.

Le pommier est devenu une grande butte de terre retournée, mélangée à quelques gravats, morceaux de gaines électriques orange ou vertes, des éclats de sols carrelés, une chaussure, quelques canettes et une pancarte transitoire enfoncée en biais indiquant des offres sur trois sortes de parquets nouveaux.

L'ensemble est terni par le froid, la blancheur du ciel et le givre.

Juste avant le décès d'Antoine, la cuve de fioul avait été retirée de la maison avec moins de bazar et de cicatrices que l'abattage de ce petit pommier. C'est absurde…

À l'époque ils avaient investi dans une chaudière à gaz dernière génération, intégrant des programmes saisonniers, des options « Jour/Nuit » prenant en compte des variations de tarification ; une fois installée, lorsque des amis parfois plus jeunes venaient dîner chez Antoine et Françoise, la question était souvent posée : « Vous êtes en Jour/Nuit ? » Antoine opinait toujours avec fierté, répétant dans une expertise qui semblait la sienne les points évoqués par le conseiller technique de Suez avant signature du contrat. Françoise s'en foutait un peu pour parler franchement : Jour/Nuit, la formule lui évoquait surtout quelque chose qui concernait des poules, ou l'extinction d'un plafonnier.

Depuis maintenant quinze jours, la chaudière indique « *Error* » le jour et fonctionne mollement la nuit. Rien qui suffise en tout cas à passer le froid de cette année dans des conditions confortables. Françoise n'est pourtant pas fragile, mais là c'est difficile, malgré les gilets et le confinement dans les pièces qu'elle utilise le plus : leur chambre à coucher, la cuisine, son cellier adjacent et le petit salon où la box est installée avec l'écran plat offert par son fils. Elle a pris soin de fermer les portes de tous les autres espaces du pavillon…

Les huit conseillers techniques de Suez ont tous dit des choses assez contradictoires, lui ont demandé des mots de passe ou des codes à dix signes comportant trois majuscules. Antoine étant parti si brutalement, et ayant toujours préservé Françoise de l'administration de leur Trianon, elle peinait terriblement à remettre la main sur les éléments clés dont avaient besoin les conseillers pour la conseiller.

Résultat des courses : c'était vraisemblablement auprès du prestataire avec lequel Antoine avait signé un contrat d'entretien de la chaudière que les choses allaient pouvoir se danser favorablement. Françoise s'était d'ailleurs à ce propos fait vertement rabrouer par son fils ; si elle lui avait posé la question plus tôt, il aurait pu lui dire, lui, qu'elle n'avait pas à s'emmerder avec des services qui n'étaient pas les bons... Françoise n'avait pas voulu l'embêter avec ça, « Rien à voir, tu sais qu'ils ont déraciné le pommier ? » Son fils répondit dans des gloussements surjoués : comment pouvait-elle lui parler d'un pommier quarantenaire alors que la baraque était un frigo ? « T'es géniale ! J'te jure maman, t'es géniale ! N'importe quoi ! » Le coup de téléphone s'était achevé sur cette ironie vacharde et quelques banalités concernant le travail débordant qu'il avait en Allemagne actuellement et l'opération de la hanche que devait différer Colette au mois de mars...

La hotline du contrat d'entretien de la chaudière avait fait patienter Françoise en musique durant vingt-huit minutes. Le temps d'un demi-rôti de porc. Finalement la charmante voix qui prit la communication lui indiqua en une minute trente que pour le moment, et au regard des urgences liées au froid exceptionnel que rencontrait le pays, Françoise ne pourrait pas compter sur une intervention avant six semaines ; par ailleurs, les délais étaient identiques chez leurs concurrents, et vu que sa chaudière ne semblait pas « cassée, cassée », il semblait déraisonnable d'espérer « plus tôt ».

Acculée, Françoise raccrocha après avoir répondu positivement à l'enquête de satisfaction sur la prise en charge téléphonique de son dossier. Sur la forme, elle avait trouvé la petite très bien, rapide, mais très bien.

Il fallait donc à présent qu'elle opte pour une chaleur d'appoint. Voilà bientôt que nos destins allaient se croiser.

* * *

Dans le magasin, Françoise n'en finit pas d'oublier pourquoi elle est venue. Deux ampoules pour la lampe du guéridon, du scotch double face pour un coin du lino du cellier sans quoi elle finira par y rendre l'âme un jour, et un radiateur d'appoint pas trop lourd et efficace, c'est-à-dire « tout moi ».

Dans les allées, tout la détourne, non sans plaisir, de ses trois objectifs. Elle avait prévu de faire chez nous un rapide saut et de finir par un crochet chez le boucher qui baisse toujours sa grille à 12 h 28 tapantes au lieu des 12 h 30 indiquées sur sa petite pancarte. Elle y est vigilante, elle s'est déjà fait avoir plusieurs fois… Pourtant, la voilà dans notre magasin qu'elle zigzague et tournicote depuis déjà quarante minutes entre la visserie et les engrais, les rideaux de douche et les dalles de terrasse, traînant derrière elle un panier en plastique sur roulettes dans lequel se trouvent du papier à poncer et des piles. Rien à voir donc avec ses projets d'achats.

Ce qui paraît être une dispute rassemble toutefois son attention égarée. C'est en effet dans la chaleur excessive des luminaires que Patricia Becker-Salvini s'en prend à Anouck Sens. Patricia a bien vu avec quel mépris Anouck a laissé Xavier Lepers au milieu des cartons écroulés de radiateurs. Maintenant c'est un des ours en Lego géant décorant son rayon qu'Anouck vient d'abîmer. La patte avant de l'animal est éclatée en mille morceaux ; certaines petites pièces sont même prises dans des rainures de lampes halogènes. Patricia ne se gêne pas pour lui demander si elle compte détruire autre chose avant de passer payer son produit à la caisse.

Anouck est pressée, elle est désolée, pour l'ours, pour le collègue de Patricia, après elle n'est pas responsable du choix fait par le magasin de transformer ses espaces de vente en parcours du combattant régressif ! Patricia cligne deux fois des yeux dans un court silence. Quelque chose n'a pas été saisi, mais elle sait que la colère qui monte en elle sera ressassée pendant plusieurs jours. Cette cliente qui lui montre presque chimiquement que le monde se divise en classes distinctes provoque chez elle des fantasmes de bagarres, de combats, de gifles, de tortures... Peinant à garder son calme, elle menace et martèle, dans une fermeté tremblante et incertaine, que le magasin serait en droit de demander réparation. Anouck assume un rire, un souffle du nez et des yeux roulés vers le ciel : « Eh ben, avec tout le matos de bricolos que vous avez là-dedans, je pense que la réparation devrait être surmontable... Sinon on fait comment, vous m'arrêtez, on appelle des avocats ?!! »

Narquoise, Anouck a dit ça en reprenant son chemin vers les caisses tout en marchant involontairement sur les morceaux de patte de l'ours en Lego. Elle est déjà loin soudain.

Patricia se dit qu'elle aurait dû la rattraper par le bras. Elle ne compte plus les fois où son petit bec rehaussé d'un gloss Yves Rocher nacré rose a été cloué par la clientèle. Dans ces cas-là quelque chose s'éteint et la vie semble ne reprendre son cours que quelques secondes plus tard. Ses tempes tambourinent. Elle n'a jamais eu une répartie exceptionnelle. Ses émotions sont toujours ou en retard, ou en avance. Dans sa tête, ce sont des séquences potentiellement cinématographiques et dont elle tient le rôle principal qui se montent et se tissent, créant ainsi le rythme de sa vie. Parfois il y a comme des fondus enchaînés, des coupes nettes et franches, des passages au noir… Avec un brin de mythomanie, de l'arrangement, un talent certain pour récrire ou customiser la réalité, Patricia a toujours réussi à tenir debout. Parfois, elle perçoit pourtant parfaitement, très nettement, durant à peine une demi-minute, souvent en voiture le matin en se garant sur le parking des employés, qu'il ne faudrait que l'équivalent d'un courant d'air pour qu'elle s'écroule complètement, durablement, irrémédiablement… Dans ces moments-là, c'est une sensation physique surtout, glaçante, humide, le cœur subitement gigantesque qui s'emballe et se tend comme un arc. Il y a aussi autre chose que de la pensée. Non, plutôt une science à la clarté indiscutable, éblouissante, une sorte d'image imprimée de soi sur une affiche qui agresse à mesure que l'on s'en approcherait trop ; les petits points d'impression se font subitement insupportables, une science donc qui lui crie sourdement mais fermement : « Tu es ça ! Tu n'es pas autre chose que ça ! »

À la caisse, Anouck, quoique essoufflée et bien que mon code-barre semble entraîner quelques soucis, Anouck donc se montre d'une bienveillance et d'une gentillesse infinies envers Alya El Adjalhi de la caisse numéro 4. Sous ses bois de renne clignotants, le visage fermé de cette jeune fille de 28 ans détonne franchement.

Anouck lui souffle une question sur son « joli » prénom qu'elle a repéré sur l'étiquette de son uniforme. Alya marmonne que c'est algérien. Par sa mère, elle précise par sa mère. Anouck exagère d'enthousiasme en demandant si, par hasard, elle connaît Timimoun, un désert de terre rouge à se damner. Rien à voir avec le quartier à gerber de Riadh El Feth à Alger qui ressemble à ici, en pire. Anouck rit de connivence : elle rit seule. La moue d'Alya veut indiquer sans l'effort d'une phrase que non, elle ne voit pas, elle est désolée. Anouck répond que ça n'est pas grave, que la jeune fille qu'est Alya lui avait juste fait penser comme ça à son bref séjour en Algérie, elle ne veut pas l'ennuyer avec ses questions… « Quatre-vingt-neuf euros soixante-dix-huit, s'il vous plaît.

— La vache ! J'espère qu'il marche ! tente de plaisanter Anouck.

— En cas de souci, vous pouvez rendre le produit pendant quinze jours. Vous avez la carte du magasin ? »

Alya ne parle pas fort, mais il y a quelque chose de ferme, de définitif dans son timbre, qui donne à Anouck la sensation qu'elle l'entendrait à deux mètres de là. Alya ne l'a pas vraiment regardée, pourtant quelque chose transperce Anouck. C'est cette nonchalance de glace, cette indifférence lourde, qui provoque cet excès de sympathie souriante chez elle. Quelque chose de séculairement coupable mû en une forme de contrition pataude.

Alya déroule une bande sur laquelle sont collés quelques stickers concernant des promotions ou remises quelconques, retient ensuite le boîtier pour assurer la prise d'Anouck lors du paiement par carte bleue, puis, tout en lui tendant facture et ticket de caisse, précise déjà à la cliente suivante que la caisse ne prend pas plus de dix articles.

Elle ne regarde plus du tout Anouck, bien moins en tout cas qu'elle ne la regardait tout à l'heure.

Anouck, qui d'habitude ne se gênerait pas pour dire quelque chose, encaisse sans broncher. Elle conserve même son sourire vers l'impassible Alya, qui incarne sans doute pour elle la nouvelle et sincère figure du prolétariat, quand Patricia et Xavier auraient déjà choisi leur camp ; des disciples du grand capital, des salariés prosélytes.

C'est au tour de Françoise de passer par la caisse de la belle Alya. Après un petit bonjour flûté, elle insiste sur ce qualificatif :

« C'est ma foi vrai que votre prénom est joli, mais alors vous, vous êtes carrément très très belle. »

Alya pince un sourire de toutes ses forces comme si elle pouvait en être punie et remercie timidement Françoise.

Françoise renchérit :

« Je vous assure, réussir à être belle avec un serre-tête qui clignote ça tient du miracle. »

Alya voudrait, mais ne peut retenir un rire ; un rire franc, droit, d'une note, presque insonore. Ses dents blanches apparaissent brièvement.

« Et un joli sourire avec ça, y a pas de justice ! »

Alya se saisit de mon paquet dans le deuxième chariot à roulettes de Françoise. C'est plus rapide pour saisir mon code-barre et c'est aussi comme un geste de reconnaissance pour Françoise qui est la première cliente à lui avoir donné le sourire dans cette journée de merde.

Françoise ne prend pas les piles finalement. Quant au boucher, c'est râpé : tant pis, elle s'improvisera un hachis Parmentier avec du lard et les deux tranches de jambon qui lui restent, ça ira très bien. Mince, elle n'a pas écouté la petite… la carte du magasin ? Quelle carte du magasin ? Ah non, elle n'en prend jamais, elle les paume. Deuxième micro-rire pour Alya ; décidément cette vieille est à bouffer. Alya aimerait la dissuader de me choisir, mais elle n'en a pas le temps et Joëlle, sa responsable, vient justement fouiner dans sa caisse parce qu'elle n'a plus de stylo. Pas du tout le moment de conseiller quoi que ce soit. Joëlle déteste ça : ça n'est pas le boulot, ni le temps de travail des caisses... Silence donc.

« J'te le ramène tout de suite.

— Ouais, ouais », répond Alya, comme elle dirait « Va te faire mettre ».

Françoise paie avec un petit porte-monnaie lourd de pièces. Elle sait qu'elle a les soixante-dix-huit cents... Ça met quinze plombes. Alya ne lui en veut pas. Elle la trouve mignonne. Un petit anneau fantaisie en argent rehaussé d'une petite pierre turquoise roule du porte-monnaie de Françoise sur le tapis d'Alya. « Vous venez de perdre ça, madame. »

Françoise, qui a enfin fait l'appoint exact de ses centimes, lance un petit clin d'œil à Alya :

« C'est fou, les princesses, ça attire les trésors... Elle vous plaît ? »

Alya un peu soufflée répond qu'en tout cas elle la trouve jolie.

« Eh ben elle est à vous, va, ce sera toujours ça que j'aurai pas à trier avant la maison de retraite. »

En refermant son porte-monnaie comme pour dire qu'il n'y a pas à discuter, Françoise me hisse contre elle dans un rire franc, adorable. Alya est scotchée. Des comme ça, on n'en voit pas tous les jours ! Françoise claudique déjà vers les grandes portes tourniquet. Alya passe cette bague un peu moche qui pourrait être un jouet de petite fille à son petit doigt. Elle sourit à pleines dents cette fois. Un sourire qui interpelle Joëlle à plus de dix mètres ; quelque chose d'inhabituel dans l'horizon mécanique et répétitif de ses lignes de caisses. Alya pense à son clebs soudain et voudrait fumer une clope. La cliente suivante pose ses articles avec la rage de quelqu'un qui aurait loupé une correspondance à l'aéroport.

* * *

Quand Françoise arrive chez elle, il lui semble que la maison est encore plus glacée qu'avant de partir. Ça n'est pas sa seule présence ni celle du chat le plus souvent vissé au rebord de fenêtre qui arrangent les choses ; c'est ce qu'elle se dit en jaugeant sa table de salle à manger qui accueillait parfois jusqu'à quinze personnes, sans compter les gosses qui grignotaient comme au camping un peu partout dans la baraque.

Dans la vie, il n'y a soudain plus grand monde, on parle de se revoir dans six semaines, on reporte, on annule, une opération, un décès parfois, un empêchement avec des vacances scolaires par zones. Vous êtes quelque chose de plus compliqué, vous devenez une organisation à gérer et il y a, avant l'insupportable, dix, quinze ans d'autonomie lente durant lesquels vous êtes seul le plus souvent.

Françoise est philosophe, cela ne la chagrine pas vraiment. Elle s'est toujours envisagée comme une espèce animale ou végétale qui n'échappe pas aux règles du temps, à son œuvre. « Tu parles d'une œuvre ! La tronche de l'œuvre ! Hein, mon chat ! » ricane-t-elle dans le couloir en retirant ses six mille couches de vêtements.

Après avoir mangé rapidement, elle me déballe devant un jeu télé présenté par Jean-Luc Reichmann qui devrait selon elle faire quelque chose pour sa tache de vin sur le nez. Elle ne s'attendait pas à devoir dépiauter autant de choses dans mon carton, encore moins à monter des roulettes avec un tournevis qu'elle n'a pas. Cela se fait tant bien que mal avec l'économe à pommes de terre.

Une fois tous mes déchets remisés dans la chaufferie qui ne chauffe plus que l'eau de la maison et après une heure de montage, Françoise me branche et me met sur 6. Je ne tarde pas à être très chaud, je fais mon travail rapidement. Françoise s'endort doucement devant une rediffusion de je ne sais pas quoi. Le chat ronronne sur ses genoux.

Elle a oublié quelque chose d'essentiel : retirer mes deux grands autocollants placés de part et d'autre de mes parois chauffantes.

Qu'est-ce que Colette est chiante à appeler quinze fois de suite ! Ce doit être encore pour cette histoire de correspondant allemand.

Quand Thibault était allé voir sa mère il y a x mois, Colette avait dîné avec eux le troisième et dernier soir. Elle les a bassinés avec la fille de son neveu qui faisait LV1 allemand, que c'était l'une des seules de sa classe de CM2 et qu'elle voulait trouver une famille pour avoir un correspondant outre-Rhin durant l'été. Thibault, entre intérêt feint et agacement palpable, avait dit poliment de neuf cents manières différentes qu'il allait voir ce qu'il pourrait faire.

Lorsque Colette s'était décidée à rentrer chez elle, Thibault avait comme souvent rabroué sa mère. Cette manie de vouloir toujours nous coller Colette dans les pattes ! Françoise avait répliqué qu'elle était son amie, qu'elle était une femme gentille et surtout très seule. Thibault aboya qu'il valait bien mieux qu'elle soit veuve d'un mari qui, le rappelait-il, avait tripoté des gamins dans toute la région.

Françoise soupira ostensiblement et laissa échapper dans un petit éclaboussement volontaire trois couverts dans l'eau de vaisselle. « Bon écoute, il t'a pas tripoté toi, profite, c'est déjà ça ! »

Ce mouvement d'humeur qui avait échappé à Françoise, ce ton soudain, cette lassitude si rare dans son éternel comportement enjoué et arrangeant, ce visage qui le temps d'une petite formule n'avait plus rien de maternel, médusèrent d'abord Thibault avant de le faire rire franchement.

Il riait et riait encore, comme d'une bonne blague avec un collègue. Françoise riait également du coup, sans doute peu consciente de ce qu'elle venait de provoquer dans le cœur de son grand fils ; un tout petit moment d'égal à égal. Presque un abandon… Agréable néanmoins. Dans cette fraction de seconde, en effet, rien qui appartienne à une mère, ou inquiète, ou encourageante, ou coupable, ou donneuse de leçon, ou punitive, ou perdue, ou nourricière, ou poule… Non, rien que le regard d'une femme s'autorisant dans la quasi-imperceptibilité de son soupir, dans ce tout petit interstice, à se dépouiller de tout ce qui l'attachait à un mari, un gosse, une maison, un métier, une vie entière, sans regret, certes ; mais une vie pourtant qui n'avait pas connu le choix : l'immensité vertigineuse, la liberté effrayante du choix, sa sensation grisante… Encore plus peut-être quand elle est un fantasme.

Alors pour Françoise, lorsqu'elle affirme que Colette est une amie un point c'est tout – c'est arrivé souvent –, il s'agit bien là d'un territoire défendu, une prise de guerre. Elle vivante, on ne la lui retirera pas.

Même si, par ailleurs, elle trouve souvent Colette con comme une valise, elle doit bien l'admettre…

À ce souvenir, Thibault laisse échapper un ricanement dans la salle de réunion aux parois de verre incassable. Il retient son rire et tâche de dissimuler du mieux qu'il le peut son portable dont il filtre les appels à répétition de Colette.

Trois en quarante-cinq minutes tout de même… Putain, il y a truc qui ne va pas… Ça n'est pas pour le correspondant.

Le cœur de Thibault bat soudain à l'allure d'un malaise. Il se sent blêmir. Sa bouche et sa gorge sont sèches. Il y a du vertige et presque l'envie de vomir. Ses yeux se mouillent également. Putain, putain, putain… Tout dans son corps et son esprit semble n'être disponible qu'à une alerte maximale.

« Excusez-moi, un client à New York, je reviens dans un instant », s'excuse-t-il dans un code de langage qui dissimule la méfiance d'autrui. Cet effroi innocent des débuts professionnels avec lequel il a fallu composer ; pour lequel la pratique du mensonge systémique n'était plus un vilain péché de l'enfance, mais un salut, une armure d'adulte actif. Des formules de couloir dans le souffle de quelques costumes anthracite, gravées comme des mantras : « Le mec a fait confiance, ça l'a flingué », « Ben, t'es gentil, tu vires, qu'est-ce que tu veux que je te dise... », « Elle aurait jamais dû parler de ses mômes, elle est folle... » Le mensonge pour la peur, donc, coupable, mais caressé, presque nié par des résultats performants, un appart à jalouser, un pouvoir d'achat sans crainte, des vacances partout dans le monde, des miles accumulés, des conquêtes offertes, une certaine hauteur d'esprit... Il y a bien ces maux de ventre matin, midi et soir et quelques démangeaisons... À cela aussi, on s'habitue.

Thibault se précipite vers les toilettes des agents d'entretien aux réseaux capricieux, mais à l'intimité garantie.

Il a besoin de s'asseoir. Nouvel appel de Colette qui décidément est trop con pour être foutue d'envoyer un texto.

« Allô, qu'est-ce qu'il y a ?

— C'est ta maman mon chéri... »

Thibault est à un cheveu de perdre connaissance.

* * *

Les autoroutes allemandes ne sont pas limitées par la vitesse. Thibault écrase l'accélérateur de sa puissante Audi A4 coupé sport. Ses bras secs et musclés sont tendus à 10 h 10 sur le volant de cuir. Ses yeux semblent loin. La voiture et toutes ses options technologiques lui assurent le vertige, l'errance de la pensée et une perte de contrôle peu probable.

Avec les lignes de la route, il joue comme sur un parcours de flammes ; il provoque les voyants lumineux de son tableau de bord et les alertes sonores en tout genre. Parfois, il ferme même les yeux... comme ça, pour voir.

Sa voiture est le seul vestige présent d'une adolescence en scooters et mobylettes quand tout alors était à fuir : la scolarité, l'ennui, les parents, cette ville moyenne et nouvelle morte dans l'œuf ; à pleine vitesse débridée, le pot d'échappement disproportionné agressant tous les silences, la peau des joues et du cou semblait se déchirer à l'arrière du casque semi-intégral posé, instable sur le crâne. Elle brûlait, se consumait presque, puis ne se sentait plus, comme on anesthésierait la honte.

Voilà que Thibault, à pleine vitesse encore, dans la même rage jamais calmée d'échapper, fait le chemin inverse de ce qui l'amena un jour à Düsseldorf ; lointaine destination qui dans ses prévisions ne devait être qu'une énième étape.

Il retourne à sa mère Françoise plongée dans un coma provoqué par les fumées toxiques de mes autocollants fondus. Il retourne à sa mère dans la fumée diffuse de ses souvenirs en pleine nuit d'une autoroute allemande quasi vide. Il y a le chagrin bien sûr, une sorte de peur panique en continu dans la berceuse ouatée et vrombissante du moteur V8 et la sensation d'un danger imminent comme sur une route à contresens quand tout ce qui a été habilement contourné une première fois risque de se représenter de plein fouet.

Après des centaines de kilomètres à ce train, le déport de l'Audi au bord de percuter le flanc d'une Twingo rouge, qui klaxonne à tout rompre, expulse Thibault de ses brumes…

La jeune femme au volant écarquille des yeux enragés, fait de grands gestes, tapotant plusieurs fois sa main sur son front pour mimer quelqu'un de fou ou d'inconscient… Sa bouche articule probablement de vertes insultes.

Thibault, qui a sans doute eu aussi peur qu'elle finalement, préférerait un sourire, comme une tape sur l'épaule, une consolation : mais même en tort, ça ne se passe pas comme ça sur la route, hélas. Alors, comme toute peur qui mord les sangs, la sienne mord en retour : il tend bien haut un doigt d'honneur à la jeune fille. Elle continue vraisemblablement d'éructer et de gigoter dans son petit habitacle, se prenant même les doigts dans un petit sapin en carton suspendu à son pare-soleil. Thibault enchaîne par un bras d'honneur cette fois, dans un sourire gagnant. Nous autres les objets inertes ne communiquons pas entre nous ; quand je vois que les réponses entre humains se compliquent d'émotions qui se tordent à ce point, je me dis que c'est tant mieux, dans un sens.

La jeune fille baisse sa vitre, crache en direction de la voiture de Thibault et accélère brutalement dans un souffle rapide.

Thibault aperçoit alors à l'arrière de sa Twingo un siège bébé et une peluche rhinocéros... Il décélère aussitôt... Son cœur semble soudain avoir froid. Ses yeux rougissent et son larynx se broie... Dans une courbe dangereuse, il vient rapidement s'arrêter sur la bande d'arrêt d'urgence. Il tape plusieurs fois son front sur le volant, il hoquette sans résister. Il hoquette, sans pour autant qu'une seule larme parvienne à couler vraiment...

Son autoradio diffuse une chanson festive de Chico et les Gypsies… À l'avenir, même dans un mariage, cette chanson aura définitivement une saveur plus amère : la mélodie du doute, celle de la sensation de ne pas valoir grand-chose de plus que le garçon qu'il était à 8 ou 9 ans. Sa gorge se serrera à chaque fois. On lui demandera si tout va bien, il gloussera, dans une virilité de circonstance, qu'il est un peu bourré.

* * *

Lorsqu'il arrive à l'hôpital il est 7 heures du matin. Colette, le nez rougi par le froid, attend déjà Thibault sur le parking depuis une demi-heure. Elle lui fait de grands signes de la main lorsqu'elle repère sa voiture. Il lui répond alors par des appels de phares. Colette, qui est toujours sûre de gêner, se pousse alors machinalement d'un mètre. Le parking, pourtant, est quasi vide. Toute sa vie, cette femme a dû parcourir autant de distance à se pousser, se décaler, changer de place, « se mettre là, c'est pas grave », qu'en déplacements nécessaires.

« Tu as les traits tirés mon chéri, tu n'as pas dormi ?

— Ben non… grogne Thibault en tirant sur sa cigarette.

— Je te ferai un bon café tout à l'heure.

— Écoute… Je sais pas… Oui, on verra.
— Ben oui, t'inquiète pas, on verra. »

Ça y est, c'est parti : elle va tout répéter comme un mainate. Colette ne peut s'en empêcher. Il lui arrive également de finir la phrase de son interlocuteur, ne serait-ce que d'une syllabe. Elle ne respire pas beaucoup, semble devoir se glisser dans des trous de souris pour avoir la parole. Si bien qu'elle ne la prend jamais vraiment ; elle la complète. Ce qui fait de Colette une femme essentiellement d'accord avec tout et son contraire dans la même conversation. Thibault voudrait, mais ne sait pas ressentir autre chose pour elle que de l'agacement et de l'impatience.

« Cela dit, on peut aller à la cafétéria ; le service n'ouvre pas avant 8 heures. »

Colette a dit ça en farfouillant dans son sac pour sortir une photocopie d'informations concernant l'accueil de l'hôpital. Re-farfouillage ; elle en sort une deuxième.

« Je t'en ai pris une pour toi.

— Merci… On sait ce qui s'est passé ?

— De passé ? Par rapport ?… Ah oui, ben, l'incendie a pas eu bien le temps de prendre, heureusement, c'est déjà ça ; Bernard a vu les flammes depuis chez lui… Apparemment son petit radiateur a fondu quelque chose… et puis c'est surtout avec les fumées… Elle s'est intoxiquée, disons, de ce que j'ai compris... Vu qu'elle avait fermé toutes les portes...

— De où ?

— De où ? Au petit salon... Elle a des griffures à cause du chat, aussi... Alors lui, il est... bon... c'est terminé disons, hein... Enfin, vaut mieux lui qu'elle... »

Thibault mord plusieurs fois très fort le vide de sa bouche sans réponse. Sur chaque côté de son visage, se dessinent alors des petits vallons mobiles remontant jusqu'aux tempes. Les veines y sont plus saillantes à chaque mouvement de mâchoire. Des larmes lui montent à nouveau, en même temps que son visage se ferme sur un masque de colère ; quelque chose qui lutte, quelque chose qui ne veut pas, quelque chose qui plusieurs fois expire dans un contrôle métronome et viril, au lieu de laisser « spasmer » le chagrin.

Colette lance sa main pour la lui poser sur l'épaule, elle se ravise et la ramène finalement sur sa propre joue.

« Mon petit chéri, attends déjà qu'on voie avec le docteur avant... »

Dernière expiration longue de Thibault, petit geste brouillon pour essuyer son visage, puis, après un petit tour sur lui-même, c'est tout son grand corps au costume froissé qu'il laisse littéralement fondre dans les bras de Colette. Elle manque presque de tomber.

Mais non, pas question... Elle est tombée tant de fois, elle, sous les coups, les gifles, les humiliations, les cris, ou juste l'effroi d'un homme fou... Elle sait trop bien que quand quelque chose porte, reçoit, tend, rattrape, il faut alors que cela tienne, plie peut-être, mais tienne.

« Attends, pardon tu vas te casser la gueule, là, pardon, murmure Thibault en s'essuyant trois larmes et le nez du revers de sa main.

— Oui, non... Je vais pas me casser la gueule, penses-tu... Disons oui... non... Allez viens, mon grand.

— Merci d'être venue, hein, Colette.

— Ben écoute non, oui, pourquoi... C'est normal... C'est Françoise... Tu as eu du monde sur la route ? Pas la nuit, si ?

— À la sortie de Düsseldorf, un peu...

Thibault renifle en parlant.

— Ah oui, quand même à Düsseldorf, finalement... ah ben oui, dis, oui... Tu veux un mouchoir pour te moucher ? »

Dans le coton gris et glacé de ce parking vide, où des lueurs artificielles bleues, blanches et orange arrondissent toutefois les lignes d'asphalte, ces deux silhouettes d'un mètre quatre-vingt-deux et un mètre cinquante-trois avancent maintenant côte à côte en direction du grand bâtiment de verre dans une paix d'après combat. Il y a un peu de boiterie, quelques échanges brefs ; « Ça va ? », « Oui, non, laisse c'est mon genou », « Ça pique, ce froid », « Tu parles ! Je crois qu'ils font à manger aussi », « Ah super »…

Petit à petit, on dirait des fourmis paumées, hors de toute ligne.

Colette a déjà ouvert et refermé trois fois la fenêtre de la chambre de Françoise. Il y fait en effet une chaleur étouffante. Mais avec le froid dehors, ça ne va pas non plus.

« Pour quelqu'un qui a manqué s'asphyxier à cause d'un radiateur, ils auraient pu régler correctement la température, on étouffe là-dedans... »

Thibault, assis paisiblement au bord de sa maman, ne peut s'empêcher de glousser de l'observation pleine de bon sens de Colette.

Anne Kirvin, la sublime soignante rousse déstabilisée par Étienne Quarar, entre dans la chambre sans frapper. Elle vient de prendre son service... Avec le froid qu'elle ramène sur sa peau, il y a comme une odeur de gel douche et quelques gouttes de Clarins passés au congélo qui réveille soudain la pièce. C'est doux, vivant, en santé, et finalement assez rassurant.

Il faudra attendre le docteur, s'ils le peuvent, mais ce qu'elle peut déjà leur dire, c'est que Françoise devrait s'en sortir. L'intoxication aux fumées de l'incendie l'a bien entendu fragilisée, suffisamment pour que la décision de la mettre sous respirateur soit prise. Mais *a priori* ses jours ne sont pas en danger.

« Elle m'entend ? » Il semble que la question de Thibault ait été émise ailleurs que de sa bouche, tant son visage est entièrement rivé vers les tubes et branchements qui maintiennent Françoise en vie.

« Oh ben oui qu'elle entend je pense, non, si ?! »

Anne de toute sa bienveillance arrondit la science expéditive de Colette. « C'est très possible, en effet... » Thibault la regarde comme un objet qu'on lui tendrait vers le fond d'un trou dont il ne pourrait se sortir seul.

« Très possible... Ça veut dire que ça n'est pas sûr ?

— C'est surtout qu'il est peu probable qu'elle se souvienne à son réveil de ce que vous auriez pu lui dire.

— Oh ben, tu sais, c'est pas grave ça, mon chéri... Parle-lui va... Tu sais, tout doucement, à l'âge qu'on a avec ta mère, pas besoin d'être dans le coma pour oublier ce qu'on vient de nous dire de toute façon... L'essentiel c'est que ça fait plaisir sur le moment. »

Anne, d'un petit rire raisonnable et d'une moue entendue, adoube l'encourageante philosophie de Colette.

Les voix chuchotantes des deux femmes évoquant l'idée qu'il n'y a pas de raison de s'inquiéter, que Françoise est une solide, que le service ici est d'une grande qualité ou encore que la confiance donnée au docteur Vijay est totale, ces petits clapotis de voix, donc, se mélangent et s'éteignent tranquillement dans la rythmique binaire inspirante, expectorante du respirateur de Françoise. Elle semble sourire. Un sourcil crispé indique toutefois une inquiétude, du souci… Thibault se demande s'il l'a déjà remarqué, ou peut-être simplement oublié. Il y a en lui quelque chose qui s'en veut. Il y a aussi une sensation un peu grisante de retraite obligatoire, de repli, de calme imposé. Ça ressemble presque à une prière.

Alya prend tous les jours deux bus pour se rendre dans notre magasin et attaquer son service à la caisse. Quand à court de clopes elle finit trop tard le soir et que tout est déjà fermé, elle s'arrange toujours pour se lever un peu plus tôt le lendemain, afin de pouvoir écourter son trajet de deux arrêts. Là elle va dans un bar-tabac adossé à la rocade qui ouvre aux aurores, notamment pour les camionneurs, elle commande un allongé, une tartine et un paquet de clopes qui lui fera deux jours en général, sauf si Valérie Kamuso s'amuse à la « taper » toute la journée. Valérie « tape » tout le monde depuis dix jours, tout en disant que le tabac ne lui manque pas trop.

À la troisième gorgée de café, Alya reconnaît Françoise, dont la photo apparaît aux informations régionales de la 3.

Son drame lié à l'incendie dont je serais « à l'origine » est rapidement expédié entre un reportage sur le travail des vignes aidé par les chevaux et l'inauguration de la médiathèque décalée à mars à cause du froid et des risques de verglas.

Pourtant Alya en est certaine, il s'agit bien de la gentille vieille de l'autre fois. Celle de la bague qui verdit son petit doigt, mais qu'elle porte tout de même. Elle avait failli lui dire pour ce radiateur de merde – pour moi, donc –, elle avait failli lui dire qu'ils avaient eu des retours à cause d'une connerie d'autocollants et de roues à monter sans outils…

Bande d'enculés de merde !

En tirant frénétiquement sur sa clope le long de la nationale bondée de voitures et de véhicules lourds, Alya déteste tout.

Il lui semble tout voir, tout comprendre jusqu'à la nausée de la société dégueulasse dans laquelle elle vit. Chaque bâtisse, chaque panneau publicitaire, chaque forme de lampadaire, la matière appauvrie de sa doudoune, les tronches de ces putains de bagnoles, les tronches des gens qui sont dedans, le M lumineux du McDo qui pointe sa gueule deux cents mètres avant ses putains de nuggets surgelés, la décoration de vitrine de l'onglerie Lorie qui se donne des airs d'émission de M6, ces bus à la con avec des cons dedans, elle la première, esclaves volontaires qui au mieux défoncent des bonbons sur un iPhone à 1 000 balles, au pire se prennent en photo avec en espérant le centième de la vie des Kardashian ou de la moindre instagrameuse débile, les mongols sur leur scooter qui font des roues levées huit fois devant sa gueule en pensant que ça pourrait provoquer chez elle l'envie d'aller les pomper dans les chiottes d'une sandwicherie, les connards qui sortent dans une confiance de compte courant créditeur leur petite Alfa du garage d'une baraque dont la véranda n'est encore qu'une bâche bleue, les pouffiasses en tailleurs-pantalons qui montrent ostensiblement au milieu des pots d'échappement qu'elles ont fait le choix plus intelligent que les autres de se déplacer à vélo, cette route de quatre voies à double sens, à qui tu dois offrir *a minima* deux putains de minutes de ta vie au passage piéton pour espérer la traverser. Alya ne trouve pas un centimètre carré de ce qui pourrait la faire vraiment rêver, ne serait-ce qu'espérer… Alya ne trouve rien qu'elle ne déteste pas. Son corps lui fait mal de rage plus que les brûlures du froid.

Il ne lui reste plus que trois cents mètres avant d'arriver à notre magasin de bricolage.

« Bricoler », voilà, c'est exactement ça ! Putain ! Il lui semble que tout est bricolé sur des trucs déjà bricolés. Il lui semble que quelque chose ou quelqu'un de plus grand, à l'abri, le sait très bien, n'en a rien à foutre et aura parfaitement su comment prendre la tangente quand tout ce bricolage perpétuellement rustiné viendra à se casser la gueule pour de bon ; se casser la gueule et elle avec. Et avec elle, tous les petits, tous les moyens… Elle est pas débile, elle le sait très bien qu'elle est moyenne. Comme les trois quarts de la population. Il n'y a qu'à voir la tronche d'une salle de classe : tu as toujours une Mélanie Mescouilles et un Baptiste Chaipasquoi qui parviendraient quand même à avoir 18 dans toutes les matières même en pleine guerre nucléaire. Généralement, ce sont des créatures qui tracent ; ça n'en a pas grand-chose à foutre. Comme la cheffe de ces connes d'oies sauvages : on est toujours émerveillé en dessous en se disant « Wouah, regardez ! Elle les guide », mais la vérité c'est qu'elle en a rien à battre, elle trace, elle sait et elle s'en fout ; derrière, ça peut bien se faire défoncer à la chevrotine, elle va pas proposer une halte aux autres pour aller ramasser les plumes de la défunte. Ben là, c'est pareil : les Mélanie Mescouilles, donc, et deux Baptiste Trouduc, dont un mourra à 34 ans… Et puis les autres, mauvais comme des teignes, ou au mieux moyens, apprenant très vite le calcul mental pour savoir jouer des coefficients et retomber plus ou moins bien sur leurs pattes dans cette vie partout débile. Ils feront pareil avec leurs dettes, leurs crédits et l'éducation de leurs mômes, ils passeront leur temps à espérer, terrorisés, avoir au moins la moyenne… Putain de bordel de merde de putain de bordel de merde !!! Il y a bien sûr quelques malins dans le lot des moyens. Ceux qui comprennent l'autre à la seconde pour en tirer profit pour leur gueule. Et puis quelques âmes pures, çà et là, évidemment il y en a toujours, qui enterreront ce qu'elles auront fait de bien ou à qui on rendra justice trois générations plus tard. À quoi bon alors ? Tu as une chance sur deux que les héritiers des héros soient aussi couillons que la majorité du reste de l'humanité…

Ah ben la voilà, la couillonne majorité du reste de l'humanité ! Qu'est-ce qu'elle s'agite dans sa bagnole, celle-là ?

Patricia Becker-Salvini suffoque en effet, comme souvent, dans sa voiture garée sur le parking des employés. Mais aujourd'hui cela paraît plus difficile encore à contrôler ; il y a même de la buée sur le pare-brise du véhicule. Soudain tout le plat de sa main s'imprime dans un bruit sourd sur sa vitre passager.

« La vache, qu'est-ce qu'elle nous fait c'te conne ! » Alya se précipite pour ouvrir la portière. Patricia lui fond littéralement dans les bras. Elle hyperventile et tremble de toute sa chair. Ses dents claquent à une vitesse inouïe. Son front perle d'une sueur glacée. Elle semble perdue, noyée, paniquée de tout ce qui entoure son corps, sa peau et son esprit.

Alya est en retard, tant pis. Elle lui caresse la tête, l'oblige à la regarder, lui parle et lui pose des questions. Comme Michel Blanc sous THC dans *Marche à l'ombre*, Patricia balbutie des réponses plus ou moins cohérentes. Certaines entraînent parfois de petits fous rire de la part d'Alya. « Ton soutien-gorge est trop sec pour toi ? Qu'est-ce que tu veux dire par là ? » Même Patricia gloussotte un peu, sortant lentement, par la douceur de l'enragée Alya, d'une sensation de délirium.

Alya sait faire : le nombre de bad trips et autres crises paniques qu'elle a déjà eus, elle pourrait donner des cours... Les deux femmes que tout oppose sont à présent enlacées dans un silence partagé. De temps à autre, Alya lui parle d'autres humains.

Elle lui dit qu'elle aime bien finir son trajet à pied, elle, pour venir : « Sérieux, tu devrais, ça te met la patate. »

Elle lui raconte comme à une enfant qu'on berce ses derniers six cents mètres ; les lumières comme ça le matin qui sont trop belles, même le McDo, ça lui a grave donné envie, et puis elle a vu des nanas qui filmaient leur choré dans le bus, trop mignonnes… « Sérieux, c'est trop bien de marcher pour venir, même tu te fais draguer un peu, ça fait trop du bien à l'orgueil »… La voilà qui fait mine de passer du coq à l'âne ; elle aimerait bien faire un soin à l'onglerie là-bas plus haut, elle y est jamais allée encore, Patricia n'aura qu'à venir avec elle si elle veut… À l'occas'…

Patricia veut bien, oui, pourquoi pas « à l'occas' »…

La lumière artificielle du parking pâlit doucement à mesure que le vrai jour se lève. Silence. La respiration de Patricia se fait plus lente, profonde, raisonnable… Quelques collègues se garent. Au loin Valérie en fait déjà marrer certains, on entend un peu sa gouaille dans le souffle urbain discontinu… Puis à nouveau parler, faire parler, évoquer, enjoliver ou critiquer d'autres gens : la vie, la vie, la vie pour Patricia qui vient de boire une grosse tasse d'angoisse existentielle… « Ouais par contre j'ai vu une meuf à vélo carrément dans les bagnoles, ça, c'est débile je trouve, non ? »

Ça y est, Patricia, quoique pâle encore, semble réinitialisée : « Ah non, moi non plus je pourrais pas… Avec la pollution comme ça, impossible. »

Voilà, comme ça, tout doucement, c'est bien, elle revient au monde cette teubé :

« Autant, tu vois, direct à la campagne, le vélo, j'adore, mais en ville, no way.

— Oh non, puis c'est trop dangereux, tu te retrouves à l'hôpital en deux minutes… »

Provocante et souriante, avec toutefois une défiance de reine, Alya conclut en extirpant Patricia de sa bagnole : « Eh ben, t'as envie de vivre, c'est bien, tu vois, tout va bien, va. Allez, viens… »

Patricia voudrait la serrer dans ses bras mais n'en est pas capable. Elle lui sourit longuement, un peu bêtement, le maquillage légèrement abîmé…

Alya enquille : « Allez on se magne, on va se faire défoncer… »

Patricia, du haut de ses 114 euros brut de plus, tempère maladroitement en trottinant à côté du chaloupé d'Alya : « Oh ça va, ils vont pas nous faire chier, ça va ! »

Cette phrase ne semble pas être la sienne, mais elle est un pas, une main, quelque chose qui veut se lier, ne fût-ce qu'à la colère viscérale d'Alya et dont elle n'est pas dupe. Avec une sorte de courage, elle sait qu'elle adorerait même la partager.

* * *

Arrivée à sa caisse, Alya se fait évidemment vertement houspiller par Joëlle sans que Patricia, rejoignant son rayon en crabe, ose efficacement intervenir. Celle-ci s'embourbe quand même un peu dans une histoire de malaise, dont on ne peut comprendre, sans y avoir assisté, s'il s'agissait du sien, de celui d'Alya ou de celui du pape.

« Laisse, c'est bon, va boire de l'eau toi... » Alya se drape dans l'orgueil, puis le silence, en comptant ses rouleaux de petite monnaie. Joëlle continue tout en jeux de manches à lui faire la leçon. Alya l'entend comme dans un bocal de verre ; les mots « horaires », « rattrapées », « temps de pause », « durée de contrat » et « collègues » résonnent toutefois plus nettement. La radio du magasin éructe déjà des troisièmes démarques et des dialogues de couples se réjouissant fiévreusement d'un machin d'isolation pour le prix de deux. Puis Balavoine dégaine « Qu'est-ce qui pourrait sauver l'amour... »

Un client matinal arrivé entre-temps avec un exemplaire de moi soupire plusieurs fois devant Alya. Me hissant sur le tapis noir, il marmonne, entre les gestes mutiques et mécaniques d'Alya et les remontrances de Joëlle, qu'il a aussi pris du double-face. Il dit cela en agitant son rouleau au niveau du visage d'Alya : « J'ai vu, ça va, vous pouvez le poser sur le tapis, merci.

— Et sois polie avec la clientèle, s'il te plaît.

— Mais c'est bon, va niquer ta mère toi, je suis polie, là…

— Non mais dis, ça va pas ?!

— Vas-y casse-toi c'est bon !! Trois minutes de retard, sérieux !! T'es polie, toi !? T'es polie à me taper un scandale devant le client ! Tu l'as même pas maté le client !! Dans dix minutes, tu sauras même plus si c'est un homme, une dame ou un chien, le client ! Allez vas-y casse-toi je te jure ! Dégage, c'est bon, là ! Quatre-vingt-quatorze euros cinquante-huit, s'il vous plaît… »

Thibault ne demande qu'à comprendre, putain. Personne n'est foutu de lui fournir une explication. Sa mère vit seule, bon sang, ce feu, il est bien parti de quelque part ! Les pompiers ont fait preuve d'une écoute un peu plus attentive que celle des gendarmes, qui agissaient avec Thibault comme s'il avait lui-même voulu tuer sa mère.

L'un d'eux a même brillé de psychologie en lui disant que quand on fait le choix d'habiter Düsseldorf, il ne faut pas s'étonner.

« De quoi ?! Faut pas s'étonner de quoi ? » avait agressivement rétorqué Thibault sans plus d'arguments. « Calmez-vous monsieur, s'il vous plaît… »

De retour vers la maison de Françoise, dans la voiture, la phrase du gendarme résonne en boucle dans les pensées de Thibault ; le choix d'habiter Düsseldorf, le choix d'habiter Düsseldorf…

Il s'était réveillé le matin chez Colette dans la chambre réservée à la fille de son neveu ; mélange de meubles Henri IV, fauteuil en plastique rose Fly et tapis de Barbies, perles et couronnes de princesse. Il s'était réveillé dans cette chambre avec la sensation d'avoir avalé trois acides. Il faut dire que Colette l'avait copieusement arrosé la veille au soir. En descendant l'escalier pour la rejoindre qui s'activait déjà dans la cuisine, comme si elle ne s'était jamais couchée, il sut immédiatement que quelque chose n'allait pas.

L'hôpital avait laissé un message. L'état de Françoise s'était dégradé : rien qui doive inquiéter exagérément, mais suffisamment tout de même pour s'en préoccuper.

Qu'est-ce que ça pouvait bien vouloir dire un truc pareil ?! Colette avait répondu dans un souci de plus de précision une vaine paraphrase : « Ben que là, ça s'est pas arrangé, mais que bon, il faut surveiller, d'après moi, du coup. » Merci Colette. Thibault avait dit alors qu'il passerait un peu voir à la maison de sa mère... Il voulait aussi essayer de comprendre avec les pompiers ce qui avait pu se passer. En buvant son café, il regretta assez vite son évocation de la brigade du feu, Colette lui détaillant le parcours de chaque gars qui la compose. « Nicolas, non, il avait perdu son frère au ski, c'est pour ça qu'il a fait pompier… Non je dis n'importe quoi, c'est Grégory qui avait perdu sa sœur au ski, lui il est devenu coiffeur, finalement… Nicolas il a perdu son chien aux feux de la Saint-Jean, c'est pour ça qu'il a fait pompier, voilà c'est ça, je me suis trompée… Tu te souviens de Grégory… Nicolas je veux dire ? »

Thibault mettait tout son cœur pour répondre sans s'agacer. Le café était bon, les tartines délicieuses, Colette avait dû se lever avec les poules pour lui faire son petit-déjeuner, il y aurait bien de quoi s'enrager plus tard. Ces deux-là avaient progressé.

Dans sa voiture, Thibault remonte la rue de sa mère comme il la descendait à vélo. Rien n'est plus pareil. La maison de Rachel, la première fille dont il a touché le sexe, dans un rythme cardiaque et une sensation sur la pulpe de ses doigts qu'il n'oubliera jamais, la maison de Rachel, petit machin étroit monté sur trois étages et sentant le savon Dove, la maison de Rachel a fait place à un Cuir Center.

Thibault se sent mordu au sang par tout ce qu'il voit… Il ne faut pas le pousser, les gendarmes l'ont déjà bien chauffé. « Qu'est-ce qu'il fout ce camion, casse-toi putain ! » Klaxon, klaxon, klaxon.

Chez Françoise, l'odeur est insupportable… Deux fenêtres ont explosé. La petite pièce d'où l'incendie que j'ai provoqué est parti est un vaste morceau de charbon dont quelques vestiges de vie humaine dépassent par-ci par-là : quelques cadres, un demi-mur d'une tapisserie intacte, un tiers de guéridon avec son vase. Dedans, des branches de conifère et quelques boules de Noël calcinées, la télé impeccable, mais au pied fondu, un quart de tapis d'Orient… Il y a moi tout près du fauteuil étonnamment indemne de Françoise. Je ne suis plus qu'un petit parallélépipède noir de suif qui pourrait tout aussi bien être un grand grille-pain sur roulettes. L'eau et la mousse projetées par le matériel des pompiers ont givré, il y a aussi des plaques de verglas au sol.

Thibault a presque le vertige. Il ne peut se retenir et dégobille tout son petit-déjeuner sur mes parois noircies. Il titube, pleure un peu, tousse plusieurs fois, et reprend doucement ses esprits, lorsque son regard est attiré dehors par le monticule de gravats qui a remplacé le pommier de ses parents. La parodie de clôture qui déleste d'une poignée de mètres carrés le terrain de Françoise, la pancarte avec les promotions de lames de plancher, la chaussure de chantier surgelée dans ce merdier, tout atteint subitement Thibault au-delà du supportable ; lui, dont tous les sols soudain se dérobent, ses pompes encrées et opaques de poussière dans un bout de ce qui reste de sa maison d'enfance, comme une lave de feu et de glace qui colle et qui reste.

* * *

Il se saisit d'un pied de chaise brisé en métal, et, dans un calme déterminé et presque éteint, se dirige tout droit vers le magasin de sols et planchers.

De toute sa force, il s'en prend d'abord à la berline du gérant. Son pare-brise se transforme en une série d'impacts de plus en plus gros à chaque coup porté. Sans rompre totalement, le tout finit par former une immense étoile souple de verre pilé. On dirait une carte routière très dense et vue du ciel. On dirait tous les chemins, toutes les routes, toutes les fuites de Thibault. Il bave, sue. Débraillé, il frappe encore et encore. Le gérant du magasin et deux de ses employés se précipitent pour le neutraliser. Thibault est comme un tigre, souple, fort, dangereux et agile. Les deux types parviennent toutefois à le maîtriser, non sans se prendre quelques patates et coups de pied au passage. Le gérant aussi, déjà en train d'appeler les flics, se fait exploser le portable contre les lèvres par la jambe droite de Thibault subitement dépliée comme une catapulte et échappant à l'étreinte des deux autres. Dans une toux soudainement incontrôlable, Thibault roule sur le côté et finit par retrouver son calme. Il ne sait plus très bien, mais il lui semble que les flics sont arrivés à ce moment-là. Il se souvient de les avoir remerciés.

* * *

« Quelle drôle d'idée de remercier les gendarmes, alors que tu as tapé sur tout le monde... Moi ça ne me viendrait pas à l'esprit de dire "merci à tous" après avoir tout cassé chez des gens... Ceci dit ça me viendrait pas à l'idée de tout casser où que ce soit... »

Après une garde à vue de huit heures, des faits reconnus raisonnablement et une plainte finalement retirée miraculeusement, Thibault écoute Colette en silence sur les petites chaises en plastique de la gendarmerie. Il attend quelques paperasses avant de pouvoir y aller. Sa pommette gauche est tellement gonflée qu'elle lui ferme totalement l'œil...

« C'est pas possible de taper des gens ou des choses à chaque fois que quelque chose ne va pas, bon sang ! C'est fou, les garçons, de faire ça tout le temps... On a pas inventé des maisons, des habits, des plats chauds et des chaises roulantes pour en arriver là... On est pas des lions... Et puis, moi, j'avais des tartes à préparer pour mon association, j'ai pas pu m'en occuper, merci ! »

Colette n'hésite sur aucun mot. Sa gentillesse est ferme, imparable. Ces yeux rougis et un peu mouillés disent quelque chose d'important… Subir les hommes semble être sa croix. Elle ne veut plus de ça. Mais comment faire quand les événements se convoquent comme ça ?

« Ça a beau se révolutionner en ce moment avec des "Mange ton porc" et des stars qui disent qu'elles ont été maltraitées au journal, eh ben, moi, j'aurai quand même connu que ça toute ma vie, et je mourrai avec ça, tant pis, hein, bon, oui… Tant pis. »

Thibault lève sa tête vers elle, et, sans question, lui indique ne pas comprendre. Elle répond à son silence.

« Mais rien, mon garçon, rien… Ah voilà ! Merci Claude, à bientôt, vous embrassez bien Soraya pour moi, oui, hein ! »

Colette connaît évidemment toute la brigade. Le gendarme qui vient d'apporter les documents qu'attendait Thibault s'éloigne, et, de loin, envoie un petit geste vers Colette puis tapote le dessous de son œil avec un doigt qu'il pointe ensuite vers Thibault pour lui faire comprendre qu'il l'a dans le viseur.

« Tu vois, regarde comment vous êtes… À faire des westerns tout le temps. Et puis vous faites peur, vous faites tellement peur. J'en ai marre moi à la fin... C'est les coups, les coups, les bagarres... et même si on se dit, lui ça va c'est un agneau, hein, comme toi, on se dit ça avec des comme toi, eh ben non, ça va quand même se casser des téléphones portables sur la tête et se faire des points de suture pour un oui ou pour un non... Ça changera jamais... Alors moi la révolution, c'est dans le baba, tu comprends, et je vais mourir avec la peur au vent... »

Ce petit bouton percé de parole qui coule s'interrompt dans une gorge serrée, des larmes qui montent et un sourire poli pareil à celui qu'on enverrait à son boulanger pour voiler ce qui touche le cœur. Avec sa main, elle fait un petit mouvement qui évoque une ardoise que l'on efface. Colette se dirige vers la sortie, puis, de dos, envoie du concret à Thibault, comme on demanderait une bouée au milieu de l'océan : « Allez, viens, dépêche-toi, je veux finir mes tartes, sinon, là, vraiment non, hein... Ouh là là ! l'heure qu'il est déjà... »

En vérifiant que Thibault la suit, elle se prend les pieds dans les jambes étalées d'un toxico affalé sur deux chaises. Elle manque la chute de peu : « Pardon monsieur, bonne journée, merci. »

Le restaurant de sushis dans lequel Valérie Kamuso, Patricia et Alya ont rendez-vous est encore bien vide. Une petite fille d'origine chinoise fait ses devoirs de SVT, tout en traduisant à sa mère ce qui est inscrit dans son livre d'école. Elle est un petit professeur studieux et bienveillant. Les deux parlent tout doucement. Parfois la maman dit quelque chose, plaisante et la petite fille roule ses yeux vers le ciel, comme si sa mère avait dit une grosse sottise.

Après une explication franco-chinoise de la petite faisant franchement rire la mère, celle-ci se lève, imite le petit chat en plastique doré qui agite sa patte dans un rythme de piles moribondes, passe la main dans les cheveux de la fillette qui rigole en retour et se dirige vers la table où Valérie Kamuso est installée depuis onze minutes.

La mère lui tend un menu.

Valérie répond qu'elle va attendre encore un peu si ça ne la dérange pas ; ses copines ne vont pas tarder.

Impuissante, la maman se retourne vers sa fille qui lui traduit la réponse de Valérie sans lever le nez de son livre.

Les deux femmes échangent un sourire international en opinant du chef et Valérie se retrouve à nouveau seule à sa table. Le type qui confectionne des sushis porte une tenue évoquant un kimono, une charlotte hygiénique sur la tête, et semble pakistanais. Son assistante dans cette pratique culinaire du Soleil Levant est en stage deuxième année en hôtellerie-restauration. Elle a de longs cheveux châtains tressés et n'est pas d'une samouraï rapidité. Les sauces soja de la table de Valérie sont posées sur une sorte de set de table carré en paille tressée, sur lequel est discrètement pyrogravé « Artisans d'Ajaccio ».

Valérie commence à gigoter sur sa chaise. Qu'est-ce qu'elles foutent les deux ? Sa pause est courte, elle aimerait avoir pu bouffer quand même !

C'est amusant, mais les mauvaises nouvelles ne lui ont jamais coupé l'appétit. Elle continue à alimenter ce corps qui lui joue de sales coups depuis des années. Elle continue à être loyale avec lui, alors que vraiment on ne peut pas parler de réciprocité. Si c'est pour les clopes qu'elle fume depuis l'âge de 13 ans qu'il s'est mis à déconner, c'est vraiment pas sympa.

Mais enfin qu'y avait-il à faire dans ce trou, à part fumer et boire des coups avec les copains, des heures durant, assis sur les marches de l'ancienne laiterie désaffectée ? Les garçons faisaient des dérapages en scooters et mobylettes, les filles poussaient des petits cris : « Putain, mais t'es con ! », le couple le moins moche se roulait des galoches jusqu'à l'irritation, et elle faisait déjà rire la galerie avec ses expressions fleuries.

Dans ce jeu de rôles adolescent, elle avait choisi le masque, outsider, du bon copain avec des seins. Elle était celle que l'on aborde sans filtre et donnait l'impression de ne pas en avoir non plus. Cette posture lui offrait un avantage certain sur les autres filles : celui de connaître les garçons vraiment, totalement, au plus proche ; de leur mécanique roulée de blagues lourdes aux idées dangereuses à leurs tremblements imbéciles, vexés et désarmés de jouissances sans contrôle, elle les savait par cœur. Petits félins sales à qui les siècles ont toujours appris à rugir plutôt qu'à gémir. Elle s'était offerte à presque tous, comme un terrain d'entraînement goguenard, singeant parfaitement le détachement affectif total. En définitive, elle ne remarquait même pas vraiment les balles qu'on lui tirait au silencieux et en plein cœur. Quand un Cyril, Sofien ou autre Benjamin l'intégraient à des jeux de coqs dans la cour du collège – fausses clés de bras ou allumage de huit clopes en même temps –, quand ces garçons, donc, l'invitaient à leurs cabrades, tout en apprenant avec elle, plus tard, depuis son corps, à enfiler une capote ou ressentir un sein, elle ne croyait pas souffrir plus que ça de leur insupportable et lâche indifférence ; lorsque, à une boum quelconque, ils se mettaient en scène dans des imitations de psychodrames amoureux sur fond de Nirvana avec des Mélanie, Séverine ou Leïla, assumant sans complexes larmes, cris, enfermements dans les toilettes et claquages de porte à tout va, non, elle continuait de rire, de danser, d'animer, de consoler parfois… Tout aux autres, rien pour elle.

En regardant la petite fille travailler, quelque chose bouleverse Valérie. Elle s'adresse à la stagiaire : « Je peux avoir un double saké s'il vous plaît ? » La jeune fille répond par des petits quarts de tour derrière son plexiglas et le Pakistanais lui indique de quoi il s'agit sans interrompre ses opérations poissonnières.

Valérie avale son breuvage cul sec. C'est doux, chaud. Si ça peut cramer des saletés, c'est tant mieux. La vache, elle se mettrait bien la tronche à l'envers.

Avant les fameux cinq ans sans rechute, elle essayait déjà d'économiser pour une éventuelle reconstruction ; elle est un putain de panier percé, aide depuis des années sa mère qui vit à Grenoble et éponge souvent les conneries de son frangin dont le cerveau n'est plus qu'une grande masse de THC depuis cette conne de Pauline au bahut… Et puis, pour l'organisation du divorce, à l'époque, elle peut dire que Mickaël lui a bien mis profond quand même. Déjà, il a eu la garde de Mathéo en attendrissant tout le monde – il disait préférer pour le bien de Valérie et du petit que le cancer ne devienne pas leur quotidien –, ensuite la pension qu'elle perçoit de sa part comble à peine les besoins d'une femme qui mangerait un jour sur trois à l'époque du franc, mais bon… Ça n'est pas un salaud, c'est déjà ça. Un vrai sympa, à peine lâche, hyper généreux. Elle l'avait dans la peau. Il disait pareil à Valérie : « Je t'ai dans la peau, je t'ai dans la peau » ; il avait oublié de préciser que s'y trouvaient également Anna, Capucine, Nadège, Aline, Meryam, Asma, bien d'autres sans prénom, et même son copain Fabrice apparemment. Valérie donne trop sans compter et tout le temps, pour réussir à partager ce qui lui appartient vraiment. Sa petite famille à trois, avec ses deux bonshommes, le clébard et le chat obèse, c'était son seul et unique petit territoire d'Élisabeth II à elle. Son seul truc suffisamment fort comme le roc et minuscule comme la brise, pour qu'on ne puisse le lui morceler, en prendre une bouchée et en tirer profit, plaisir, dans son dos.

Elle se doutait de deux, trois trucs, et puis un jour ce con de Mickaël s'est fait serrer la main dans la culotte assez bêtement. Une sordide histoire de photo sur Messenger. Il avait baissé la garde. C'est d'ailleurs peut-être ça qui avait fait le plus de mal à Valérie : une attention qui s'effrite même dans la trahison. La tumeur avait déjà commencé son job de conne. Un malaise et une douleur comme une aiguille lui téléphonèrent l'inquiétude un soir, alors qu'elle était seule devant son rāmen et *Plus belle la vie*, quand Mickaël avait déjà fait ses valises et qu'il avait pris Mathéo en avance pour le week-end.

Petit bonhomme, va. Adorable, gentil, rigolo et lent à l'école. Petit bonhomme, pour qui Valérie échangerait bien tout son cerveau contre celui d'une autre mère, même débile, tant le sien n'associe les premières années de ce petit qu'à un tsunami médical et affectif, des promesses de balades, de jeux, de ballons, de parcs systématiquement ajournés par le vertige, la nausée permanente et une fatigue insurmontable.

Aujourd'hui, avec son petit smartphone premier prix réclamé à cor et à cri, il lui arrive de dire à un copain : « Il faut que je demande à mon père et ma mère » ; il parle de Cécile...

Sous son nichon d'amazone, le cœur de Valérie, dans ces cas-là, semble exploser en mille morceaux. Mais que faire ? Que dire ? Elle est super cette fille, elle s'occupe bien de lui : il est au chaud, rassuré d'horaires, d'inscriptions au foot, de réassorts de corn flakes, de pyjamas rachetés quand un mois de temps lui a volé deux tailles.

Par la vitre du resto, Valérie observe confusément la route comme sa propre vie. Les voitures s'arrêtent dehors dans la brume rougie du feu de croisement, elles redémarrent parfois fiévreusement avant que le vert ne s'illumine.

Puis alors, ce con de médecin remplaçant, ce matin, lui balançant dans une froideur de givre qu'il ne pense pas judicieux l'idée de partir tout de suite sur une reconstruction mammaire !

Elle l'aurait bouffé. Elle se réjouissait tellement de pouvoir faire un feu de cheminée avec ses prothèses de travelo lourdes comme la mort, irritantes comme la peste, chères comme la vie, absurdes comme un déguisement. Merde, alors, quel connard dans sa jurisprudentielle attitude de chiot qui joue au monsieur ; faisant sciemment le choix de la glace raisonnable sans émotion, parce qu'il aura vaguement pleuré à 26 ans une gonzesse partie en Australie, se jurant alors de ne plus rien ressentir que de l'objectivité pour toute chose. Mais pauvre con, si tu savais ! Tu n'as pas fini d'en faire des lessives de mouchoirs à foutre sur tout ce que tu vas avoir à vivre. Et puis, sois dentiste, pas oncologue, à ce moment-là, pauvre con !

Chier, va ! Qu'il aille se faire mettre ! Elle avait pris rendez-vous vendredi prochain chez un chirurgien vulgaire et super qui devait lui refaire des meules de guerrière à défoncer les filles du Lido. Elle va maintenir et c'est très bien comme ça. Ses cellules n'auront qu'à se démerder avec ça. Elles lui ont rien demandé, à elle, quand elles ont décidé, comme une bagnole à pleine vitesse, de venir s'exploser dans le solide mur de sa vie que personne n'aurait imaginé à terre.

Allez, go, troisième saké ! La vache, ça tape quand même, ce truc. Ça lui rappelle des fiestas. Quand elle pense qu'elle a passé presque toute sa deuxième année de BTS Force de Vente à 1,8 gramme tout en obtenant son permis de conduire et son diplôme, elle se dit que la vie assassine offre tout de même d'improbables miracles.

Mais enfin, qu'est-ce qu'elles foutent ?!

Avec Alya et Patricia, elles devaient se retrouver avant de prendre leurs services respectifs pour s'organiser un peu. Il fallait qu'elles s'entendent sur le discours à tenir concernant les sévères déconvenues que je fais subir à la clientèle. Mes « retours magasin » sont de plus en plus fréquents. Il devient difficile de compter les réclamations et exaspérations transcrites par mail au service après-vente, ainsi que les colères exprimées, tonitruées parfois, au point accueil du magasin. Mes stupides autocollants abrasifs et mes roues sans outils renvoient à ceux qui m'ont choisi quelque chose qui humilie. La photo sur mon carton d'emballage, mon design et le laqué de mes parois sont pourtant directement inspirés des plus grands convecteurs du marché, ceux pour qui mettre le prix est déjà un véritable projet. Avec mes atours tricheurs et captivants, j'offre la sensation, comme une assiette parfaitement présentée au restaurant, que je pourrais jouer dans la même catégorie.

Évidemment, chacun sait confusément, au regard de mon pauvre prix, que cela ne peut pas être le cas. Pour autant, tout ce qui se ressent, quand ma pacotille et mes défauts apparaissent au déballage, a la violence des sentiments graves : le désarroi, l'infériorité, l'incapacité, la honte, la fatigue, la perte, une sorte de frayeur, l'injustice enfin, et bien entendu leurs corollaires et tragiques ambassadeurs, la fureur et la haine.

* * *

La situation chaque jour plus délicate de Françoise à l'hôpital, systématiquement rendue publique dans des flashs info régionaux, a donné un visage humain, un nom et un prénom à ce charivari émotionnel. Surtout, un tweet anonyme d'une employée de notre magasin avait surtout lancé l'alerte selon laquelle son drame était directement lié à moi, au fait que l'on me vende malgré le danger connu que je pouvais représenter ; pis, que j'étais mis en avant pour « écouler » le problème ; le noyer, en somme. Des signes dièse accolés à des formules telles que Touscoupables, Fuméesansfeu, Jusquàquand ou Samèrelahonte agrémentaient le message numérique pour faire davantage résonner sa force sur la Toile. Le petit motif rouge circulaire et l'illustration d'un panneau de circulation indiquant un danger imminent donnaient à la courte missive un caractère d'incontournable scandale. Enfin, le nom de notre ville et celui du magasin figuraient également dans les quelques lignes que semblait transporter un petit oiseau bleu.

L'étrange grammaire, entre rébus pour enfant et nouvelle expression rupestre, avait fait son œuvre en quelques jours seulement… La tragédie de Françoise s'était peu à peu nationalisée.

Il se trouvait donc sur notre parking de petits groupes de journalistes grossissant d'heure en heure. Le roman de Françoise en Mère Courage des villes-dortoirs se complétait de témoignages, d'observations, d'avis et d'expertises.

Les personnages se convoquaient comme dans un feuilleton et leur sociotype variait en fonction des heures d'écoute : ainsi rencontrait-on un voisin qui nous racontait Françoise, ou une habitante de la zone commerciale aux informations de la mi-journée pour finir sur des spécialistes de la malfaçon et ses conséquences dans des débats animés pour les journaux du soir. Pour les chaînes d'information en continu, Françoise était une petite pulsation régulière et répétitive ornée de quelques éléments nouveaux parfois, entre une élection en Ukraine, un attentat en Suède et une start-up audacieuse en Syrie.

* * *

L'idée de ce rendez-vous au resto avait été initiée par Patricia.

Avant-hier, lorsqu'elle était arrivée le cœur battant au magasin, elle avait répondu un peu bêtement aux journalistes. Elle était confuse, contradictoire, semblait enfoncer les collègues et engager la responsabilité des clients dans le choix qu'ils faisaient pour un produit. Sa lèvre supérieure était gelée de stress et de froid et ses rougeurs lui donnaient des airs de dissimulation.

Valérie avait assisté à la scène en tirant sur sa clope près des portes tourniquet. Dans une dernière expiration de fumée et un geste précis du pouce catapultant son majeur pour balancer son mégot, elle avait juste lancé à Patricia : « T'es vraiment con comme un manche ! » avant de s'engouffrer dans notre espace de vente surchauffé.

Patricia n'avait rien rétorqué. Elle savait que Valérie avait parfaitement raison. Elle bredouilla tout juste aux portes de verre qui tournaient comme une grande sorbetière : « J'ai été prise de court... »

Son passage dans les divers reportages de la matinée, quoique partiellement coupé, semblait faire d'elle une défenseuse sans réserve de notre enseigne.

À 13 heures, elle qui généralement ne quitte pas le magasin durant sa pause voulut aller chercher quelque chose dans sa voiture. Cette envie avait la saveur du pressentiment ; en effet, son petit SUV, dont elle ne possédait que dix-neuf mensualités, était rayé plusieurs fois sur toute sa longueur. Les essuie-glaces s'escargotaient dans un volume de métal évoquant une œuvre contemporaine, et, au feutre indélébile, des sexes d'homme assez sommaires – testicules, verges, glands, poils parfois – recouvraient son pare-brise. Il y avait également les mots « salope », « jaune » et « pute ».

Habituellement, l'idée même de ce genre de scénario aurait provoqué de la panique chez Patricia... Les menaces et insultes de ses voisins, notamment, concernant sa pergola récente qu'ils souhaitaient voir abattre, lui avaient par exemple valu des semaines tachycardes rythmées par de fréquentes prises de Ventoline.

Mais là, rien. Assez calmement, Patricia sortit son téléphone pour prendre quelques photos de son véhicule. Elle tâcha en vain de rabattre l'enchevêtrement de ses essuie-glaces puis, après quelques tours sur elle-même, regagna le magasin par les accès du pont de déchargement.

Elle prit un café en silence avec quelques collègues qui ne semblaient lui opposer aucune hostilité palpable. Après quelques minutes de réflexions un peu chahutées, elle se dirigea sans sourciller vers Alya : « Tu as encore une seconde avant de reprendre ?

— Deux minutes, ouais... Par contre je vais fumer...

— Je te rejoins, je vais juste chercher Valérie. Ça te dérange pas ?

— Tu cherches qui tu veux, j'm'en branle. »

Patricia répondit d'un petit clin d'œil à Alya. En se retournant, elle se prit une pancarte de promotion dans la figure, dévia légèrement, puis se mit à courir dans une espèce de boiterie en direction du poste de Valérie.

Les trois femmes restèrent quelques instants silencieuses.

Valérie se lança : elle savait que si elle devait attendre la reine de l'orgueil et la princesse des pleutres, elle pouvait passer les fêtes ici. Il faisait un froid de gueux.

« Bon, alors, de un : pourquoi tu veux nous parler ? De deux : qu'est-ce que tu es allée bavasser avec les journalistes ? C'est débile ! »

Alya valida le propos de Valérie d'une petite moue, d'un sourcil levé. Puis elle planta son regard dans celui de Patricia pour obtenir une explication.

« Ben... Je sais pas. Toi, Valérie, ben, je te fais confiance... Enfin, on se connaît depuis longtemps... Et puis, bon... ben, Alya... je veux dire, tu as été tellement gentille la dernière fois quand j'ai eu mon petit malaise...

enfin, je sais pas. Et puis, pour les journalistes… Je m'attendais pas. Je me suis garée, ils étaient là…

— Et puis tu as dit de la merde. »

Alya est une sage-femme dans la provocation.

« Oui, voilà, j'ai dit de la… Enfin, je pensais pas non plus… À ce point… Et puis là on m'a carrément flingué ma voiture. Je sais pas qui ça peut être. Vous avez rien vu ? »

Alya et Valérie montrèrent qu'elles ne comprenaient pas de quoi il s'agissait et poussèrent Patricia à développer davantage. Celle-ci s'exécuta, puis montra son téléphone en y faisant défiler les photos de son Duster violé.

Valérie eut d'abord la mâchoire décrochée et ne put s'empêcher d'émettre des appréciations et des commentaires scabreux sur les dessins de sexes masculins un peu partout sur la bagnole. Alya alternait visages outrés et petits fous rires qu'elle ne parvenait pas à retenir. Patricia les pria d'abord de ne pas trouver ça drôle, avant de se laisser aller à rire à son tour, d'abord par toutes petites saccades nerveuses, puis, aux évocations fleuries et irrésistibles de Valérie, par de gros éclats sonores qui redéclenchaient l'unisson hilare des trois femmes.

Dans le froid du quai de déchargement, cette petite récréation dans la gravité du moment donna à Patricia trois petites minutes d'invincibilité bien nécessaire. Quelque chose à quoi s'accrocher, une sorte de petit bout de bois flotté, dans une tempête incertaine.

Voilà ce qu'elle souhaitait. Elle savait très bien qu'ici personne ne pouvait la blairer... Valérie tâcha de l'interrompre pour poliment arrondir son objectif constat, mais Patricia ne la laissa pas poursuivre. « Non, non, je le sais... c'est comme ça. » Pour elle, c'était sûr, la situation risquait vraiment de dépasser tout le monde, et à elle seule elle ne parviendrait pas à encourager un discours et un *modus operandi* collectifs qui protégeraient chacun. Des clients mécontents, c'est tous les jours, mais là, il y a une femme entre la vie et la mort. Seul dans son coin, ce n'est tenable pour personne.

Valérie est une grande rassembleuse ; Alya ne s'est jamais gênée pour envoyer bouler les cons dans le magasin et à l'extérieur ; quant à elle, même si elle est détestée, personne ne peut lui reprocher son exemplarité professionnelle ; Patricia s'est dit qu'à elle trois elles parviendraient peut-être à mobiliser les troupes en l'absence d'Étienne Quarar.

Après un silence qui indiquait que Patricia avait marqué des points dans sa démarche, Alya alluma une autre cigarette : « Il est encore à l'hosto ce trou de cul ?

— Ouais. Et vu l'état de sa jambe, il est pas près de sortir. »

Patricia savait son état par ce que lui en disait Xavier Lepers. Valérie enchaîna avec cynisme.

« Eh ben ça permet d'avoir des nouvelles des responsables, une petite turlute de temps en temps au sous-chef. Et lui il est où ? Ça fait quatre jours qu'il est injoignable... »

Patricia ne savait pas. Même à elle, il ne répondait pas.

Alya se marra.

« Même à toi ?!... Donc effectivement tu te le tapes. Ça fait un bout de temps qu'on se demande tous... »

Patricia rougit à vue d'œil. Elle balbutia que non, pas du tout... Elle l'adore bien sûr, mais enfin, non...

Valérie lança quelques tendres et hilarantes salves, encourageant Patricia à ne pas se justifier, mais à ne pas taire son plaisir non plus.

Il y eut encore quelques rires, avant de se mettre d'accord sur un rendez-vous au resto de sushis pour le surlendemain midi.

Ce petit projet collectif qui souffla au cœur de Patricia que les choses pourraient peut-être s'arranger lui attendrit tous les nerfs, tous les muscles en une fraction de seconde et stoppa net une sorte de tremblement continu de tout son corps, de toute son âme. Vivre et se sentir vivre est une guerre permanente pour Patricia.

* * *

Valérie vient de finir six makis saumon et quatre brochettes de filet de poulet qui n'ont de filet que le nom.

Bande de connes, tant pis, elle se prend un petit café et elle se casse !

Essoufflée et bruyante dans sa doudoune, Patricia déboule finalement dans un inapproprié petit cliquetis de clochettes asiatiques au beau milieu du restaurant.

« Je suis désolée… j'ai que ton ancien numéro… Les nouvelles sont pas bonnes. J'ai essayé de faire un crochet chez Xavier. Je sais pas où il est… »

Valérie tâche de calmer ce tourbillon de froid et de stress. Même la voix de Patricia semble écrasée d'un souffle qui ressemble à celui que l'on perçoit à côté d'une autoroute.

« Oh ! calmos, ça fait une heure que j'attends, moi ! Qu'est-ce qu'il y a ? Assieds-toi. Je comprends rien.

— C'est la vieille, enfin la dame… Elle est morte ce matin… J'arrive pas à joindre Alya non plus. Elle est partie ?

— Non, elle est pas venue. »

Pour une fois Valérie a répondu d'une voix minuscule. Minuscule dans l'immensité de sa fragilité et de son impuissance quand le drame vient sonner à sa porte.

Elle ressent une fatigue, une lassitude qui fait physiquement mal.

Anouck suit d'un œil les enchaînements de ses comédiens danseurs sur l'Aria de Jean-Sébastien Bach par Richard Galliano. La musique magnifique dans les longues expirations de l'accordéon fait dériver sans arrêt sa pensée bien loin de ce qui se passe au plateau. Il y a sa vie, sans enfant, des amants, des souvenirs de dîner avec des troupes censées ne jamais se quitter, des paysages lointains lors de quelques voyages qui pourraient bien être un définitif repli un jour, la sensation d'un combat permanent pour trois tickets, il y a des choix qui reviennent, qui se défendent et se détestent dans la même petite seconde… Parfois une voix comme à quinze kilomètres la replace dans le concret de son petit strapontin ; un acteur dans la lumière des services.

« Ce serait pas mieux à jardin ce mouvement-là ?

— Si, pourquoi pas ? Essaie. Il faut que je le voie. »

La musique repart en arrière de quelques mesures et l'enchaînement reprend modifié de ce petit correctif.

« C'est mieux, oui... »

Depuis quelques années, Anouck prend les notes de ses répétitions sur un iPad que lui a offert son régisseur général. Parfois des notifications publicitaires ou des informations récentes apparaissent sur l'écran. Il lui arrive souvent de se laisser aller à les consulter, tout en précisant quelque chose qui concerne ce qui se danse au plateau. Elle ment un instant. « Attends, je te dis tout de suite, je regarde juste ce que j'ai noté. »

Là, subitement, la nouvelle du décès de Françoise par-dessus un plan de scénographie.

Anouck demande une petite pause.

* * *

Dans la loge aménagée dans les combles du théâtre, Anouck me regarde longuement. Je suis chez elle correctement agencé. Le régisseur avait fait ce qu'il fallait pour mes roues et quelques rares vestiges de colle salie rappellent encore à peine la présence de mes criminels autocollants. Il avait pris le temps qu'il fallait pour les retirer. Je chauffe sur 4 la pensée hagarde d'Anouck.

* * *

La voiture de Pierrick, une Opel de 1997, met des heures à avoir une température acceptable. Ensuite et très vite il y fait une suffocante chaleur. Anouck pense à cette petite vieille dans son incendie, ses tuyaux d'hôpital et son dernier souffle.

Quand elle en avait entendu parler la première fois, elle avait failli mener quelque chose, une action, une plainte collective…

Lorsqu'elle m'avait déballé, elle avait commencé à pester de toutes ses forces. J'étais un scandale. Comment pouvait-on vendre des merdes pareilles. Elle voulait me refoutre illico dans la gueule de la petite beurette qui lui avait balancé sans sourciller qu'en cas de soucis je pouvais être rapporté sous quinze jours sur présentation de mon ticket de caisse.

Anouck avait râlé si fort, seule dans la loge au beau milieu de mon montage, que Pierrick l'y avait rejointe en se précipitant depuis le plateau, pensant qu'elle s'était fait mal.

Il lui avait alors dit qu'elle n'avait qu'à laisser, qu'il allait s'en occuper tout de suite, que certains comédiens étaient déjà là, en avance, pour répéter. Que ce n'était pas la peine de s'énerver comme ça.

Dans les 26 degrés de l'Opel, Anouck se dit qu'elle aurait dû s'enrager encore plus. Évidemment que c'était la peine !

* * *

À 60 kilomètres/heure dans les rues à 50 de la ville, Anouck conduit avec une attention relative. Son esprit romanesque est en pleine chauffe et divague sur les accords d'une chanson de Maurane diffusée sur Chante France. Elle repense à mon prix. « Bordel, mais c'est tellement cher en plus ! » Elle se dit qu'avec moi, il y a eu quelque part une instit' veuve dont le chauffage au sol n'est toujours pas posé, un père et une mère de quatre enfants dans un trois-pièces inadapté, un homme vieux faisant le choix de moi plutôt que d'une semaine de courses alimentaires, un couple d'étudiants arnaqué par le propriétaire de leur studio qui leur avait assuré que la chaudière venait d'être révisée, une mère célibataire exsangue qui m'a choisi pour chauffer le cagibi dans lequel elle allaite trois fois par nuit pour ne pas déranger ses voisins qui se plaignent sans cesse de sa vie, ces deux gars enfin qui ont pris sur eux de m'acheter pour mettre un peu de chaleur dans leur cabine de chantier glaciale quand leur patron ne répond plus à leurs messages depuis huit jours… Ils sont nombreux, telles des figures contemporaines d'un roman de Zola, à se convoquer dans le chassé-croisé des pensées d'Anouck. Parfois elle parle toute seule dans son habitacle, comme si elle était invitée à un débat politique, elle se crée de petites joutes avec de bedonnants adversaires ultralibéraux qu'elle écrase à coups de longs et imparables arguments. Elle y est assez héroïque.

Maurane a fait place à un animateur et une animatrice de radio donnant l'impression sonore d'être des amis décomplexés de longue date. Chacune de leurs phrases fait énormément rire l'autre ; lui joue une partition grivoise, gaffeuse et irresponsable, quand elle tient le rôle en continu, dans un fou rire qu'elle feint de ne pas réussir à contenir, de l'éditorialiste perpétuellement déconcentrée par son collègue de sa mission première : faire gagner un week-end SPA, des mini-tablettes et des places de concert…

Le coup de frein est brutal, la ceinture de sécurité a une action de blocage qui sera douloureuse plusieurs jours. Anouck tremblera deux minutes puis remerciera le ciel d'avoir évité de justesse un gamin, cartable immense sur le dos, sautant avec son vélo cross du trottoir à la chaussée où elle allait bien trop vite.

Confuse, elle redémarre, non sans caler deux fois, et adapte sa vitesse de 10 kilomètres/heure de moins que les 50 indiqués.

La maison d'Antoine est toute proche. Elle va se garer là et finir à pied.

* * *

La glycine a presque entièrement mangé le portail. Sans le feuillage, les nœuds et les volutes du tronc, avalant parfois totalement la ferraille et la brique, donnent la sensation que la nature végétale gagnera toujours, paisiblement, imperceptiblement, dans une douce et patiente vengeance.

Chez Antoine, la porte d'entrée vitrée années 1930 est toujours ouverte.

Elle se prolonge d'un long couloir dont les murs sont recouverts de hautes bibliothèques de pin remplies de livres. Par endroits, de petites niches semblent aménagées pour une carte postale de Chagall, un petit paysage à l'aquarelle sans cadre ou une sculpture de terre rouge.

Au fond, la porte de la cuisine. Ça sent le tabac, le café, le pain grillé, la pomme et les huiles essentielles.

« Il n'est plus très chaud, je t'en refais un ou tu le prends comme ça ?

— Non, ça ira très bien. »

La voix d'Antoine vient de la salle de bains. Dans la cuisine vide, Anouck prend une grande tasse et se sert au-dessus de l'évier. Derrière elle, Antoine la rejoint en frottant son reste de cheveux mouillés avec une serviette. Les deux s'embrassent rapidement sur la bouche, comme on prendrait un torchon, puis Antoine se penche dans un petit râle pour attraper à son tour une tasse dans le lave-vaisselle.

« Tu t'es fait mal ? »

Anouck lui prend sa tasse pour le servir.

« Non, c'est ce dos de merde… Et puis hier j'ai fait trois cartons, ça n'a pas dû arranger… Oh je t'en prie, qu'est-ce qui te prend ? »

Anouck a les yeux rougis. Quelques larmes ne se retiennent pas dans ce qu'elle essaie de transformer en sourire.

« Rien, ça va très bien. Je suis heureuse pour toi. »

Antoine la regarde avec un petit rictus ironique qui lui montre qu'il ne la croit pas.

« Je t'assure, je suis vraiment contente pour toi. Mais ici, il n'y aura plus toi… Et moi je continuerai à passer par là… Tu seras dans une résidence moderne à vingt kilomètres.

— C'est rien vingt kilomètres, enfin !

— À nos âges, les mètres se calculent en temps qu'on décompte. Je... Je suis désolée... »

Anouck lui tombe dans les bras et se laisse sangloter quelques minutes. Antoine la serre fort contre lui, lui caresse les cheveux en lui donnant de petits baisers sur la tête.

Antoine est depuis trente-cinq ans pour Anouck un ami, un frère, un trésorier, un amant, un punching-ball, une couette, une copine, un avocat et un juge, un tronc, une prise de terre.

Ensemble ils ont joué à tout, même au couple. Dans cette maison de ville en pain de sucre sur deux étages, avec ses briques et son plancher bruyant. Il y avait même une pièce qui aurait pu accueillir un petit, un jardin pour un chien. Ils prirent un chat : dans sa féline indépendance, cela n'avait rien d'un hasard ; parce qu'il y avait quelque chose de vénéneux entre eux qui rendait tout et tout le temps impossible. Vivre ensemble n'était en fait qu'un jeu de béquilles solitaires et sourdement mégalo. Une connaissance aveugle, bien sûr, de l'un pour l'autre, mais sans jamais de réel entrelacement. Ils moquaient même cela avec emphase et un humour vache aux grandes tables d'amis éméchés. Ils étaient ensemble sans se mélanger suffisamment pour prendre le risque d'un vrai changement de couleur. Quand le bleu et le jaune acceptent de devenir du vert. Et que cette couleur, résultat incertain d'une fabrication volontaire, est bien une identité, en tout cas pas plus ridicule qu'une autre. Pas plus faible. Mais c'est bien la peur des faibles, ou d'en être, qui sans doute agitaient le plus leurs cauchemars d'amoureux militants.

Antoine sort trois bêtises du frigo histoire de grignoter un petit peu avec le café. Du coin de l'œil, il observe Anouck qui est allée fumer une cigarette dans la petite loggia vitrée surplombant l'arrière de la maison. Elle s'y calme, observe longuement le jardin déplumé tout en jouant des volutes qu'elle expire. Les vitres dépolies tricolores de la loggia renvoient des lumières sur son visage, ses épaules et son cul qui électrise encore Antoine : il irait bien, comme ça, dans un déshabillage partiel, sur la petite table qui accueille ses pots d'aromatiques sans aromatiques. Avec ses trois yaourts dans les mains, il en est assez ému et même un peu amusé. Il se dit que pour l'instant c'est une belle chance, que ce connard de temps n'ait pas encore eu l'idée de leur massacrer aussi cette chimie-là entre eux.

Anouck dévore ce qu'Antoine a sorti sur la grande table ovale. Il est vrai qu'avec les répétitions, elle mange tout le temps sur le pouce, c'est-à-dire assez peu. Quand ses artistes prennent une pause, elle précise toujours qu'elle va les rejoindre, mais se fait happer par mille choses.

Anouck dévore donc et s'indigne.

Elle explique à Antoine mon achat récent. Puis l'histoire de Françoise qu'elle a suivie dans la presse. Elle ne pourrait dire pourquoi, mais ça la remue très fort.

Ah tiens, d'ailleurs, elle lui apprend que le mari de Françoise s'appelait aussi Antoine, elle avait trouvé ça drôle, enfin étonnant, enfin bref… Elle voudrait faire une lettre ouverte, et constituer une cagnotte pour la maison de Françoise, ou peut-être pas la cagnotte mais réfléchir à quelque chose… Enfin, pas laisser couler cette histoire sans rien faire. Il y a là-dedans pour Anouck quelque chose de symbolique.

Elle voudrait voir avec Antoine ce qu'il est possible de faire avec la compagnie.

Anouck soliloque sans relever les molles interventions d'Antoine. Elle est bruyante, résonnante, certaine et parfois vulgaire. Il y a pour Antoine une sorte de fatigue.

Le chat griffe de ses deux pattes avant et dans un mouvement de moulinet rapide la porte-fenêtre de la cuisine comme s'il allait pouvoir faire céder la vitre.

« Tu ne lui as toujours pas foutu de chatière à ce couillon ?

— Toujours pas. Tu veux le faire ? Tu veux des outils ? Je te les file si tu veux... »

Antoine a répondu sèchement avec quelque chose qui veut piquer plus fort que l'ironie.

« Ben, ça va pas, qu'est-ce qui te prend ?... Je posais la question comme ça...

— Non, tu posais pas la question "comme ça"... Il t'a interrompue pour venir bouffer ses croquettes. Il t'a interrompue dans ta grande démonstration, ça t'emmerde, et tu pointes un responsable. Le monde se divise comme ça, n'est-ce pas ?

— Mais ça va pas bien, t'es malade !?... Écoute, excuse-moi, si c'est ça, je me casse. »

Antoine jette son pot de compote vide avec la petite cuillère sur la table. Curieusement, ce contenant ridicule fait un bruit assez fracassant. Suffisamment pour souffler Anouck.

« Arrête Anouck, tu veux bien ? Arrête. Pouce. Tu me demandes même pas comment je vais...

— Mais je t'ai demandé... enfin pour ton dos, j'ai vu que...

— Je te parle pas de ça, t'es pas débile. Tu sais très bien ce que je veux dire. Tu n'es pas venue me voir. Tu es venue voir ce que tu pourrais faire avec moi dans une de tes énièmes sensations d'impuissance. Ce que je pourrais venir combler là-dedans...

— Mais pas du... »

Antoine l'interrompt encore, avec cette fois plus de douceur.

« S'il te plaît, tu comprends parfaitement ce que je veux dire... Je suis vieux, je suis fatigué, je veux plus. Pas comme ça. J'en ai ras-le-bol de me fantasmer Louise Michel, octobre rouge et la Commune toutes les cinq minutes pour des conneries entre deux créations. Tu veux juste qu'on parle de toi, de nous à la rigueur... C'est pas grave, on se rassure tous comme on peut... Moi je veux du calme. Les lions, ça fait ça. Ça finit par se foutre sous un arbre et basta. Ben ça y est, moi j'y suis. T'en as pas marre ?

— Si, enfin non, c'est pas la question...

— T'en as pas marre ? »

Antoine vient de poser la question une deuxième fois comme dans un chuchotement.

Anouck grogne des espèces de sons qui montrent une incapacité à répondre. Ses yeux brillent et se mouillent soudain d'un millier de petits vaisseaux qui s'écarlatent à vue d'œil.

Antoine lui sourit tendrement.

« C'est dur de renoncer, pas vrai, ma poule ? »

Une larme file rapidement le long de la joue droite d'Anouck pour venir s'exploser sur la table à côté d'une goutte de café qui sèche. Pour toute réponse, son visage dessine quelques sourires qui semblent venir de l'enfance. Sa tête tout entière alterne de minuscules mouvements latéraux qui refusent et d'autres verticaux qui opinent... Qui cèdent.

Antoine se lève, lui file un torchon de cuisine propre pour qu'elle s'essuie un peu, puis il décroche un petit tableau. Une œuvre à la craie sèche. Une représentation abstraite d'une corrida.

« Je ne sais plus du tout le nom du peintre, tu vois. La signature est indéchiffrable. Mais si je ferme les yeux, les trois tableaux que j'ai de lui apparaissent très nettement. »

Le silence pèse un peu dans la cuisine. Le chat, dans ses miaulements répétitifs face au buffet où sont rangées ses croquettes, apporte un concret vital et un peu hitchcockien à la situation.

Ça fait un peu marrer Anouck.

« Fais ton travail, Anouck... C'est tout ce que tu as à faire, crois-moi. C'est rien et c'est tout... J'arrive, je vais chercher un pull. »

Quand Antoine reviendra, le chat sera nourri et Anouck sera partie sans dire un mot. Elle lui aura tout de même embarqué son petit tableau à la craie sèche, pour le faire chier un peu, pour le remercier quand même, pour qu'il le récupère un jour, comme un rendez-vous prochain, pour qu'il y ait toujours du lien, sinon de l'amour.

Thibault a réussi par miracle à éviter les questions de journalistes qui avaient repéré sa voiture dans ses va-et-vient entre l'hôpital et la maison de sa mère.

Il y avait eu, tout de même, des images de lui en longue focale pour illustrer différents sujets et quelques montages fabriqués pour le Net.

Aujourd'hui, alors que sa maman s'est éteinte aux aurores, il sera soit le grand garçonnet fauché par le système et devenu orphelin, soit le jeune loup dont l'ambition provoqua l'oubli d'une mère.

Sur les réseaux sociaux, le conte tragique de Françoise ne cessait de se commenter, encore et encore, de se refaçonner et il y naissait chaque jour des armées grandissantes de spécialistes indignés d'une histoire qu'ils avaient parfois prise en cours. Le monde des hommes va si vite qu'ils semblent, dans une même phrase, dans l'expression d'une même émotion, devoir être capables d'en rire au début, d'en ressentir le drame au milieu et de savoir s'en indigner à la fin. Les choses de leur vie ne se suivent plus, mais se superposent, avec chaque couche qui tente de s'extraire violemment de l'ensemble pour trouver à respirer un peu, exister dans un souffle, avant d'être immédiatement happée par tout le reste.

La maison de Françoise est devenue, en à peine quelques jours, le mausolée de cette sorte de schizophrénie moderne. Ainsi peut-on voir un camaïeu de peluches aux grilles du portail, mais aussi des lettres, des cartes postales dans des pochettes transparentes que des rubans de bolduc permettent de suspendre. Un véritable étalage de fleurs coupées se dessine également jusqu'à la butte de gravats où quelques racines du pommier permettent l'attache d'autres notes de papier plus éphémères, quelques plantes en pot, des icônes religieuses, des bougies. Des messages politiques sont inscrits sur de grandes plaques de carton suspendues parfois jusqu'à la porte d'entrée. Avec les pluies, ces messages se sont souvent dilués et mélangés aux dessins qui y sont associés – têtes de mort, cercueil, moustaches de Hitler, cœurs, diverses croix, sens interdits… –, si bien que, depuis la rue, l'ensemble évoque presque une rétrospective hommage à Jean-Michel Basquiat. Il y a aussi dans le jardinet qui précède l'entrée des palettes de bois sur lesquelles s'amoncellent des radiateurs et souffleurs usagés, des grille-pain, quelques cafetières, des bottes, deux ventilateurs et un téléviseur : sur le tout, s'élancent quelques drapeaux sur lesquels sont inscrits les mots « criminels », « assassins », « honte », « boycott », « chiens »...

Il y a aussi quelques visages comme ceux du président de la République, de Bill Gates ou de Picsou collés sur des épouvantails de fortune. Là aussi des messages y sont adjoints : on y trouve les termes « démission, à bas, voleurs, addition, facture »...

C'est finalement la nuit ou très tôt le matin que Thibault peut s'y rendre sans être dérangé par rien. Il a repéré que les journalistes, pour la plupart stagiaires, étaient surtout une bande de jeunes plutôt sympas, à peine sortis de leurs études, avec un reste d'idéaux confus comme le monde, et, comme le reste du monde encore, terrorisés ou moqueurs de ceux qui avaient eu peur avant eux jusqu'au Graal du pouvoir. En général, ils ou elles buvaient des thés Earl Grey ou des cafés et aspiraient des croissants ou des Tupperware de graines à la terrasse chauffée d'un terminal de cuisson – boulangerie/salon de thé pour les hommes préhistoriques – qui se trouvait à deux cents mètres de chez Françoise, avant d'attaquer leur dure journée. Ce petit moment était souvent convivial entre eux ; des écoles avaient été faites ensemble, loupées la même année, des studios échangés, des caméras volées, des noms de patrons de chaînes, des soirées de ouf : les souvenirs communs sont déjà nombreux dans leur toute verte vie d'adultes ; ils devaient ensuite se trouver dans la rue de Françoise un endroit dont le cadre soit parlant sans se faire piquer la place par les autres. De là, ils répéteraient des heures durant à peu près les mêmes informations, tenant de leurs doigts gourds un micro énorme et gelé dont la bonnette de mousse se substitue à une pancarte publicitaire pour leurs rédactions.

Thibault, donc, a repéré que jusqu'à 7 h 30, en général, ils bouffent.

* * *

Françoise est partie à 3 heures du matin. Thibault et Colette ont été prévenus par téléphone. Ils sont allés à l'hôpital, ils ont pleuré beaucoup, repris leurs esprits, tenté de critiquer quelque chose, écouté comme ils le pouvaient des explications, des protocoles et des désolations sincères, dont il ne leur resterait pas grand-chose une heure après. Thibault a redéposé Colette chez elle. Ils ont mangeouillé trois conneries, siroté un peu de café, puis Thibault est reparti comme une flèche vers sa maison d'enfance à la levée du jour. Colette pour une fois n'a pas su se lever pour l'accompagner à la porte. Elle mâchait sans plus rien avoir en bouche, le regard rivé vers la cafetière. Dans son tout petit corps, son chagrin devait être abyssal.

* * *

Thibault tourne dans la maison et bizarrement la sensation ne lui est pas désagréable. Il devrait y faire des choses qu'il ne fait pas. Des histoires de compteurs à relever, de flotte à éteindre, de mise hors gel à vérifier…

Il tourne et retourne calmement dans la cuisine, les différentes pièces, à part celle de l'incendie désormais condamnée par des bâches.

La vie est encore si présente dans la baraque qu'il est positivement difficile de s'y effondrer vraiment pour la mort. Il y a dans le frigo des choses qui ne sont pas périmées, sur la table un panier de fruits dont seule une mandarine s'est verdie de pénicillium, le lave-vaisselle est entrouvert, laissant apparaître trois assiettes propres. Dans la salle de bains du haut, les produits sont entamés et les couleurs vitaminées des gels douche donnent la sensation vitalisante qu'on va la prendre dans l'instant. Une brosse à cheveux, dans laquelle quelques-uns sont emmêlés, serre toutefois assez fort la gorge de Thibault. Dans un réflexe un peu proustien, il en retire ce qu'il peut, puis enfonce la petite mèche chiffonnée dans la poche intérieure de sa veste.

Dans sa chambre, rien ne reste de lui, à part des tonnes de photos encadrées au mur. La pièce est devenue l'atelier de couture de Françoise. La sublime Singer qu'il lui a offerte avec sa meuf de l'époque pour Noël trône sur une table centrale avec quelques chutes de tissu, mais il semble que la plus ancienne, installée près de la fenêtre, soit réellement utilisée : elle est entourée de boîtes, de boutons, de bobines, d'un adorable bordel de souris… Thibault regarde les deux machines, lève les yeux au ciel et se marre franchement.

À l'angle du plafond, près de la fenêtre, quelques moisissures. Putain, les gars de cette saloperie de chaudière ! Sérieux, Thibault va les défoncer !…

En quelques aboiements et menaces au téléphone, il a obtenu un rendez-vous sous trois jours. En raccrochant, il marche comme quelqu'un qui a un peu bu, puis se laisse fondre dans un des petits fauteuils crapauds de l'entrée. Derrière son esprit, il y a comme une voix, assez intelligible, qui dit que trois jours pour un rendez-vous, alors que sa mère n'y parvenait pas… S'il l'avait voulu, le pire aurait pu être… La petite voix n'arrive pas à finir. « Ta gueule, ta gueule ferme ta gueule putain !!! » Thibault a hurlé assez fort pour éteindre cette intrusion avant qu'elle ne reprenne sans doute plus tard au hasard d'un feu rouge, d'une course à faire. Dieu sait que Thibault n'aime pas ça. Thibault ne veut pas savoir ce que Dieu aime.

La route est dégagée, et sur la nationale qui traverse des étendues rases et des champs blanchis de givre Thibault peut aller vite et pousser de grandes accélérations. Au loin de hautes éoliennes viennent dynamiser la mélancolique horizontalité du paysage de son enfance. Elles ont quelque chose d'impérial ; pourtant, certaines étant arrêtées, comme figées, l'ensemble évoque une fin de règne… Une métaphore de l'enthousiasme frénétique et contagieux pour tout ce que le monde innove, en même temps qu'il s'en déçoit déjà, le défie, le hue, le subit, le juge et l'abat parfois.

Thibault adore la grande courbe qu'il emprunte à 130. Le déport du véhicule et la force qui le pousse presque sur le siège passager donnent à la notion de puissance quelque chose de palpable, qui se vit dans le corps.

Une silhouette pourtant, près du viaduc qui surplombe la vallée artificielle, réserve naturelle conçue il y a trente ans, une silhouette donc, un homme apparemment, oblige Thibault à ralentir nettement sans quoi il le percuterait inévitablement.

Le viaduc culmine à 25 mètres. L'homme est droit comme un I et regarde fixement en contrebas. Il est dos à la route. Le voilà, appuyé à la rambarde, qui penche dangereusement vers le vide. Thibault ralentit davantage, le dépasse d'une vingtaine de mètres, puis se décide finalement à s'arrêter.

Dans le rétroviseur, il n'en croit pas ses yeux.

Quand il claque sa portière tout en appuyant sur le bouton de verrouillage de ses clés de voiture, un bref petit klaxon retentit et ses feux de warning clignotent deux fois.

L'attention de l'homme penché au-dessus du vide dodeline dans un court tressaillement ; il regarde Thibault, sourire aux lèvres, qui s'approche de lui dans une démarche de promenade assez insolite.

« Si tu veux sauter, vas-y, fonce ! Je crois que ça me soulagera un truc... Vas-y... »

L'homme ne semble pas comprendre, puis subitement, sur son visage, une lumière qui saisit autant qu'elle inquiète.

Les deux hommes se connaissent. Ils étaient ensemble au collège.

Thibault accélère vers l'homme. Celui-ci recule de quelques pas, puis lui tourne les talons et se met à trottiner. Thibault le chope par le col de sa veste, le retourne et l'empoigne franchement. D'abord il le secoue vivement : « Tu veux plus, c'est ça, tu veux rentrer dormir ?! » Il l'accule contre la rambarde et pousse le haut de son corps, dos au grand vide. « T'as besoin d'un peu d'aide peut-être, non ?

— Arrête putain, lâche-moi, s'te plaît, lâche-moi… »

Pourquoi Alya se serait fait chier à aller à ce déjeuner ? Pour régler quoi, au juste ? Maintenant que la petite vieille a passé l'arme à gauche.

Quand elle l'avait appris, elle était saucissonnée au milieu des gens dans le bus comme chaque matin. Elle regardait des conneries sur son portable et la nouvelle était apparue. Elle avait eu la nausée, était sortie à l'arrêt suivant et avait décidé brutalement de sécher sa journée de boulot et ce rendez-vous à la con. Elle irait raconter plus tard une histoire de règles douloureuses ou de dégât des eaux quelconque… C'était pas contre les filles, ni Patricia ni Valérie, mais franchement à quoi ça pouvait bien rimer ?

Dans ces cas-là l'animal totem d'Alya est l'autruche. Elle n'avait répondu à aucun des messages répétés de cette conne de Joëlle qui avait d'abord, dans les premiers, agité des menaces de suspension de contrat, pour vaguement s'enquérir de l'état de sa santé dans les derniers. Elle avait aussi filtré tous les appels de Patricia, qu'elle devait retrouver sur le parking au moment de leur pause déjeuner. Elles ne devaient prendre qu'une seule voiture pour rejoindre Valérie. Entre textos truffés d'emojis débiles et répondeur bondé de messages de plus en plus longs et hyperventilés, Patricia avait bien failli faire imploser l'iPhone 6 fatigué d'Alya.

Elle était rentrée chez elle pour se lover dans des plaids de son canap'. Elle s'était assommée de séries à rattraper sur Netflix, avait bouffé des merdes qu'elle adorait quand même, promené le clébard et fait un peu de mordant avec lui dans la parodie de forêt précédée d'un bocage d'ordures et collée aux immeubles quatre étages de son quartier ; elle avait vu deux chevreuils, un truc qui ressemblait à un pivert et plusieurs capotes et restes de pique-nique au pied d'un panneau qui décrivait la faune susceptible d'être croisée dans ce bois.

Plus tard, avec une copine, elle avait bu des coups, fumé des clopes, rigolé de formes de bites ou de couilles manipulées çà et là. Parfois, de l'amour, de l'envie d'amour, de foyer, des images de bonheur avaient été évoqués, dans un désir sincère, une minute, deux minutes, avant d'être balayés immédiatement d'une ironie, de deux, trois vannes. Sur Internet, la soirée s'était terminée sur des consultations de forums sur les *tiny houses*, la permaculture, les bons plans pas chers pour vivre autrement… Dans la fumée lourde de quatre pétards, les deux nanas s'étaient imaginé de nombreux possibles. En se disant au revoir, elles avaient failli s'embrasser sur la bouche en se gourant de joues à droite ou à gauche et inversement : elles avaient éclaté de rire, s'étaient regardées huit secondes en silence comme si pourquoi pas après tout, puis avaient pouffé à nouveau exagérément pour se dire qu'elles avaient trop picolé.

« Salut ma belle », « Bisous, ouais, j't'appelle ». La porte fermée, Alya observa son clebs qui dormait sur le dos comme une grenouille morte, une photo de sa mère encadrée sur un meuble à chaussures dans l'entrée. Elle prit le cadre, puis le reposa. La bague de Françoise à son doigt lui rappela ce congé offert. Demain, dans la journée, elle passerait à l'hosto.

Dans la voiture à l'arrêt de Thibault, Xavier Lepers tâche de s'expliquer comme il peut. Bien sûr, en l'absence de son directeur, c'est lui qui a assuré l'intérim… C'est lui le responsable, c'est sûr, c'est vrai… Mais franchement… Et puis, ils ont des retours, OK, mais des retours, ils en ont sur plein de conneries… Des produits de merde, c'est pas ça qui manque… Là, c'est fou, la proportion que ça a pris. Il n'a rien compris. Depuis qu'il a su que la mère de Thibault était à l'hosto, là, partout à la téloche, il n'arrive pas à retourner au boulot. Il arrête pas de gerber, il bouffe presque plus… Il se souvient très bien de la mère de Thibault quand ils allaient au judo. Il se souvient très bien de leur baraque. Ils avaient maté des cassettes de cul là-bas, pendant que le père de Thibault bossait au jardin et que sa mère préparait des tartes. Ils avaient joué à Donkey Kong aussi. Il se souvient. Il est tellement désolé. Vraiment désolé. Il se souvient des échanges de pots d'échappement et de toute la quincaillerie des moteurs 50 cm^3 qu'ils traficotaient dans le garage qui sentait le charbon, l'essence deux-temps et la pomme. Ils étaient de bons potes jusqu'à ce que l'école avec son secondaire, ses orientations et ses castes offre à l'un des deux l'illusion qu'il pourrait plus tard ne plus être du même rang.

Qu'y avait-il eu d'autre pour qu'ils ne se croisent finalement plus du jour au lendemain ?

« Marjorie, répond Thibault dans un rictus.

— Comment ça ? »

Xavier ne comprend vraiment pas de quoi parle Thibault.

« Marjorie Ayache, avec ses grosses meules, je suis sorti avec à la boum de Quentin. Elle m'avait même un peu touché la teub. C'est la première meuf que j'ai pu vraiment tripoter. Et je l'aimais vraiment bien... Enfin j'avais bien aimé qu'elle me touche un peu la teub. Et toi tu te l'es tapée juste après alors que j'étais encore avec...

— Mais elle m'avait dit que vous étiez jamais sortis ensemble. J'avais un doute justement, je lui avais même demandé, elle m'avait dit que non.

— Ah ben si... Quelle connasse !... Elle voulait même qu'on fugue avec ma mob en

Angleterre… Et après j'ai vu que vous étiez ensemble à vous rouler des galoches devant le bahut. Ça m'a trop fait chier… De toute façon on était fin juin. Et puis après il y a eu le lycée… et puis voilà. J'en avais plus rien à battre de vos gueules. T'es resté longtemps avec, non ?

— Un an et demi, ouais…

— Ça m'avait trop fait chier.

— Vraiment, je suis désolé.

— Si tu le dis.

— J'te jure, je savais pas.

— J'te crois. Ça va, t'inquiète. Ça a mille ans de toute façon cette histoire…

— Ouais mais c'est con… On aurait continué à se voir. Moi, je me disais que tu voulais plus voir ma tronche parce que j'étais en apprentissage.

— Il y avait aussi de ça, je pense… »

Cet aveu de Thibault, les yeux fixés sur les champs de betteraves retournés et congelés, tombe comme ça. Cet aveu est balancé calmement vers la vitre de sa portière et impose un silence d'habitacle dans la bagnole. Quelque chose qui ne se discute pas, quelque chose qui d'une certaine manière relie. Seuls les sons épars et très nets des tissus de doudounes, de ceintures de sécurité, de jeans sur les sièges de cuir viennent continuer cette régressive conversation d'hommes patauds et pudiques. Une conversation où les circonstances de ce qui les lie aujourd'hui, le destin fauché de Françoise, ne s'évoquent déjà plus. Elles ne se décortiqueront pas. L'essentiel a été dit, ou s'est compris finalement : les deux partagent une culpabilité sourde qui ajoutera une casserole à la batterie qu'ils trimballent déjà comme ils peuvent sans qu'elle fasse trop de bruit dans leurs vies respectives.

D'ailleurs, si Thibault n'était pas tombé sur Xavier, jamais il ne serait allé le secouer où que ce soit… Il avait vu sa tronche lors d'un des petits reportages sur sa mère dans une sorte d'organigramme des victimes et des coupables expliqué par un journaliste qui manipulait une tablette numérique sur le plateau. Dans ce PowerPoint futuriste, j'apparaissais en 3D et comme en suspension au-dessus de l'épaule du journaliste ; ensuite une flèche se traçait jusqu'à un dessin d'usine sur lequel était inscrit le mot « Fabricant » : le motif semblait clignoter comme un gyrophare. Puis la flèche descendait, comme animée par le pouvoir magicien du journaliste, vers une photo du visage de Françoise au milieu d'une vingtaine de silhouettes grisées de visages. Là, encore un mot : « le consommateur », puis, slash, « la victime ». Enfin, dans un dernier mouvement de Harry Potter, le journaliste fit apparaître des responsables potentiels dans un jeu d'animation cette fois plus rapide et dans lequel la tête du pauvre Xavier Lepers s'était glissée.

Thibault avait regardé ce reportage d'un œil avec Colette. Françoise n'était pas encore décédée.

Il avait tout de suite reconnu Xavier. Colette aussi.

« Oh dis voir, tu as vu, c'est ton copain de classe, ça... Bé oui, c'est vrai qu'il travaille là-bas... Eh ben t'as vu, c'est lui... »

Thibault n'avait pas spécialement relevé et était allé se coucher avec une envie confuse de casser ; une gueule, un truc, certes, mais pas Xavier Lepers à proprement parler. L'instinct déjà que son vieux copain de classe ne pouvait être tenu seul responsable de tout ce merdier...

Un merdier aussi compliqué que les enchevêtrements des pièces de moteurs qu'ils adoraient démonter et remonter des heures durant, soudant une camaraderie à laquelle il ne manquait hélas que des mots.

Aujourd'hui, ils sont à peine plus habiles, mais on ne les prendra pas à se rendre hostiles l'un envers l'autre. Le silence de la voiture a l'épaisseur d'une fumée de calumet.

* * *

« C'est arrivé à quelle heure ? Ils ont pas dit à la radio… »

Xavier aimerait avoir dit autre chose, mais il n'en a pas été capable.

« Trois heures… Peut-être un peu avant. C'est l'hosto qui nous a appelés.

— Je suis désolé…

— Je sais, va. Je sais. »

Xavier n'a pas d'idée de geste. Il voudrait. Pour autant, il ne sortirait en aucun cas de cette voiture.

Il fait tout ce qu'il peut pour ne pas pleurer. Il fait tout pour retenir. Il trouve qu'il n'a vraiment pas le droit. Il improvise alors une sorte de toux, une sorte de gorge coincée par quelque chose. Une énième grimace d'homme comme un voile sur le cœur.

Thibault sort subitement de la voiture pour aller soulager sa vessie. Contre la rambarde, il regarde l'horizon aménagé. Un chien beige et blanc avec de grandes oreilles, croisement de lévrier et de deltaplane, surgit subitement des fourrés du fossé. Thibault manque de lui pisser dessus.

« Ben d'où tu sors, toi ?! »

« Saloperie de merde ! Tu étais où ? T'es dégueulasse en plus ! »

Xavier s'est catapulté hors de la voiture. Il se jette sur le chien et lui attache une laisse qu'il sort de son pantalon de jogging.

Thibault fronce tout son visage.

« Attends, mais tu voulais pas te jeter dans le vide, toi ?

— Non... je... J'avais paumé ma chienne, en fait, je suis désolé.

— Putain, mais j'aurais vraiment dû te foutre une patate !... Je te préviens, tu la fous dans le coffre et tu l'attaches. Elle me nique pas les sièges, sinon je vous balance tous les deux. »

Dans la voiture amochée de Patricia, c'est Valérie qui est au volant. Tant mieux. Patricia avait démarré en marche arrière et fait tomber quatre vélos ; la courte distance entre le resto de sushis et notre magasin n'aurait pas évité un accident plus grave, si elle avait continué à conduire.

Elles retournent toutes deux au travail, avec une boule au ventre qui impose des sujets de conversation sans début, sans suite, sans fin.

« Qu'est-ce qu'il y a comme travaux par ici tout le temps !

— Alors apparemment, lui l'Italien, il va fermer, j'ai lu...

— Remarque, c'est pas grave, c'était pas bon...

— La semaine prochaine je crois qu'il refait un peu plus chaud.

— Je peux brancher mon portable ?

— Tu as un cordon ?

— Merde, je me goure à chaque fois avec ce rond-point à la con.

— Passe par-derrière, c'est pas plus long.

— Ouais, mais ça fait plus mal par contre... »

Quelques rires claquants font du bien ; comme un baume. Ils atténuent l'angoisse d'arriver au magasin, seules comme des connes avec plein d'employés et clients qui ont déjà dû rivaliser de conneries à sortir aux journalistes. Avec la mort de Françoise ce matin, ceux-là vont être sinon plus nombreux, en tout cas motivés comme jamais.

Sur le parking, le tas de perches de micros et de caméras évoque une espèce de petit port de pêche dans le brouillard.

« Putain, regarde-moi ça... » Valérie fait une grande courbe pour se garer ni trop loin ni trop près.

Les deux femmes sortent dans un tremblement qui n'est pas dû au froid.

Valérie aimerait allumer vingt-deux clopes en même temps. Son paquet est au fond de son sac. Elle farfouille dans un bruit d'écouteurs emmêlés, de poudrier en métal, de Tupperware, de papiers divers, tickets de caisse, listes de courses et prospectus.

« Je peux t'en prendre une ? »

Patricia semble avoir changé de voix.

« Tu fumes, toi, maintenant ?

— Ben là, oui je pense... »

Valérie dégaine et lui allume sa tige. Patricia tousse comme une première communiante.

« Fais gaffe, tu vas avoir la tête qui tourne.

— Ça sera tant mieux. »

Lorsqu'elles approchent de l'entrée et du groupe de journalistes, elles n'en reviennent pas.

Xavier et Thibault répondent solennellement aux différentes questions qui fusent. La chienne de Xavier, assise et tremblotante à leurs pieds, leur donne une allure de responsables de la SPA au moment des fêtes.

Xavier reconnaît évidemment que le magasin a commis une erreur en continuant à me vendre. Il emploie le mot « avarie », car il l'a déjà entendu dans d'autres contextes et l'avait bien aimé. Il s'engage bien entendu à rembourser les personnes ayant rencontré des difficultés avec moi. Il va évidemment organiser le retrait de tout notre stock. Pour Françoise, il ne sait pas trop quoi dire, il ne voulait pas ça et n'aurait jamais pensé... Des questions et certaines affirmations se télescopent d'emblée dans une petite cacophonie.

Thibault coupe Xavier comme on lancerait une bouée. D'une voix qui en impose et qu'il sait faire résonner depuis qu'il a dû affronter des meetings parfois assez tendus, il installe à nouveau le silence et l'écoute.

Il n'a jamais voulu et ne veut pas poursuivre le magasin ni quiconque. C'est l'essentiel, lui semble-t-il.

Il parle au nom de Françoise. Il affirme qu'elle n'aurait pas non plus voulu ça... Elle n'était pas comme ça. Il connaît sa mère. En tout cas, elle n'aurait pas aimé savoir qu'autour de ce qui lui est arrivé une sorte de traque, de recherche de coupable, d'enquête criminelle se mette à ce point en branle. Que des gens payent. Lui, peut-être, sans doute, davantage... Mais pas sa mère... Ce n'était pas sa nature. Et c'est bien d'elle qu'on parle. Ça ne lui serait même pas venu à l'idée.

L'émotion de Thibault est chaque seconde plus palpable et à ses côtés Xavier se balance maladroitement d'un pied sur l'autre, les poings serrés dans les poches, les bras tendus, enfonçant sa tête au fond de ses épaules ; dans son balancier, il regarde l'asphalte.

Thibault a le cœur qui bat très fort. Il tente de petites plaisanteries. Une rhétorique plus souriante. Désarmante.

Quand il appelait sa maman, elle s'emmêlait toujours les pinceaux avec le haut-parleur, une touche de téléphone quelconque. Quand elle a enfin eu un portable, elle l'a fait tomber dans un seau d'eau au bout de trois jours. Quand elle a essayé de régler elle-même sa télé, elle n'avait eu qu'une chaîne polonaise pendant deux semaines, sans oser appeler le vendeur pour qu'il l'aide…

Thibault continue de parler des nombreux loupés techniques qu'a accumulés Françoise durant des années.

Des petits rires parmi les micros et les objectifs fusent à droite à gauche dans l'air glacé.

Thibault poursuit…

Ce qu'il veut dire, c'est que quand il a appris que sa maman avait eu un accident domestique avec un radiateur mal gaulé… « Excusez-moi… » Quand il a appris que sa maman avait…

Silence. Plus rien.

Xavier essaie une main qui viendrait se poser sur son ancien camarade de classe. Son geste se déguise dans une pudeur maladroite. Il se gratte l'épaule finalement.

Est-ce l'évocation des souvenirs de Françoise ou simplement ce mot de l'enfance, « maman » – ce mot de l'enfance lâché là et presque identique dans tous les pays du monde –, qui soudain fait trembler la voix de Thibault et l'emporte dans les aigus comme si elle n'avait jamais mué ?

Est-ce ce mot de l'enfance qui empêche la voix d'adulte de Thibault de poursuivre quoi que ce soit sur ce grand parking ?

Ou est-ce un signe ? Le pouvoir d'une mère dans les nuages qui arrête les choses un instant ? Le pouvoir d'un ange qui fait voler en éclats ce que les années l'obligeaient sournoisement à admettre de son vivant : que la voix de son enfant, son timbre, allait disparaître, s'oublier irrémédiablement, cruellement.

Est-ce donc bien Françoise qui se pose sur l'épaule froide et sèche de son grand dadais pour lui souffler que tout ira bien, que s'il pense à elle, alors elle vivra quelque part, le guidera dans le noir ?

Dans son incapacité à exprimer le moindre mot de plus, dans les quelques dernières questions qui ne se perçoivent plus que comme quelques lointains klaxons, Thibault aimerait croire à cela de toutes ses forces.

Désormais, dans sa vie, l'idée de retrouver quelqu'un quelque part ajoutera un peu de sens à toutes ses routes, à toutes ses errances.

* * *

Certains journalistes se sont en partie dispersés.

D'autres encore continuent toutefois à évoquer l'entretien inattendu et exclusif qu'ils viennent d'avoir avec Thibault et Xavier. On entend les mots « rebondissement », « surprenant », « volte-face »...

Plus loin, Valérie, Patricia, Xavier et Thibault sont réunis et comme cachés par la grande ligne de chariots. Il y a eu quelques explications, quelques reproches, quelques façons de dire autrement ce que l'on souhaitait dire vraiment. Étonnamment, il y a aussi eu la pluie et le beau temps...

C'est une manière de se dire au revoir qui n'en finit pas.

Valérie a remis son masque de bonne vivante qui va tâcher de décrotter tout ça dans la bonne humeur et le calme avec le magasin.

« Il faut bien deux, trois guerrières comme moi, puisque les responsables sont même plus capables de se doucher les couilles et utiliser leur portable pour les autres au moindre emmerdement.

— Pour le portable, OK, mais je me suis douché les couilles, madame.

— Eh ben, on saura que quand elles sont lavées, elles vous rendent toujours pas plus courageux ! »

Les quatre rient comme avant le générique de fin d'une comédie populaire.

Le tout s'éteint dans quelques gloussements et allumages de clopes pudiques.

Patricia, pour qui le silence est comme une fin du monde, s'étonne de la relation de Thibault et de Xavier. Elle ne savait pas... Enfin évidemment elle ne pouvait pas savoir... Enfin bien sûr, c'est bête... Enfin c'est dingue le hasard, c'est super. C'est pas ce qu'elle voulait dire, mais...

Thibault coupe court à ces propos avortés qui semblent enfouir Patricia dans le sol comme dans le fond d'une mine.

On s'embrasse vaguement, tout en tendant des mains qu'on se serrerait, on ne sait pas trop...

Thibault s'éloigne, il compose le numéro de Colette qui doit l'attendre depuis des plombes à l'hôpital. Il se retourne et invite Xavier à le rejoindre.

« Excuse-moi, mais ton responsable à toi, ton supérieur qui décide les trucs, c'est qui ?

— Étienne Quarar, pourquoi ? Tu connais pas. Il s'est bousillé la jambe, je... Enfin du coup je le remplaçais. »

Xavier ne se sent pas d'entrer dans plus de détails. Il ne veut pas dire à Thibault qu'Étienne est alité dans l'hôpital qui a aussi accueilli Françoise.

Sans savoir pourquoi, Xavier n'est pas tranquille, il élude.

« On a très peu de nouvelles, il va pas tarder à reprendre. Je dois lui transmettre quelque chose… Tu… Tu voudras lui parler ?

— C'était pour savoir, laisse tomber… »

Thibault tourne les talons, fait quelques mètres dos à Xavier qui le regarde partir. Sa chienne tire sur sa laisse comme si elle voulait le rejoindre.

Thibault colle son portable à l'oreille.

« Colette, ouais, excuse-moi… J'arrive… »

Alya ne sait pas quoi choisir. Elle trouve tout assez moche. Ou quand quelque chose lui plaît dans une composition, il y a toujours un truc qui cloche également.

Elle tourne et retourne chez Angélique Fleurs à cinquante mètres de l'hôpital.

L'employée du magasin pique des végétaux dans de la mousse verte tout en regardant une vidéo sur son portable. Derrière son comptoir, elle semble avoir déjà fait une demi-dizaine de compositions ovales identiques dans une passion pour le végétal assez relative. Elle est rapide, mécanique, comme à la chaîne, ses écouteurs vissés dans ses oreilles percées chacune au moins quatre fois.

La gérante, plus empotée, déplace inutilement et dans une précaution de haute joaillerie certains seaux de fleurs coupées. Elle échange quelques camaïeux de coloris avec d'autres et déplace des plantes en pot sur des étagères dans une organisation qui n'est pas forcément plus vendeuse que leur positionnement d'avant son intervention. Elle a un visage qui a dû être sublime, de toutes petites jambes fines et d'énormes seins en plateforme donnant l'impression d'être tenus par un échafaudage sous le mohair de son pull ; cette grande tablette en dessous de son double menton lui permettrait d'y faire sa comptabilité.

Elle semble irritée par le temps de réflexion d'Alya qui regarde un peu tout, y compris certains vases qu'elle soulève parfois. Lorsque cela se produit, la gérante expire un petit souffle sonore et penche son visage sur son vaste buste pour faire passer son regard arc-en-ciel au-dessus de ses lunettes swarovskiées en direction d'Alya. Ce mouvement doit faire comprendre qu'on aimerait bien savoir ce que souhaite la cliente à la fin ; qu'on a pas toute la matinée pour un énième bouquet rond.

Alya sent qu'elle agace. Sans qu'on lui pose la question, elle se justifie.

« Je regarde encore un peu…

— Je vous en prie. Je suis là au cas où… »

La gérante vient de lui répondre avec une sorte de mélodie dans la voix. Sur son album on retrouve également les titres *Et cinq, qui font dix*, *Bonjour, je vous laisse faire un p'tit tour ?*, *C'est moi, je vous en prie* et *Une excellente fin de journée, à bientôt*. Son tube enfin, pour les habitués, ses fans, sa chanson réaliste à elle, *Eh ben, pour nous c'est très dur en ce moment* et *Avec l'Europe, vous savez*, qu'elle interprète également assez souvent.

Avec Alya, pourtant, il y a quelque chose de plus métallique, de plus sévère dans sa chanson. Quelque chose qui déteste, quelque chose qui méprise.

Alya a l'impression que chacun de ses gestes va la ficher S.

Cela lui donne à la fois l'envie de fuir, de tout casser dans la boutique et de mettre quinze plombes de plus à choisir quelque chose.

Avec son petit pot d'azalées emballé sans bonne volonté et son wrap au saumon entamé, Alya se dirige vers l'accueil de l'hôpital.

Elle le connaît bien. Il était devenu une annexe à l'appartement de sa mère dans les derniers mois de sa vie.

Bien sûr, des aménagements ont été faits : quelques arbres plantés sur le parking, diverses rampes d'accès, dédales de cloisons vitrées plus ou moins dépolies donnant à l'accueil une allure de vaisseau mère. Pourtant, Alya retrouve intacts toutes les sensations, les odeurs – la Bétadine –, tous les sons – ces portes qui claquent en silence, la mélodie des six ascenseurs –, toute la cartographie d'un lieu de vie, de naissance et de mort sur huit mille cinq cents mètres carrés répartis en étages et zones de joie, de soulagement, de victoire, de douleur, d'impuissance, d'inquiétude, de chagrin et de résilience.

Pour Alya, donc, une géographie familière pendant dix-sept mois d'un espoir qui devait apprendre à s'éteindre doucement.

Elle n'était jamais revenue.

Nathalie, qui dispatche des centaines d'humains par jour vers différents services, a encore un peu grossi. On dirait un homme avec quelques artifices d'une féminité qui semble se subir : une permanente brûlée sur coupe au carré peroxydée, des boucles d'oreilles qui évoquent un jouet plus qu'un bijou, un rouge à lèvres comme un tatouage un peu en biais.

Elle est rapide, efficace et expéditive. Elle donne au premier abord l'envie d'éructer des injures liées aux impôts que l'on paie ou à ce qu'est devenu le service public. Mais Nathalie sait éteindre et calmer. Dans l'empressement et les informations qu'elle mitraille, elle finit toujours par ralentir son débit avant que ne s'empruntent les chemins vers les couloirs interminables et les ascenseurs : on la quitte apaisé d'un « Bon courage », « Ne vous inquiétez pas », « S'il y a un souci, vous revenez me voir »...

Soudain elle reconnaît Alya. Les deux femmes se tutoient. Les deux femmes ont trente secondes pour être émues de se revoir. Pas plus. Derrière Alya la file d'attente peut devenir une petite Révolution française en moins de temps qu'il ne faut pour le dire. Alya sait que Nathalie fait bien ce qu'elle peut. Ce n'est pas contre elle, mais elle doit l'expédier comme les autres. Quelques chuchotements toutefois dans un bruit de clavier d'ordinateur volontairement frappé trop fort, « Incroyable », « Ça va ? », « T'es encore plus belle qu'à l'époque », « Et toi, alors ? », « Toujours les enrhumés les plus cons ! »...

Alya explique vite dans un petit mensonge qu'elle était une amie de Françoise et sa famille. Elle avait rendez-vous avec eux.

Nathalie fait une petite moue ennuyée et dubitative. Alya rougit de jouer ce petit morceau de flûte à cette femme qui, durant ses pauses sandwich, lui avait appris le calme et le deuil avant qu'il ne survienne.

« S'il te plaît. »

Nathalie lâche le numéro de l'étage et de la chambre de Françoise comme s'il s'agissait d'un compte en Suisse, puis elle fait un petit mouvement de la tête sur le côté qui abdique et indique à Alya de dégager en vitesse.

* * *

C'est étrange cette chambre d'hôpital surchauffée avec ce lit fait. Ce lit anormalement vide, même d'une vie amochée.

Alya a l'impression d'avoir remonté le temps, de tout reconnaître.

Elle sue des mains et entre les sourcils ; des symptômes dans son corps d'un début de crise de panique, mais dont elle sait à présent qu'il faut les laisser monter, s'emparer d'elle et s'évanouir impuissants.

Plus étrange encore, cette chambre est bel et bien occupée. Encore. Des affaires de Françoise : une tenue impeccable sur cintre apportée par Colette pour lorsqu'elle sortirait, des boîtes de chocolats envoyées ou offertes par quelques connaissances qui n'avaient pas réalisé le coma. Deux plantes en pot tolérées non sans peine par les services hospitaliers, une montre-bracelet et un petit collier sur la table de nuit.

Dans le vert d'eau et le blanc des murs, dans celui des draps rehaussé d'un maigre liséré bleu marine, ces touches de couleurs d'éléments apportés de l'extérieur semblent déguiser l'espace et ce qui doit s'y vivre.

Colette a essayé quatre fois d'obtenir un cappuccino à la machine à café du grand couloir.

La machine s'adressait à elle avec une aimable voix de femme d'une trentaine d'années environ.

« Faites votre choix parmi les produits proposés. »

Colette a cherché longtemps un choix possible sur un papier punaisé au mur à côté d'un poster contre les risques de l'alcool et qui n'avait évidemment rien à voir avec sa tentative de commande. Elle a également cherché un bouton, une poignée, une manette... Quelque chose de mécanique, qui se tire, s'introduit ou s'enclenche pour parvenir à obtenir sa boisson.

La voix a repris sa phrase une dizaine de fois d'un ton identique, comme un mantra. Colette a enfin fini par s'apercevoir que la façade de la machine était tout entière un écran sur lequel il fallait agir directement. Ça aura été son maximum.

Tout le reste a échoué : elle a tapoté, glissé, validé, invalidé, recommencé dans une infinitude de gestes parasites et inadaptés. La moindre hésitation était punie, quand les décisions trop rapides entraînaient des apparitions incontrôlables sur l'écran. La voix a semblé plusieurs fois perdre son latin, commençant des phrases, répétant des mots, s'interrompant de designs sonores plus stressants les uns que les autres ou de départs soudains d'eau chaude. La voix montrait presque, dans tous ces loupés, comme des signes d'impatience qui achevèrent de faire renoncer Colette.

Elle remonte à présent le couloir, souhaitant littéralement pouvoir se tapisser tout entière aux murs. Tout entière dans sa robe éclaboussée des gouttes du café des autres projetées par la machine qu'elle a rendue folle. Elle ressent, comme souvent, de la honte. Avec le temps, cette sensation quasi permanente est devenue une sorte de compagne. Une habitude qu'elle connaît bien. Mais aujourd'hui, sans qu'elle parvienne à le comprendre, c'est comme une écharde qui infecte, comme une migraine qui ronge ; quelque chose qui insupporte sourdement.

Elle se dit qu'elle ne vaut vraiment pas grand-chose. Elle se dit que moins que rien c'est terrible, mais au moins c'est terrible. Remarquablement terrible. Alors que personne ne remarque « pas grand-chose ». Jamais… Jamais.

C'est si rare que Colette ressente un goût aigre ou amer sans qu'il y ait une gorgée de café. Aujourd'hui c'est le cas.

Son téléphone sonne. Grand sourire, c'est Thibault… Enfin.

« Allô ?… Allô ?… »

Il ne lui répond pas. Il parle à quelqu'un.

Elle entend parfaitement l'échange entre les deux hommes. Malgré cela elle insiste plusieurs fois : « Allô ? Allô, Thibault, je t'entends. »

Elle écoute ce qui se dit.

« Excuse-moi, mais ton responsable à toi, ton supérieur qui décide les trucs, c'est qui ?

— … Étienne Quarar, pourquoi ? Tu connais pas. Il s'est bousillé la jambe, je… Enfin du coup je le remplaçais. On a très peu de nouvelles, il va pas tarder à reprendre. Je dois lui transmettre quelque chose… Tu… Tu voudras lui parler ?

— C'était pour savoir, laisse tomber… Ouais Colette, excuse-moi, j'arrive… »

Colette bredouille que oui, oui tout va bien, elle est là, pas de souci, elle l'attend.

« … Je suis désolé, j'étais avec Xavier Lepers, tu sais, mon copain de classe qu'on avait vu dans le reportage.

— Celui du magasin où il y avait le radiateur ?

— Oui… Ça m'a fait perdre pas mal de temps, vraiment désolé, je me dépêche.

— Tu lui as pas fait une bagarre à lui aussi ?

— Mais non… Au contraire… Allez, à tout de suite. »

En raccrochant, le nom de Xavier Lepers résonne dans la tête de Colette… Pour autant, rien de particulier ne lui vient spécialement à l'esprit. Puis, dans l'ascenseur, c'est le bout de conversation des deux garçons qu'il lui semble à nouveau entendre parfaitement.

« … Ton supérieur qui décide les trucs, c'est qui ?

— Étienne Quarar, pourquoi ? »

Colette trouve qu'on dirait un nom de film… Puis son visage se ferme. Si on la voyait, on pourrait ne pas la reconnaître tout à fait. « Étienne Quarar ». Il y a donc bien eu une personne, avec des nerfs, de la chair et des os. Il y a donc bien eu quelqu'un et pas simplement quelque chose comme moi de mal vendu à l'origine du décès de son amie, sa sœur, son phare dans la nuit. Bref… À quoi cela peut bien servir à présent ?

* * *

Elle entre dans la chambre de Françoise comme si elle pouvait la réveiller ou la déranger.

Elle y pénètre tête baissée et, dans un petit tourniquet sur elle-même, ferme la porte avec une infinie précaution.

Elle sursaute bruyamment et manque de tomber sur les genoux lorsqu'elle découvre Alya plantée au milieu de la chambre face au lit.

« Qui êtes-vous ? Qu'est-ce que… Vous êtes de l'infirmerie ?

— Non, pardon, pas du tout, je vais y aller… J'avais rencontré la dame qui était dans cette chambre. Elle avait été très… Excusez-moi… Enfin, j'ai ramené une plante.

— Bé oui, mais on l'enterre que dans quelques jours. Et là c'est pas une veillée. Vous pourrez pas laisser la plante. Ils vont vous l'enlever. Ah, c'est des azalées, non ?

— Ah ? Oui peut-être, je ne sais plus, oui, je crois…

— Oui, c'est des azalées. C'est toujours joli les azalées… Je suis une très proche. Enfin, Françoise était ma meilleure amie. Son fils ne va pas tarder. »

Colette trémolotte… C'est la première fois qu'elle prononce le nom de son amie depuis son dernier souffle la nuit dernière. Elle voudrait se détourner, passer à l'étage, dans la cuisine ou à la cave. Mais l'espace est bien trop exigu, avec ce grand lit médicalisé, pour qu'on puisse mettre une quelconque pudeur dans des déplacements. Alors elle se met à ranger des choses dans cette chambre. Dans un sac Franprix, elle fourre à l'aveugle tout ce qui peut être jeté : quelques mouchoirs, des papiers de barres de céréales laissés par Thibault sur la table de nuit, les emballages autour des boîtes de chocolats et même, sans le faire exprès, une boîte entière de ces derniers.

« C'était une femme formidable, pas vrai ? Vous la connaissiez depuis longtemps ?

— Non. Oh non, à peine... Je travaille là où elle a acheté le radiateur qui a brûlé. Je l'avais juste eue à ma caisse. C'était vraiment pas mon jour. Elle avait été si gentille, ça m'avait fait ma journée... Quand j'ai appris son accident et tout, ça m'a vraiment fait de la peine.

— Ah ben ça... On a tous eu de la peine. Tout le monde aime Françoise... je n'arrive pas à me dire que c'est terminé... Vous aimez les Mon Chéri ?

— Euh pardon ? Euh... Non...

— Elle non plus elle aimait pas. C'est bizarre cette cerise au kirsch dedans. Alors ça hop je jette aussi, parce que bon...

— Je m'en veux de pas lui avoir dit d'acheter un autre radiateur. C'est à ma caisse qu'elle l'a acheté. »

Colette fait un nœud à son sachet dans un geste qui se ralentit. Elle fixe la belle Alya. Elle ne parvient pas à lui répondre quoi que ce soit. Habituellement, elle syncoperait quelque chose. Des petits mots, comme des sons de hamster, presque imperceptibles et se voulant rassurants, bienveillants. Mais là, rien ne sort de son petit corps et ses larmes semblent sèches subitement.

Alya ne sait pas non plus ce qu'elle pourrait bien ajouter. Elle est au comble de la gêne et voudrait partir. Mais Colette est plantée dans le passage avec son sachet. Alya regrette d'être venue et ne parvient pas à bouger.

« Vous connaissez un monsieur qui s'appelle Étienne Qualar, Quatar ? »

Colette n'a pu demander que ça dans une voix presque étrangère à elle-même.

« Quarar. Oui, c'est notre patron. Il est horrible. Il est ici à l'hosto, d'ailleurs, il s'est pété la jambe. Je devrais pas dire ça mais c'est bien fait. C'est un tel connard !

— Il y avait un reportage à la télé où ils ont dit que c'était Xavier Lepers qui avait vendu les radiateurs. C'est un ancien camarade de classe du fils de Françoise.

— Ah bon ? C'est drôle ça… Enfin, je veux dire… Vous savez, Xavier, il fait ce qu'on lui demande, comme tout le monde. Les journalistes, ils ont dit tout et n'importe quoi avec cette histoire aussi. »

Colette ouvre la bouche pour dire quelque chose, mais rien n'en sort. On perçoit un petit « Ah bon » dénué de timbre. Elle pose son sachet de petites ordures à côté d'un autre près de la porte.

Quand elle s'ouvre sous l'impulsion de Thibault les deux sachets valdinguent un peu plus loin.

Il s'excuse, embrasse Colette et salue Alya en lui demandant également si elle travaille à l'hôpital.

Alya, cette fois plus rouge que jamais, s'explique à nouveau avec les mêmes mots qu'avant mais dans un ordre différent. Elle est désolée, elle ne voulait vraiment pas déranger. Elle ne sait pas ce qui lui a pris de venir comme ça. Elle ne connaissait même pas Françoise. D'ailleurs, tiens, elle lui avait glissé une petite bague fantaisie sur son tapis de caisse pour lui donner du courage ce jour-là…

Alya la retire avec un peu de difficulté de son doigt et la tend à Thibault, qui semble plutôt touché et amusé par la situation.

« Non, mais c'est hyper gentil, il n'y a pas de souci… Après, c'est arrivé la nuit dernière.

Vous pourrez venir à l'enterrement si vous voulez, de toute façon il y aura plein de monde, parce que là, c'est juste que... »

Non, non, mais Alya comprend très bien... Elle est désolée, elle ne sait pas ce qui lui a pris de débarquer comme ça, c'est idiot.

Thibault ne peut s'empêcher de rigoler un petit peu. Il baisse la tête et regarde la moche petite bague qu'il fait rouler dans ses doigts. Son visage se crispe et ses sourcils se froncent d'une émotion qu'il ne laissera pas sortir. Il enfile la bague à son petit doigt rapidement. Il lève la tête brusquement.

« Merci, vraiment, merci beaucoup, c'est très gentil. »

Il vient de dire cela un peu trop fort, comme un acteur qui jouerait faux, comme dans une affaire commerciale ficelée, puis observe Alya avec une attention qui la fait regarder ailleurs, c'est-à-dire vers le lit vide.

« De rien, je... je vais y aller. »

Elle sourit en direction de Colette qui lui répond avec une sorte de grimace primate qui peut tout vouloir dire.

Alya se dirige dans de vaines hésitations vers la porte. Il lui semble que celle-ci est à deux cent mille kilomètres.

Dans des battements de paupières de bas en haut et un regard dans toutes les directions, elle croise à nouveau celui de Thibault qui n'a pas cessé de la fixer.

Les deux se sourient franchement. Il y a de la chimie dans la pièce. Les deux se plaisent.

Colette est bien démunie dans ces cas-là. Elle connaît l'arrangement, la résignation, la lutte, l'évitement quand deux corps viennent à se rapprocher. Les coups de foudre à Notting Hill, à Seattle ou à Honolulu lui ont toujours paru de la vraie science-fiction, quelque chose de totalement interdit et étranger à son corps. Une extinction. Un oubli psychiatrique. Quelque chose qui, malgré ce qui plaît ou donne bonheur, ne peut être en réalité qu'une source de peur, de punition. Elle le sait. Il y avait bien eu ce garçon quand elle avait 17 ans, avec toutes ces choses du corps mouillées et sublimes, cette peau qu'elle n'oubliera jamais, ce pantalon qui se déformait pour elle, ces lèvres partout sur elle, posées, mangées. C'était dans l'annexe de la salle des fêtes. Pendant vingt-trois minutes.

Après ça il y avait eu le cauchemar d'être amoureuse seule, une brûlure quotidienne réouverte et grattée dans la chair dès que les yeux s'ouvraient le matin, et la peur infinie, enfin, incommensurable, de constater qu'elle ne saignait plus depuis deux mois et demi.

Son père l'avait battue comme jamais et sa mère l'avait traitée de sale traînée.

Elle l'avait traitée de sale traînée comme pour montrer de la solidarité à la quasi-folie meurtrière du père. Elle avait même hurlé des mots plus violents encore, dans une voix suraiguë, insupportable, comme pour la faire partir, fuir de cette maison dans de grands claquements de portes et des cris terrifiants.

Un cadre au mur était tombé, une ampoule avait claqué, puis il y eut le silence, lourd comme la mort, mais l'ayant évitée de près.

Le visage de la dame avec ses aiguilles à tricoter chauffées à blanc est toujours resté flou. Son décor en revanche est précis pour toujours ; dans une ville à douze kilomètres. Une douleur au-delà du supportable, un hurlement dans un pull roulé après deux verres de rhum, une peur immense de fillette et la main de sa mère broyant celle de Colette contre sa poitrine. Les larmes de cette maman également sur un visage de vieille dame de 38 ans ; il y avait là sinon de l'amour, une sororité séculaire dans cette heure sombre d'une fin de journée de novembre. Après, les mots sur cet épisode n'avaient plus jamais été prononcés. Le silence du père s'était prolongé jusqu'au mariage subi de Colette.

Les complications et l'hospitalisation qui suivirent cette soirée d'avortement d'automne avaient, dans un sens, arrangé tout le monde.

On pourrait désormais raconter un empoisonnement quelconque aux champignons ou une fièvre hémorragique que la petite avait fini par combattre miraculeusement dans la foi en Dieu.

Elle ne pourrait plus avoir d'enfant, jamais, mais elle était vivante, redevenue une sainte pour le regard de presque tous.

Thibault dit à Colette qu'il doit voir encore des choses administratives avec les services hospitaliers. Il revient la chercher dans la chambre juste après.

Colette veut savoir comment il compte s'organiser avec son départ.

« Eh ben, comme je t'ai dit, je te dépose chez toi et je pars pas trop tard dans la foulée. Je fais l'aller-retour chez moi en Allemagne, je dois y prendre des trucs. M'organiser pour le boulot aussi. Je serai de retour demain en fin de matinée. Je passe par les pompes funèbres tout à l'heure sur le chemin du départ.

— C'est bien, d'accord... Tu feras bien attention sur la route. Tu as personne là-bas qui peut faire le contraire ?

— Le contraire de quoi ?

— Venir te rapporter des affaires, ou quoi, ce serait moins fatigant...

— Mais non Colette, mais non... C'est... j'ai pas le choix, t'inquiète.

— Tu descends près de l'accueil ?

— Oui.

— Tiens. »

Colette lui tend les deux sachets noués.

Celui-là, c'est des petites mangeailles qu'elle avait préparées pour le voyage de Thibault : il y a des tartelettes salées et sucrées qu'elle a faites, deux trois fruits et deux canettes de bière. Il n'aura qu'à les mettre dans sa voiture avant de remonter la prendre.

Et l'autre, ce sont des trucs à jeter s'il passe devant une poubelle normale en bas. Ici, dans les couloirs, c'est que des trucs de tri enquiquinants avec des couleurs à respecter.

Thibault les prend et lui renvoie un sourire d'enfant. Elle est pas possible cette Colette. Il l'embrasse sur le front et lui dit qu'il se dépêche.

« Je vous raccompagne, mademoiselle ?

— Euh, oui… Enfin de toute façon je descends, donc…

— Eh ben on descend ensemble. À tout' Colette.

— Oui, à tourte… »

Colette s'est trompée avec l'abréviation qu'elle n'a pas franchement saisie. Elle a agité sa petite main tordue de travail manuel. La porte s'est fermée sur son geste. Elle entend la voix de Thibault qui fait des coquades avec Alya dans le couloir. Elle pose les mains sur le lit de Françoise, puis s'y assied, puis s'y allonge.

Au desk de l'accueil, on indique à Thibault qu'il doit patienter, que de toute façon on a son numéro de téléphone. En attendant, il peut rester là bien sûr, ou aller quelque part s'il a des choses à faire.

La salle d'attente est bondée de monde et il n'y a plus un siège pour s'asseoir. Un ou deux peut-être, mais des béquilles ou autres appareils médicalisés de déplacement s'y dirigent déjà dans des râles de douleur…

Alya est un peu plus loin dans le hall. Elle fait défiler des trucs sur son portable. De temps à autre elle jette un œil vers Thibault.

Elle finit par sortir sur l'esplanade de l'entrée, se poste à côté de l'énorme poubelle-cendrier et s'allume une bonne clope.

Thibault la rejoint.

« Je peux vous en prendre une ? J'ai fini mon paquet.

— C'est des Camel…

— La vache ! » plaisante Thibault.

Alya glousse un petit peu. Elle tend son paquet un peu dépiauté à Thibault. Certains petits bouts ont dû faire des filtres à pétard.

« Vous ne fumez pas que des clopes ?

— Non, pourquoi, ça vous dérange ?

— Du tout… Ça fait mille ans que j'ai pas fumé. »

Les deux se regardent longuement en tirant sur leurs clopes. Leurs yeux prennent une forme presque imperceptible, mais qui accroche l'autre. Ce sont des regards qui s'amusent et se provoquent, qui montrent : l'intérêt, le trouble, l'absurdité de la situation, l'envie.

Thibault profite d'être près de la poubelle pour se débarrasser du sachet de petites ordures que lui a confié Colette.

« Elle a l'air gentille cette femme.

— Très… Très mignonne. C'était la meilleure amie de ma mère.

— Elle a pu me dire, oui… »

Soudainement, une pluie diluvienne et glacée grise presque au noir le ciel et tout ce qui les entoure.

« Vous habitez loin ?

— Dix minutes. Mais c'est bon, je vais prendre le bus. »

Alya a répondu à ce que Thibault ne lui a pas proposé : la raccompagner chez elle. Si ça avait été lui, elle aurait refusé. S'il insiste, elle dira oui.

« C'est bête, vous allez être trempée. Venez, je suis garé là.

— Vous deviez voir pour des papiers ?

— Apparemment ça va durer des plombes… »

Les deux s'échangent un mélange de sourires et de petits rires lancés depuis leur nez.

***

Sur le trajet, ils ne se sont rien dit d'autre qui ne concernait pas l'itinéraire.

« Là vous pouvez tourner là », « Ici », « Ouais », « Ensuite ? », « Je suis juste après le rond-point ».

Dans la voiture qui ralentit, il y a de la buée sur les vitres. Dehors il fait déjà presque nuit. La pluie s'est transformée en une sorte de neige de cocktail assez dégueulasse qui isole un peu plus l'habitacle du monde autour.

Quand Thibault se gare, il a une gaule presque douloureuse dans le caleçon. Alya sent comme une moiteur qui l'électrise totalement. Thibault la regarde et lui souhaite une belle soirée.

Alya a les yeux sur ses genoux puis subitement elle embrasse Thibault comme un amant retrouvé après la guerre.

Les portes de l'appartement d'Alya s'ouvrent sur les deux emmêlés, qui tentent de se défroquer en même temps qu'ils se déplacent et se mangent. C'est brutal, maladroit, indiscipliné et merveilleux.

Tout se comprend entre eux et tout est bon, désiré, augmenté. Il y a l'état de Thibault qui doit vivre avec la mort toute récente, intimant à son instinct de retrouver l'appétit, de ne rien refuser à sa gourmandise, à ce qui va vivre ; il y a pour lui cette fille belle à crever aux quatre coins de son corps voluptueux qui a voulu de lui dans un vol à désir armé.

Il y a la colère et les armes, justement, jamais baissées d'Alya qui dans le cul parfois peuvent se muer en une extase infinie. Quelque chose qui offre, donne, invente et prend. Un amour que l'on fait de la même manière, quand il ne se retient pas, depuis des siècles et d'où que l'on vienne, qui que l'on soit. Quelque chose qui ressemble à l'idée que se fait Alya de l'absolu : ce mot de livre indéfinissable, mais qui se comprend dans le ventre... Il y a eu pour elle ce mec endeuillé dans la glaciale lumière de l'hôpital, qui maintenant promène son visage entre ses jambes. Ce mec à soigner, à guérir un peu : elle adorerait bien sûr être la pionnière d'un truc entre homme et femme qui n'emprunte pas à cette caricature-là. Mais pour l'instant ça l'excite, elle n'y peut rien… Qu'est-ce qu'elle irait se mentir aussi avec ça ? Ça passe en deux minutes, la vie. Il y aura ses filles et les filles de ses filles : elles n'auront qu'à se démerder avec ça.

Elle, elle est là, maintenant, dans son pieu, avec un homme qui grogne et qui souffre. Elle se sent puissante à le soigner de toute sa peau. Elle morflera peut-être demain. Tant pis.

Ce mec qui a encore ses cheveux – pour elle, c'est important – et qui, à défaut d'être le mieux gaulé du monde, possède un corps solide, une manière ferme de la laisser ployer, se perdre, s'oublier, fondre et disparaître de toutes ses fabrications, ses armures et ses masques dans le plaisir. Le plaisir, le plaisir.

Colette s'est endormie.

Dehors, il fait nuit noire, et la pluie de glace est battante.

Mais que fiche Thibault ? Il ne voulait pourtant pas traîner…

À l'accueil, on la fait attendre dix minutes avant de lui demander ce qu'elle souhaite.

Thibault n'a pas répondu à son portable.

* * *

Thibault entre dans sa voiture sans manteau. Il ne ressent pas le froid : il y a comme de l'invincibilité. Il déplie le numéro de portable d'Alya inscrit sur un bout de papier. Son téléphone n'avait plus de batterie et le sien était resté dans sa voiture.

Il regarde le siège à côté de son volant. Après ce qu'il vient de vivre avec Alya, il lui semble tellement incongru qu'on puisse appeler cela la place du mort. Au sol sous la boîte à gants, un sachet Franprix...

Merde Colette, il a zappé Colette. Il ouvre le sachet. Pauvre débile, il s'est gouré : ce sont les trucs à jeter.

Il a balancé la bouffe de Colette.

Il démarre en trombe.

* * *

Colette est tombée sur un homme bien mal aimable qui lui a signifié qu'elle ne devait pas rester des heures à l'hôpital, que ce n'était pas un hôtel, qu'en plus elle n'était pas de la famille, que Thibault était parti et que, d'ailleurs, on l'attendait pour les papiers pour sa mère : faire un tour, ça ne veut pas dire foutre le camp.

Sur l'esplanade de l'entrée, elle semble perdue, hébétée. Le parking est en partie verglacé, impossible de le traverser sans se briser tous les membres. Son téléphone n'a plus, comme elle dit, d'unités. La voilà qui vacille. Abandonnée, totalement, éperdument. Elle ressent comme de la nausée. Dans son tournis, la poubelle-cendrier retient sa chute.

Un sachet en dépasse. Elle ne veut pas bien croire à ce qu'elle voit. Sa nourriture. Sa nourriture préparée pour un enfant adulte qu'elle n'a jamais eu et qui se fiche bien d'elle, comme le reste de l'humanité. Autour d'elle, on la contourne agacé, parce que son mouvement malaise n'a pas le rythme des médecins, infirmiers, patients, passants sortant vers leurs bus, leurs voitures, leurs vies dans cette ville noire, ou s'engouffrant dans l'immense cube hospitalier. Hospitalier ! Personne ne la regarde, ne lui pose la moindre question, alors que son petit corps chavire et lâche. Ça n'est pas vrai, on ne remarque pas plus les moins que rien, même quand ils viennent de le devenir. Comme là, maintenant, à cette heure.

« Il n'y avait que toi ma bonne Françoise. Tu savais tout, mes pires cauchemars, mes coups, mes peurs, mes rêves et mes fièvres la nuit qui me faisaient n'appeler que toi… Dieu m'a tout pris, même toi. Et maintenant il m'humilie. »

* * *

Thibault se maudit dans sa voiture lancée à une vitesse folle dans la ville. Voilà huit fois qu'il appelle Colette. Un message, deux messages, trois messages pour s'excuser. D'autres pour dire qu'il est en route. D'autres encore pour expliquer ce camion renversé qui le bloque. Il se gare et va finir à pied. Il va courir comme jamais.

Dans les couloirs de l'hôpital presque vides, on entend certains patients gémir, se nourrir. Des voix d'aide-soignantes : « Je vous remonte le lit », « Respirez, attention je pique »…

Colette avance en automate, avec le numéro de la chambre d'Étienne Quarar écrit sur un bout de papier. Elle a croisé l'infirmière rousse qui, avant de zigzaguer sur son vélo en partant, lui avait communiqué l'information.

* * *

L'Aria de Jean-Sébastien Bach par Richard Galliano tire de longues notes que les spectateurs de la création d'Anouck Sens se prennent au fond des tripes. Le niveau des décibels avait été modifié l'après-midi. Anouck n'avait rien validé tant que ses poils ne s'étaient pas dressés sur ses avant-bras, tant que d'inexplicables larmes n'avaient pas fait couler son khôl.

Ses comédiens danseurs évoluent comme en suspension sur le plateau. Des phrases issues d'une vaste littérature, de chansons et de poèmes constituent le seul texte du spectacle.

Les silhouettes se serrent dans les bras, se portent, se poussent ou tombent. De longues notes bouleversantes encore : « On oublie les voix qui vous disent tout bas les mots des pauvres gens : Ne rentre pas trop tard, surtout ne prends pas froid. »

* * *

Pauvres gens ! Pauvres imbéciles que nous sommes ! Il n'y a donc bien que les méchants ou les gentils, pas vrai ? Colette observe Étienne endormi, sonné par la morphine. Elle serre un grand coussin sur sa poitrine face à son lit.

Thibault court dans les couloirs de l'hôpital, redescend au desk demander si Colette a été vue. Une conversation sur le troisième *Iron Man* l'empêche de garder patience et d'attendre une réponse. Il repart à l'assaut des ascenseurs, retourne à tout hasard dans la chambre désespérément vide de Françoise.

* * *

Sur le plateau, la musique de Bach se trouve maintenant rythmée comme par des percussions d'ailleurs ; le toit de tôle n'a jamais profité des subventions nécessaires à l'insonoriser. La pluie et des perles de glace frappent le métal dans un bruit opératique. Les danseurs se nouent et se dénouent. « À vaincre sans péril, on triomphe sans gloire. »

Il y a des nerfs, de la sueur, des muscles qui se fatiguent et se tendent dans des lumières ocre et noires.

* * *

Les bras d'Étienne se tendent puis se débattent. Parfois ils frappent aussi fort que la pluie, mais Colette évite ou ne sent rien. Elle a de l'expérience, elle a su si souvent s'anesthésier des hommes. Il semble que son poids a quintuplé sur le grand coussin qu'elle utilise pour étouffer Étienne.

« Françoise, ma Françoise. Nous allons nous rejoindre. Être coupable me tuera vite, j'arrive. Je passerai par l'enfer, et essaierai de négocier quelque chose. Ici, tout m'a oubliée. »

Étienne ne lutte bientôt plus. Ses jambes envoient quelques derniers et impuissants coups de pied qui frappent le métal du lit.

Son souffle provoque des sons qui n'existent déjà plus au pays des vivants.

Thibault suffoque dans les couloirs, il est au bord de la crise d'asthme. Un médecin qu'il reconnaît le croise.

« Ça va, monsieur ?

— Je cherche Colette, l'amie de ma mère.

— Ah oui, l'adorable petite dame... Je viens de la croiser vers la trauma. »

Thibault comprend quelque chose comme s'il était une bête. Il redémarre sa course en trébuchant sur plusieurs mètres.

* * *

Dans le théâtre, les silhouettes des hommes et des femmes qui se lèvent et s'effondrent au sol dans d'énormes bruits sourds mettent le public en apnée. L'humain se montre dans son sublime et son dérisoire, sans griffes, sans crocs, sans poils, sans sabots, sans rien. Dans toute sa frayeur et ses combats pour la vaincre. Tâcher, conscient d'une impossible quête, de se relever tout de même. Les chutes et les relevés des artistes sont accompagnés de sons : balles de tirs qui fusent, tremblements de la terre, hurlements de foules immenses, bips électroniques, différents jingles, hennissements, bris de verre, coups de poing, de pied, effondrements d'immeubles, explosions, cris de fuite…

Tout est mêlé aux notes presque divines de Bach à l'accordéon.

Anouck se demande comment on a pu un jour dessiner, peindre, écrire, faire de la musique… Comment cela a pu se produire, si ce n'est par miracle ? Elle regarde sa salle. Des places restent vides, mais son guignol est tout de même bien rempli.

Elle observe cette drôle de messe qui consiste depuis des siècles à s'asseoir ensemble, collés comme des pingouins, pour voir la vie en même temps qu'on souhaiterait presque en sortir. Quelque chose d'autre qui joue de nos illusions, qui nous fait croire si fort que nous sommes simplement ensemble comme un seul corps et non pas que « seuls, ensemble », les uns à côté des autres avec nos microscopiques cellules comme des planètes dans l'univers.

* * *

« Ensemble, on est ensemble, Colette, respire, je suis là, regarde-moi. »

Thibault berce la petite vieille, criminelle désormais, accroupie au sol dans un état plus que second.

« Qu'est-ce que tu as fait ? Pourquoi tu as fait ça ! Mon Dieu, Colette !

— Ton Dieu ? Ça fait des années que je lui téléphone, tu sais… Moins 10, ressenti moins 25… Ils ont dit ça à la radio ce matin, mon garçon…

— Oui, et alors ?

— On ressent toujours plus fort que ce qu'on montre, mon grand… Et puis soudain, c'est trop. Et puis soudain, c'est trop… Tu comprends ? »

Colette perd peu à peu connaissance dans les bras de son Thibault qui appelle au secours de toutes ses forces dans un hurlement de loup.

***

Dans le théâtre d'Anouck, les dernières notes se font plus longues, comme un dernier souffle. Les artistes sont tous à terre, mais certains d'eux ont les poings levés vers le ciel. La lumière diminue et les poings disparaissent un à un. La pluie s'est arrêtée dehors. C'est à présent le vent qui souffle comme pour prolonger le soufflet de Richard Galliano.

Le silence se déguste un peu. Quelques toux, quelques raclements de gorges, des lunettes qu'on essuie, des nez que l'on mouche. Quelques larmes enfin se perçoivent dans la pudique noirceur de la salle.

Les applaudissements seront longs et nourris pour rendre bruyante et faire résonner aux oreilles sourdes du ciel la communion d'une grande machine pleine de pièces abîmées, à terre ou debout, fonctionnant comme elles peuvent avec ce bail indéterminé, cruel et merveilleux, qu'est la vie des humains.

Une communion que ma ferraille n'a jusqu'alors jamais connue.

13565

Composition
FACOMPO

Achevé d'imprimer à Barcelone
par CPI Black Print
le 7 août 2022

Dépôt légal : août 2022
EAN 9782290259122
OTP L21EPLN003024-435699

ÉDITIONS J'AI LU
82, rue Saint-Lazare, 75009 Paris

Diffusion France et étranger : Flammarion

PROLOG

Die Kerzen haben keine Chance gegen das in den Raum flutende Licht.

Dieses Licht erzeugt gelbe, grüne, blaue und rote Flecke auf dem steingrauen Boden, deutlicher noch auf den gekalkten Wänden. Die gläsernen Bilder, die wie Diapositive diese Flecken erzeugen, lösen sich dabei so vollständig auf, dass man auf Wand und Boden nicht mehr erkennt, was sie darstellen. Die öffentliche Verbrennung einer Frau zum Beispiel. Die Zerstückelung eines schreienden Mannes mittels Äxten, die Tötung eines Drachens mittels Lanze, die Geburt eines Kindes, den Seelenstrahl eines Mannes, hervorstechend aus seinen Augen.

Zu all dem kommt noch ein Geruch, wie man ihn von soeben verlöschten Wachskerzen kennt.

»Wir wollen singen«, sagt nun der Mann vorne. Er ist nicht eben alltäglich gekleidet. »Ausgewählt wurde das Lied: ›Sag ja zu meinen Taten‹, Bachwerkeverzeichnis 194.«

Blätterrascheln, Hüsteln, einige räuspern sich, die Orgel gibt den Ton vor.

Hier drinnen ist es wenigstens kühl. Manz' Empfindung ist korrekt, die Temperatur ist erträglich. Draußen dagegen beträgt sie zweiunddreißig Grad. Manz hat gelitten, als sie auf dem Platz vor dem aus vergrautem

Sandstein gefügten Portal auf den Rest der Familie sowie einige Bekannte und Freunde warteten. Nun, sie hätten ohnehin warten müssen, die Gruppe vor ihnen, wie jeder sah, eine Taufe, hatte überzogen.

Die Sonne brannte fast senkrecht auf sie hinab, und mag Manz auch, was Kälte und Regen angeht, hart im Nehmen sein, Hitze liegt ihm nicht.

Andererseits ...

Ist es nicht so, war es nicht schon immer so, dass bei Manz die Glut des Backofens hin und wieder, im Modus der Ermattung, Regionen des Verstandes in Tätigkeit setzt, die der gesteigerten Empfindung und dem Erspüren zuzuordnen sind? Oder, um es wissenschaftlich auszudrücken ...

Ich hätte mir bequemere Schuhe anziehen sollen.

Manz' Augen wandern über Wände und Interieur, während er, wie alle anderen, wartet.

Die Decke des Raums ist als Spitztonnengewölbe ausgebildet, die Wandstärke liegt bei, *glatt ein Meter, da wurde fleißig gemauert,* und die zu all dem passenden Fenster mit den aus gebrochenem Buntglas gefertigten Bildern sind schmal, sehr hoch, oben ebenfalls spitz zulaufend.

Taufstein, Altar, Kreuz, Opferstock, alles da, was sie für ihre Arbeit brauchen.

Und doch ist in dieser Kirche nicht alles so, wie man es üblicherweise kennt.

Na, die ist mutig.

Die Orgel steht nicht auf der Empore über dem Eingang, sie hängt, ähnlich einem Schwalbennest, hoch oben an der linken Wand, ist nur über einen leiterartigen

Stieg zu erreichen und wird von einer Frau Mitte sechzig bedient.

Trotz all dieser Details wirkt die Innenausstattung der Kirche eher karg. Was niemanden wundern wird, denn erstens ist es eine protestantische Kirche, und zweitens steht sie in Berlin. In Charlottenburg, um genau zu sein, und wie jeder weiß, ist Charlottenburg zwar kein ärmlicher Stadtteil, aber eine protestantische Kirche ist und bleibt eine protestantische Kirche, und Berlin ist und bleibt Berlin.

Noch zögert Manz, gleich wird er sich seitlich zu seiner Frau hinüberbeugen. Und zwar so weit, dass seine Schulter ihre Schulter kräftig berührt und sein Mund beinahe ihr Ohr.

Die Gemeinde hat mittlerweile die letzte Zeile gesungen, die Organistin wiederholt zweimal eine komplexe, mehrfach gebrochene musikalische Figur. Improvisiert ein wenig, und wirkt in diesem Moment … Manz sieht ja, wie ihr Körper über den Tasten arbeitet … *sehr engagiert, fast schon ein wenig entgrenzt.*

Nach dieser letzten musikalischen Aufwallung senkt sich eine annähernde Stille über alle und alles. Ein leises Scharren von Füßen, ein Hüsteln an zwei, drei Stellen im Raum sowie ein dezentes Rascheln von Papier akzentuieren die Stille.

Weit ist es nicht mehr bis zu jenem Moment. Manz wird sich gleich seitlich nach links zu seiner Frau hinüberbeugen, er wird ihr Schultergelenk an seinem spüren, und …

»Dies, liebe Gemeinde, ist ein besonderer Tag.«

Der Pfarrer erklärt den Eltern und Verwandten, worum es geht. Eigentlich ist das überflüssig, denn die Anwesenden wissen natürlich ganz genau, weshalb sie hier sind. Und doch hören alle andächtig zu, weil … Dass der Pfarrer all diese gut geübten, jahrhundertelang gepflegten Sätze spricht und damit sie selbst meint und ihre Kinder, das kommt selten so deutlich und erhaben zum Ausdruck wie an diesem besonderen Tag.

Nun endlich ist es so weit. Manz' Oberkörper kippt mit männlichem Akzent nach links gegen seine Frau, und sein Mund …

»Sag, Christine …«, fragt er im Flüsterton, und ihre Augen kippen augenblicklich ein gutes Stück weit nach oben, »… bist du dir sicher?«

»Womit?«, fragt sie leise zurück. Christine Manz sitzt mustergültig aufrecht in der Bank. Die Beine hat sie übereinandergeschlagen, ihr Blick geht gesammelt nach vorne zum Pfarrer. »Womit soll ich mir sicher sein?«

»Na, dass Matti das hinkriegt.«

»Was hinkriegt?«, fragt sie zurück, ohne ihren Körper auch nur um einen Millimeter zu bewegen oder den sprechenden Pfarrer aus den Augen zu lassen.

»Na, seine Rede. Meinst du, dass er das hinkriegt?«

»Ja, natürlich.«

»Aber kann Matti denn reden? Ich meine, in aller Öffentlichkeit?«

»Ich würde gerne dem Pfarrer zuhören.«

Manz und Christine haben eine halbe Stunde zuvor in der zweiten Reihe zwischen ihren Töchtern Claudia, Stefanie und Julia sowie fünf der sechs Enkelkinder Platz genommen. Claudias Ältester, Matti, sitzt nicht bei ihnen, ihm steht sein großer Auftritt bevor.

Alle in der Familie hatten sich gewundert, als Matti vor zwei Jahren zum ersten Mal den Wunsch geäußert hatte, konfirmiert zu werden. Da wurde viel geredet. Teils auch negativ oder zumindest besorgt. Verstanden, woher das kam, hatte eigentlich niemand. Mattis Mutter, Claudia, hat ihre drei Söhne ganz klar positiv-naturwissenschaftlich erzogen. Sie, wie auch Mattis Vater – Frank, um seinen Namen wenigstens einmal kurz zu nennen –, waren durchaus in der Lage gewesen, ihrem Ältesten die Welt und was darin zwischen den Menschen geschieht, vernünftig zu erklären. Das ging, wenn es sein musste, bis tief rein ins Politische, Psychologische und Psychosomatische. Dass nun ausgerechnet Matti, der in Mathe und Chemie fünfzehn Punkte und in Bio immerhin dreizehn hatte, aus dieser naturwissenschaftlichen Fahrrinne ausscheren wollte, um sich christlichen Werten hinzugeben …

»Ich mag es, mit anderen zusammen zu sein und über interessante wie auch traurige oder beängstigende Themen zu reden«, hatte Matti damals erklärt. »Da möchte ich eben mitmachen.«

Manz hatte diesen Wunsch seines Enkelsohns nicht sofort nachvollziehen können. »›Über beängstigende Themen zu reden …‹, solche Sätze hat er doch früher nicht benutzt, wo kommt das her?«

»Vielleicht vom Pfarrer?«

»Das ist nicht lustig, Christine. Das unbedingte Wollen und Glauben … In unserer aktiven Zeit hatten Borowski und ich einige Fälle, in denen das unbedingte Wollen und Glauben … Ich sage dir, so ein Glaube, so etwas Unbedingtes kann eine Gruppe von Menschen auf eine Weise zusammenschweißen, dass sie am Ende vor einem Richter stehen.«

»Ich glaube, Schatz, du übertreibst es ein wenig mit deinem Unbedingten. Gibst du mir recht?«

»Bedingt.«

Wie auch immer, Matti hatte sich durchgesetzt, und nun sitzen sie hier in der Kirche.

Auch Manz' Mutter, Ingrid – vierundneunzig Jahre alt, selbst nicht gläubig, ja fast schon kirchenfeindlich eingestellt –, ist gekommen. Und das, obwohl es zwischen ihr und Mattis Mutter im Laufe der Jahrzehnte wegen verschiedener Vorstellungen von Kindererziehung immer wieder zu heftigen Auseinandersetzungen gekommen ist und Ingrid auch ganz genau weiß, dass ihre Anwesenheit ihre Schwiegertochter bis aufs Äußerste nervös macht. Zweimal war Christine allein schon beim Anblick ihrer Schwiegermutter so unglücklich mit dem Fuß umgeknickt, dass sie tagelang auf dem Sofa liegen musste. Wo Ingrid sie dann mit selbst hergestellten Salben heilte, was die Sache nicht besser machte.

Nun gut, die üblichen kleinen Querelen. Manz jedenfalls freut sich, dass seine Mutter gesund ist und rechts von ihm in der Kirchenbank sitzt.

»Wir wollen gemeinsam beten.«

Alle stehen auf, es folgt eine Art chorisches Brummen.

Ein perfekter Blickwinkel. Von schräg vorne und etwas von oben. Man sieht jetzt, wo sie stehen, alles sehr gut. Manz' Familie nimmt fast die gesamte zweite Bank ein. Dazu kommen noch ein paar Verwandte und Freunde. Zum Beispiel Tante Rhabarber und ihr Mann Onkel Wolke, deren Tochter Sabine – über die besser kein Wort – mit ihren beiden nicht wirklich gut geratenen Söhnen. Wolfgang und Theo aus Manz' Zizzwitzer Ruderverein sind natürlich gekommen. Der ehemalige Ruderkamerad Henning ist leider nicht mehr dabei. AfD. Schon seit einigen Monaten. Des Weiteren sind zwei alte Damen, drei jüngere Frauen sowie ein Mann genannt: Ach, der Henning, wie nett!, aus der weitverzweigten Verwandtschaft von Onkel Jochen erschienen. Allein was diesen Henning und seinen Hof bei Oldenburg angeht, gäbe es einiges zu erzählen! Weil doch Manz sich da, im Oldenburgischen, Mitte der Sechziger seine ersten Sporen als Ermittler verdient hatte, und natürlich, weil er und Christine sich dort auf einer Bank vor dem Dangaster Kurhaus damals kennengelernt haben. Nun, kennengelernt ... Man sollte eher von einer ersten Begegnung sprechen. Einem Zusammenprall nicht nur von geistigen Welten. Die Geschichte also mit dem Dauerregen und dem extrem schmalen Bett neben dem glühheißen Bullerofen.

Es ist nicht der rechte Zeitpunkt, das hier auszubreiten, es geht um Mattis Konfirmation. Natürlich, aber das war zu erwarten, ist eine der beiden Töchter von Manz' ehemaligem Kollegen Kriminalhauptkommissar Borowski gekommen. Sie vertritt ihren Vater, dem es nach seiner Bypassoperation noch nicht so gut geht, wie er es gerne hätte. Zwei ehemalige Mitarbeiterinnen von Christine sind ebenfalls da, eine davon noch sehr jung, sie ist extra aus Brüssel angereist, wo sie für die Grünen in einem Ausschuss des Europaparlaments dafür zuständig ist ... Nun, alle zu nennen, mit ihren Geschichten, Geschichtchen, Karrieren, Lebensentwürfen und Schicksalen würde zu weit führen. Hier sollen nur kurz die genannt sein, die regelmäßig bei Manz und Christine in Zizzwitz zu Gast sind.

»Amen.«

Das Gebet ist gesprochen, wieder ertönt die Orgel. Noch mal Bach. Ganz zart diesmal. Ein paar Arabesken ohne Gesang. Alle setzen sich, hören andächtig zu. Fast alle hören andächtig zu, müsste man sagen.

»Aber Matti ist doch bestimmt furchtbar nervös.«

»Jetzt lass es doch einfach geschehen und bleib ruhig.«

»Aber wo sind die denn?«

»Die Konfirmanden?«

»Ja, wo sind die? Geht da gerade irgendwas schief?«

»Man merkt, dass du in Pankow aufgewachsen bist und nie konfirmiert wurdest.«

»Verstehe ich nicht.«

Der letzte Ton der Orgel verklingt, es folgt der feierliche Einzug der Konfirmanden.

»Matti ganz vorne. Wie ist es, Christine, kannst du gut sehen?«

»Ich sehe alles und würde gerne in Ruhe …«

»Viele sind es ja nicht.«

»Es lassen sich nicht mehr so viele konfirmieren.«

»Aber warum Matti? Bei uns war doch nie jemand besonders gläubig. Und die Kirche ist ja auch … Hast du den neuesten *Spiegel* gelesen?«

»Pssst!«, kommt es scharf von hinten. Manz verzichtet darauf, sich umzudrehen und den Mann zurechtzuweisen. Was seine innere Anspannung angeht, er hätte genügend Druck, das zu tun. Nun, er bleibt ruhig. Vermutlich Christine zuliebe. Stattdessen beugt er sich, kaum, dass Matti an der Spitze des kurzen Zugs an ihnen vorbei ist, vor, faltet die Hände mit Kraft zwischen den Knien. Auf seiner Stirn Schweißtropfen.

Der Pfarrer hält an diesem Tag keine Predigt. Er beginnt mit den Worten: »Heute werden wir …«, es folgen neun feierlich verlesene Namen, »… in die Gemeinde der Gläubigen aufnehmen.«

Noch zwei aufmunternde Sätze zu den neun in einem dreiseitigen Karree aufgestellten Konfirmanden, dann tritt er beiseite. Mehr hat der Pfarrer nicht zu tun, denn der heutige Gottesdienst wird, wie es Brauch ist, von den Konfirmanden gestaltet.

Die Gemeinde sitzt konzentriert in den Bänken, während eine rothaarige Vierzehnjährige mit extremem Kurzhaarschnitt vortritt und die zum Psalm verdichteten Kerngedanken der Konfirmanden vorträgt. Einzig ein Ehepaar in der vierten Reihe wirkt etwas nervös. Dass die Frau, die da neben ihrem Mann sitzt, die Mutter der Rothaarigen ist, sieht man sofort. *Wie aus dem Gesicht geschnitten.* Mit dem Unterschied allerdings, dass die Mutter goldblonde, sehr lange perfekt wallende Haare … *Klassisch. Ganz eindeutig Mutter und Tochter.*

Die Rednerin endet mit den Worten: »Wer falsche Ratgeber durchschaut, der ist gut dran, und wer sich von schlechtem Vorbild verleiten lässt, der steht am Ende vor seinem Richter.«

Denkt Manz in diesem Moment bereits an die alte Geschichte mit dem Pfarrer? Oder an die hübsche Sara mit ihrem wippenden Pferdeschwanz?

Natürlich nicht.

Wohl aber denkt er an seine Zeit als Kommissar der Direktion 5 in Berlin.

Wer falsche Ratgeber durchschaut, der ist gut dran, und wer sie nicht durchschaut, steht irgendwann vor dem Richter. Damit hat sie die Hälfte aller Vorgänge beschrieben, die Borowski und ich damals bearbeitet haben.

Manz verliert sich in alten Gedanken. Sieht Gesichter, Flure, Autos, Tatorte, den Verhörraum. Ja, vor seinem inneren Auge erscheinen sogar Borowski, Ermittlungsleiter Rolfes und Frau Bächle. Alle noch jung, denn was er sieht, liegt vier Jahrzehnte zurück. So geht das Gebet der Gemeinde an ihm vorbei, die Lesung ebenfalls, und auch beim nächsten Lied brummt er nur so halb mit.

Manz taucht erst wieder auf, als sein Enkelsohn an der Reihe ist.

Gott, der Arme, jetzt steht er da ganz alleine …

Matti ist in einer Weise gekleidet, wie Manz ihn noch nie sah, und er trägt die zu einer Predigt geformten Gedanken der Konfirmanden mit ruhiger und doch kräftiger Stimme vor. Lässt eben genug Platz zwischen den Sätzen, dass man ihm folgen kann, ohne dass es langatmig klingt.

Na, bis jetzt funktioniert es ganz gut.

Zwanzig Minuten geht das so. Matti blickt sogar mehrfach auf, spricht frei.

Und kein Unheil geschieht, Manz' Enkelsohn kommt ohne zu straucheln zum Schluss.

»Als Letztes möchte ich ein Gedicht von Dietrich Bonhoeffer vortragen. Das hat er in der Haft geschrieben, bevor er von den Nationalsozialisten ermordet wurde.«

Gott, jetzt mit denen zu kommen …

Manz wird heiß. Die Gemeinde bleibt ruhig.

»Der Titel des Gedichts ist eine einfache Frage: ›Wer bin ich?‹«

Mehr als diese drei Wörter sind nicht nötig. Mit einem lauten Knall klappt die aus dicken Bohlen gefertigte Luke zur Gruft auf, und etwas sehr Altes schlüpft behänd aus den tiefen Regionen von Manz' Verstand empor. Und schon ist sie da, die fischschuppige Göttin der Erinnerung. Die, welche keiner rufen muss, denn sie fühlt sich angesprochen, wann immer sie will.

ERSTER TAG

Leichenfund

Ja? … Hallo!« Manz' Stimme klingt ungeduldig. »Wer ist denn da?«

»Rolfes«, erwiderte Kriminalhauptkommissar Rolfes am anderen Ende der Leitung. »Entschuldige, ich hatte gerade … Leichenfund im Leberstieg. Der Arzt sagt, das muss sich wer ansehen. Ihr kommt kurz zu mir, ich instruiere euch.«

Die stets gleichen dienstlichen Abläufe, die teils Wort für Wort gleichen Sätze. Mittwoch, 9. Juni 1983, 12:30 Uhr. Die Sonne hat das Dienstzimmer nicht so stark aufgeheizt, wie Borowski tags zuvor befürchtet hatte.

Blick durchs Fenster.

Na, wer weiß …

Da sich das Wetter nach einigen brütend heißen Tagen etwas ungestüm zeigte, war Manz bereits morgens auf den Balkon seiner Wohnung getreten, hatte über den Mariannenplatz geblickt und geschnuppert … *Kann gut sein, dass es regnet.* Somit hatte er, bevor er gegen acht Uhr die Wohnung verließ, *besser ist besser,* seine gummierte dunkelgrüne Regenjacke aus dem Schrank geholt.

Dann noch mal schnell ins Schlafzimmer, ein Kuss vor dem Bett.

»Ich mach mich auf den Weg!«, hatte er zu seiner Frau gesagt. Er stand dabei bereits wieder in der Tür.

»Du weißt, wann du zurück bist?« Christine sah ihn nicht an, als sie das fragte, sie war gerade dabei, ihren weißen Koffer zu packen.

»Theoretisch um fünf, aber du weißt ja, wie es ist in der Direktion 5 …«

»Du hast im Kopf, dass ich für zehn Tage weg bin und Lisa nur bis um siebzehn Uhr auf Julia aufpasst?«

»Zur Not ist ja Claudi da.«

Ohne aufzublicken, da sie gerade *fast schon mit Liebe und Zärtlichkeit* einen Packen Schriftliches in ihren Koffer legte, sagte Christine: »Julia ist vier Jahre alt, und Claudi ist kein Babysitter, sondern unsere Tochter. Außerdem bereitet sie sich auf ihr Abitur vor. Das heißt, du bist um spätestens 17 Uhr hier. Ganz egal, was ihr in der Direktion 5 … Jetzt geh, du machst mich nervös.«

»Gut, dann bin ich quasi schon weg. Viel Erfolg.«

»Und lass dir von Claudi zeigen, dass sie ihre Hausarbeiten auch wirklich gemacht hat.«

»Sie ist siebzehn!«

»Musst du mir bei jeder Kleinigkeit widersprechen?«

»Ich kümmere mich um alles. Und viel Erfolg in … Na …«

»München. Versuch doch mal dir zu merken, was hier im Haus, was in meinem Leben vorgeht.«

»Du bist jede zweite Woche in einer anderen Stadt, da ist mir München eben für den Moment weggerutscht.«

»Versuch trotzdem, ein klein wenig Anteil zu nehmen, wenn dir das möglich ist.«

»Du machst dir Sorgen wegen deiner Reise? Deiner Rede? Oder wird Frau Scholle auch da sein?«

»Wie kommst du auf Frau Scholle?«

»Jemand, der dich nicht so gut kennt wie ich, würde meinen, du wärst etwas gereizt.«

»Geh! Bitte. Ich habe noch sehr viel zu erledigen.«

Manz nahm also seine Regenjacke mit ins Büro. Die hatte er zwei Jahre zuvor während eines etwas verregneten Urlaubs mit Christine und den Mädchen an der Nordseeküste gekauft. Bald, so sein Plan, würde er sich eine Lederjacke anschaffen. *Siebenhundert Mark.* Viele Kollegen trugen solche, da wollte er nicht zurückstehen.

Eine halbe Stunde später ein letztes Zögern. Noch vor den Kleiderhaken in seinem und Borowskis Büro.

Könnte ihm seine Regenjacke mitbringen. Obwohl. Ach, soll er doch selber …

Manz holte Borowski im Besprechungsraum ab, wo der sich gerade einen Vortrag von Christoph Tanne, dem Leiter der Pressestelle der Direktion 5, anhörte. Offenbar ging es um den Umgang mit verdächtigen Schwarzafrikanern und die Frage, wie afrikanische Namen korrekt auszusprechen waren.

Manz schlich zu Borowski, beugte sich behutsam über ihn, sprach leise. »Wir müssen los. Leichenfund, männlich, im Leberstieg.«

»Leberstieg? Nie gehört.«

»Komm.«

Borowski faltete die Blätter mit seinen phonetischen Notizen zusammen und steckte sie in die Innentasche des Jacketts.

»Willst du noch kurz ins Büro?«, fragte Manz, nachdem sie den Besprechungsraum verlassen hatten.

»Wozu?«

»Dir deine Jacke holen. Es könnte regnen.«

»Liegt denn der Tote im Freien?«

Sie gingen zu Rolfes, der den Vorgang bis jetzt koordiniert hatte. Rolfes war, genau wie Manz und Borowski, vom Rang her Kriminalhauptkommissar, fungierte jedoch seit einiger Zeit als Ermittlungsführer. Das heißt, bei ihm liefen alle Fäden zusammen.

»Na, das ging schnell.« Rolfes stand auf. Eine Angewohnheit. Er hätte das nicht tun müssen.

»Also?«, fragte Manz.

Der Fußboden, die Möbel, die Wände. Grautöne in Abstufungen. Rolfes hatte die Angewohnheit, nur wenn es gar nicht anders ging, Licht zu machen in seinem Büro, das daher stets etwas düster wirkte. So auch jetzt. Trübes Tageslicht ohne Farbklang scharf von der Seite. Entsprechende Schattenpartien auf den Gesichtern.

Manz und Borowski standen nebeneinander wie aufgestellt. Annähernd gleiche Körperhaltung. Manz allerdings war einen Kopf größer. Und sein Kopf, sein Gesicht, der Unterkiefer vor allem … Das alles wirkte wie eine plastische Studie, gefertigt in Ton. Die Arbeit eines noch jungen, sehr wild und roh empfindenden Bildhauers. Es gab Frauen, die fanden dieses Gesicht anziehend, es gab aber auch solche, die das Rohe ein wenig ängstigte.

Manz hätte mehr tun können, den ersten, naturgegebenen Eindruck abzumildern. Zum Beispiel indem er seine Stimme sanft und besonnen hätte klingen lassen. Er tat es nicht. Jetzt vorschnell zu sagen, es sei eine andere Zeit gewesen, das Männerbild habe sich noch nicht gerundet … damals, 1983. Das zu sagen, hieße die Zeit verkennen. Das Männerbild hatte sich durchaus gerundet. Im Generellen. Nur galt das eben nicht für alle Männer.

»Heute um kurz nach elf«, begann Rolfes, »wurde die Feuerwehr telefonisch alarmiert. Und zwar …«, er sah noch mal auf seinen Zettel, »von drei Frauen.«

»Direkt nacheinander?«

»Gleichzeitig. Offenbar hingen sie zu dritt am Telefon. Sollen ziemlich aufgeregt gewesen sein und durcheinandergeredet haben.«

Manz' Verstand produzierte ein Bild von drei Frauen an einem Telefonhörer.

»Offenbar sind die drei Mieterinnen des Hauses im Leberstieg Nummer … Hier.« Rolfes überreichte Manz seinen Zettel mit den handschriftlichen Notizen.

»Leberstieg?«, fragte Manz. »Ich kenne eine Leberstraße in Schöneberg, aber …«

»Wir in Neukölln haben einen Leberstieg. Geht vom Böhmischen Platz ab. Guckt auf dem Stadtplan nach. Die drei Frauen sagten, der Mieter der Erdgeschosswohnung habe bereits seit Tagen nicht auf ihr Klingeln reagiert und sei auch seit gut einer Woche nicht mehr gesehen worden. Was offenbar unüblich war.«

»Und da warten die so lange?«, fragte Borowski. Es war mehr ein Murmeln.

Rolfes reagierte nicht darauf. »Die Feuerwehr traf zwanzig Minuten nach dem Anruf ein …«

»Klingelte vermutlich an der Tür!«, brummte Manz. Es war nicht zu überhören, dass er loswollte.

»Klingelte. Ganz richtig«, erwiderte Rolfes. Da niemand reagierte und die Frauen, es waren noch immer die drei, die angerufen hatten, soweit ich das verstanden habe ... die scheinen sehr gedrängt zu haben, dass sofort etwas unternommen wird.«

»Erst warten sie tagelang ...«

»Darf ich weitermachen, Borowski? Danke. Die Tür wurde also von der Feuerwehr geöffnet. Sie leistete kaum Widerstand. Das hat der Leiter des Einsatzes dem Kriminaldauerdienst mitgeteilt.«

»Wer hatte die Leitung beim Dauerdienst? Schrode?«

»Gib noch mal den Zettel ... Ja, Schrode, richtig. Hier: ›Tür war nicht abgeschlossen und ließ sich mit einem leichten Druck öffnen.‹ Da konnte also jeder rein.«

»Es gibt keinen Hausmeister?«

»Offenbar war der nicht greifbar. In der Wohnung wurde der Mieter auf dem Boden liegend vorgefunden. Die Feuerwehr informierte daraufhin den Kriminaldauerdienst.«

»Ohne den Tod festzustellen?«, fragte Borowski in seiner manchmal etwas anstrengenden, teils fast schon kleinkarierten Art.

»Der Mieter war offenbar bereits seit über einer Woche tot, es reichte ein Blick. Dazu der Geruch ...«

»Trotzdem muss doch ein Arzt den Tod offiziell feststellen!«

»Natürlich wurde ein Arzt gerufen. Der Kriminaldauerdienst hatte nicht viel zu tun. Die Wohnung war eindeutig durchsucht worden. ›Durchwühlt und verwüstet‹, sagte Schrode am Telefon. Es muss dort ziemlich schlimm aussehen. Na, die Spurensicherung wird dankbar sein, dass weder die Männer von der Feuerwehr noch welche vom Dauerdienst in der Wohnung rumgelaufen sind. Der Arzt stellte den Tod fest und empfahl Schrode, eine genauere Leichenschau zu veranlassen.« Rolfes blickte auf seine Uhr. »Grossmann und die Spurensicherung sind sicher schon vor Ort, Schimmag ist unterwegs. Ich schätze, Grossmann und seine Mitarbeiter müssten dann auch bald so weit sein, dass ihr einen ersten Blick auf den Toten und die Räume werfen könnt.«

Mehr gab es offenbar nicht zu sagen. Jedenfalls nahm Rolfes wieder hinter seinem Schreibtisch Platz. Er verschwand damit in einer Art Dunkelfeld. Angeblich konnte er bei diesen Lichtverhältnissen besser arbeiten.

Der Flur. Der Fahrstuhl. Die Tiefgarage.

Es war nur eine Fahrt von zehn Minuten. Die Bäume am Straßenrand bewegten sich, die dunklen Wolken über ihnen veränderten rasch ihre Form.

»Tatsache!«, staunte Borowski, den Stadtplan auf seinen Knien. »Es gibt hier einen Leberstieg. Muss gleich da vorne links sein.«

»Warum sollte es in Neukölln keinen Leberstieg geben?«

»Weil ich hier aufgewachsen bin«, erklärte Borowski im Ton großer Selbstverständlichkeit.

Als sie in die kleine Stichstraße einbogen, war es, als führen sie durch ein rosafarbenes Tor. Links und rechts standen zwei überreichlich blühende Bäume, die Manz für Mandelbäume hielt. Die Sonne brach kurz durch.

Der Böhmische Platz wie auch der Leberstieg hatten, damals, etwas von leicht gehobener Wohnlage. Die

Straße, vor allem aber die Trottoirs, waren breiter als in anderen Teilen Neuköllns. Außerdem standen im Leberstieg damals noch diese sehr speziellen Straßenbäume, die Manz auch auf den zweiten Blick für das hielt, was sie nicht waren.

»Das sind doch Mandelbäume, oder? Ungewöhnlich für Berlin. Sag was, Borowski?«

»Sieht aus wie rosa Schneegestöber.«

Die Blühzeit der Bäume schien dem Ende entgegenzugehen, denn der Wind zog die Blütenblätter mit Leichtigkeit von den Ästen, ließ sie ein wenig in der Luft herumwirbeln. Die Straße, die Gehwege … Man hätte meinen können, hier hätte gerade eine Hochzeit stattgefunden, bei der man es mit dem Konfetti etwas übertrieben hatte.

Zwei Wagen der Spurensicherung und einer der Gerichtsmedizin standen vor dem Haus, ein Uniformierter war neben dem Eingang postiert.

Das Gebäude fiel im wahrsten Sinne des Wortes aus der Reihe. So, wie ja auch bei Menschen bisweilen Zähne aus der Reihe fallen. Es wirkte heruntergekommen und war als einziges im Leberstieg nur dreigeschossig.

Die mit schwertscharfen Strahlen in die Häuserschlucht einstechende Sonne und das Spiel der wirbelnden Blütenblätter hübschten zwar alles ein wenig auf, doch das Gebäude, über dessen Eingang ein übergroßes, eigentlich überhaupt nicht passendes Halbrelief hing, war in wirklich sehr schlechtem Zustand. Das Mauerwerk lag teilweise frei und man sah die für Berlin seinerzeit noch charakteristischen Einschusslöcher im Putz. Ärmlich, hätte jemand aus Oldenburg oder Bielefeld vielleicht gedacht. Und doch gab es in diesem Haus, wie sich bald zeigte, Wohnungen von zweihundertsiebzig Quadratmetern.

Manz und Borowski betraten das Gebäude, nachdem sie ihre Dienstausweise am Eingang vorgezeigt hatten. Im Hausflur brannte schwaches gelbliches Licht, die Wände des Gangs waren vom Transport zahlloser Möbel abgestoßen, und jemand hatte Buchstaben auf die grüne Fläche gesprüht, die man im deutschen Alphabet nicht findet. Der Boden wiederum bestand aus einem diagonalen Mosaik, gefertigt aus weißen, schwarzen und grauen Steingutkacheln.

»Wird hier im Winter schön rutschig sein«, sagte Manz und spekulierte, dass der Hausmeister während der kalten Jahreszeit vermutlich Sackleinen und Decken auslegte. »Damit niemand hinfällt, verstehst du?«

Ein Gedanke. Borowski ging nicht darauf ein.

Nach fünf Metern eine Stufe, dann ein kleines Plateau. Links und rechts je eine Wohnungstür. Die rechte stand offen. In der Wohnung viel Licht, die Spurensicherung war bereits tätig.

Sechs Schritte weiter geradeaus begann das Treppenhaus. Manz ging hin und sah, was er sah. Drei Frauen. Zwei, einander haltend, auf dem ersten Zwischenpodest, eine dritte ein gutes Stück weiter oben, sie beugte sich recht gewagt über den Handlauf.

»Ist da was?«, fragte Borowski.

»Ja, nein.«

Das Treppenhaus hatte sicher einst etwas ausgedrückt. *Wohlstand.* Ein gewisses Selbstverständnis. Und doch war es nichts Besonderes. Es gibt in Berliner Vorderhäusern noch heute Zigtausende solcher Treppenhäuser. Sie ähneln sich bei aller Pracht teils bis ins Detail, denn Berlin, das Berlin der Jahrhundertwende, das Berlin des Kaisers, wie man früher sagte, entstand als Serienanfertigung nach Generalplänen. Die hübschen Details, Rosetten und Schnörkel waren in Musterbüchern festgelegt und wurden im Akkord in Abgussformen, genormten Rahmen und unter Stempeln gefertigt. Daran änderten auch all die Säulen, Gesimse, Karyatiden und Engelsgestalten nur wenig.

An diesem Haus im Leberstieg zum Beispiel gab es einen Prometheus. Er wuchs straßenseitig aus dem etwas expressionistisch anmutenden oberen Abschluss des Eingangs heraus. Er war riesig. Und dass an einem Haus im Leberstieg ein Prometheus klebte, war ohne Frage hintersinnig.

Manz und Borowski warteten geduldig vor der geöffneten Tür und blickten in einen kleinen flurähnlichen Eingangsraum mit drei Türen. Hinter der mittleren befand sich … Manz konnte durch die geöffnete Tür hin und wieder die Männer der Spurensicherung sehen, die dort ihrer Arbeit nachgingen. *Werden erst mal alles fotografieren und … Na, das dauert.*

Grossmann war ebenfalls da, schien das Tun seiner Männer aber nur zu überwachen. Auch der Gerichtsmediziner Thorsten Schimmag war zweimal kurz im Ausschnitt zu sehen.

Ein Geräusch. Das Klappen einer Wohnungstür.

Irgendwo oben im Treppenhaus.

Als Manz erneut hinging und hochsah, waren die drei Frauen verschwunden.

»Hm.«

»Was denn?«, fragte Borowski, der, das Gewicht seines fast schon bullig anmutenden Körpers gleichmäßig auf beide Beine verteilend, dastand und somit wie ein Bildnis unendlicher Geduld wirkte. Obwohl ... Ein bisschen täuschte das Bild. Borowski war, wenn es drauf ankam, sehr schnell und beweglich. Er kannte auch bestimmte Griffe und Schlagtechniken, die selten, dann aber unbedingt nötig waren.

»Wenn es sein muss, mit Gewalt.« So galt damals die Anweisung. Die Anweisung gilt noch heute, sie wird allerdings anders ausgesprochen. Es gibt Seminare, in denen man lernt, wie man Herr über die inneren Gewalten bleibt. Es gibt diese Seminare sogar regelmäßig. Sie gehören zum Standard der Ausbildung.

»Ach, nichts«, sagte nun Manz. Er hatte sich mit seiner Antwort auf Borowskis Frage viel Zeit gelassen.

»Du hast ›hm‹ gesagt?«, hakte Borowski nach.

»Ja, aber nur so.«

Wieder erzeugte Manz' Verstand das Bild von drei Frauen, die gleichzeitig und sehr aufgeregt in einen Telefonhörer sprachen. *Haben aber erst mal ein paar Tage gewartet ...* Ein winziger Moment. Bild der Erkenntnis. Gleichnis einer Empfindung. Glaube, Ahnung, Fiktion. Ein feiner Lichtstrahl durch einen Schlitz, der bewirkte, dass der Gedanke noch mal kam, Wurzeln schlug, Äste ausbildete. *Haben erst mal ein paar Tage gewartet. Dann ans Telefon. Dann sehr aufgeregt. Dann sollte es schnell gehen. Warum also zunächst diese Verzögerung?*

»Komme gleich«, rief in diesem Moment Thorsten

Schimmag. »Dauert noch einen kurzen Moment, ich bin gerade …«

»Das Licht im Treppenhaus ging aus, Manz drückte auf einen Knopf. Der war rund und leuchtete rot.

Dann geschah eine Weile nichts.

Manz und Borowski warteten. Niemals hätten sie die Wohnung betreten. Nicht bevor Grossmann ihnen spurentechnisch einen kleinen Weg freigeräumt hatte. So zu handeln, gebot nicht nur die Erfahrung, es stand in diversen Dienstanweisungen.

Warten also.

Warum dieses Misstrauen? Warum muss immer alles geprüft und kontrolliert werden? Claudi ist siebzehn, wenn sie jetzt noch nicht weiß, ob sie ihr Abi schaffen will oder nicht … Und ich wette, dass Frau Scholle auch in München auf dieser Konferenz ist, na, das wird ein … Frau Scholle, Frau Scholle, immer wieder Frau Scholle! Egal letztlich, wenn es wieder so warm wird wie letzte Woche, werden Julia und ich mit dem Krokodil im Prinzenbad unseren Spaß, oh! dran denken, sie braucht neue Ohrstöpsel, nicht, dass sie wieder Wasser … Wie bitte kann man Frau Scholle heißen? Das ist doch …

Weitere Zeit verging, Gedanken kamen und gingen. Sechsmal musste Manz auf den rot glühenden Knopf drücken, damit das Licht anblieb. Schließlich … *zu dritt am Telefon* … drehte er sich ein Stück weit nach links.

Lauschte.

Lauschte eine ganze Weile.

Ging schließlich ein paar Schritte Richtung Treppenaufgang.

Lauschte erneut.

Stieg die Stufen bis zum ersten Treppenpodest hoch.

Lauschte ein drittes Mal.

Hier oben war es heller, ja, es gab einen regelrecht grellen Strahl. Die Sonne war offenbar wieder rausgekommen, schien durch das Treppenhausfenster, flutete ein gutes Stück weit die Treppe hinab und trieb ihr Spiel, wie es typisch war für ein Berliner Treppenhaus im Frühsommer des Jahrs 1983 um kurz nach zehn. Manz wendete seine ganze Konzentration auf, um vielleicht doch etwas zu hören. Leider war seine Konzentration nicht ganz auf der Höhe, weil …

Wurde das so in Christines Familie gehandhabt? Jede Hausarbeit kontrollieren, alle in Richtung einer erstklassigen Ausbildung peitschen? Alle sollen Akademiker werden. Wenn möglich, ein Doktortitel oder noch besser, Professor. Vermutlich war es so, und jetzt soll unsere Claudi ebenfalls … Christines Schwester presst ihre bekloppte Tochter ja auch in Richtung eines dieser Internate für Hochbegabte. Leider jedoch … so helle ist ihre liebe Kleine nicht, ach …

Staub schwebte noch immer in der Luft. Kleinste Teilchen wurden noch immer vom gleichen und doch nicht gleichen Licht erfasst.

… dachte ich es mir doch.

Von oben war leises Gemurmel zu hören. Offenbar hatten sich die Frauen dorthin zurückgezogen, waren aber nicht in ihren Wohnungen verschwunden. Manz stieg weitere Stufen hoch. Ein Knarren. Leise klappte eine Tür zu. Dann noch eine. Danach war es still.

»Kommst du?«, hörte er Borowski von unten.

Thorsten Schimmag stand in der Tür. In voller Montur. Er grüßte Manz mit einem angedeuteten Nicken.

»Vorgequollene Augen, geplatzte Äderchen, wie wir es von Opfern kennen, die erstickt oder erwürgt wurden. Die Wohnung ist zudem extrem durchwühlt. Ich hab so was schon öfter gesehen, aber noch nie so. Grossmann sagt, hinten im Gang wären sogar die Bodendielen rausgerissen worden.«

Ein weiterer Mann trat zu ihnen.

»Hallo, Thomas«, sagte Manz. Sie gaben sich die Hand. Thomas Schrode war mit seinem Team vom Kriminaldauerdienst nur kurz in der Wohnung gewesen. Auch diesen Männern war klar, dass sie keine Spuren eintragen durften.

»Schon irgendwelche Vernehmungen durchgeführt?«, fragte Manz.

Schrode schüttelte den Kopf »Wir wollten euch nicht vorgreifen. Ich habe nur kurz versucht ...« Er wies auf die Tür zur Wohnung gegenüber. »Da hat niemand aufgemacht.«

»Hm.«

»Sieht wirklich schlimm aus, da drin.«

Thorsten Schimmag nickte.

»Der Mann der hier lebte ...«, fuhr Schrode fort, »ein Herr Busse ... Der ist nach meinem Dafürhalten bereits seit wenigstens einer Woche tot. Man riecht es. Nicht so stark, wie man annehmen sollte, aber es wundert mich doch, dass die Hausbewohner so lange gewartet haben, ehe die Feuerwehr informiert wurde. Ich meine, der Leichengeruch muss auch im Hausflur ...«

Nachdem Schrode fertig war mit seinem Bericht,

schwieg er, hielt sich aber für eventuelle Nachfragen zur Verfügung. Alles lief wie immer, es war ein Vorgang. Manz und Borowski waren es gewohnt, in Treppenhäusern zu warten. Und manchmal stand, während sie warteten, Schrode neben ihnen.

Geduld also war nötig. Sie wussten, warum.

Die Spurensicherung arbeitete stets von außen nach innen. Spurenschonend. Erst nach der Sicherung einer Reihe von infrage kommenden Spurenträgern würde Grossmann ihnen den Weg zur Leiche, vielleicht auch in die hinteren, noch im Dunkeln liegenden Räume freigeben. Und nur exakt diesen Weg. Ein Herumstromern in der Wohnung war nicht gestattet.

Eine nähere Inspektion der Leiche war Manz und Borowski natürlich ebenfalls nicht erlaubt, da die nicht kontaminiert werden durfte. Davon abgesehen war es auch nicht so, dass Manz oder Borowski sich darum gerissen hätten, an einer etwa acht Tage alten Leiche herumzufingern.

»Ich mach mal weiter«, erklärte nun Schimmag. »Wie gesagt, der Mann wurde vermutlich erstickt. Das Kissen lag ja noch auf seinem Gesicht.«

»Auf dem Gesicht?«, fragte Schrode. »Als wir in die Wohnung kamen, lag es neben dem Kopf.«

»Sicher?«

»Ja.«

»War denn jemand in der Wohnung, bevor Schimmag und Grossmann mit ihren Leuten rein sind?«

»Solange wir da waren, nicht«, erklärte Schrode. »Außerdem haben wir die Tür natürlich geschlossen.«

»Versiegelt?«

»Wozu? Wir standen ja direkt vor dem Haus.«

»Bis Grossmann und Schimmag mit ihren Männern kamen.«

»Genau.«

»Wer war zuerst da?«

»Grossmann. Zehn, höchstens fünfzehn Minuten hat das gedauert. Schimmag kam etwas später.«

Manz machte Grossmann ein Zeichen. »Kommst du mal kurz?«

Grossmann kam zur Tür. Sie beschlossen, ins Treppenhaus zu gehen, da es eng wurde.

»Sag, als ihr rein seid, lag da ein Kissen neben dem Kopf von Herrn Busse?«

»Auf dem Gesicht, nicht daneben«, erklärte Grossmann.

»Und die Haustür?«

»Die ließ ich aufdrücken. Schrode sagte mir, sie ließe sich problemlos aufdrücken.«

Schrode nickte.

»Wir hatten kein Problem, in die Wohnung zu gelangen.«

»Aber sie war zu, als wir gingen!«, wiederholte Schrode. »Wir haben sie … Sie ließ sich noch zuziehen. Und das haben wir gemacht.«

»Dann habt ihr euch draußen vor den Eingang gestellt und auf Schimmag und Grossmann gewartet?«

»Der Geruch ist nicht gerade angenehm.«

»Hm.«

»Wir konnten nicht abschließen, da kein Hausmeister anwesend war. Sie ließ sich aber ohne Probleme aufdrücken und schließen. Die Feuerwehr musste sie auch nicht aufbrechen. Ein leichter Druck mit der flachen Hand reicht. Ich schätze, der Riegel greift nicht mehr richtig. Ihr seht ja, in was für einem Zustand das Haus ist.«

»Danke.«

»Aber was bedeutet das?«, wollte Schrode wissen.

»Nun«, sagte Manz. »Es bedeutet, dass offenbar jemand in der Wohnung war, während du mit deinen Männern draußen auf Grossmann und Schimmag gewartet hast.«

»Du meinst, wir hätten sie versiegeln sollen, für die zehn Minuten, bis Grossmann mit seinen Leuten da war?«

»Nein, meine ich nicht. Es sieht nur so aus, dass jemand das Kissen auf das Gesicht des Toten gelegt hat.«

»Jemand aus dem Haus.«

Schrode sah Borowski an, der zog die Schultern hoch. Sein Blick? Kein Vorwurf, kein Anzeichen von Verständnis, nichts.

»Gut«, entschied Manz und sah Schimmag an. »Du sagst ...«

»Erwürgt oder erstickt. So gut wie sicher. Alles weitere später.«

»Schon klar. Ruf bitte den Untersuchungsrichter an, dass er die Leiche beschlagnahmt. Nicht, dass wir hier noch Ärger mit einem Bestatter kriegen.«

»Hab ich bereits gemacht. Die Leiche bleibt hier, bis wir sie abgeklebt haben, und kommt anschließend zu uns.«

»Gut. Dann fangen Borowski und ich schon mal an, mit der Zeugenbefragung.«

Grossmann und Schimmag kehrten in die Wohnung zurück. Manz klingelte an der Haustür der Wohnung gegenüber. Auf dem kleinen Schildchen neben einem Klingelknopf billigster Machart stand handschriftlich ein Name.

Frau Böhmer

Es dauerte erneut einige Zeit, weil ... So war es eben mit der Zeit. So ist es heute noch. Bei Ermittlungen. Es wird nicht immer gefragt, geantwortet, gestritten, gefahren, gegangen, gelaufen, gerannt, gehechtet. Oft steht man einfach da. Wartet. Lange bisweilen. Gutes Schuhwerk ist wichtig. Beim Rumstehen nicht weniger als beim Gehen und Laufen. Es hat etwas mit dem Knochenaufbau und den Bandscheiben zu tun. Aber so sagt man ja auch: Die Beine in den Bauch stehen.

Endlich!

Nachdem Borowski viermal geklingelt hatte, kam jemand.

Von oben.

Das Treppenhaus herunter.

Langsam.

Ein frecher Sonnenstrahl.

Feinste Staubpartikel wurden vom Licht durchschossen, glühten auf in der Luft.

Schwebend, nicht sinkend.

Sie ging hindurch.

Langsam.

Blieb zuletzt auf der untersten Treppenstufe stehen.

»Sie wollen zu mir?«, fragte sie nach einer erneuten Pause. Vom Aussehen her schätzte Manz sie auf Ende dreißig.

Hat geweint. Ihre Haare waren etwas in Unordnung.

»Sie sind Frau Böhmer?«, fragte Manz, wobei er auf das Klingelschild zeigte.

»Ja?«, fragte sie in einem Tonfall, einer inneren Verfasstheit, als wäre für sie einiges nicht so ganz klar.

»Ich bin Kriminalhauptkommissar Manz. Direktion 5, Karl-Marx-Straße. Das ist mein Kollege Borowski. Wir haben ein paar Fragen zu Herrn Busse.«

Die Frau machte einen Ansatz, zögerte erneut. Es sah aus, als würde sie sich nicht zu ihrer Tür trauen.

»Bitte«, sagte Manz im geduldigsten und höflichsten Tonfall, den er konnte, und wies mit der Hand Richtung Tür.

Sie bewegte sich immer noch nicht.

Stand einfach nur da.

Das Licht ging aus.

Was blieb, war der freche Sonnenstrahl, der sie in einer Art von hinten beleuchtete, dass man hätte meinen können, sie würde schweben und sei von einer Aura umkränzt.

»Frau Böhmer? Ist alles in Ordnung? Sollen wir einen Arzt kommen lassen?«

Nun endlich schaffte sie die letzten Schritte zu ihrer Tür und schloss auf.

Der Flur war wie gegenüber eher eine Art Vorraum mit Garderobe und diente offenbar als Lagerstätte für Pakete verschiedener Größe, die zur Post sollten.

»Produzieren Sie etwas?«, fragte Borowski.

Da sie nicht zu verstehen schien, zeigte er. »Die vielen Pakete …«

»Alte Sachen?« Sie schien es kaum glauben zu können. »Das meiste geht an die Kirche.«

»Verstehe.«

Links ging eine Tür ab. Nach Manz' architektonischer Einschätzung erschloss sie einen oder zwei Räume zur Straße hin. Die Tür rechts war etwas niedriger. *Das Gäste-WC.* Zwischen diesen beiden Türen eine dritte. Die führte direkt in einen Raum von wenigstens siebzig Quadratmetern.

Berliner Zimmer.

Ganz hinten rechts gab es ein großes Fenster, das auf den Hof hinausging.

»Da könnten wir sitzen … Oder?« Frau Böhmer deutete auf zwei Stühle, gefertigt aus schwarzem Holz. Mit ihren extrem hohen senkrecht aufragenden Rückenlehnen hätten sie sich ganz wunderbar in einen Rittersaal aus dem zehnten Jahrhundert eingefügt. Um orthopädische Schäden zu verhindern, waren sie mit dicken Strickdecken und Kissen ausgelegt. Das Ganze wirkte etwas schlampig und unentschlossen, wie Manz fand.

Auch Frau Böhmer wirkte unentschlossen. Sie nahm auf einem gleichartigen Stuhl Platz und legte sich eine dicke Strickdecke mit mexikanischen Mustern wie einen Poncho um die Schultern.

Das Anfang Juni. Wie die wohl im Winter rumläuft?

Weiter als bis zu diesem Gedanken kam Manz nicht, denn Frau Böhmer krümmte sich zusammen und fing an zu schluchzen. Ihr ganzer Körper geriet in eine zuckende Aufwallung.

Manz und Borowski saßen aufrecht in ihren Ritterstühlen und warteten ab. Schließlich fragte Manz: »Können wir Ihnen irgendwie helfen, Frau Böhmer? Brauchen Sie etwas zu trinken? … Vielleicht was Starkes?«

Sie antwortete nicht, gab sich weiter ihrem gefühlsmäßigen Aufruhr hin. Eben im Hausflur hatte Manz gemeint, vor ihm stünde eine Frau Mitte, Ende dreißig. Inzwischen war Frau Böhmer gealtert. Es lag nicht daran, dass sie weinte, es lag an der Einrichtung des Zimmers.

Endlich hatte sie genügend Tränen vergossen. Ihr Oberkörper streckte sich, und sie zog eine Miene, als sei sie zu allem entschlossen.

»Geht es?«, fragte Borowski.

»Sie können Ihre Fragen stellen.«

Borowski begann. Es gab keine Abmachung zwischen Manz und ihm, es gab auch keine Rangfolge. Wenn man davon absah, dass Manz, wie bereits erwähnt, einen Kopf größer war und etwas an sich hatte, das dazu führte, dass Zeugen, Kollegen, Fachleute in der Regel mit ihm sprachen und auf Borowski nur reagierten, wenn er Fragen stellte oder sie direkt ansprach … Manz gefiel das im Fall von Befragungen gar nicht, er hörte lieber zu. Wenigstens am Anfang. Machte sich ein Bild von den Zeugen, weil … Man sagt doch so: Ein Bild sagt mehr als tausend Worte. Und ein Gesicht oder Veränderungen in der Haltung eines Körpers, so jedenfalls ging es Manz, sagten noch viel mehr als ein Bild.

»Sie kannten Herrn Busse?« Borowski ging es behutsam an. Erstens weil er vermeiden musste, dass die Zeugin erneut anfing zu weinen, zweitens weil das so seine Art war. »Ich meine, Sie kannten ihn besser, als dass man sich bei Gelegenheit im Hausflur begrüßt oder Pakete für den anderen annimmt?« Borowski war aus sehr altem Holz geschnitzt. Für ihn verdienten Frauen einen besonderen Schutz. Es gab so was wie ein hellsilbernes Herz in seiner Brust. Was das anging, saß er auf genau dem zu seinem Wesen passenden Stuhl.

»Ja, ich kannte ihn«, antwortete sie. Und selbst dafür hatte sie eine Weile gebraucht. »Ich habe ihm manchmal geholfen. Wenn es um seine Kirche ging.«

»Herr Busse war Pfarrer?«

»Ja.«

»Sie kannten ihn schon länger?«

»Seit mein Mann und ich hier eingezogen sind … Also seit sechs Jahren?«

»Das werden Sie besser wissen als ich.«

»Ja, seit sechs Jahren«, sagte sie mit Entschluss. Ihre Hände waren miteinander beschäftigt.

»Könnte man sagen, dass Sie mit ihm befreundet waren?«

Auf diese Frage erhielt Borowski keine Antwort. Er musste sich mit einem langen traurigen Blick begnügen. Da war zwar ein gewisser Glanz in ihren Augen, aber … Sie riss sich zusammen, wie ein Grobian sagen würde.

»Wobei haben Sie ihm geholfen?«

»Zum Beispiel mit seiner Aidsstiftung.«

»Was ist eine Aidsstiftung?«

»Die sammelt und verwaltet Gelder, um Aidskranken zu helfen.«

»Und was ist ein Aidskranker?«, hakte Borowski nach.

»Das wissen Sie nicht?«

»Nein.«

Sie wirkte jetzt sicherer. »Aids ist eine schwere Krankheit. Eine Form von Lungenentzündung, die Menschen befällt, deren Immunsystem geschwächt ist. Viele sterben daran.«

»Eine tödliche Krankheit, die in Berlin grassiert?«

»Nicht nur in Berlin.«

»Komisch, dass ich davon noch nie gehört habe«, brummte Manz.

Ihre Augen waren größer, als man zuvor hätte meinen können. »Nun ja, die Behörden. Man weiß noch nicht viel darüber, da die Krankheit sozusagen noch neu ist. Aber sie wird wohl durch intime Kontakte übertragen. Angeblich vor allem im Bereich der Prostitution. Was zwar nicht stimmt, aber einer der Gründe dafür ist, dass viele offiziellen Stellen sich weigern, betroffenen Menschen zu helfen. Die Krankheit ist sozusagen noch nicht eingeordnet in unser System. Also müssen Privatpersonen einspringen. Oder eben die Kirche.« Eine kleine Pause entstand, und in dieser Pause durch irgendetwas – wohl eine Art Selbstbefeuerung – angestachelt, entwickelte Frau Böhmer Kraft. Sie war jetzt eine andere, als Manz und Borowski bis jetzt gemeint hatten. »Die Kirche ist nicht so, wie manche behaupten!« Nur dieser Satz. Er hatte offenbar kommen müssen. Und er kam mit einer Kraft, die Manz erschrecken ließ.

Wie auch immer: Das kurze Referat schien Frau Böhmer geholfen zu haben. Ihre Augen waren jetzt wirklich ganz erheblich größer, und ihr seegrüner Blick war knallwach.

»Ist dieses …« Manz war etwas unsicher. »Verzeihung, wie hieß diese Erkrankung?«

»Aids. Wofür die Abkürzung steht, habe ich leider vergessen.«

»Aids.« Manz nickte, als wäre er mit der Bezeichnung einverstanden. »Ist das denn eine häufige Krankheit? Zum Beispiel hier in Berlin?«

»Sie breitet sich aus. Und zwar keineswegs nur im Milieu irgendwelcher Prostituierten. Viele der Betroffenen stammen aus Künstlerkreisen. Angeblich sind wegen Art der intimen Übertragung vor allem Menschen betroffen, die sich nicht an die gängige Moral halten und nicht der allgemeinen Vorstellung von den Geschlechtern entsprechen, wenn ich es mal so ausdrücken darf.«

Kopf und Oberkörper von Frau Böhmer wirkten inzwischen in etwa so gefestigt wie die Rückenlehnen der Stühle, auf denen sie saßen. Nur ihre Hände mussten einander noch halten. In der Mulde ihres Kleids zwischen den Knien.

»Sie wissen offenbar recht viel über diese Krankheit. Mir war sie bis jetzt völlig unbekannt.«

»Das wird von den Behörden unter der Decke gehalten«, erklärte sie. Nachdem sie den Satz beendet hatte, kam die Spitze ihrer Zunge kurz raus, verfing sich im Spiel ein wenig in ihren Lippen. Es hatte eindeutig etwas Lüsternes und passte so gar nicht zu dem Bild, das Manz zunächst von ihr hatte.

»Hat Pfarrer Busse Ihnen das alles erklärt?«

»Was?«

»Na, worum es bei dieser Krankheit geht, wen sie vor allem betrifft …«

Die Frage schien sie zu irritieren.

»Sie wussten es bereits?«

»Ich denke, wer ein bisschen auf dem Laufenden ist, hat davon gehört.«

»Gut«, sagte Manz. »Oder schlecht. So jedenfalls hört sich das alles an.«

»Man muss helfen, wo einem das möglich ist.«

»Natürlich. Die Pakete vorne im Flur, gehen die an solche Bedürftige?«

»Erst an die Kirche, es läuft, wie gesagt, alles über die Kirche.«

»Pfarrer Busse hat sich da engagiert, und Sie haben ihm geholfen.«

»Ja.«

»Sie müssen entschuldigen, aber wo Sie von einer tödlichen Krankheit reden ... War der Pfarrer Busse an Aids erkrankt?«

»Was für ein Blödsinn! Wie kommen Sie darauf, so zu reden?«

»Ich stelle nur Fragen.«

Sie sah Manz an, in einer Weise ... *Eine Mischung aus Angst und Zorn, komische Frau, man könnte fast meinen, es seien zwei. In einem Körper.*

Eine wütende Zeugin ist nicht gut, und sie in die Zange zu nehmen, dazu war es viel zu früh. Nein, sie musste besänftigt werden. Sie sollte ja reden. Also übernahm Borowski. »Haben Sie abgesehen von den Paketen noch etwas für den Pfarrer getan?«

»Zu Ostern und zu Weihnachten die Gestecke.« Wieder die Zunge, gleiches Spiel.

»Sie haben Gestecke mit ihm gebastelt?«

»Für das Totenhaus. Da hat er ehrenamtlich gearbeitet.«

»Sie haben ihm also bei den Dingen geholfen, die dem Pfarrer nicht so lagen. Zum Beispiel Ostergestecke basteln.«

»Er war nicht mehr so geschickt mit seinen Händen.« Und gleich noch mal. Das mit der Zunge hatte ein bisschen was von einer Schlange. »Pfarrer Busse war sechsundsiebzig und litt unter Arthrose.«

Sie drehte ihren Kopf mit einer blitzschnellen Bewegung zur Seite. Offenbar war ihr etwas eingefallen. »Vor zwei Monaten habe ich ihn vor seiner Kirche fotografiert. Möchten Sie die Aufnahmen sehen?«

»Unbedingt«, rutschte es Borowski etwas gierig heraus.

Sie stand auf, ging zu einem hölzernen Planschrank, wohl noch aus der Zeit von Schinkel, zog eine Mappe heraus, entnahm ihr einige Abzüge und legte sie vor Manz und Borowski auf den Tisch.

»In vollem Ornat«, stellte Borowski fest. Manz gefiel es, wenn sein Kollege Fachausdrücke benutzte. Fachausdrücke bewirkten bei manchen Zeugen Wunder.

»Er wollte das so. Zur Erinnerung an seine Zeit als Pfarrer. Die ging ja zu Ende.«

»Nun, mit sechsundsiebzig ...«, brummte Borowski.

»Das im Hintergrund«, unterbrach Manz. »Das ist doch die Gedächtniskirche!«

»Ja.«

»Er war Pfarrer in der Gedächtniskirche am Breitscheidplatz?«

»Ja.«

»Waren seine Predigten gut?«

»Das weiß ich nicht, ich bin nicht gläubig.«

Besser wäre es vielleicht, dachte Manz. Er bekam seinen Blick kaum noch von ihrem Gesicht weg. Sie hatte etwas an sich, das sie stark von anderen Menschen unterschied.

Und wieder übernahm Borowski. »Sie haben Herrn Busse geholfen, weil er ein netter Nachbar war. Könnte man so sagen?«

»Ja.«

Sie atmete tief durch.

Ihr Oberkörper sackte.

Sie wurde wieder grau und klein.

Borowski sah es, Manz spürte es. Sie stand kurz davor, erneut zu weinen, sie mussten versuchen, sie seelisch zu stabilisieren. Borowski sprach ruhig. Dunkel. Fast vertraulich.

»Nur ein paar Fragen noch, Frau Böhmer, dann sind wir fertig.« Borowski wartete, bis sie genickt hatte. »Wann haben Sie Herrn Busse zum letzten Mal gesehen?«

»Vorige Woche war das. Am Einunddreißigsten, mittags. Ich traf ihn im Flur, als er gerade das Haus verlassen wollte. Er sagte mir, er habe ein Paket für meinen Mann angenommen. Als wir es abends abholen wollten, hat niemand geöffnet.«

»Vielleicht konnte Herr Busse nicht mehr öffnen. Das meinten Sie, oder?«

Die letzten beiden Sätze waren nicht gut gewesen. Sie krümmte sich zusammen und begann zu zucken. Dann jedoch überraschte Frau Böhmer sie erneut. Wieder kam ihr Oberkörper hoch. Eine harte Bewegung, und sie sagte, ohne auch nur eine Zehntelsekunde zu zögern:

»Er war Pfarrer! Wer macht so was? Wer tut einem Pfarrer so was an?«

»Ihm wurde etwas angetan?«

»Sie haben doch die Wohnung gesehen! Alles ist durchwühlt, vieles zerstört. Das große Gesteck liegt auf dem Boden. Jemand ist draufgetreten!«

Sie musste kurz Luft holen. Trotzdem war für Manz kaum zu übersehen, zu was für einem Typus sie gehörte. *Hat sehr viel mehr Kraft, als man erst mal denkt, und wird plötzlich wütend. Sie mag hin und wieder weinen, aber die steht auch eine Vernehmung über acht Stunden problemlos durch.*

In diesem Moment zeigte sich, dass Borowski Erfahrung mit Vernehmungen hatte. Er hakte exakt da ein, wo auch Manz eingehakt hätte.

Was die Fragen bei Vernehmungen angeht, gilt es grundsätzlich zu unterscheiden: Es gibt schlechte Fragen, überflüssige Fragen, leidlich gute, gute, sehr gute und solche, die fast schon genial sind. Borowski kam mit einer der letzten Kategorien.

»Was für ein Gesteck?«

»Das haben wir gemeinsam gebastelt. Vor zwei Monaten. Fünf Stück von der Art haben wir damals gemacht. Es gibt Menschen, die freuen sich über so was.«

Borowski musste nicht rechnen oder Tage zählen. Er kam aus einem gutbürgerlichen Berliner Elternhaus. Und es war durchaus so, wie viele wegen seines Nachnamens vermuteten. Seine Urgroßeltern waren aus Polen gekommen.

»Sie sprechen also von einem Ostergesteck. Ungewöhnlich, dass es noch nicht entsorgt wurde.«

»Oh nein! Unsere Gestecke muss man nicht entsorgen. Wir stellen sie immer aus dänischen Trockenblumen her, und …

Während Frau Böhmer mit zunehmend lebhafter Stimme begann, das Ostergesteck im Detail zu beschreiben, sah Manz sich ein wenig im Zimmer um. Der Raum war groß, *sicher siebzig Quadratmeter,* und wirkte doch *vollgestellt.* Die ganze Einrichtung hatte etwas Dunkles, teils regelrecht Schwarzes. *Altdeutsch.* Das Wort kam Manz in den Sinn. *Fast schon mittelalterlich.* Aber das war nicht alles. Der düster altdeutsche Eindruck wurde von etwas überlagert, das eigentlich nicht dazu passte. *Mexikanisch.* An einer Wand hing eine ganze Sammlung Sombreros, und es gab einige großformatige Drucke im Stil von … *Ja, das könnten welche nach ihren Bildern sein. Hat ja fast nur Selbstporträts fabriziert. Mexikanisch … Wie hieß die denn noch?*

Zu sehen war das Selbstporträt einer apart geschmückten Frau mit zusammengewachsenen Augenbrauen.

Gott, wie hieß die?

Er war mal mit Borowski in einer Ausstellung gewesen, in der die Arbeiten von … *Ah ja, Frida Kahlo! Ja, Frida Kahlo, die passt zu ihr. Aber warum altdeutsche Möbel? Drei Frauen am Telefon. Drei Frauen im Treppenhaus. Warten eine volle Woche, ehe sie … Ein Kissen. Erst neben dem Kopf der Leiche, dann obendrauf. Irgendwer ist da rein und hat den Tatort verändert.*

Frau Böhmer war mittlerweile fertig mit der Beschreibung des Ostergestecks, Borowski setzte die Befragung fort.

»Ich möchte Sie weder beunruhigen noch beschuldigen, aber … Es gab eben bei der Spurensicherung, die drüben arbeitet, eine Irritation. Der Leiter vom Kriminaldauerdienst ist sich sicher, dass ein Kissen neben dem Gesicht des Toten lag. Als die Männer von der Spurensicherung den Raum eine Viertelstunde später betraten, lag es …«

Und wieder war sie da. Ihre Kraft. Ihre Wut. »Sollte er da so unwürdig liegen?«

»Sie haben den Toten gesehen?«

»Nur kurz.«

»Und sind dann, als die Wohnung unbeaufsichtigt war, reingegangen?«

»Unsinn! So was würde ich mich gar nicht trauen. In ein Zimmer zu gehen, wo ein Toter liegt. Und dann noch in so einem Zustand. Ganz schwarz und eingetrocknet. Mein Mann …«

»Der war drin? Wie ist er reingekommen? Der Kriminaldauerdienst hatte die Tür verschlossen.«

»Ach, die Tür! Das weiß doch jeder.« Sie meinte, damit sei alles gesagt.

»Was ist mit der Tür?«

»Da reicht es, ein bisschen dagegenzudrücken.«

Mehr gab es aus ihrer Sicht nicht zu erklären. Borowski machte es wie die Hasen. Er ließ die Tür in Ruhe und schlug einen Haken.

»Herr Busse, in seiner Funktion als Pfarrer, hatte sicher viele Freunde und Bekannte?«

»Weniger, als man hätte annehmen können. Vielleicht weil es nicht mehr viele von seiner Art gibt. Er war ein sehr feiner Mensch, der sich die Zeit nahm zuzuhören, wenn jemand unter Seelenqual litt. Und er kannte Wege, wie man das aushält, was einem eben noch zu schwer vorkam.«

»Sie konnten sich bei ihm ein bisschen erleichtern. Gedanklich. Vielleicht auch um einen klugen Ratschlag bitten.«

Um einen klugen Ratschlag bitten … Manz staunte immer wieder, wie hoch sich Borowski sprachlich emporzuschwingen vermochte.

»Das ganze Leben von Herrn Busse war darauf ausgerichtet, Menschen, die Hilfe bei ihm suchten, zu helfen. Und natürlich seiner Gemeinde.«

»Seinen Schäfchen.«

»So albern haben wir nie geredet. Er hat ehrenamtlich in einem Hospiz gearbeitet und die Alten und Schwerkranken dort auf ihrem letzten Weg begleitet. Ich kann einfach nicht verstehen, wie jemand daherkommt und einen so lieben Menschen so brutal … Haben Sie sein Gesicht gesehen? Er wurde geschlagen. Seine Oberlippe …«

»Sie sagten eben, Sie wären nur kurz im Raum gewesen.«

»Seine Brille lag ein paar Meter neben ihm unter einem Stuhl und … Er war nicht mal vollständig angezogen, und …« Ihr Körper fing wieder an zu zucken. »Nur ein Schuh …« Sie wiederholte den letzten Satz. Es kostete sie viel Kraft. Der Gedanke an den Schuh griff ihr Innerstes sehr stark an.

Borowski zog einen seiner Samthandschuhe aus.

»Ihr Mann ist also in die Wohnung gegangen, von der er sicher wusste, dass es sich um einen Tatort handelte. Dort hat er dann ein Kissen, das möglicherweise ein Tatwerkzeug war, auf das Gesicht des Herrn Busse …«

»Hätten wir ihn da so liegen lassen sollen? Entblößt und entwürdigt. Hätten wir das ... wäre das in Ihren Augen ...?«

»Gut, wir lassen Sie jetzt in Ruhe. Erholen Sie sich erst mal.«

Sie wollten gerade gehen, als Borowski noch etwas einfiel.

»Ganz kurz nur: Das Hospiz, in dem Herr Busse tätig war ... Wo finden wir das?«

Nach dieser Frage war nichts mehr mit ihr anzufangen. Sie begann, am ganzen Körper zu zittern. Und zwar mit der Heftigkeit einer Epileptikerin. Borowski eilte rüber zum Eingang der Wohnung von Herrn Busse, und ... »Thorsten! Wir brauchen dich. Schnell bitte.«

Der Gerichtsmediziner kam.

»Sie hat einen Zusammenbruch.«

»Wasser«, sagte Schimmag. »Vielleicht findest du einen Schnaps. Ist ihr Mann nicht da?«

»Nein«, sagte Borowski und machte sich auf die Suche nach Schnaps und Wasser.

»Komisch«, sagte Manz.

»Was ist komisch?«, fragte Schimmag, während er eine Fußbank aus der Zeit Friedrichs des Großen heranzog und die Beine der am ganzen Körper zitternden Frau darauflegte.

»Es ist komisch, dass ihr Mann nicht da ist.«

»Vielleicht bei der Arbeit.«

»Möglich. Offenbar hatte er aber vorher noch Zeit, etwas am Tatort zu verändern.«

»Eine einschneidende Situation für Menschen, die mit Gewalt und Tod sonst nie etwas zu tun haben. Eine

Stresssituation, würde ein Verteidiger vermutlich argumentieren.«

»Wie praktisch! Das würde dann ja auch gleich erklären, warum er anschließend keine Zeit hatte, seiner Frau beizustehen. Er wird sie doch gut genug kennen, um zu wissen, wie sie auf so eine Situation reagiert.«

Borowski kehrte mit einer Flasche Tequila und einem Glas Wasser zurück.

»Die haben es hier irgendwie mit Mexiko«, meinte er, als er Schimmag Glas und Flasche reichte. Niemand ging auf seine Bemerkung ein.

»Eine komische Frau«, sagte Manz, als sie fünf Minuten später das Treppenhaus hochstiegen.

»Was genau meinst du?«

»Dass sie das mit dem Schuh so aus der Bahn geworfen hat.«

»Soll ich deinen Gedanken notieren?«

»Ich bin gespannt auf ihren Mann. Falls der irgendwann mal zurückkehrt. Huch?«

»Was?«

»Na, da.«

Geräusche

Auch an der Wohnungstür im ersten Stock links stand: *Böhmer.*

»Entweder ein Zufall oder Herr und Frau Böhmer bewohnen hier im Haus zwei Wohnungen.«

»Nein«, sagte Borowski, ohne zu zögern.

»Wie?«

»Kein Zufall. Die bewohnen beide Wohnungen.«

»Sagt dir dein Gefühl?«

»Sagt mir die gleiche Handschrift auf dem Klingelschild.«

Borowski klingelte nicht gleich. Drehung des Kopfes. Es sah aus, als rechnete er damit, dass Manz noch etwas sagen würde. Seit fünf Jahren arbeiteten sie jetzt zusammen. Zwei Männer und ganz sicher mehr als nur ein Gedanke. Borowski zum Beispiel neigte in der kalten Jahreszeit zum Frösteln. Manz hatte ihm im Lauf der Jahre immer wieder empfohlen, lange Unterhosen und gute Unterhemden zu tragen. Das Wort Angora war mehrfach gefallen. Borowski waren Unterhaltungen, die sich um geeignete Unterwäsche für Männer drehten, stets unangenehm gewesen. Manz hatte drei Töchter, Borowski zwei Töchter und zwei Söhne. Jahre waren ins Land gegangen. Mörder saßen hinter Gittern, wie man so sagt. Unschuldige waren entlastet worden. Frauen hatten geweint, Männer hatten sich auf ihr Recht, sich zu wehren, berufen oder auf ihre Würde. Einige von ihnen saßen noch ihre Haftstrafen ab. Auch der umgekehrte Fall war vorgekommen. Männer hatten geweint und Frauen hatten gehandelt … Insgesamt hatte Manz mehr Zeit mit Borowski verbracht als mit seiner Frau oder seinen Töchtern. Borowski ging es nicht anders.

»Jetzt mach schon, drück auf die Klingel.«

Borowski schob die Hand ein kleines Stück weit vor. Sein Zeigefinger wollte eben den Klingelknopf betätigen, als Manz fragte: »Ob denen hier im Haus noch mehr Wohnungen gehören?«

»Wie kommst du drauf?«

»Weiß nicht. Kam mir gerade in den Sinn.«

»Sonst noch was?«, fragte Borowski. Sein Finger schwebte noch immer vor dem Klingelknopf. Und das war dann der Moment. Ein feines Klack war zu hören. Die Automatik hatte entschieden, dass genug Zeit vergangen war. Im Treppenhaus wurde es dunkel. Sehr dunkel, denn der freche Sonnenstrahl hatte sich mittlerweile verkrochen.

»Ich wundere mich«, Manz sprach ganz leise, »dass es hier in Neukölln eine Straße mit Mandelbäumchen gibt.«

»Heißt?«, fragte Borowski. Der Klang seiner Stimme. Es wirkte beinahe, als würde ihn die Sache mit den Mandelbäumen interessieren. Er kannte Manz. Manchmal kam ein Gedanke aus einer Ecke.

»Da muss sich doch jemand was bei gedacht haben.«

»Wollen wir später darüber sprechen?«

»Was meinst du? Wem gehören die Wohnungen? Ihm oder ihr?«

Keine Antwort, keine Gegenfrage. Borowski drückte auf den Klingelknopf. Dreimal insgesamt. Zuletzt länger als zuvor.

In der Wohnung keine Reaktion.

Stille also oder …

Fast Stille.

Irgendwer war im Treppenhaus.

Mehrere.

Oben.

Unten auch.

Es klang, als wären kleine Nager bei der Arbeit.

Und Borowski klingelte ein viertes Mal.

Und irgendwo war jemand beim Kochen.

Beim Braten wohl eher.

Der Geruch von scharf angeschmortem Fleisch zog in Manz' Nase, mischte sich mit dem auch hier oben noch leicht schwelenden Leichengeruch.

Borowskis Finger

Borowskis Finger schwebt noch heute vor dem Klingelknopf zur Wohnung, in der er und Manz damals mit Herrn Böhmer sprechen wollten. Und er wird dort im Modus der Erinnerung wohl noch bis zu Manz' letzter Stunde schweben. Nicht, dass dieser Finger entscheidend wäre, sich zu erinnern, wie könnte schon ein einzelner Finger ein Auslöser sein? Aber er war ein wiederkehrendes Element. Die Geschichte vom ermordeten Pfarrer war nämlich bereits mehrfach in Manz' Erinnerung aufgetaucht. Stets ungenau. Stets sich verändernd. Es gab nur eine Konstante, und das war Borowskis Finger, wie er vor dem Klingelknopf schwebte. Das Ganze ist in Manz' Rückschau ohnehin weniger die Geschichte eines ermordeten Pfarrers, denn die gerann schon vor Abschluss der Ermittlungen zur Geschichte eines Hauses und seiner Bewohner. Wobei eine Frau die wohl bedeutendste Rolle spielte. Nicht weil sie die jüngste und attraktivste war, die dort lebte, sondern weil sie, wie Borowski irgendwann sagte, »einen Knall« hatte. Sie hatte aber keinen Knall, Manz jedenfalls hielt ihre Motive und auch die der anderen Bewohnerinnen des Leberstieg 4, für durchaus gesteuert.

Wie auch immer. Jedes Mal, wenn das Vergangene in Manz' Kopf auftaucht, gibt es den Finger vor dem Klingelknopf. Offenbar hat dieser doch eigentlich nicht eben bedeutende Moment die tiefste Spur in sein Gedächtnis gegraben. Warum das so ist, darüber kann man spekulieren.

Endlich verschwand Borowskis Finger aus dem Bild. »Scheint niemand da zu sein«, stellte er fest.

Es war still geworden im Treppenhaus.

Die Tür zur Wohnung des Toten war offenbar geschlossen worden, und das einem Kratzen und Murmeln ähnliche Geräusch ... *Das werden wieder die Frauen gewesen sein, wer weiß, vielleicht gibt es mehr als drei.* Diese Frauen also, so es Frauen waren, die eben noch leise kratzende Geräusche produziert hatten, schienen sich in ihre Wohnungen zurückgezogen zu haben. Vielleicht hatten sie den Moment des längeren Klingelns genutzt, ihre Wohnungstüren leise zu schließen.

Noch immer stand die Frage im Raum, ob Herr Böhmer es sich tatsächlich nur aus Gründen der Pietät erlaubt hatte, in eine vom Kriminaldauerdienst verschlossene Wohnung einzudringen, um dem Toten ein Kissen aufs Gesicht zu legen.

Drei Frauen informieren die Feuerwehr, drei Frauen warten im Treppenhaus. Ein Mann betritt den Tatort. Angeblich aus Gründen der Pietät. Sein eigener Wunsch? Der seiner Frau? Oder handelte er im Auftrag von drei Frauen?

Diese und andere Fragen, so sah es im Moment aus, würden sie Herrn Böhmer erst später stellen können.

»Wo steckt der Kerl? Geht zum Tatort, verändert den

Tatort, verschwindet, noch ehe ihm irgendwer Fragen stellen kann, und dann lässt er seine verängstigte Frau in so einer Situation allein.«

»Sie hat heftig geweint«, stellte Borowski fest.

»Für das Weinen hat sie einen guten Grund, wenn sie den Pfarrer so verehrt hat. Nur warum neigt Frau Böhmer so zum Zittern? Warum wird sie plötzlich laut?«

Frau Wendel

An der Tür gegenüber hatten sie mehr Glück. Eine Frau Anfang sechzig, bekleidet mit einem brombeerfarbenen Businesskostüm aus gekämmtem Garn, öffnete und bat sie … »Ah. Ich dachte es mir schon« … mit einer Weisung der Hand, einzutreten.

»Sie sind Frau …?«

»Wendel, richtig. Folgen Sie mir.«

Sie ging voraus, sie trug Schuhe, wie man sie zu einem solchen Kostüm 1983 in der Regel noch trug.

Die Wohnung von Frau Wendel lag über der von Herrn Busse. Somit bekamen Manz und Borowski einen noch mal genaueren Eindruck von den Räumlichkeiten, die sie unten erwarten würden, sobald die Spurensicherung die Wohnung freigab.

»Dort bitte.« Sie zeigte auf einige mit grellbuntem Stoff bezogene Möbel. »Ich denke, da haben Sie es bequem. Darf ich Ihnen vielleicht etwas zu trinken bringen?«

»Im Moment noch nicht.«

»Das heißt, es könnte länger dauern?«

Borowski lächelte. Frau Wendel schien ihm zu gefallen.

Der Raum, in dem sie saßen, war zwar groß, dabei aber äußerst spartanisch und modern eingerichtet.

Frau Wendel nahm Platz. Ihre Beine waren ... »Makellos!« Borowski benutzte dieses Wort später, als sie wieder in ihrem Büro in der Direktion 5 saßen und ihre Eindrücke von den Zeugen austauschten.

Auch der Raum war makellos. Jedenfalls hätte ein Purist sich vermutlich so geäußert. An den Wänden hingen Drucke, Architekturzeichnungen, Bilder. Der Boden, Parkett ohne Teppiche. Mit Hunderten pfenniggroßen Dellen. Alles hier hatte seine Logik und Form. Die Möbel stammten nach Manz' Einschätzung aus dem skandinavischen Raum.

Mit Ikea allerdings hatte das, was Manz sah, nicht das Geringste zu tun. Eher schon erinnerten ihn die Möbel an den Besuch eines Einrichtungshauses in Charlottenburg. Christine und er unternahmen hin und wieder kleine Exkursionen in Einrichtungshäuser und Bekleidungsgeschäfte, in denen sie sich nicht das kleinste Fitzelchen hätten leisten können. Fast jedes der Möbelstücke in jenem Charlottenburger Einrichtungshaus hätte ein halbes Monatsgehalt von ihm oder Christine gekostet. *Für einige Ensembles wäre ein halbes Jahresgehalt fällig gewesen.*

Die Wände in der Wohnung von Frau Wendel wirkten trotz der Bilder, Drucke und Skizzen karg. Sie waren nur mit einer sehr dünnen Schicht Mörtel bedeckt. Diesen Mörtel hatte man nicht vollständig geglättet, und die blaue Farbe, mit der er – ein Laie hätte gesagt ›schlampig‹ – gestrichen war, wirkte wie eine dünne, nicht wirklich deckende Lasur. Das Ganze ging somit in Richtung eines Graublau. An manchen Stellen jedoch, ja, in großen, annähernd rechteckigen Flächen, war die Farbe heller hingetuscht, hoch, fast bis zu einem leicht geäderten Weiß.

Das alles brachte die Möbel in ihren satten Primärfarben in einer Weise zur Geltung, die im Sommer sicher zahlreiche Bienen, Hummeln und Schmetterlinge anlockte.

Noch ehe Manz und Borowski mit ihren Fragen beginnen konnten, übernahm Frau Wendel die Initiative.

»Sie wollen sicher wissen, wann ich Herrn Busse zum letzten Mal lebend gesehen habe.«

Manz verzichtete darauf zu nicken. Borowski war mit seinem Kugelschreiber beschäftigt, bei dem die Miene nicht auf Anhieb rauswollte.

»Ich habe vorhin gleich in meinem Terminkalender nachgesehen. Das war am einunddreißigsten Mai gegen Mittag. Etwa um 13:45 Uhr wird das gewesen sein. Ich war auf dem Weg ins Geschäft. Donnerstags verlasse ich das Haus immer erst um kurz vor zwei und nutze den Vormittag, um Abrechnungen zu erledigen.«

Borowski hatte kein Glück mit seinem Kugelschreiber. Was nicht schlimm war, da er, seinem Naturell entsprechend, einen zweiten dabeihatte.

»Unten habe ich dann noch ein paar Worte mit Pfarrer Busse gewechselt. Vorne an der Tür zur Straße hin. Er hielt sie mir auf, als er mich sah, war wie immer sehr höflich und erklärte mir, er komme gerade aus seinem Hospiz.«

»Wenn Sie sagen, dass Sie auf dem Weg ins Geschäft waren …«, setzte Manz an.

»Unser Einrichtungshaus befindet sich am Olivaer Platz. Ein weiter Weg, aber die Wohnung hier wie auch das Geschäft gehören mir, ich habe sie von meinen Eltern geerbt. Für mich ist das ein Weg von circa einer Stunde. Ich gebe mir immer einen Puffer von fünfzehn Minuten, da ich meinen Mann dort am Donnerstag um fünfzehn Uhr ablöse … Die BVG hält, sie werden das wissen, nicht besonders auf Pünktlichkeit.«

»Also um 13:45 Uhr.«

Borowski notierte die Uhrzeit. Sie nickte. Knapp. Verbindlich. Dann ein feines Lächeln, das Vorfreude ausdrückte. Vielleicht wusste sie bereits, was er als Nächstes fragen würde.

»Ihr Mann lebt auch hier in der Wohnung?«

»Nicht mehr. Wir sind seit zwei Jahren geschieden. Eine Scheidung im Guten, wenn ich so sagen darf.«

An dieser Stelle drohte die Befragung von Frau Wendel etwas aus den Fugen zu geraten, denn sie sprach nun über ihre Ehe, wobei … im Grunde *sprach* sie nicht über diese Ehe, sie *referierte*. »Eine Ehe«, die, wie sie meinte, über lange Zeit »glücklich und erfüllt« gewesen sei, was ja auch die »vier Söhne« bezeugten, die sie zur Welt gebracht hatte. Während dieses Teils ihrer Darlegung, die von »Geld« und der bereits erwähnten »im Wesentlichen guten Ehe« handelte, sprach sie stets von »mein Mann«, manchmal auch von »mein Mann und ich«. Der sprachliche Ausdruck geriet ihr während des Referats immer altertümlicher. Schließlich kam sie zum Wendepunkt.

An einem sonnigen Dienstag nämlich, »mit vereinzelten Quellwolken, ich erinnere mich noch, als wäre es gestern gewesen«, nur eine Woche vor dem dreißigsten Hochzeitstag, hatte sie herausgefunden, dass ihr Mann ein sexuelles Verhältnis eingegangen war mit der Inhaberin eines kleinen Luxusschuhladens. »Auch am Olivaer Platz, drei Häuser weiter.« Eine Frau, »halb so alt wie er«, die sie in ihrem Bericht anfangs noch als Fräulein Holland bezeichnete. »Und genau so sah sie auch aus.«

»Wie ein Fräulein Holland?«, erkundigte sich Borowski mit einem kleinen, leicht gefalteten Fragezeichen zwischen den Augenbrauen.

»Wie ein Fräulein Holland. Ganz richtig.«

Nachdem sie Manz und Borowski über den »Betrug meines Mannes« vollständig in Kenntnis gesetzt hatte, wurde aus Fräulein Holland »sein kleines Schustermädel« und aus ihrem Mann wurde ein »Helot«. Es war zur Scheidung gekommen, und der Anwalt ihres Mannes, also des Heloten, hatte feststellen müssen, dass »jeglicher nicht bewegliche Besitz« auf sie eingetragen war. »Sein Anwalt war nicht der beste, meiner jedenfalls war besser«, erklärte sie in beinahe betrübtem Tonfall. »Unser kleiner messinischer Helot ist also, bis auf eine überschaubare Abfindung, leer ausgegangen. Er ist jetzt bei mir angestellt. Ich habe ihm, wie Sie sehen, um der vielen gemeinsamen Jahre willen in diesem Punkt die Treue gehalten.«

Diese ganze Schilderung war für die Ermittlung so überflüssig wie ein Kropf, doch ließen Manz und Borowski sie reden. Eine Abmachung zwischen den beiden, die schon lange bestand. Manz hatte damals gefordert: »Lass die Leute reden, Borowski. Ich will hören, wie sie reden.« Nun, in diesem Fall musste Borowski sich nicht im Zaum halten. Es gefiel ihm, diese straff gekleidete Frau zwischen Möbeln der gehobenen skandinavischen Moderne sprechen zu hören. Endlich kam sie mit ihrer Erzählung zum Schluss und fand auch sprachlich zurück in die Zeit, in der sie alle lebten.

»Die Wohnung und das Geschäft also gehören mir. Ich glaube, das war Ihre Frage.«

»Die Wohnung ist ziemlich geräumig«, warf Borowski in beipflichtendem Tonfall ein.

»Zweihundertsiebzig Quadratmeter. Genau wie die unten von Herrn Busse. Gleicher Schnitt. Nur sind die Decken hier natürlich etwas höher. Beletage. Ein Berliner Altbau eben. Wir haben wie gesagt vier Kinder. Alles Jungen. Unser Jüngster ist vor einem halben Jahr ausgezogen. Natürlich hatte ich nach der Scheidung überlegt, die Wohnung aufzugeben, und Herr Böhmer hätte sie sicher gerne gekauft. Aber für mich ist es immer noch die Familienwohnung. Unsere Söhne, die alle in Westdeutschland studieren beziehungsweise promovieren, haben hier eine Bleibe, wenn sie mal in Berlin sind. Dazu kommen noch die Familienfeste, zum Beispiel wenn ein Doktorvater eine Arbeit angenommen hat. Na, Sie kennen das.«

Sie zog die Schultern hoch. Mehr gab es zum Status ihrer Familie offenbar nicht zu sagen.

»Meine nächste Frage …«, setzte Borowski an.

»Ob ich weiß, was da unten passiert sein könnte? Geht es denn überhaupt um ein Gewaltverbrechen?«

»Es sieht danach aus. Jedenfalls wurde die Wohnung gründlich durchsucht. Oder war Herr Busse vielleicht ein sehr unordentlicher Mensch?«

»Sicher nicht so unordentlich, dass man ein Durchsuchen und Durchwühlen mit dem normalen Zustand der Wohnung verwechseln könnte. Ich war hin und wieder dort zu Gast, habe versucht ihm zu helfen, so gut es ging. Ich fand zwar, dass die Wohnung etwas vollgestellt war, aber Unordnung ... Nein.«

Als gälte es einen Kommentar zu dem Wort Unordnung abzugeben ergriff sie Borowskis defekten Kugelschreiber und warf ihn mit einigem Geschick in einen Mülleimer. Borowski schien nichts dagegen zu haben, es war ein billiges Werbegeschenk von Möbel Hübner.

»Wobei haben Sie ihm geholfen?«

»Die Preisfindung. Herr Busse hat regelmäßig Möbel und andere Antiquitäten an ein Auktionshaus gegeben, und ich habe versucht, für ihn zu eruieren, was sie in etwa wert sind. Die beste Ansprechpartnerin war ich nicht in der Sache, denn meist handelte es sich bei den Möbeln, die Herr Busse veräußern wollte, um ältere Mobilien. Schwere, schwarz gebeizte Schlachtrösser. Jahrhundertwende. Teils Eiche massiv, teils Fichte mit Eichenfurnier. Hin und wieder war auch mal ein kleiner Biedermeiersekretär oder Ähnliches dabei. Allerdings ist nicht jeder Biedermeiersekretär eine Kostbarkeit. Und natürlich war auch viel wertloses Zeug von Möbel Hübner oder Ikea darunter. Dann waren da noch die Gemälde, ein paar Drucke. Wobei uns in der Regel Frau Scheer geholfen hat.«

»Frau Scheer?«, fragte Manz.

»Zweiter Stock, links. Sie lebt dort mit ihrem Mann.« Frau Wendel beugte sich ein Stück vor und fixierte Manz in einer Weise, als wollte sie Borowski aus der

Unterhaltung ausschließen. Sie sprach nun auch leiser als zuvor. »Wissen Sie … Frau Scheer ist Malerin, und … Sie muss wohl mal jemand gewesen sein, Sie verstehen?«

»Noch nicht ganz.«

Sie beugte sich noch ein bisschen weiter vor, ihre Zunge glitt einmal kurz über die Unterlippe. *Genau wie Frau Böhmer vorhin. Sonderbar.*

»Nun, Frau Scheers beste Zeiten liegen lange hinter ihr. Jeder im Haus weiß, dass sie immer wieder Schwierigkeiten hat, ihre Miete zu zahlen, und dass der Gerichtsvollzieher … Nun gut, das geht mich nichts an. Was ich sagen will: Ich empfand Frau Scheer immer als arrogant. Arrogant, teils bis an die Grenze zur Menschenverachtung. Wie es eben bei manchen Künstlern ist, wenn der Erfolg sich über sehr lange Zeit nicht einstellt. Es gibt ja diese Haltung der Gescheiterten, sich zu erheben und über jedes Maß hinauszuschießen, sie werden das aus Ihrer beruflichen Praxis kennen.«

»Ah ja?«

»Dazu kommt noch ihr Mann, ein … Wie soll ich sagen? Angeblich war er mal Gewichtheber oder Ringer. Zur Arbeit jedenfalls geht er nur an zwei Tagen in der Woche. Nun, das geht mich alles nichts an, ich …« Sie brach ab und sah Manz in einer Weise an … ein bisschen unglücklich. Gleichzeitig fast fragend. Als wüsste sie nicht, warum sie das gerade gesagt hatte. Die Zunge spielte ihr Spiel, und sie fasste sich, setzte neu an. »Nun, Frau Scheer – ich erzähle Ihnen das im Vertrauen –, trat irgendwann in den Kreis von Pfarrer Busse ein. Und unter seiner Obhut … ich glaube, das Wort ist hier angebracht …«, schon wieder die Zunge, »… trat eine

Verwandlung ein. Das Wort trifft es genau. Frau Scheer öffnete sich, begann über Persönliches zu sprechen. Insbesondere über ihre Eltern, und … sie wurde, wenn ich so sagen darf, zu einem menschlichen Wesen. Und es lag an ihm. An Pfarrer Busse. Nun, Näheres kann sie Ihnen ja selbst sagen, falls es für die Ermittlung von Belang ist.« Sie richtete ihren Oberkörper wieder auf, lächelte Borowski wie zur Begrüßung kurz an. »Frau Scheer und ich haben uns bemüht, Herrn Busse zu helfen. Für Frau Erdmann gilt das Gleiche. Haben Sie schon mit ihr gesprochen?«

»Nein.«

»Sie gehört auch zu unserem Kreis. Also dem Kreis von Herrn Busse. Tja, was noch? Große Werte stellten diese Möbel in der Regel nicht dar. Für die Gemälde, Drucke, Zeichnungen galt laut der Einschätzung von Frau Scheer und Frau Erdmann das Gleiche. Was meine Aufgabe der Preisfindung anging, kam erschwerend hinzu, dass unser Pfarrer stets nur Fotografien der Möbel besaß.«

»Sie befanden sich nicht in seiner Wohnung?«

»Nein. Ich hatte nur die Fotografien von Frau Böhmer zur Verfügung.«

»Von Frau Böhmer?«, hakte Borowski nach.

»Die Dame aus dem Erdgeschoss.«

»Schon klar, wir waren eben bei ihr, aber … die hat die Gegenstände für Herrn Busse fotografiert?«

»Warum nicht? Sie gehörte ja mit zum Kreis. Sie ist Fotografin. Kunst, nicht angewandte Fotografie. Sie hatte eine ganze Reihe Ausstellungen. Unter anderem in der Galerie Laufe am Nollendorfplatz. Also nicht irgendwo. In letzter Zeit war dann leider nichts mehr. Ähnlich wie bei Frau Scheer, könnte man meinen, nicht wahr? Aber bei ihr lag es im Gegensatz zu Frau Scheer nicht daran, dass ihre Kunst aus der Zeit gefallen wäre. Ganz und gar nicht. Ihre Arbeiten verbinden auf grandiose Weise das Künstlerische mit dem Dokumentarischen. Nein, ich vermute, ihr Mann hält sie klein, nimmt ihr den Mut. Wir haben im Kreis mehrfach darüber gesprochen.«

»Darüber, dass Herr Böhmer seine Frau …« Borowski warf einen kurzen Blick auf seine Notizen. »Dass er sie klein hielt.«

»Genau.«

»Das ist recht privat. Ich meine, so was in einem größeren Kreis zu besprechen …«

»Finden Sie? Ich glaube, das gibt es öfter, dass Frauen sich gegenseitig helfen und beraten.«

»Im Beisein von Herrn Busse in diesem Fall.«

»Warum nicht? Er ist Pfarrer. War.«

»Schon, aber …«

»Herr Busse und ich haben Frau Böhmer ermutigt, sich von ihrem Mann zu trennen. Bei ihr verhält es sich nämlich wie bei mir. Die beiden Wohnungen hier im Haus gehören ihr. Sie besitzt noch drei weitere, hinten am Böhmischen Platz. Ohne sie ist ihr Mann … Nun …« Sie machte eine wedelnde Bewegung mit der Hand, als wollte sie eine Fliege verscheuchen. Es folgte ein scharfes Lächeln, und ihre Zunge spielte wieder ihr Spiel.

»Herr Busse hatte also im Haus gewissermaßen eine beratende Funktion«, fasste Manz das Gehörte zusammen.

»Er hat uns die Augen geöffnet. Ja. Was die Möbel angeht, die ich taxiert habe … Ich bin zwar Inhaberin eines Einrichtungshauses, aber wie Sie an dieser Wohnung sehen …«

»Keine schwarzen Schlachtrösser.«

»Keine schwarzen Schlachtrösser.«

»Wenn Herr Busse, wie Sie eben sagten ›hin und wieder‹ alte Möbel, Gemälde und Drucke zur Versteigerung gebracht hat …«, setzte Manz an.

»Nicht hin und wieder. Da habe ich mich nicht gut ausgedrückt. Er machte das regelmäßig.«

»Ach ja? Und wo kamen die Sachen her?«

»Ich glaube, das hing mit den Erbschaften zusammen. Herr Busse hat ja regelmäßig geerbt.«

»Wie macht man das?«

Wieder zog sie die Schultern hoch. »Das hatte vermutlich etwas mit dem Hospiz zu tun. Dass er die Gegenstände von Verstorbenen für die Kirche zu Geld gemacht hat. Oder für die Stiftung. Er war ja Leiter dieses Kreises.«

»Was für ein Kreis?«

»Na, seine Aidsstiftung.«

Manz stellte seine nächste Frage, ehe ein Gedanke da war. »Was ist eine Aidsstiftung?«

Borowski wirkte irritiert, sie hatte sofort eine Erklärung parat.

»Dort werden Spendengelder verwaltet, um Aidskranken zu helfen.«

»Und was ist ein Aidskranker?«, hakte Manz nach. Borowski sah ihn an, als wäre nicht alles so, wie es sein sollte.

»Nun, bei Aids handelt es sich um eine schwere Krankheit«, erklärte sie mit großer Selbstverständlichkeit. »Letztlich ist es eine Form von Lungenentzündung, die Menschen befällt, bei denen das Immunsystem geschwächt ist. Man weiß noch nicht viel darüber. Vermutlich wird die Krankheit durch intime Kontakte übertragen.«

»Sie scheinen, was das angeht, auf dem Laufenden zu sein. Ich muss gestehen, dass ich noch nie gehört habe von ...«

Borowski hatte seinen Kopf mittlerweile ein wenig zur Seite gekippt, was ihn wie ein neugieriges Kind aussehen ließ.

»... wie hieß die Krankheit noch?«

»Aids.«

»Das ist vermutlich eine Abkürzung?«

»Ja.«

»Wofür?«

»Das kann ich Ihnen jetzt wirklich nicht sagen. Es ist schon ein bisschen her, dass Herr Busse uns das alles erklärt hat. Es kommt aus dem Englischen. Genauer gesagt aus dem Amerikanischen, da die Krankheit dort zuerst beschrieben und sozusagen erfasst wurde. Ursprünglich stammt sie, so wird angenommen, aus Afrika. Aus dem Tierreich.«

»Und da ist sie von den Tieren ...«

»Also, was genau da unten en détail passiert ist, entzieht sich meiner Kenntnis. Und ich meine, es ist doch auch egal. Worauf es ankommt, ist letztlich, dass den Menschen geholfen wird.«

»Wo?«

»Na hier, wo die Krankheit auftritt. Sie ist angeblich dabei, sich in Künstlerkreisen auszubreiten. Vermutlich eine behördliche Annahme, die damit zusammenhängt, dass man Künstler für promisk hält.«

»Hat Pfarrer Busse sich so ausgedrückt?«

»Ja.«

»Nur Ihnen gegenüber?«

»Nein, allen.«

»Allen hier im Haus?«

»Mit Ausnahme natürlich der Studenten-WG oben im Dritten. Die waren nie dabei. Obwohl … Die junge Frau, die da mit den drei Herren haust, war zwei-, dreimal da. Was soll man sagen? Dass Herr Busse auf die Krankheit und seine Stiftung zu sprechen kam, war irgendwann am Ende einer seiner Kulturveranstaltungen …« Sie überlegte. »Kann sein, nachdem wir gemeinsam eine neue Platte von Bob Dylan oder David Bowie gehört hatten. Aber wozu soll ich Ihnen das alles erklären? An Aids wird er ja nicht gestorben sein, so wie sein Gesicht zugerichtet war …«

»Sie haben den Toten gesehen?«

»Nur kurz, als die Feuerwehr rein ist.«

»Da sind Sie gleich mit reingegangen.«

»Wie gesagt, nur kurz.«

»Sie haben sich ein wenig umgesehen?«

»Man hat mich dann gebeten zu gehen.«

»Sie sagten eben, das Gesicht von Herrn Busse sei …«, Borowski warf erneut einen kurzen Blick in seine Notizen, »zugerichtet gewesen.«

»Man sah, dass ihn jemand brutal geschlagen hat.«

»Es lag kein Kissen auf seinem Gesicht?«

»Dann hätte ich ja wohl kaum gesehen, dass er geschlagen wurde.«

Manz nickte. »Und Herr Busse hat also für die von dieser neuartigen Krankheit Betroffenen gesammelt.«

»Na, wie eben so eine Stiftung arbeitet.«

»Hatte er in diesem Zusammenhang eventuell größere Summen Bargeld im Haus?«

»Das kann ich Ihnen nicht sagen.«

»Es wurde nicht näher darüber gesprochen.«

»Nein. Und ich bin auch nicht besonders neugierig. Oder anders, ich möchte es anders sagen: Mich und Herrn Busse verband etwas, das man durchaus als Freundschaft oder Seelenverwandtschaft bezeichnen kann. Er war ein sehr kultivierter, feinsinniger Mann, der sich für solche, denen es nicht so gut geht wie uns, eingesetzt hat, und … Er konnte reden. Der Mann konnte wirklich reden. Uns verband zudem das Interesse an griechischer Geschichte und Kultur. Über so etwas können Sie sich nicht mit jedem unterhalten. Nun denn …«

Sie breitete kurz ihre Arme aus. Die Bewegung hatte etwas Junges, Frisches, ja beinahe Verspieltes. Offenbar war sie mit ihren Erklärungen zufrieden, glaubte, es sei alles gesagt. Manz sah das anders.

»Dass jemand so regelmäßig wie Herr Busse erbt, ist schon etwas ungewöhnlich.«

Ihre linke Hand ergriff wieder ihre rechte. Frau Wendel wurde ernst, fast feierlich. »Nun, wenn man jemanden schätzt, mit ihm befreundet ist, wenn ein echtes Vertrauensverhältnis herrscht, dann gibt man sich in Dingen, die mit Werten oder Geld zu tun haben, nicht neugierig. Und wie ich bereits sagte: Ich bin von Natur aus nicht in dieser Richtung veranlagt.«

»Nun ja«, korrigierte Manz sie. »Vorhin, als wir hier im Haus ankamen, standen Sie zusammen mit Frau Böhmer und einer weiteren Frau im Treppenhaus. Sie haben sich weit übers Geländer gebeugt und Ihr Gesicht ...«

»Das ist ja wohl etwas anderes.«

Manz hatte sich mittlerweile ein Bild gemacht. Sie wirkte, was ihr Gesicht und die Farbe ihrer Haare anging, wie eine Frau Anfang sechzig. Da ihre vier Kinder das Haus bereits verlassen hatten, war diese Einschätzung vermutlich korrekt. Ihre Bewegungen jedoch, die Art, wie sie ihn und Borowski in die Wohnung geführt hatte, all das ließ sie gut zehn Jahre jünger wirken. Dazu kam noch ...

Sitzt gerade, wirkt nicht steif, aber doch sehr korrekt.

»Dieses Hospiz, für das Herr Busse arbeitete ...«

»Nun, Sie werden wissen, dass sich dort Menschen in ihrer allerletzten Lebensphase aufhalten.«

»Ein Sterbehaus.«

»Gott, was für ein Wort!« Sie behielt sich in der Gewalt. Soweit es ihr möglich war jedenfalls. Keine Gewalt nämlich hatte sie darüber, was ihr Herz tat. Ihre Gesichtshaut war jetzt stärker durchblutet.

Ganz ähnlich wie Frau Böhmer, nur anders. Vielleicht hält deshalb ihre linke Hand die rechte fast pausenlos fest.

»Vermutlich«, fuhr sie fort, »haben manche dieser ... Patienten ... vielleicht haben die keine Verwandten und sind jemandem wie Herrn Busse dankbar, dass er sie in dieser schweren Zeit regelmäßig besucht und auf ihrem letzten Weg gewissermaßen an die Hand nimmt.«

»So, dass er dann erbt.«

»Im Namen der Kirche. Aber das ist selbstverständlich nur eine Vermutung.«

»Das kann ich mir alles vorstellen, Frau Wendel. Ich wollte eigentlich nur wissen, um welches Hospiz es sich handelt.«

»Oh, das kann ich Ihnen nicht sagen, darüber wurde nie gesprochen.«

»Ach.«

Ihre Augenbrauen nahmen eine andere Form an, ihr Oberkörper richtete sich noch ein wenig mehr auf.

»Ich ahne schon …«, setzte sie an. Zögerte dann.

»Was?«

»Na, dass Sie glauben, Herr Busse sei so was wie ein Erbschleicher gewesen, der die Schwäche dieser … Patienten ausgenutzt hat. Da immerhin kann ich Ihnen eine klare Auskunft geben. Und die lautet: Nein. Für einen Pfarrer gehören solche Besuche im Hospiz zum üblichen Betätigungsfeld, und der Kirche wird öfter mal ein Nachlass vermacht.«

»Sicher«, sagte Manz. »Sie haben vermutlich auch keinen Verdacht …«

»Wer ihn ermordet hat? Nun, darauf wollte ich gerade kommen. Deshalb habe ich das mit dem Hospiz ja überhaupt erwähnt. Vor zwei Wochen sah ich jemanden unten im Treppenhaus, der zu Herrn Busse wollte. Er stand vor seiner Tür und klingelte Sturm, als ich gerade das Haus verlassen wollte. Der Mann war völlig außer sich, wollte von mir wissen, wo Herr

Busse sich aufhält. Ich sagte ihm, dass ich Herrn Busse nicht kenne. Als ich ging, als ich gerade die Haustür öffnen wollte, hörte ich noch, wie er erneut klingelte und brüllte: »Ich will mein Erbe!« Und das war nicht das einzige Mal, dass ich ihn sah. Einen Moment, hier hab ich …« Sie zog ihren Terminplaner heran, blätterte darin. »Hier; am 3. Juni kam derselbe Mann aus dem Keller. Als ich ihn fragte, wer er sei, erschrak er und verließ zügig das Haus. Man könnte das auch eine Flucht nennen.« Frau Wendel räusperte sich, legte den Terminplaner zurück auf den Glastisch. »Sie wollen vielleicht wissen, wie dieser Mann aussah?«

»Ja?«

»Viel kann ich leider nicht sagen. Dazu war die Begegnung zu flüchtig. Es handelte sich, da bin ich sicher, um einen Deutschen. Also einen, dessen Eltern und Großeltern schon hier geboren wurden. Jung zwar, aber doch von männlichem Aussehen und alles andere als unattraktiv. Schmales, schön geschnittenes Gesicht, jungenhafter Haarschnitt, Haarfarbe dunkelbraun, leicht gewellt. Seine Ohren lagen nicht perfekt an, dafür hatte er volle, sinnliche Lippen. Blaue Augen, mit für einen Mann erstaunlich langen und schön geformten Wimpern. Vom Körperbau her war er zwar schlank und feingliedrig, wirkte aber durchtrainiert und hatte, wenn man von seiner momentanen Wut absah, etwas Scheues, ja fast würde ich sagen, Devotes. Etwas raffiniert, geradezu herausfordernd Devotes, wenn Sie verstehen. Unter anderen Umständen hätte ich ihn mir sicher genauer angesehen, aber so …« Es war wieder so weit. Ihre Zungenspitze … Es soll hier nicht darauf herumgeritten werden, aber diese Macke – fast schon hatte es etwas von einer kleinen Entgleisung –, diese Macke war auffällig. »Jemand, der aus einem fremden Keller kommt, den inspiziere ich natürlich nicht allzu genau, aber wenn Sie sich den Schauspieler Hanns Lothar vorstellen … Den jungen Hanns Lothar natürlich. Sie kennen Hanns Lothar?«

»Nicht auf Anhieb«, gab Manz zu, auch Borowski schüttelte den Kopf.

»Nun, er ist auch schon lange tot. War aber zu seiner Zeit jemand. Hat auch mal einen Kriminalinspektor gespielt, wenn ich mich richtig entsinne. Hanns Lothar. Sie finden sicher irgendwo ein Bild von ihm. So ungefähr sah der junge Mann aus. Er trug bei beiden Begegnungen ein hellbraunes Jackett und eine dazu passende Hose mit sehr scharfer Bügelfalte und Aufschlag. Dunkelbraune Halbschuhe, sehr gut gepflegt. Mehr kann ich zu ihm leider nicht sagen. Unsere Begegnungen waren, wie ich bereits sagte, nur sehr kurz.«

Wie wohl die Gespräche mit ihrem Scheidungsanwalt abgelaufen sind …

»Was ich nicht verstehe«, mischte sich erneut Borowski ein. »Sie begegnen im Haus einem Mann, der sich von Herrn Busse offenbar um sein Erbe betrogen fühlte. Zuvor haben Sie gesagt, dass Sie sicher sind, die Arbeit des Herrn Busse im Hospiz sei gewissermaßen tadellos …«

»Weil es so war.«

»Wenn ich alles richtig verstanden habe, dann müsste ich festhalten, dass Sie Herrn Busse mochten.«

»O ja. Ich würde, ohne zu zögern, von einer Freundschaft sprechen. Eine Art Symbiose, was bestimmte Anschauungen angeht.«

Borowski nickte. »Frau Böhmer von unten schien es ähnlich zu gehen.«

»Herr Busse war so was wie die Seele dieses Hauses.«

»Eins müssten Sie uns dann aber doch erklären …«, bat Borowski. »Wenn Sie und Frau Böhmer Herrn Busse so gut kannten, ja regelrecht befreundet waren mit ihm …«

»Warum wir dann so lange gewartet haben, ehe wir die Feuerwehr riefen? Genau deswegen.«

»Wie?«

»Respekt.«

»Respekt …«

In diesem Moment wurden sie unterbrochen. Es klingelte an der Haustür. Sie stand auf, um zu öffnen. Manz hatte schon vorher gewusst, dass sie sich nach dem Aufstehen den Kostümrock glatt streichen würde. Er blickte ihr nach, als sie das Zimmer durchquerte. Sie stellte ihre Füße beim Gehen so voreinander, als wäre da eine Linie. Und jeder ihrer Schritte wusste genau, wo er hinmusste. Ihr Gang, ja sogar das Klackern, welches ihre Schuhe auf dem Parkett verursachten, schien ihm angemessen für eine Frau, die sich für die Kulturgeschichte Griechenlands interessierte und sehr teure Möbel verkaufte, die der klassischen Moderne zuzuordnen waren.

Als sie zurückkehrte …

»Ein Kollege von Ihnen.«

Grossmann war ihr ein Stück weit in den Raum gefolgt. Er wirkte etwas zurückgenommen, was sonst nicht seine Art war. Da er seine Arbeit unten noch nicht abgeschlossen hatte, trug er einen Anzug der Spurensicherung. Sie drehte sich zu ihm um. Während zwei, vielleicht drei Sekunden wanderte ihr Blick von seinem Gesicht bis runter zu seinen Schuhen. Die steckten in einem Überzug aus Plastik. Manz kam es vor, als würde der Leiter der Spurensicherung gerade kartographiert.

»Wir sind so weit, dass ihr reinkönnt«, erklärte Grossmann. Es klang etwas schüchtern. Auch das war für gewöhnlich nicht seine Art.

»Gut.«

Manz und Borowski standen auf.

»Danke erst mal für Ihre Auskünfte«, sagte Manz. »Sollten sich noch Fragen ergeben …«

»Jederzeit gerne. Außer donnerstags. Und am Wochenende bitte nicht nach zwanzig Uhr.«

Manz wollte gerade den Raum verlassen, als sie ihm noch etwas nachrief. »Die Architekturzeichnungen, die Sie sich angesehen haben, als Sie kamen, da an der Wand …«

»Scharoun?«, fragte Manz.

»Natürlich«, sagte sie. »Die beiden links sind Originale.«

»Danke für Ihre Hilfe.«

»Wie gesagt: gerne. Und jederzeit.«

Draußen fragte Borowski: »Warum hast du das mit dieser Aidsstiftung alles noch mal mit ihr durchgekaut?«

»Weil ich wissen wollte, wie sie redet.«

»Als hätte sie nicht schon genug gesagt.«

»Außerdem wissen wir jetzt, dass Frau Böhmer es mit der Wahrheit nicht allzu genau nimmt.«

»Nur weil sie vergessen hat, dass Busse sie über diese

Krankheit aufgeklärt hat? Die Frau war völlig durcheinander.«

»Wenn du meinst. Mir kam es vor, als hätten sie und Frau Wendel teilweise fast die gleichen Sätze gesagt.«

Als sie das Zwischenpodest erreichten – Grossmann war schon unten –, hielt Manz seinen Kollegen noch mal an: »Sag, Borowski, weißt du, was ein Helot ist?«

»In unserem Sprachgebrauch würde man Bauer sagen. Oder auch Sklave.«

»Verstehe. Und ein messinischer Helot?«

»Keine Ahnung. Da musst du deine Frau fragen, die weiß es bestimmt.«

Eine große Unordnung

Noch im Vorflur der Wohnung von Pfarrer Busse bedeckten Manz und Borowski sich Mund und Nase mit ihren Taschentüchern. Grossmann bot ihnen Kölnisch Wasser an, das sie jedoch ablehnten.

»Wir haben jetzt einen ersten Überblick«, erklärte er, als sie das große Zimmer betraten. »Und ich sage euch, bis wir hier vollständig durch sind …« Grossman ließ den Satz mit jener Kraft wirken, die manch unvollendetem Werk innewohnt. Umwerfend war die Wirkung allerdings nicht. Was daran lag, dass Manz und Borowski keinen Deut besser oder gar menschlicher waren als andere Menschen. Sie bedauerten also Grossmann nicht, nur weil vor ihm eine Arbeit lag, die zu erledigen man ihn einst eingestellt hatte. Bei ganz ordentlicher Bezahlung übrigens.

»Jedenfalls«, schloss Grossmann, »werden wir hier sicher noch drei Tage beschäftigt sein.«

Die Spurensicherung hatte erste Wege freigegeben.

»Ich habe in gut zwanzig Jahren viele Tatorte gesehen, aber eine derart konsequente Durchsuchung ist auch für mich Neuland. Alles hier wirkt, als hätte jemand ganz dringlich nach etwas gesucht.«

»Ist es denn überhaupt ein Tatort?«, fragte Manz.

Grossmann sah zu Thorsten Schimmag rüber, der neben dem Toten kniete und gerade damit befasst war, dessen Körper mit unzähligen schmalen Streifen abzukleben.

Schimmag nickte. »Erwürgt oder erstickt. Vielleicht beides.« Er zeigte auf das Kissen. »Zuvor wurde Herr Busse mit einem oder mehreren Faustschlägen zu Boden gebracht.«

Grossmann zeigte. »Seine Brille liegt dort unter dem Stuhl. Eins der Gläser ist zersprungen und der Tote hat Verletzungen im Bereich der Augen, die dazu passen, dass ihm jemand mit der Faust ins Gesicht geschlagen hat, während er sie trug.«

Schimmag nickte.

Manz und Borowski sahen sich um.

»Die Wohnung des Pfarrers Busse«, fuhr Grossmann fort, »hat nach Auskunft von Frau Böhmer zweihundertsiebzig Quadratmeter. Und doch scheint all dieser Platz kaum ausgereicht zu haben für einen Mann, der offenbar eine Art Gebrauchtwarenhandel betrieben hat. Genauer gesagt: Herr Busse hat Antiquitäten, oder jedenfalls das, was er dafür hielt, gesammelt, Konvolute zusammengestellt und die dann zur Versteigerung gegeben.«

»Sagt Frau Böhmer?«

»Sagt Frau Böhmer. Entsprechende Unterlagen fanden wir auch im vorderen Arbeitszimmer. Zwischen Stapeln anderer Unterlagen, um es vornehm auszudrücken.«

»Du meinst, ein totales Durcheinander.«

»Inklusive einer ganzen Reihe von Pizzaschachteln, in denen er Fotos aufbewahrt hat. Fotos, so würde ich vermuten, von ihm fremden Menschen.«

»Wie kommst du darauf?«

»Erstens sind viele der Aufnahmen hinten beschriftet. In verschiedenen Handschriften. Zweitens tauchen sehr viele Familiennamen auf, niemals aber Busse, drittens stammen die meisten Aufnahmen noch aus dem neunzehnten oder vom Beginn des zwanzigsten Jahrhunderts. Es gibt sogar welche von einer großen Zeppelinkatastrophe hier bei uns.«

»LZ 18. 1913. Berlin-Johannisthal. Riesenstichflamme, alles brennt in Sekunden, achtundzwanzig Tote«, brummte Manz.

»Was du alles weißt.«

»Als ich zehn, zwölf war, da ... Wie es eben ist.«

»Du hast dich als Kind für Katastrophen interessiert?«

»Ich hab damals sogar eine Tabelle angelegt. Es war nur eine Phase.«

»Eine Tabelle mit Katastrophen«, sinnierte Grossmann. »Das ist interessant. Ich meine auch, was die psychologische Genese ...«

»Weiter.«

»Nun ja, dieser Raum ist, wie ihr seht, nicht so vollgestellt. Er wurde von Herrn Busse als Konferenzzimmer bezeichnet.«

»Sagt Frau ...«

»Böhmer. Richtig. Hier wurde mehr Ordnung gehalten als in den anderen Räumen. Sozusagen der Repräsentationsraum. Vierundsiebzig Quadratmeter Grundfläche«, Grossmann zeigte zur Zimmerdecke, »professionelle Deckenstrahler wie in einer Galerie. Außerdem hängen, wie ihr seht, großformatige Ölgemälde und Aquarelle an den Wänden. Was die wert sind, muss ich noch ermitteln.«

»Hm«, sagte Borowski. Er betrachtete gerade mit leicht verträumtem Blick ein goldgerahmtes, stark nachgedunkeltes Werk in Öl, welches einen abendlichen Spiegelsee mit Trauerweiden, Schwänen und drei Frauen mit nacktem Busen und Fischschwänzen zeigte, wie sie bei Meer- und Seejungfrauen üblich sind. Die drei waren eben dabei, einen fast noch knabenhaften Angler mit blond gelocktem Haar und roten Bäckchen in die Tiefe zu ziehen. Wie es aussah, sangen die Damen, während sie zwischen viel Schaum ihr Werk verrichteten.

»Auffällig ist natürlich dieser große Tisch mit immerhin vierzehn dazu passenden Stühlen ...«

Während Grossmann im Folgenden Borowski alles zeigte und, seinem Beruf gemäß, weiter aufzählte und beschrieb, was ohnehin zu erkennen war, sah Manz sich im Raum um und versuchte, mit der Gedanken- und Lebenswelt von Herrn Busse in Kontakt zu kommen. Der Versuch, sich ein erstes Bild von dem Toten zu machen, war schwierig, denn was Manz sah, war im

Grunde genommen nichts als ein Sammelsurium von Möbeln, Bildern, Kleinigkeiten, die den Eindruck eines Ausstellungsraums vermittelten.

All diese Möbel sind zu klein. Vor allem fehlt es an Höhe. Das immer gleiche Problem bei solchen Räumen.

Einzig der modern wirkende große Tisch mit den vielen gleichartigen Stühlen drückte etwas aus. Manz hätte sich ein solches Möbel in einem Gemeindesaal oder in einer Altentagesstätte vorstellen können. Das restliche Interieur hatte eindeutig etwas von Dekor. Es war das in den Proportionen völlig missratene Bühnenbild eines Mannes, der, obwohl er offenbar mit alten Möbeln und Ausstattungsgegenständen Handel trieb, keinerlei Ahnung hatte, was die Wirkung von Räumen anging.

»Richtig!«, sagte Borowski in diesem Moment etwas übertrieben laut. »Frau Wendel hat uns erzählt, dass Herr Busse die Hausgemeinschaft hin und wieder eingeladen hat, um gemeinsam Musik zu hören oder über Kunst zu sprechen. Da ist so ein großer Tisch natürlich nützlich.«

»Mag sein«, fuhr Grossmann fort. »Die aus der Zeit des Jugendstils stammenden Kleinmöbel, die hier überall rumstehen, wirken in ihrer Zierlichkeit recht edel und im Gesamteindruck beinahe modern. Auf mich macht das Zimmer insgesamt einen eleganten, wenn auch etwas zusammengewürfelten Eindruck.«

Elegant ist hier gar nichts, dachte Manz.

»Ein Sammler, der sich hin und wieder etwas, das er für schön hielt, aus seinen geerbten Konvoluten rausgepickt hat«, vermutete Borowski, der offenbar zu einem ähnlichen Ergebnis gekommen war wie Manz.

»Festlegen möchte ich mich erst, wenn wir den Wert

dieser Gegenstände ermittelt haben. Nicht jedes Ölgemälde ist eine Kostbarkeit. Das Gleiche gilt für Jugendstilmöbel.«

»Es könnte aber auf jemanden kostbar gewirkt haben«, schaltete sich nun wieder Manz ein. »Jemanden, der weitere Wertgegenstände vermutete ...« Er blickte in Richtung eines großen Fensters, das zu einem begrünten Hinterhof hinausging. »Was ist damit?«

»Keine Einbruchsspuren.«

»Uns wurde gesagt, die Wohnungstür ließe sich durch einen leichten Druck öffnen.«

»Ja. Der Riegel findet im Schließblech kaum noch Halt. Jemand, der sich hier auskennt, hätte keine Schwierigkeiten gehabt einzudringen.«

»Na ja«, widersprach Borowski. »Erst mal muss er natürlich vorne reinkommen, und die Eingangstür zum Haus wirkt ziemlich stabil.«

»Ist sie auch. Es gibt eine Gegensprechanlage und einen Summer.«

Manz blickte noch immer in Richtung der Fenster. »Darf ich es öffnen?«

Grossmann nickte, Manz öffnete das Fenster und inspizierte einen Hinterhof, der schwach nach Kohle roch.

Recht viele Mülleimer für eine doch eher begrenzte Anzahl an Bewohnern ...

Im Moment war der teils mit Katzenköpfen, teils mit Betonplatten gepflasterte Hof trocken, fast staubig, und die Sonne leuchtete ihn grell aus. Es fiel Manz allerdings nicht schwer sich vorzustellen, was für einen Eindruck er machen würde, nachdem es zwei, drei Tage geregnet hatte. Der Hof war links und rechts von den Seitenflügeln der Wohnungen von Herrn Busse und dem Ehepaar Böhmer begrenzt, und vor beiden Seitenflügeln gab es jeweils eine kleine improvisierte Terrasse, die aus alten Holzpaletten bestand. Um diese Terrassen herum hatten Herr Busse und seine Nachbarin einige Holzkübel und Terrakottatöpfe ausgestellt, in denen Pflanzen um ihr Überleben kämpften. Auf der gegenüberliegenden Seite des Hofs gab es eine etwa fünf Meter hohe Wand aus unverputzten Ziegelsteinen.

»Was ist das für eine Mauer?«

»Die Rückseite einer Reihe von Garagen. Die sind vom Haus zur nächsten Straße hin zugänglich. Auch da gibt es eine verschlossene Tür. Ebenfalls mit Gegensprechanlage und Summer.«

»Nun gut, wir in Berlin drücken schnell mal auf den Summer.«

»Mag sein, aber ... Wie gesagt, keine Einbruchsspuren am Fenster.«

»Wie sieht es hinten im Seitenflügel aus?«, fragte Manz.

»Na kommt. Ihr werdet staunen.«

Die diversen anderen Räume waren mit reichlich gefüllten Schränken, Vitrinen und Regalen so vollgestellt, dass sich der Eindruck aufdrängte, Herr Busse sei fast schon ein Messie gewesen. Da die Wohnung nach dem Mord extrem durchsucht und verwüstet worden war, bot sich das Bild eines großen Durcheinanders. Schubladen waren herausgezerrt und ausgekippt worden. Bücher und Mappen lagen verstreut herum, in einem Raum waren Bettwäsche und der Inhalt eines Kleiderschranks zu einem Haufen aufgetürmt worden. Darüber eine aufgeschnittene Matratze.

Manz gab Grossmann recht. »Bis ihr all das gesichtet und auf Spuren untersucht habt … Das kann dauern.«

»Richtig, aber … Das Beste kommt noch.«

Nach einem scharfen Knick gelangten sie in den hinteren Teil des Flurs, der die Räume im Seitenflügel erschloss.

»Das hier ist gewissermaßen der Höhepunkt der Durchsuchung«, erklärte Grossmann. Sein Gesicht. Fast hätte man meinen können, er wäre stolz auf das, was zu sehen war.

Manz und Borowski starrten auf ein meterlanges Loch im Boden. Das Ganze hatte etwas von einer Ausgrabung. Auch wegen der Schichten.

»Jemand hat mehrere Lagen entfernt«, stellte Borowski fest.

»Richtig«, sagte Grossmann, »obendrauf hat ursprünglich ein Läufer gelegen, darunter zwei Schichten älterer Teppiche, darunter wiederum Filz- und Verlegeplatten, darunter Spanplatten und darunter zuletzt befanden sich die Dielen. Wie ihr seht, wurde alles herausgerissen, selbst die Dielen. Hier wurde mit größter Entschlossenheit nach etwas gesucht.«

»Da wusste jemand Bescheid.«

»Ich würde wetten, wer das gemacht hat, war vorher schon mal in der Wohnung oder kennt jemanden, der mal hier war.«

Manz nickte. »Jedenfalls schien sich irgendwer sicher zu sein, dass dort etwas versteckt war.« Eine kurze Pause, Manz schien Möglichkeiten abzuwägen. »Sieht ganz so aus, als hätten der oder die Täter beziehungsweise irgendwelche Komplizen Herrn Busse recht gut gekannt. Vielleicht hat er mal wem von irgendwelchen Ersparnissen oder anderen Reichtümern erzählt.«

»Möglich«, sagte Grossmann. »Genau wussten der oder die Einbrecher allerdings nicht Bescheid. Die Verlege- und Spanplatten in diesem Bereich, da ist seit wenigstens dreißig Jahren niemand mehr dran gewesen. Der Schatz, nach dem gesucht wurde, hätte dort schon seit Jahrzehnten liegen müssen.«

»Wie auch immer«, sagte Borowski, »die Durchsuchung hat mit Sicherheit einige Zeit gedauert. Das muss auch einigermaßen laut gewesen sein. Und doch scheint niemand im Haus etwas gemerkt zu haben.«

»Wie kommst du darauf?«, fragte Manz.

»Na, sonst wären Feuerwehr oder Polizei doch sicher früher benachrichtigt worden.«

»Du kennst doch die Leute ... ›Geht uns nichts an.‹ Das hatten wir ja schon öfter.«

»Mehr haben wir bis jetzt nicht«, sagte Grossmann, als sie wieder im Konferenzzimmer standen. »Ihr seht ja, was hier alles zu tun ist.«

Auch Schimmag und sein Team waren noch mit der Leiche beschäftigt.

Abwischung der Fingernägel. Abklebung der Leiche mit weiteren Streifen.

»Noch was für uns?«, fragte Manz.

»Im Moment nicht«, sagte Schimmag. »Das läuft auf über vierhundert Abklebungen hinaus. Wir hoffen, Faserspuren, vielleicht sogar einen Fingerabdruck zu finden.«

»Auf seiner Haut?«

»Eher auf seiner Turnhose. Die besteht aus polymerisierten Acrylfasern und ist sehr eng gewebt. Letztlich könnte man sagen: Plastik.«

»Eine Unterhose aus Plastik?«

»Turnhose. Man hat schon Pferde kotzen sehen.«

Ein Teil der Arbeit, was die Abklebung der Leiche anging, war bereits getan. Die untere Hälfte des Herrn Busse sah unter den dicht an dicht gesetzten Abklebstreifen aus wie eine Mumie. Der Tote lag auf dem Rücken. Die Haut an den Stellen, wo man sie noch sah, war dunkelbraun.

Thorsten Schimmag stand auf, zog seinen Mundschutz runter. »Herr Busse war, wie ihr seht, nicht vollständig bekleidet, als er angegriffen wurde. Schwarzes Unterhemd. Schwarze Turnhose.«

»Das Unterhemd, ist das auch ... Plastik?«

»Kunstseide. Also cellulosisches Filamentgarn. Dazu Gummilatschen. Einer war noch am Fuß, der andere liegt da vorne.«

»Er sieht aus, als wäre er ... Der sieht aus wie geröstet.«

»Das ist doch nicht deine erste Leiche, Borowski.«

»Nein, aber so dunkel? Und ziemlich eingetrocknet ...«

»Was erwartest du? Herr Busse liegt hier seit wenigstens einer Woche. Sonderbarerweise kaum Insektenbefall. Nur am Bauchnabel und im Bereich des Anus machen sie sich ein wenig zu schaffen. Ich denke, er wurde nicht nur im Gesicht malträtiert. Dazu Genaueres nach der Leichenschau.«

Thorsten Schimmag zog sich den Mundschutz hoch und fuhr mit seiner Arbeit fort.

»Wo kommt all dieses Zeug her?«, fragte Borowski und wies in Richtung der hinteren Räume.

»Herr Böhmer sagte mir, Herr Busse habe häufig Sachen geschenkt bekommen«, erklärte Grossmann. »Er war Pfarrer. Vielleicht für den Kirchenbasar …«

»Ihr habt mit Herrn Böhmer gesprochen? Wann?«

»Weiß nicht. Vor einer Viertelstunde. Er wollte grade aus dem Haus, als wir ihn gefragt haben.«

Borowski wirkte etwas ungehalten. »Und hat Herr Böhmer euch auch erklärt, warum er in eine von der Polizei verschlossene Wohnung eingedrungen ist und Herrn Busse ein Kissen aufs Gesicht gelegt hat?«

»Er meinte, der Tote verdiene, dass seine Würde gewahrt bleibe.«

»Sein Ernst?«

»Wie?«

»Er bricht ein, um dem Toten Würde zu verschaffen?«

»Hat er so gesagt. Seine Frau hatte ihn wohl darum gebeten.«

»Und von wem das ganze Zeug hier kommt …? Hat er sich dazu geäußert?«

»Herr Böhmer vermutet, das seien wohl Erbschaften.«

»Um was für Werte ging es da?«, fragte Manz.

»Wie ich bereits sagte, das müssen wir erst noch ermitteln. Aber da, vor dem Sekretär liegen recht viele leere Münzhüllen. Hinten im ersten und im zweiten Zimmer liegen auch noch welche.«

Manz ging zum Sekretär. »Das muss eine große Sammlung gewesen sein.«

»Hinten, wie gesagt, sind noch mehr solcher Hüllen. Anderes Format, anderes Fabrikat.«

»Das heißt, Herr Busse hat vermutlich mehrere Münzsammlungen geerbt.«

»Fragt sich natürlich, was für Münzen das waren«, erwiderte Grossmann. »Entweder Herr Busse hat sie selbst aus den Hüllen geholt und verkauft, oder sie sind Teil der Beute.«

»Welcher Dieb würde sich denn die Mühe machen, einen Haufen Münzen noch am Tatort aus Münzhüllen zu pulen?«, fragte Borowski.

»Einer, der sich die Zeit nimmt, einen Flur aufzustemmen«, antwortete Manz. »Vermutlich haben der oder die Täter ein oder zwei Tage hier verbracht.«

»Darauf hoffen wir«, erklärte Grossmann. »Wenn sie irgendwas ohne Handschuhe angefasst haben …«

»Gut. Dann macht mal weiter.«

Manz und Borowski verließen die Wohnung und gingen noch mal hoch in den ersten Stock. Sie klingelten mehrfach. Herr Böhmer jedoch schien noch immer nicht da zu sein. Also weiter, in den zweiten Stock.

»Erdmann«, sagte Manz mit einem Blick auf das Klingelschild. Dort war niemand. Auch gegenüber hatten sie kein Glück.

An der Wohnung im dritten Stock standen drei Namen auf einem mit Tesafilm befestigten Zettel.

Robert
Leon
Ben

Darunter hatte jemand mit Filzstift ein großes, etwas arabesk verschnörkeltes S geschrieben.

»Wohl die WG, von der Frau Wendel sprach.«

Auch dort reagierte niemand auf ihr Klingeln.

Borowski sah auf seine Uhr. Es war 15:30 Uhr. »Vielleicht Studenten und sie sind in einer Vorlesung.«

Im Erdgeschoss klingelten sie noch einmal bei Frau Böhmer. Es dauerte eine Weile, ehe geöffnet wurde.

»Tut uns leid, wenn wir Sie geweckt haben.«

»Ich habe zwei Schlaftabletten genommen.«

»Natürlich. Ist Ihr Mann vielleicht bei Ihnen?«

»Ist er nicht oben?«

»Nein.«

»Also hier ist er nicht.«

»Sie leben getrennt?«

Sie zögerte. Zitterte sie wieder?

»Getrennt? Ja, nein. Ja. Oben ist er nicht?«

»Wie gesagt ...«

»Tut mir leid. Wenn er oben nicht ist, kann ich Ihnen nicht helfen.«

Sie schien sich unwohl zu fühlen, es sah aus, als wollte sie die Tür zudrücken.

»Frau Böhmer, es reicht«, sagte Manz. »Ich verstehe, dass Ihnen der Tod von Herrn Busse nahegeht, aber Sie haben uns eben schon nicht die ganze Wahrheit gesagt ...«

Kein Wort von ihr. Die Tür wurde so zart und bedächtig geschlossen, als fiele Frau Böhmer der Abschied schwer.

Sie traten vors Haus, Manz entschied sich, gut fünfzig Meter weit nach links zu gehen.

»Wir lassen Frau Böhmer in Ruhe?«, fragte Borowski. »Warum?«

»Weil sie Schlaftabletten genommen hat. Ihre Aussage wäre wertlos.«

»Okay und warum stehen wir jetzt hier?«

»Na, guck doch mal richtig hin, Borowski.« Sie befanden sich direkt unter einem der Mandelbäume. »Hat schon die Hälfte seiner Blüten verloren. Weißt du, was das Besondere ist an Mandelbäumen?«

»Nein, aber du wirst es mir sicher ...«

»Sie blühen, noch ehe sie ihre Blätter rausbringen.«

»Die hier haben aber schon Blätter.«

»Was mich offen gesagt verwirrt.«

»Sonst noch was?«

»Du weißt ja, dass ich mich eine Weile für den Französischen Expressionismus interessiert habe.«

»Heute nicht«, sagte Borowski. »Außerdem haben wir darüber schon ausführlich gesprochen. Mehrfach. Wir waren sogar zusammen in einer Ausstellung.«

»Stimmt. Was hältst du von ihr?«

»Du meinst die Böhmer?«

»Hm.«

»Nun, es ist irritierend, dass sie uns immer nur die Hälfte sagt.«

»Und ihr Mann?«, fragte Manz.

»Entweder Herr Böhmer ist ein sehr liebloser Mensch, oder er steht unter großem Druck.«

»Einer, der jemanden mit einem Kissen erstickt?«

»Woher soll ich das wissen? Wir haben noch nicht mit ihm gesprochen«, nörgelte Borowski, der es eilig zu haben schien.

»Jedenfalls hat er jetzt eine gute Begründung, sollte Grossmann irgendwelche Spuren von ihm am Kissen finden. Er war ja da, hat es auf den Kopf von Pfarrer Busse gelegt. Der Würde zuliebe.«

»Diese Erbschaften ...«, murmelte Borowski.

»Da werden wir Schollbeck um Hilfe bitten müssen.«

»Hauptsache, er erzählt uns nicht wieder stundenlang von den Reitstunden seiner Tochter.«

»Schollbeck wird auch rausfinden, was für Bewegungen es auf dem Konto von Busse gab.«

Borowski nickte. Wobei sein Nicken diesmal eher einem Senken des Kopfes mit leichtem Nachwippen glich. »Sagen wir, es gab einen Fall, in dem es um eine größere Erbschaft ging. Nominell an ihn, weil er sich während des letzten Lebensabschnitts so gekümmert hat. Alles für die Kirche natürlich. Und jetzt mal unabhängig davon, ob Herr Busse korrekt abgerechnet und wirklich den gesamten Betrag der Kirche überwiesen hat ...«

»Die Angehörigen könnten zornig sein.«

»Ich wäre es. Und ich wäre ebenfalls zornig, wenn die Kantine zuhat, weil dir gerade der Sinn danach steht, über Mandelbäume zu schwadronieren.«

»Stell dir Folgendes vor, Borowski: Ein alter Mann mit bronzefarbener, tief gefalteter Haut, einem sehr schmalen Gesicht und einer auffälligen Nase ist gestorben, und Busse hat mal wieder geerbt. Unter all den Sachen ist auch der Sekretär des Mannes, der jahrzehntelang für die Mafia gearbeitet hat. Und in diesem Sekretär befindet sich ein Tagebuch mit all den Namen und …«

»Es gibt in Berlin keine Mafia. Jedenfalls keine, so wie du sie gerade beschreibst. Davon abgesehen hat die Kantine nicht ewig auf.«

»Heißt?«

»Ich hab Hunger. Vor allem, was soll das? Hier rumstehen und irgendwelchen Schwachsinn reden …«

»Es soll so aussehen.«

»Wie?«

»Na, als würden wir über die Mandelbäume reden.«

»Du spinnst doch!«

»Und du, Borowski, hast keine Augen im Kopf. Gleich steigt er aus.«

»Wo?«

»Nicht hingucken. Hinter dir.«

Ein perlmuttfarbener Chevrolet Camaro hatte vor dem Haus gehalten.

»Jetzt hat er seinen Entschluss gefasst.«

Ein gut durchtrainierter Mann Anfang dreißig, bekleidet mit einem schwarzen, nicht eben billig wirkenden Jeansanzug und hochhackigen Stiefeln stieg aus und betrat, ohne zu zögern, das Haus. Der Polizeibeamte, der dort Wache hielt, rief ihm nach, dass er stehen bleiben solle. Kurz darauf hörte man im Inneren laute Stimmen. Dann wurde der Mann von dem Polizeibeamten und zwei Mitarbeitern der Spurensicherung vors Haus geleitet. Der Vertriebene schien damit nicht einverstanden zu sein. Vielleicht war er auch nur von einem starken Gefühl ergriffen. Er ruderte mit den Armen, wirkte hilflos und gleichzeitig aufgebracht.

»Komm«, sagte Manz.

Als der Mann gerade in seinen Camaro einsteigen wollte, hielt Manz ihn an. »Ich wüsste gerne …«, er zeigte seinen Ausweis vor, »Kriminalpolizei.«

»Na und?«

Der Mann schien keine Lust auf Manz' Fragen zu haben. Er schlüpfte ins Innere seines Wagens, schon sprang der Motor an. Borowski ergriff ihn am Arm, als er gerade die Tür zuziehen wollte, zog ihn, wie es aussah fast ohne Mühe, aus seinem Gefährt, wirbelte ihn herum. Kraftvoll, aber ohne Gewalt. Wenn man davon absah, dass der Mann einigermaßen hart mit Bauch und Brustkorb gegen seinen Wagen prallte.

»Lass mich los«, forderte er harsch, verzichtete jedoch auf unsaubere Bezeichnungen, die Polizei im Allgemeinen oder Borowski im Besonderen betreffend. Allerdings versuchte er erneut, in sein Auto zu kommen. Was ihm auch diesmal nicht gelang. Borowski wirkte zwar auf manch Außenstehende etwas untersetzt, aber was da in die Breite ging, war kein Fett. Zuletzt hatte er den Fahrer fixiert.

»Aufhören! Sie brechen mir den Arm.«

»Wenn Sie sich beruhigen …«, bot Manz an.

»Ja, schon gut.«

»Können Sie sich ausweisen?«

»Brusttasche links.«

Manz zog eine schmale Brieftasche aus der Brusttasche der Jeansjacke. Als er den Ausweis aus einem der Fächer rausgepult hatte, nickte er Borowski zu. »Kannst ihn loslassen.«

Der Mann begann sich seine Schulter zu massieren.

Prüfte mittels etwas theatralisch vorgetragener Drehbewegungen, ob das Gelenk noch in Ordnung war, und machte keine weiteren Fluchtversuche.

Borowski beugte sich ins Innere des Camaro, schaltete den Motor aus und zog den Zündschlüssel ab. Anschließend schrieb er die Daten des Personalausweises ab, den Manz ihm reichte.

»Herr Marić …«, sagte Manz in einem Tonfall, als würden sie sich schon lange kennen.

»Was denn?«

»Miran Marić?«, fragte Borowski.

»Richtig, das bin ich. Und sonst?«

»Ihnen ist bekannt, dass Sie Anweisungen der Polizei zu befolgen haben?«, fragte Manz.

»Woher soll ich wissen, dass Sie von der Polizei sind?«

»Ich habe Ihnen meinen Ausweis gezeigt.«

»Da kann ja jeder in den Copyshop gehen.«

»Ist das so? Kennen Sie Menschen, die so was tun?«

»Was wollen Sie?«

»Mit Ihnen reden.«

»Wegen Hans?«

»Hans?«

»Busse. Wer hat das gemacht?«

»Was gemacht?«

»Ihn gekillt.«

»Er wurde gekillt?«

»Polizei und so, wie es im Hausflur nach Leiche roch …«

»Sie sind Kroate?«

»Wieso fragen Sie? Steht doch alles in meinem Ausweis.«

»Heißt?«

»Mein Großvater war Kroate, ich bin Deutscher.«

»Hier geboren also.«

»Ja, in Berlin.«

»1948, wie ich sehe. Ich muss zugeben, das weicht ein bisschen von dem ab, was wir kennen.«

»Kann ich was dafür, dass Sie wenig kennen?«

»Bitte, Herr Marić.«

»Meine Eltern stammen aus Österreich. Wein.«

»Was ist mit Wein?«, fragte Borowski, ohne sich sprachlich hochzuschrauben.

»Meine Familie importiert ihn nach Deutschland.«

»Aus Kroatien?«

»Auch. Vor allem aber aus Österreich.«

»Sie sind also Weinhändler?«

»Maschinenbauer. Meine Eltern und meine Brüder sind Weinhändler. Was ist mit Hans passiert?«

»Sie wollten, wie es schien, sehr dringlich in die Wohnung.«

»Ja, natürlich. Ich bin hier, weil ich Hans …, weil ich Herrn Busse seit drei Tagen nicht mehr erreicht habe.«

»Sie hatten etwas Schlimmes befürchtet?«

»Ich wollte nachsehen, ob alles in Ordnung ist. Wegen diesem Irren.«

»Wegen *dieses* Irren«, korrigierte ihn Borowski.

»Bist du so einer?«, fragte Marić.

»Was soll ich sein?«, fragte Borowski, der mit leerem Magen bisweilen etwas unleidlich war.

»Ein Klugscheißer.«

»Etwas genauer«, forderte Manz. »Und bitte zu Busse.«

Marić wurde ruhiger. Der Wechsel von Zorn zu Ruhe ging sehr schnell vonstatten. *Ob es umgekehrt auch so ist?*

»Hans sagte mir bei unserem letzten Telefonat, jemand hätte bei ihm Sturm geläutet und sein Erbe gefordert. Er hatte Angst.«

»Was für ein Erbe?«

»Na, da wird es um einen gehen, wo Hans die Sterbebegleitung gemacht hat. Vielleicht bei seinem Vater oder Mutter. Erst kümmern sich die Leute nicht, und wenn dann das Erbe an die Kirche geht, drehen sie durch.«

»Das ist schon mal vorgekommen?«

»Ja. Vor zwei Jahren. Können auch drei sein.«

»Normalerweise würde man bei Erbschleicherei doch Anzeige erstatten.«

»Wenn es um Erbschleicherei ginge, schon. Aber nicht Busse. Der hat immer genau abgerechnet. Bei meinem Vater war es eine alte Uhr. Busse hat sie versteigern lassen, und das Geld ging dann an die Kirche.«

»Wie viel war die Uhr wert?«

»Zweihundert Mark hat sie gebracht.«

»Hat Herr Busse Ihnen das gesagt?«

»Meine Schwester und ich fanden das in Ordnung. Dafür, dass Herr Busse meinen Vater getröstet hat, als er im Hospiz lag. Und begleitet, bis zuletzt. Ich hätte das nicht gekonnt, ich habe nicht die Ruhe dazu.«

»Hm«, machte Borowski.

»Fällt Ihnen sonst noch jemand ein, von dem Sie sich vorstellen könnten …«

»Ihn ermorden? Nein.« Marić hatte das schnell gesagt. Und wohl auch geglaubt, als er es sagte. Dann jedoch schien er nachzudenken.

»Doch noch was eingefallen?«

»Wer ihn ermordet haben könnte? Nein.«

»Gut, Sie können fahren. Es kann aber sein, dass wir uns noch mal bei Ihnen melden.«

»Und wegen der Rangelei eben?«

»Alles in Ordnung.« Manz gab ihm seine Brieftasche zurück, Borowski überreichte ihm den Personalausweis und die Autoschlüssel.

Marić zögerte einzusteigen. »Wenn Sie rausfinden, wer das war, wo erfahre ich das?«

»Wozu möchten Sie es denn erfahren?«

»Um mich zu erleichtern.«

»In welcher Form gedenken Sie sich zu erleichtern?«

»Seelisch. Man möchte doch wissen, wer es war. Nicht, dass man am Ende einen falschen Verdacht mit sich rumträgt.«

»Wenn es zur Anklage kommt, gibt es einen Aushang im Kriminalgericht. Vielleicht steht sogar was in der Zeitung.«

»Und wenn ich Sie erreichen will? Wenn mir noch was einfällt?«

»Sie würden gerne bei den Ermittlungen helfen?«

»Ja, wenn Sie mich auf dem Laufenden halten ...«

»Manz. Direktion 5 in der Karl-Marx-Straße.«

»Gut. Ich kann dann fahren?«

»Fahren Sie.« Manz sah auf die Uhr, es war kurz nach halb fünf. »Oh, ich muss auch los. Christine ist in München.«

»Stimmt. Sie hat ja ... Sie hat doch diese Rede für ihre Chefin geschrieben.«

»Woher weißt du das?«

»Ihr hattet uns neulich zum Abendessen eingeladen.«

»Dann hast du ihr nicht richtig zugehört, Borowski.«

»Wieso?«

»Weil Christine in München die Rede natürlich selbst hält.«

»Worum ging es da noch? Irgendwas mit Arbeitslosen, richtig?«

»Schon wieder falsch. Oder jedenfalls recht ungenau dafür, dass du fast eine Stunde auf unserem Balkon mit ihr rumgestanden hast.«

»Lieber Gott, es hat mich halt interessiert …«

»Der Vortrag meiner Frau handelt davon, welche Kompetenzen ein Mensch braucht, um sich auf berufliche Veränderungen einstellen zu können.«

»Ich kann nur sagen, ich wundere mich.«

»Worüber wunderst du dich?«

»Dass du so genau weißt, was Christine da sagen wird.«

»Wieso?«

»Liest du dir irgendwelche Konzepte deiner Frau durch?«

»Es geht um eine Rede. Wir üben. Sie trägt vor, ich höre zu.«

»Also, wenn ich dir was erzähle, hast du es meist am nächsten Tag vergessen.«

»Du bist auch nicht meine Frau. Wir sind nur fast verheiratet, nicht richtig. Gut, Borowski, jetzt weißt du alles Wichtige, ich muss los.«

»Darf ich den Bericht schreiben?«

»Ausnahmsweise. Ich fang dafür morgen früher an und befrage schon mal die im dritten Stock. Wir sehen uns. Gott, was guckst du denn wieder so?«

Borowski tippte etwas theatralisch auf seine Uhr.

»Wegen der Kantine? Hol dir 'ne Currywurst.«

»Ich esse kein Fleisch.«

»Seit wann?«

»Sechs Wochen. Ist dir noch nicht aufgefallen?«

»Du isst doch seit Jahren fast nur Salat, was sollte mir da auffallen?«

So trennten sie sich an diesem Tag unter den blühenden Bäumen, die Manz zielsicher als Mandelbäume identifiziert hatte. Auf dem Heimweg sah er wieder die drei Frauen im Treppenhaus vor sich. Es war merkwürdig. In einigen Punkten glichen sich ihre Aussagen fast aufs Wort. *Als hätten sie das geübt. Nur wozu? Und was ist das für eine Marotte mit ihren Zungen?*

Eisen und Gold

»Hallo!«

Gerade noch geschafft.

Es war zehn Minuten vor fünf, als Manz die Wohnung am Mariannenplatz betrat.

»Lisa! Ich bin zurück, du kannst gehen!«

Manz zog seine Schuhe gleich vorne im Flur aus.

»Lisa, ich bin wieder da!«

Stille. Die Babysitterin zeigte sich nicht.

Wohl wieder auf dem Sofa eingeschlafen.

»Komme gleich, wasche mir nur kurz die Hände!«

Manz wusch sich nicht nur die Hände, er wechselte auch Hemd und Hose. Anschließend dieselte er sich ein wenig mit einem Spray von Adidas ein, das er sich neulich besorgt hatte. Für den Fall, dass sich der Leichengeruch übertragen hatte.

»So, da bin ich.«

Manz stand im Flur neben den verglasten Stadtplänen und lauschte.

»Hallo?«

Noch immer keine Antwort.

Wo ist Lisa?

Blick ins Wohnzimmer, da war sie nicht.

Gott …

Blick in Claudias Zimmer – leer.

Blick in Julias Kinderzimmer – leer.

Schnellere Schritte. Erhöhte Herzfrequenz, unruhige Atmung.

Blick in Steffis Kinderzimmer – Beruhigung des Atems.

Die kleine Julia und Stefanie schliefen Arm in Arm in Stefanies Bett.

Und Claudia …?

Blick erneut auf die Armbanduhr. *Noch vor fünf.*

Er konnte sich den Verbleib von Lisa und seiner ältesten Tochter im Moment nicht erklären, also ging er in die Küche, aß zwei Scheiben Brot und goss sich einen Pfefferminztee auf. Erneuter Blick auf die Uhr.

Auch gut, so hab ich mal Zeit für mich.

Eine Tasse Pfefferminztee in der Hand begab Manz sich ins Wohnzimmer und griff mit einem Gefühl schönster Vorfreude ins Regal. Seit drei Wochen schon lag hier ein Katalog, den er bei dem Besuch im Märkischen Museum erworben hatte. Mit Borowski war er da gewesen. *Ein schöner Nachmittag.* Und ein schöner

Abend. Sie hatten viel geredet, viel gelacht. Auch Kritisches zur Sprache gebracht. Vor allem natürlich über Familiäres sowie den Sommerurlaub. *War wirklich schön, alles in allem.* Einen Haken allerdings gab es. Borowski hatte mit den alten Stadtplänen im Museum nicht viel anzufangen gewusst.

Alles, was die Planung, Organisation und Gestalt seiner Geburtsstadt anging, interessierte Manz. Und er wusste inzwischen einiges über Berlin. Auch was die Schattenseiten der Stadtplanung der vergangenen Jahrhunderte anging, hatte Manz sich im Laufe der Zeit eine Menge angelesen. Bei einer Ausstellung vor zwei Jahren, ebenfalls im Berlin Museum, hatte er ein neu aufgelegtes Buch erworben, das der Kunsttheoretiker Karl Scheffler 1910 ›dem geneigten Berliner Publikum an die Hand gegeben‹ hatte. In diesem Buch wurde vieles erklärt. Die ganze Katastrophe der Stadtplanung, insbesondere der Straßenführung hatte sich Manz beim Studium erschlossen. *Die Bauabteilung oder der Magistrat, das scheint damals eine Katastrophe gewesen zu sein. Wie der Scheffler das auf den Punkt bringt …*

Christine, die seinerzeit gerade einen ihrer älteren Vorträge zur Wiedereingliederung junger Arbeitsloser überarbeitete, sah während der Lektüre ihres Mannes einige Male zu ihm rüber. Der Grund: Manz hatte mehrfach »Idioten!« oder »Besser kann man es nicht sagen!« gebrummt, und Schefflers Werk war eins jener Bücher geworden, die Manz hin und wieder zur Hand nahm, um sich ein wenig über seine Heimatstadt zu amüsieren.

Heute jedoch blieb der Scheffler im Regal. Stattdessen schlug Manz seinen neuen Katalog auf.

Titel: *EISEN STATT GOLD.*

Untertitel: *Preußischer Eisenkunstguss aus dem Schloss Charlottenburg, dem Berlin Museum und anderen Sammlungen.*

Manz hatte zunächst – mit innerer Zustimmung – das Vorwort studiert, dann geblättert und die aus Eisen hergestellten Statuetten von Shakespeare und Martin Luther eingehender betrachtet. Schließlich weitergeblättert und sich einen Briefbeschwerer angesehen, der einen ruhenden Jagdhund darstellte. Da der Jagdhund ihn nicht allzu sehr reizte, blätterte er zurück und überließ sich noch einmal Luther. Er dachte gerade an die wundersame Wirkung von Ablassbriefen in Bezug auf das Fegefeuer, als die Wohnungstür geöffnet wurde.

»Hallo! Ist jemand da?«

Mit diesen Worten trat Claudia häufig auf. Das ›Hallo!‹ wurde also von Vater und Tochter beim Betreten der Wohnung gerufen.

»Wohnzimmer!«, rief Manz zurück.

»Mach dir doch richtig Licht an, wenn du liest«, sagte Claudia, kaum dass sie in der Tür stand, und schaltete die Deckenbeleuchtung ein.«

Es entstand einer jener Momente, in denen Manz erkannte, dass seine älteste Tochter eindeutig nach ihrer Mutter kam.

»Nein, mach aus. Das ist ungemütlich. Bei so viel Licht kann niemand denken.«

Claudia schaltete das Licht also wieder aus und ging Richtung Küche. »Soll ich dir ein Bier mitbringen?«

»Nein danke.«

Fünf Minuten später stand *EISEN STATT GOLD* wieder

im Regal. Claudia hatte es sich auf der Couch gemütlich gemacht, Vater und Tochter sahen sich über ein flaches, skandinavisch anmutendes Beistelltischchen hinweg an, und Manz erkannte zum fünfzigsten Mal, dass seine Älteste nicht mehr zwölf war.

»Was war los heute bei dir?«, fragte sie.

»Ein toter Pfarrer im Leberstieg.«

»Leberstieg? Bist du da überhaupt zuständig? Der ist doch in Schöneberg.«

»Du meinst die Leberstraße. Der Leberstieg geht vom Böhmischen Platz ab.«

»Ist mir nie aufgefallen.«

»Ist auch nur eine kleine Stichstraße. Was allerdings höchst sonderbar ist: Da wachsen Mandelbäume ... Hast du schon mal eine Berliner Straße gesehen, in der man so etwas Edles gepflanzt hat?«

»Wie sehen denn Mandelbäume aus?«

»Hast du deine Hausaufgaben gemacht?«

»Klar.«

»Sehr gut. Und wo ist Lisa?«

»Die musste früher weg. Aber sie hat Julia noch gefüttert und ins Bett gebracht. Steffi hat sich zu ihr gelegt, dass sie gut einschläft. Ich glaube, sie übt schon, Mutter zu werden.«

»Mit zwölf?«

»Dreizehn, sie wird in ein paar Monaten vierzehn.«

»Und wo warst du?«

»Nur kurz unten, mit Caro was tauschen.«

»Und was, wenn ich fragen darf?«

»LSD gegen Heroin.«

»Hat aber lange gedauert.«

»Schon, aber Steffi und Julia haben geschlafen, als ich raus bin, also …«

»Was ist mit deinem Abitur?«

»Was soll damit sein?«

»Ich meine, wie sind deine Noten?«

»Gut.«

»Wirklich?«

»Was interessiert dich das auf einmal?«

»Na, du weißt, dass Onkel Jochen und deine Mutter hoffen, dass du Medizin studierst und später mal seine Praxis übernimmst.«

»Das werde ich ganz bestimmt nicht machen.«

Manz ging in die Küche und holte sich nun doch ein Bier.

»Darf ich fragen, warum nicht?«

»Ich will ins Hotelmanagement.«

»Ach. Will Caro auch ins Hotelmanagement?«

»Nein und ich weiß, dass du das scheiße findest, und soll ich dir sagen …?«

»Wieso scheiße?«

»Weil ihr immer Pläne habt.«

»Als ich so alt war wie du, sollte ich auch schon Medizin studieren, um später mal die Praxis von Onkel Jochen zu übernehmen. Wollte ich aber nicht. Ich wollte Ingenieur werden, Talsperren bauen.«

»Und deshalb bist du jetzt bei der Kripo?«

»Da siehst du, wie's läuft. Aber mal eine andere Frage …«

»Darf ich auch ein Bier?«

»Steht im Kühlschrank.«

Claudia stand auf und ging in einer Weise, die Manz

als dösiges Schlurfen bezeichnete, in die Küche. Als sie zurückkam, setzte sie die Flasche ein bisschen sehr demonstrativ an den Mund und trank gierig.

»Prost«, sagte Manz.

»Es ist dir egal, dass ich trinke?«

»Du bist siebzehn. Richtig?«

»Richtig.«

»Trink, wenn dir danach ist.«

»Es ist dir egal.«

»Überhaupt nicht. Ich hoffe nur, dich auf diese Weise doch noch vom Heroin wegzubringen.«

»Weil du mein Vater bist, weil du willst, dass es mir später gut geht.«

»So ungefähr.«

»Du hattest eine Frage?«

»Stimmt. Ich frag mich, was mit deiner Mutter los ist.«

»Wieso?«

»Die ist seit einiger Zeit extrem gereizt. Was meinst du, was da …«

»Na, Frau Scholle, was sonst? Noch nichts davon mitgekriegt? Und überhaupt: peinlich!«

»Was ist peinlich?«

»Dass *du* mich fragst, was mit *deiner* Frau los ist. Ich glaube, schlimmer geht's nicht.«

»Frau Scholle also.«

»Was sonst?«

»Sie hat heute Morgen gemeint, ich würde nicht mitkriegen, was hier im Haus läuft. Und das war nicht das erste Mal.«

»Das sagt sie, weil sie es selbst nicht mehr mitkriegt. Ich meine, ihr macht aus Steffi und mir zwei Babysitter.«

»Es ging gerade um deine Mutter, nicht um dich.«

»Sie will zu viel, das ist alles, wenn du mich fragst. Und sie ist eine Frau.«

»Meine Frau ist eine Frau? Gut, dass wir mal drüber reden.«

»Mutti ist karrieregeil. Sie hält ihre Reden und will letztlich in die Politik, so wie ich das verstanden habe. Ihr Pech ist nur, dass sie eine Frau ist.«

»Warum bitte soll es schlecht sein, dass sie eine Frau ist?«

»Weil ihr eine Frau im Weg steht, an der sie nicht vorbeikommt. Frau Scholle heißt die, sitzt in München. Und die lässt nur Männer hochkommen, niemals Frauen.«

»Das ist doch Unsinn. Eine Frau würde doch wohl kaum einer Frau im Wege stehen. Jedenfalls nicht unter Sozialarbeitern.«

»Mutti ist Soziologin, merk dir das doch endlich mal.«

»Ich krieg die Worte immer durcheinander. Kümmerer haben wir die früher genannt.«

»Wow, wart ihr cool.«

»Nicht?«

»Sei mir nicht böse, aber ich muss noch ein bisschen lernen.«

»Wegen dem Abi?«

»Redest du so mit deinem Bronski?«

»Borowski. Also was ist damit?«

»Du meinst, ›wegen dem Abi‹?«

»Ja? Was ist damit?«

»Es heißt: Wie sieht es aus mit deinem Leistungsstand, jetzt, kurz vor dem Abitur.«

»Und?«

»Frag Mutti doch einfach, wenn sie aus München zurückkommt. Wann kommt sie eigentlich zurück?«

»In neun Tagen.«

»Wie bitte?«

»Hat sie euch bestimmt fünfmal gesagt. Aber keine Angst, Lisa bleibt die Woche über bis um siebzehn Uhr und an meinem Fußballtag länger.«

»Was ist, wenn wir Mutti erreichen müssen?«

»Nur spätabends, wenn sie im Hotel ist. Nummer steht auf dem Zettel auf dem Telefontischchen im Flur, aber … Wolltest du nicht lernen? Du willst doch sicher, an deinem Leistungsstand arbeiten.«

Keine Antwort. Manz' Tochter schlurfte in ihr Zimmer. Obwohl … Wenn Manz es genau nahm, dann schlurfte sie längst nicht mehr so auffällig wie noch vor einem Jahr. *Warum meine ich immer noch, dass meine Tochter schlurft? Bescheuert. Trotzdem ist irgendetwas los mit Christine. Wegen Frau Scholle, die ihr im Weg steht? Nein, da hat Claudi mal wieder was falsch verstanden.*

Manz ließ die Dinge, wie sie waren, griff wieder nach *EISEN STATT GOLD* und verlor sich in einem langen Text zur Geschichte der Königlich Preußischen Eisengießerei in Berlin.

ZWEITER TAG

Kindergarten

Als Manz am nächsten Morgen auf den Balkon trat und über den Mariannenplatz blickte, war der Himmel lupenrein blau. *Was nicht bedeuten muss, dass es so bleibt.* Im Radio, das zu dieser Tageszeit stets im Hintergrund lief, wurden erneut Temperaturen bis zweiunddreißig Grad angekündigt. Und der Tag zuvor hatte kaum Abkühlung gebracht.

»So, dann gucken wir mal … Du bist bestimmt neugierig.«

»Metz!«

Wie jeden Morgen bereitete er zunächst die Stullen für Julias Tag im Hort vor, sah, dass er bald neues Brotpapier besorgen musste.

»Metz!«

Vor zwei Wochen hatte sich bei Julia plötzlich etwas am Geschmack geändert. Sie hatte einen anderen Belag gefordert.

»Metz!«

Mett hatte sie gemeint. Mit viel Zwiebeln. Seither hackte Manz morgens mit dem großen Solinger Messer unter Tränen Zwiebeln in feinste Würfelchen. Eine Tätigkeit, die seine Tochter aufs Höchste amüsierte. Und wie Kinder in dem Alter es nun mal machen, schwenkte sie ihre kleinen Beine vor und zurück, schlug hin und wieder mit ihrem Löffel auf den Tisch und zeigte mit der anderen Hand auf die Zwiebelwürfel …

»Metz!«

… die ihr Vater kleiner und noch immer kleiner machen musste. Ein Spiel, das beide amüsierte.

Gestern und vorgestern allerdings hatte Julia ihre beiden Mettbrote im Hort gar nicht gegessen.

Muss die Kindergärtnerin fragen, ob der Mittagstisch wieder eingerichtet wurde oder ob der Senat immer noch an den Kindern spart, und…

Der Gedanke brach ab, dafür tauchte das Bild des Schuhschränkchens auf, das Christine und er vor drei Jahren aus Spanien mitgebracht hatten.

Heute leichtere Schuhe anziehen.

Nachdem Manz die Mettbrote zusammen mit dem Kakao und den beiden Riegeln Kinderschokolade im Stullentäschchen verstaut hatte, frühstückte er zusammen mit Julia …

»Was ist Penner?«

»Wie?«

»Was das ist?«

… und brachte sie anschließend in ihren Hort zu Frau Schuhmann.

Kam wohl deshalb vorhin auf das Schuhschränkchen.

»Der Herr Manz. Und? Wie läuft's?«

»Soll heute auf zweiunddreißig Grad hochgehen.«

»Werden die Kinder sich freuen.«

Julia hängte ihr Stullentäschchen an einen Haken und stapfte zu ihren Spielkameraden. Von Trennungsschmerz keine Rede.

»Holen Sie sie heute Nachmittag selber ab, oder …? Ich frage, weil wir eine neue Praktikantin haben.«

»Nein, Lisa holt sie die Woche über ab.«

»Gut, dann …«

»Bis morgen, Frau Schuhmann. Ach, fast vergessen … Was ist mit der Pausenstulle? Offenbar isst sie die nicht. Wurde der Mittagstisch wieder eingerichtet?«

»Aber Herr Manz, Sie kennen doch unseren Berliner Senat.«

»Verstehe. Aber warum hat sie ihre Stullen gestern und vorgestern nicht gegessen?«

»Sie möchte ihre jetzt mit Nutella. So wie alle. Nutella grassiert hier gerade.«

»Komisch. Warum sagt sie mir das nicht? Ich hacke jeden Morgen unter Tränen und Schnaufen Zwiebeln und … Sie müsste doch nur sagen: Ich will lieber Nutella.«

»Vielleicht gefällt es ihr, wie sie Zwiebeln schneiden.«

»Meinen Sie?«

»Kinder.«

»Gut, dann bis morgen.«

Manz besorgte in der Apotheke unten am Herrmannplatz noch schnell neue Ohrstöpsel für Julia und fuhr dann in die Direktion 5. Borowski war bereits im Büro und saß am Bericht der Befragungen vom Vortag.

»Hat gestern alles geklappt?«, fragte er, kaum dass Manz die Tür geschlossen hatte.

»Wo?«

»Na, zu Hause.«

»Was soll da geklappt haben?«

»Weil deine Frau doch in München ist.«

»Ja, hat alles geklappt. Danke der Nachfrage, Borowski. Hat bei dir auch alles geklappt?«

»Wie meinst du?«

»Na, so.«

»Soll heiß werden heute.«

»Schon gehört«, brummte Manz. »Ich spreche kurz mit Rolfes, dass er Schollberg instruiert. Der soll die Finanzen von Busse überprüfen.«

»Gut.«

»Wir sehen uns im Leberstieg.«

»Ja, aber erst später«, sagte Borowski. »Ich muss gleich zum Check-up.«

»Gut. Du kommst dann einfach nach.«

Manz sprach mit Rolfes, was einige Zeit in Anspruch nahm, da Untersuchungsrichter Dannewitz dazukam und noch eine Reihe Fragen zu einer zurückliegenden Ermittlung hatte. Eine für die Direktion 5 höchst unangenehme Sache mit einem Stammspieler von Hertha BSC war das gewesen. Dannewitz hatte versucht, den Fall an Charlottenburg abzuwälzen, war damit aber gescheitert, da der mit einer Hantel erschlagene Erpresser in Neukölln gemeldet gewesen war. Der Stammspieler war recht bald entlastet worden. Und zwar dank der Ermittlungsarbeit von Manz, Borowski und vor allem Schollbeck, der in seiner Funktion als Finanzermittler dem Fluss des Geldes nachgegangen war. Trotzdem. Die Zeitungen hatten allein die Tatsache, dass zeitweise gegen einen beliebten Stammspieler ermittelt wurde, für einen Fehlgriff peinlichster Art, und so weiter, und so weiter.

Es war also bereits elf Uhr durch, als Manz im Leberstieg ankam. Die Temperatur ... Manz schätzte sie auf, *jetzt schon!*, an die dreißig Grad. Das war schlimm genug, aber im Radio hatten sie *zweiunddreißig, das wird ein Jahrhundertsommer*, angesagt. Wenn es wirklich so kam, war das zu viel für Manz. Er fühlte sich dann matt, ja beinahe alt. Schon in der letzten Woche hatten sie mehrere Tage hintereinander Temperaturen von an die dreißig Grad gehabt. Die Folge: Manz hatte über sein Alter nachgedacht. Dabei war er erst achtunddreißig und eigentlich in Höchstform.

»Unsere besten Jahre«, hatte Borowski gesagt, und sie hatten noch Witze drüber gemacht. Letzte Woche jedoch hatte Manz plötzlich gemeint, er wäre eigentlich schon vierzig, und die besten Jahre seien eindeutig vorbei. Was natürlich auch mit Christines Gereiztheit und den Kindern zusammenhing. Bis Julia aus dem Haus war, so hatte er überschlagen, war er kurz vor dem Eintritt ins Rentenalter.

Und meine Frau klinkt sich immer mehr aus. Brüssel! Politik! Was für ein Scheiß!

Wie immer, wenn Manz innerlich über seine Frau herzog, bedeutete es im Grunde das Gegenteil. Er war mächtig stolz. Nun, das ist, wie jeder weiß, der sich ein bisschen mit antiker und moderner Seelenkunde befasst hat, nicht ungewöhnlich. Unser Denken und Fühlen ist gewissermaßen in Sphären aufgebaut, die unterschiedlichen Strömungsgesetzen folgen. Daher auch die vielen Momente, in denen man meint, jemand würde sich gerade mal wieder selbst widersprechen, ein netter Mensch sei eigentlich alles andere als nett und umgekehrt, ein Mutiger wiederum sei ängstlich und ein bis an die Grenze zur Ängstlichkeit Vorsichtiger letztendlich dann doch sehr couragiert.

Wenn sich alle Schichten des gedanklichen Ozeans miteinander in Einklang befinden, wenn ein wirklich tiefgreifend harmonisches Einverständnis herrscht, was die Strömungsrichtung der Schichten angeht, spricht man von einer geistigen Erkrankung. Dann müssen, falls nötig, Ermittlungsbehörden eingeschaltet werden. Was folgt, sind Hausdurchsuchungen, Parteigründungen, Mordserien, Straßenschießereien, Raketenangriffe, Fernsehberichte und viel bedrucktes Papier.

Die Erkenntnis, dass es sich mit der Harmonie der Schichten nicht so wohltuend einfach verhält, wie es einem diese und jene Religion vorbetet, ist recht alt. So ist zum Beispiel die Göttin Harmonia das Kind eines Kriegsgottes mit einer Göttin der Liebe. Dass Harmonias Kinder – ihr Mann war Drachentöter – später kein leichtes Leben hatten und auch nicht stets berechenbar waren, kann man sich denken.

»Man muss sich diese Göttin Harmonia wohl als eine Art kurzen Zwischenzustand denken«, hatte Manz Borowski mal bei einem gemeinsamen Besuch des Pergamonmuseums erklärt. Was Borowski, der sich eigentlich nicht übermäßig für islamische Kunst und den steinernen Nachlass des griechischen und römischen Altertums interessierte, mit der Replik quittierte, ja, auch er selbst habe inzwischen mächtig Hunger und könne einen Stier verschlingen.

Herr und Frau Scheer

Der Klingelknopf im zweiten OG links sah nicht anders aus als die anderen im Haus. Das Namensschild daneben jedoch bestand aus poliertem Edelstahl und hatte eine Größe, wie Manz sie eigentlich nur von Rechtsanwälten, Notaren oder Zahnärzten kannte. *Freda Scheer* stand dort. Darunter, etwas kleiner: *Leopold Scheer*.

Es dauerte nicht lange. Das Gesicht eines Mannes, Mitte vierzig, erschien.

Wie ein Boxer oder Ringer sieht er eigentlich nicht aus, was hat uns Frau Wendel denn da erzählt?

»Guten Tag. Manz, Kriminalpolizei.«

»Ah!« Er schien sich zu freuen. »Wir sprachen gerade darüber, dass uns bestimmt jemand aufsucht.«

Aufsucht!

»Kommen Sie rein. Aber passen Sie hier vorne ein bisschen auf mit den Latten für die Keilrahmen. Nicht, dass Sie fallen.«

Dass der große Raum hier noch größer wirkte als in den anderen Wohnungen, lag nicht nur daran, dass man offenbar Wände entfernt und ihn somit auf circa hundert Quadratmeter gebracht hatte, der Eindruck hing auch damit zusammen, dass er, bis auf einen Tisch mit zehn Stühlen und einer auf einem farbbespritzten Hocker ruhenden Espressomaschine, vollkommen leer war. Die Espressomaschine fauchte hin und wieder, der Boden vor einer der Wände war mit Farbflecken übersäht.

Eine Frau, deren Aussehen Manz an die zwanziger Jahre denken ließ, betrat den Raum. Sie trug ein etwas verschlissenes rotes Käppi, auf das vorne ein schwarzes

A aufgemalt war, welches in einem ebenfalls schwarzen Kreis stand.

»Ich nehme hier nur letzte Korrekturen vor«, erklärte sie, da Manz gerade dabei war, den Boden zu betrachten. »Nordlicht, wenn Sie … Mein Atelier ist das nicht, eher so was wie ein Präsentationsraum.«

»Plus letzte Korrekturen«, nuschelte Manz, der nun ein riesiges Bild betrachtete.

»Richtig, und wie gesagt: Nordlicht.«

Kann ihre Miete nicht immer zahlen, der Gerichtsvollzieher soll hier ein und aus gehen.

Das Gespräch begann entspannt. Frau Scheer beschrieb Herrn Busse als einen freundlichen, kunstinteressierten Mann.

»Er kannte sich ein bisschen aus, was zum Beispiel Malerei betraf, ging regelmäßig in Ausstellungen und wohl auch in die Oper. Ich persönlich halte ja nicht viel von der Oper. Da wird sehr viel Geld für das antiquierte Kunstempfinden einer kleinen Schicht bürgerlicher Maden ausgegeben, nur um diesen … Gott, wie soll ich sie korrekt nennen …?«

»Hier im Haus«, schob Herr Scheer schnell ein, »hat unser Pfarrer kleine Vernissagen veranstaltet. Entweder um seine neuesten Bilder zu präsentieren oder auch mal, wenn einer seiner Lieblingsmusiker ein neues Album herausgebracht hat.«

»Da kamen dann alle Mieter aus dem Haus?«

Herr Scheer nickte. »Ja. Außer den drei Typen aus der WG über uns. Die hat das nicht interessiert. Vielleicht …«

»Das sind irgendwelche BWL-Studenten«, unterbrach ihn seine Frau. »Die interessieren sich vermutlich eher für Dinge, die mit Geld zu tun haben. Am Ende der Veranstaltungen von Herrn Busse wurde dann immer für seine Aidsstiftung gespendet. Sie sehen, wo man auch hinguckt: Geld, Geld, Geld.«

»Kamen auch Besucher von außerhalb des Hauses?«

»Na, der Herr Siegel kam natürlich. Das war der beste Freund von Herrn Busse.« Herr Scheer überlegte. »Und da war noch einer. Auch in seinem Alter. Ich hatte den Eindruck, die drei kannten sich schon sehr lange.«

»Mal mit denen gesprochen?«

»Mit Herrn Siegel, ja.«, sagte er. »Ich wollte damals mit meiner Mutter nach Thailand fahren, und er hat mir Tipps gegeben. Nannte ein paar Restaurants und erklärte, wogegen man geimpft sein muss.«

»Gute Strände ohne Prostituierte, so Sachen«, ergänzte sie.

»Er kannte sich aus in Thailand?«

Herr Scheer nickte. »Seine Tipps waren gut, wie sich herausstellte. Ein wunderschönes Land mit sehr liebenswerten Menschen.«

Sie hielt ein kurzes Referat über einen Militärputsch, nebst einem Massaker an protestierenden Studenten, Manz inspizierte weiter den Raum.

An einer der seitlichen Wände lehnte ein Gemälde mit Abmessungen, wie Manz sie aus Rathäusern und großen Museen kannte.

Die Befragung des Künstlerehepaars Scheer ergab zunächst nichts Neues. Herr Busse war im Haus sehr beliebt, er hatte künstlerische Veranstaltungen, »natürlich auf Amateurniveau, aber doch engagiert«, veranstaltet und alle im Haus etwas näher zusammengebracht.

»Ich war anfangs skeptisch. Vor allem weil Frau Erdmann und Frau Wendel immer was von der ›guten Seele‹ des Hauses faselten. Aber als ich dann doch hinging … Ich muss zugeben, wenn Herr Busse anfing, zum Beispiel über den kürzlichen Besuch einer Ausstellung oder eines Konzerts zu sprechen … Natürlich habe ich in meinem Beruf viele Reden über Malerei gehört, meist so aufgeladen, dass man kein Wort versteht. Es gibt in meinem Fach Kunsttheoretiker, die offenbar meinen, sie seien Schamanen. Schamanen, die sich für ihre Kunst mit kleinem Geld abspeisen lassen. Nun, letztlich wurscht. Piepe, wie meine Großmutter gesagt hätte. Ich lasse das einfach über mich ergehen. Herr Busse dagegen … Ich weiß gar nicht, was mich da so ansprach … Natürlich! Was er über Kunst zu sagen hatte, war durch und durch bürgerlich. Dass Sie mich richtig verstehen. Er war zu hundert Prozent das, was man einen Bildungsbürger nennt. Und dann auch noch Pfarrer! Jemand, der sein Auskommen damit bestritten hat, seiner Gemeinde ein ganzes Berufsleben lang Märchen von einem alles regelnden höheren Wesen zu erzählen, das es gar nicht gibt.« Sie brach kurz ab, blickte leicht nach schräg oben in Richtung des Fensters und überlegte. »Gott, ich weiß gar nicht, was mich da so angefasst hat. Vielleicht war es nur seine Stimme, aber … Frau Erdmann und Frau Wendel hatten recht. Diese Abende unten bei ihm hatten was, ich fühlte mich … man kann das lächerlich finden, und es ist letztlich natürlich grotesk, aber ich fühlte mich … sehr wohl auf diesen kleinen Versammlungen.« Sie zögerte erneut. Wieder ging ihr Blick Richtung Fenster. »Ich musste an meine Eltern denken, die leider sehr früh gestorben sind. Ich bin mit sechzehn ausgezogen, und auch noch im Zorn. Unversöhnlich. Hatte zu allem eine unumstößliche Meinung. So war ich.« Blick zurück, Richtung Manz. Aber nur kurz. Als Nächstes fixierte sie die Fußleiste unter dem Bild. »Ja, und dann hat es mich da unten in der Wohnung erwischt. Seine Stimme, das Licht … Ich hätte fast angefangen, über meine Eltern, ja sogar über mich selbst zu sprechen, konnte mich nur gerade so zurückhalten.« Ihr Blick ging jetzt in Richtung der Espressomaschine. Es war nicht mehr ganz klar, zu wem sie sprach. »Pfarrer Busse hatte ein Faible für Kerzen. Und diese Ostergestecke aus muffigem Moos, knorrig-pseudoromantischen Kiefernästen, frech aufragenden Schilfhalmen und putzigen Trockenblumen, Gestecke, die da noch im Sommer rumstanden … Ganz schrecklich eigentlich. Aber dann doch wieder nicht. Nein, es waren eigentlich sehr schöne Gestecke. Bürgerlich, keine Frage, aber doch sehr liebevoll arrangiert. Liebevoll. Ein abgenutztes Wort, keine Frage, aber … so war er. Unser Pfarrer Busse. Dass jemand dem Gewalt antut … Ich …«

Es kam sehr plötzlich. Ihre Stimme versagte. Sie sah zu ihrem Mann rüber. Für Manz war es der erste ihrer zahllosen Blicke, der wirklich ein Ziel hatte. Herr Scheer erklärte daraufhin, was sie vermutlich hatte sagen wollen.

»Wir können es uns noch immer nicht vorstellen. Wer geht so gegen jemanden vor, dessen ganzes Leben darauf ausgerichtet war, anderen zu helfen und Menschen zusammenzubringen? Seine Brille …« Er zögerte.

»Was ist mit der Brille?«

»Nichts. Ich musste nur gerade daran denken, dass unser Pfarrer die Angewohnheit hatte, sie beim Reden zwischendurch hochzuschieben. Auf Geld können der oder die Täter kaum aus gewesen sein. Jeder im Haus wusste, dass beim Pfarrer nichts zu holen ist. Ich meine, diese Schenkungen, da ging es ja nicht um Diamanten oder Gold. Wir hatten sogar schon überlegt, ob sich der oder die Täter vielleicht in der Adresse vertan haben.«

»Stimmt«, sagte sie. Zu mehr war Frau Scheer nicht in der Lage. Sie nahm ihr Käppi ab, warf es in eine Ecke.

»Vielleicht einfach ein Irrtum«, fuhr ihr Mann fort. »Obwohl … Auf dem Klingelschild steht doch sogar Pfarrer Busse. Wer rechnet denn bei einem Pfarrer mit großen Schätzen?«

Die aus ermittlungstechnischer Sicht interessanteste Information betraf Herrn Böhmer.

»Der kauft hier in der Gegend eine Wohnung nach der anderen. Böhmer hat Busse seit Monaten in den Ohren gelegen, dass er in eine seiner kleineren Wohnungen am Böhmischen Platz umziehen soll.«

»Wo es gerade noch mal ums Geld geht …«, unterbrach ihn Manz. »Uns wurde zugetragen, dass Sie beide hin und wieder etwas knapp bei Kasse sind.«

»Gott, das kennen wir seit Ewigkeiten«, erklärte sie, nun wieder bei Kräften, begleitet von einem freisinnigen Lächeln. »Solche Durststrecken zu überwinden gehört gewissermaßen mit zum Beruf. Im Moment läuft es etwas schleppend, aber das ist normal. Der Kunstmarkt ist immer auch ein Markt der tagesaktuellen Moden. Da geht es zu wie auf dem Strich. Alle gieren nach jungem Fleisch. Immer in der Annahme, junge Sichtweisen seien interessanter und lebendiger als die Erfahrungen eines gelebten Lebens.« Sie sah ihren Mann an. »Aber wenn man so lange dabei ist wie wir, kennt man das. Ein Hoch, ein Tief und dann, wenn sich alle am angeblich so Neuen und Lebendigen sattgesehen haben, geht es wieder nach oben.«

»Was machen Sie beruflich?«, fragte Manz ihren Mann.

»Ich bin der Manager meiner Frau. Die wenigsten Künstler oder Künstlerinnen sind gut darin, die Produkte ihres Schaffens zu Geld … Nun, Sie verstehen.«

»Sie bilden sozusagen ein Team. Es ist sicher nicht immer einfach. Ich meine, das Bild, das da an der Wand lehnt, ist riesig. Malen Sie immer so große Bilder?«

»Je älter ich werde, desto größer werden die Bilder. Und ich frage mich, warum. Was denken Sie?«

Manz fiel keine Antwort ein, was Frau Scheer nicht weiter störte.

Nachdem sie eine Weile über das Gemälde gesprochen hatte, *goldene Hirsche inmitten einer großen, hochgradig besoffenen Gesellschaft, der am Buffet, das ist doch unser Bürgermeister*, fiel ihr plötzlich etwas ein. Sie schien regelrecht zu erschrecken.

»Möchten Sie vielleicht einen Espresso? Oder einen Kaffee?«

»Nein danke.« Manz hatte zum Frühstück bereits zwei Becher getrunken.

Das weitere Gespräch mit den üblichen Fragen ergab über das bereits Bekannte hinaus, »am Einunddreißigsten, danach haben wir Herrn Busse nicht mehr gesehen«, keine neuen Anhaltspunkte. Und dann … geschah etwas, womit Manz nicht gerechnet hatte. Sie fing an zu zittern, und ihr Mann nahm sie in den Arm. Er tat das auf eine so liebevolle Art, sie wirkte so vertraut mit ihm, dass Manz sofort klar war, dass er nichts, aber auch gar nichts begriffen hatte, was die beiden anging. Kurz zuvor hatte er noch ein klares Bild gehabt.

Sara

Fünf Minuten später klingelte Manz an der Tür zur Studenten-WG ein Stockwerk höher. Es dauerte eine Weile, ehe sie sich öffnete.

Oh.

Das also war der Moment, da Manz Sara zum ersten Mal sah, und seine Empfindung zu beschreiben ist nicht leicht. Denn es ist ja so, dass die menschliche Vorstellungskraft eine Menge in so ein Gesicht hineinlegen kann. Und das Gesicht, das Manz sah, war jung. Schön beinahe. Und irgendwie frech. Es regte die Phantasie an, ohne dass Sara dafür etwas hätte tun müssen.

»Guten Tag. Manz, Kriminalpolizei.«

Er zeigte ihr seinen Ausweis.

Die junge Frau würdigte den Ausweis keines noch so kurzen Blickes. Stattdessen sah sie Manz mit einem Interesse und einer Intensität an, als wäre ihr lange verschollener Vater heimgekehrt.

Ihre Art, anderen zu begegnen, oder eine Masche.

»Sie wohnen hier?«

»Vorübergehend«, antwortete sie, ohne ihn aus den Augen zu lassen.

»Auf dem Zettel am Klingelschild ...«

»Sara.«

»Ah! Das verschlungene S …«

»Das bin ich.«

Sie trug ihr Haar gebunden zu einem verspielt wirkenden, lustig wippenden Pferdeschwanz, und für Manz' Empfinden war zunächst alles an ihr vorteilhaft. Das fing schon mit dem Übergang vom Hals zu den Schultern an. Und die Kleidung, die sie trug, war wenigstens originell. Abgesehen von einem weißen kurzärmligen T-Shirt mit sehr weitem Halsausschnitt steckte sie in einer Latzhose aus Jeansstoff, bei der die Hosenbeine auf halber Höhe der Waden endeten. Schuhe oder Socken trug sie keine. Was sich leicht mit der Hitze erklärte.

»Na, komm rein, die anderen sind nicht da.« Der Vorraum war schnell durchquert. »Vielleicht fängst du einfach mit mir an. Setz dich da an den Tisch. Kaffee?«

»Gerne.«

Sie schaltete den Wasserkocher ein und löffelte drei Löffel Kaffee in eine Durchdrückmaschine. Christine und er benutzten eine ähnliche, allerdings schien die hier neuer und irgendwie schöner zu sein. Ihre Bewegungen, während sie tat, was zu tun war, wirkten routiniert, wenn auch zwischendurch etwas ruckartig. Manz stach besonders ihr Pferdeschwanz ins Auge, denn der trieb sein ganz eigenes Spiel.

»Würden Sie mir kurz Ihren vollen Namen sagen?«

»Sara. Du kannst du sagen.«

»Und wie heißen Sie weiter?«

Sie drehte sich zu ihm um, lachte.

»Also der Lockerste bist du nicht. Aber klar. Kripo. Wie kommt man zu so was?«

»Erst mal bitte den Namen.«

»Möller.«

Manz fand, der Name passe weder zu ihrem Vornamen noch zu ihrer ganzen Art.

»Wegen Busse …«, fing sie ohne Übergang an. »Das ist komisch, weil … Ich dachte schon vor zehn, zwölf Tagen, dass er in Gefahr ist.«

»Ah ja?«

»Ich habe ihn zum letzten Mal am 31. gesehen. Mai natürlich. Das war letzte Woche Dienstag, ich hab in meinem Tagebuch nachgesehen.«

Hatte Manz schon vorher geahnt, dass sie ihre Gedanken und Termine einem Tagebuch anvertraute?

»Morgens so gegen neun Uhr war das. Ich wollte gerade zur Arbeit, als ich sah, wie Pfarrer Busse seine Wohnung abschloss. Oder anders … Du als einer von der Kripo hast ja sicher die Örtlichkeiten unten einigermaßen vor Augen …«

»Hm.«

Es war auch in dieser Wohnung gut dreißig Grad warm. Hier allerdings fühlte sich Manz nicht ermattet. Eher schon war das Gegenteil der Fall. Er hatte kurz überlegt, ob es vielleicht an der Einrichtung lag. Ein vor sechzig Jahren mal weiß lackierter Allerweltsküchentisch mit einst korkbelegter Tischplatte. Dazu ein Sammelsurium von ebenfalls ältlichen, etwas lieblos angemalten Küchenschränken, einer davon mit integrierter Klappe mit Luftlöchern. *Der Brotkasten.* Dazu kamen noch haufenweise Stühle, die nicht zusammengehörten. Ganz ähnlich hatten Christine und er anfangs gelebt. *Schon mit unserer kleinen Claudi zusammen.*

»Wenn man unten im Treppenhaus ankommt«, fuhr Sara fort, »muss man ja direkt an den Wohnungstüren von Busse und Frau Böhmer vorbei, weil … du hast das Bild vor Augen?«

»Du sagst: ›Wohnung von Frau Böhmer‹. Wohnt sie da nicht zusammen mit ihrem Mann?«

»Das wäre mir neu. Ich meine, sie hat schreckliche Angst vor ihm. Aber egal erst mal.«

»Okay.«

»Mir ist aufgefallen, dass Herr Busse an dem Morgen so sorgfältig abgeschlossen hat. Erst unten zweimal rum und dann auch noch das obere Schloss. Die Tür war sonst nie abgeschlossen. Jeder im Haus weiß, dass es reicht, leicht mit der Hand dagegenzudrücken, um sie zu öffnen. Herrn Busse war das gerade recht, weil … ›Meine Tür steht jedem offen‹, hat er gesagt, als ich ihn deshalb mal fragte. Klang total nach Pfarrer, fand ich. Und jetzt schloss er auf einmal so gründlich ab? Ich hab ihn natürlich gefragt, und er meinte, dafür gebe es keinen besonderen Grund, er sei nur gerade in Gedanken gewesen.«

Sie kam mit dem Kaffee, schenkte ein. »Ich trinke ihn schwarz, wie ist das bei dir?«

»Bitte?«

Manz war für einen kurzen Moment nicht ganz bei der Sache gewesen.

»Milch?«

»Nein danke.«

»Zucker?«

»Ich nehme ihn so, wie er ist.«

»Hätte ich mir denken können.«

Es war keineswegs so, dass Manz seinen Kaffee schwarz trank. Aber an diesem Morgen, in dieser Wohnung und vor allem mit … dieser Einrichtung, da war ihm eben danach, es mal wieder so zu machen wie früher. Es ging noch darüber hinaus. Sara erinnerte ihn immer stärker an Christine. Die von damals natürlich. Sie war so lebendig, ja fast wild gewesen. Nichts hatte darauf hingedeutet, dass aus seiner Frau mal eine werden würde, die sich ihre Ziele so hochsteckt, dass sie zuletzt unerreichbar waren. Ja, Christine war dabei, sich von ihm und den Kindern zu entfernen, alles der Karriere zu opfern.

Tiefgreifende Erkenntnisse. Kein Zweifel, die Einrichtung hatte etwas ausgelöst. Etwas Gutes. Etwas, das ihm Kraft gab. Manz fühlte sich hellwach und deutlich interessierter als eben noch beim Ehepaar Scheer.

Sie setzte sich.

»Warst du schon unten bei Scheers?«

»Eben gerade.«

»Denen haben sie schon mehrmals den Strom abgestellt. Er kam zwei Monate lang jeden Tag hoch, um Kaffee für sie zu machen. Er ist wirklich ein ganz Lieber, sie dagegen … Ein richtiges Biest. Mit einem Hang zum Sinnieren.«

»Uns wurde gesagt, er sei vielleicht Ringer oder Boxer.«

Eine kleine Explosion, Sara lachte hell auf. »Herr Scheer? Boxer? Hast du seine Druckgraphiken gesehen?«

»Nein.«

»Der und Boxer … Herr Scheer ist ein Kümmerer. Sein Leben dreht sich um nichts als um seine Frau. Für die würde er alles tun. Deshalb hat er sich ja auch so gut mit dem Pfarrer verstanden. Der war auch ein Kümmerer.«

»Nun, jetzt ist der Strom wieder an. Eben jedenfalls lief die Espressomaschine.«

»Dann hat sie vielleicht doch mal wieder ein Bild verkauft. Oder ihr Galerist hat ihr einen Vorschuss gezahlt. Aber deshalb bist du nicht hier, stimmt's?«

Was wollte er dazu sagen? Dass er sich gerade sehr wohl, ja fast heimisch fühlte? An ihrem schönen alten Tisch mit der fast gänzlich abgeschubberten Korkplatte.

»Also wenn du mich fragst, Busse hatte in letzter Zeit vor irgendwas Angst. Ist aber nur ein Gefühl. Ich kann falschliegen. Unsere drei Grazien haben vor ein paar Tagen sogar akrobatische Übungen gemacht!«

»Welche Grazien meinen Sie?«

»Na, Frau Wendel, Frau Böhmer und Frau Erdmann. Als sie vom Hinterhof aus versucht haben, in die Räume von Herrn Busse zu glotzen. Leider befindet sich da, wo sein Fenster nach hinten raus ist, der Kellerabgang.«

»Waren Sie mit dabei?«

»Nein. Ich hab's nur zufällig gesehen, als ich den Müll weggebracht habe, und … Erstens wohne ich hier nur vorübergehend. Also seit vier Monaten und sicher auch nicht mehr lange, weil …« Eine Pause entstand.

»Weil?«

»Ich brauche immer mal was Neues, ich bin nicht so sesshaft.«

»Ah!«

»Ich weiß nicht, was die drei da vorhatten. Aber noch mal wegen dem eben … Dass Busse abschloss, ist mir aufgefallen, und dann war er auf einmal weg. Man traf ihn sonst ständig unten im Hausflur, und jetzt, im Sommer, saß er auch oft auf seiner kleinen Terrasse. Ich hab also Herrn Böhmer gefragt, ob er Busse in den letzten Tagen gesehen hat und ob wir nicht die Feuerwehr anrufen sollten, falls was passiert ist. Unser Pfarrer nahm ja immer Böhmers Pakete an. Dass unser Pfarrer plötzlich nicht mehr da war, musste eigentlich jedem im Haus aufgefallen sein.«

Sie schwieg, schien zu überlegen.

»Herr Böhmer wollte nicht?«

»Ich weiß nicht, wie ich dir das jetzt erklären soll. Ich will niemandem was unterstellen.«

»Wir untersuchen ein Tötungsdelikt.«

»Na, Herr Böhmer hat einen richtigen Wutanfall gekriegt und mich zusammengeschissen, von wegen, man müsse die Privatsphäre achten und es sei schon genug Polizei in der Stadt und in unser aller Leben. So ungefähr.«

»Also haben Sie nichts unternommen.«

»Jetzt tut es mir natürlich leid.«

»Hatte Pfarrer Busse manchmal Besuch?«

Ihre Augen wurden schmal. Sie fixierte Manz richtiggehend, forschte ihn aus. Und in gewisser Weise forschte auch er sie aus. So fiel ihm zum Beispiel auf, dass die Naht oben am Ausschnitt ihres T-Shirts an einer Stelle ein Stück weit aufgegangen war. Ein kleiner Faden hing herab.

Plötzlich, als hätte sie eine Entscheidung getroffen, wurden ihre Augen größer, und sie … lächelte. Sie lächelte ihn an, in einer Weise, wie es ihr eigentlich nicht zustand.

»Du wechselst ja schnell das Thema«, sagte sie. »Ist das einer von deinen Tricks?«

Der Satz, vor allem die Art, wie sie ihn aussprach, hatte Manz überhaupt nicht gefallen, denn er ließ sie wie einen Teenager wirken. Sie war aber keiner mehr. Mochte sie sich auch anziehen, als wäre sie gerade einem Buch von Pippi Langstrumpf entsprungen, mochte sie einen etwas kindlich wirkenden Pferdeschwanz tragen – an allem anderen, was von ihrer Person ausging, vor allem natürlich an der Art, wie sie sprach, war deutlich abzulesen, dass sie nicht Anfang, sondern eher Mitte zwanzig war. *Vermutlich sogar etwas drüber.* Sara war also gerade mal zehn Jahre jünger als er. Und da, so fand Manz, sollte man sich nicht mehr so albern aufführen. Schon gar nicht, wenn man zu einem Tötungsdelikt befragt wurde.

»Ich wende keine Tricks an, Sara. Und eine Mordermittlung ist kein Spaß.«

Wieder wurden ihre Augen schmal, wieder schien sie sein Gesicht regelrecht in sich reinzusaugen. Es hatte fast schon etwas Übergriffiges, wie er fand. Jedenfalls wurde ihm warm.

Dass er sie eben bei ihrem Vornamen angesprochen hatte, schien sie nicht zu stören, vielleicht hatte sie es nicht mal bemerkt. Dann aber fand er doch Verständnis für ihr Verhalten. Er hätte auch früher darauf kommen können. Sie mochte nur acht oder zehn Jahre jünger sein als er, aber sie gehörte wohl doch in eine andere Welt. *Wahrscheinlich studiert sie. Ja, das wird es sein.*

»Zwei ältere Herren.«

»Wie?«

»Die haben ihn öfter besucht. Und er fuhr hin und wieder zu seiner Schwester.«

»Weißt du, wie diese älteren Herren heißen?«

»Herr Siegel und Herr Brauer.«

»Das hat Ihnen Herr Busse mal gesagt?«

»Ja.«

Und wieder machte sie das mit den Augen. Mehr noch. Ihr Oberkörper kam ihm ein gutes Stück weit über den Tisch entgegen. Der kleine Faden pendelte hin und her, und Manz merkte, wie sein Körper darauf reagierte. Er kannte das nur zu gut. Ein leichtes Kribbeln, meistens trat es zuerst hinten zwischen den Schulterblättern auf und zog sich dann den Hals hoch bis zum Haaransatz. Sie reizte ihn. Sie zog ihn auf.

»Sie sagen mir eigentlich ganz gerne alles.«

»Sie? Du meinst, Männer?« Hatte er sie schon wieder geduzt?

»Ich weiß nicht, woran das liegt. Bei manchen wirkt es, als würden sie meinen, ich wäre ihre Tochter. Kann das sein?«

Es war dieser Moment. Auch Manz hatte plötzlich Lust zu spielen. Also kniff nun auch er seine Augen ein wenig zusammen, kam ihr ebenfalls mit seinem Oberkörper ein wenig entgegen. Nun, sie saßen an einem Küchentisch aus Uromas Zeiten, er war nicht so schmal, dass sich ihre Lippen berührt hätten.

»Aber ganz sicher kann das sein, Sara. Für manche Männer sind Töchter und Frauen … Für die ist das einerlei. Vielleicht ein Reflex aus der Zeit, als wir noch auf vier Beinen unterwegs waren.«

»Als Wölfe?«, fragte sie in wirklich ganz und gar einzigartiger Manier.

»Wölfe, Sara? Kann das denn sein?«

»Das mit den Wölfen?«

»Vielleicht schon, oder? Erklär es mir.«

»Das mit den Wölfen?«

»Ich würde zu gerne wissen, was du gerade denkst.«

Sie schien mächtig Spaß zu haben. Sie wollte wirklich spielen. Und er? Er wusste, dass es mit dem Spielen so eine Sache war bei manchen Frauen. *Alles ein Spiel, alles ein Reiz. Muss ihr nur Zeit lassen, die kocht sich schon selber weich. Bloß nicht in sie dringen jetzt, nicht, dass sie am Ende blockiert.*

Manz richtete sich auf, änderte seinen Ton. »Ist Ihnen sonst noch irgendwas aufgefallen?«

»Auf den ersten Blick … nein.«

»Gut, dann danke ich Ihnen für Ihre Auskünfte und den Kaffee.«

Er stand auf.

»Sie gehen? Das war alles?«

»Vorerst ja. Vielleicht wissen Sie, wann ich Ihre Mitbewohner antreffe?«

»Die sind morgen zurück. Exkursion nach Westdeutschland. Sie gucken sich irgendwas am Nord-Ostseekanal an.«

»Die drei studieren?«

»Wasserbau und Strömungstechnik an der TU.«

»Wer wohnt gegenüber?«

»Niemand. Die Wohnung steht leer.«

»Sie gehört vielleicht Herrn Böhmer?«

»Die Wohnungen gehören ihr, nicht ihm. Frau Wendel,

Frau Erdmann und Pfarrer Busse haben das ja deutlich genug durchblicken lassen bei unseren Abenden unten.«

»Was genau haben sie durchblicken lassen?«

»Na, dass Frau Böhmer im Grunde völlig unabhängig ist von ihrem Mann. Die drei haben mit Engelsgeduld auf sie eingeredet, dass sie sich von ihm trennt.«

»Ah ja?«

Kein Wort mehr. Raus. Die soll sich selbst weichkochen.

»Na, dann danke für Ihre Auskünfte. Bis morgen.«

»Bis morgen?«

»Ich muss deine Mitbewohner noch befragen.«

»Mit mir sind Sie ...«

»Fertig. Ja. Danke für den Kaffee.«

»Sagst du mir deinen Namen?«

»Manz«, sagte Manz und hob beim Gehen kurz die Hand.

Borowskis Herz

Frau Erdmann wohnte im zweiten Stock rechts, als Manz gerade klingeln wollte, kam Borowski die Treppe hoch.

»Ah! Keinen Moment zu früh.«

»Wieso zu früh?«

»Später.«

»Versteh ich nicht.«

»Nun, ich habe eben Sara kennengelernt. Und da konnte ich dich nicht gebrauchen.«

»Sara?«

»Wohnt in der Studenten-WG, das S mit den vielen

Schleifen und Schnörkeln auf dem Zettel neben der Klingel. Und so ist sie auch.«

»Eine mit Schnörkeln?«

»Eine Geheimnisvolle. Sehr spielerisch veranlagt. Aber da kommt noch was, ich schwör's dir. Die braucht nur Zeit, sich selbst durchzumangeln.«

»Durchzumangeln? Erklärst du mir das noch genauer?«, fragte Borowski. Er wirkte etwas bedrückt.

»Nein. Sara gehört mir.«

»Du hast einen Knall, oder?«

»Wie war dein Check-up?«

»Ich muss zum Kardiologen.«

Und da war der Sara-Spaß dann vorbei. Die Temperatur war wieder unerträglich. Manz hatte es eine halbe Stunde lang gar nicht mehr bemerkt.

»Was heißt Kardiologe?«

»Herz.«

»Das weiß ich. Was ist es?«

»Nicht ordnungsgemäße Systolen beim Belastungs-EKG. Das muss noch genauer abgeklärt werden. Jetzt drück auf die Klingel, es wird schon nichts sein.«

Frau Erdmann

Auch die Wohnung von Frau Erdmann war enorm groß. Und die Größe machte hier einen gewissen Sinn, da im Hauptraum nicht nur zwei Zeichentische standen, sondern auch eine Presse sowie eine Nestler Schneidemaschine, die jeweils wenigstens eine halbe Tonne wogen.

Als Frau Erdmann sah, mit wie viel Interesse Manz die

Geräte betrachtete, erklärte sie: »Ich bin freie Illustratorin und arbeite, wie Sie sehen, von zu Hause.«

»Wofür braucht man denn als Illustratorin so eine Presse?«

»Die verwende ich, wenn ich alte Plakate oder Drucke wieder in Form bringen muss.«

»Sie sind also auch Restauratorin.«

»Ja.«

Von Frau Erdmann kam bereits nach fünf Minuten die Aussage, sie habe Herrn Busse, »da bin ich mir hundertprozentig sicher«, noch am 1. Juni unten an der Haustür kurz gesprochen. »Er sagte mir, er sei auf dem Weg zu seiner Aidsstiftung.«

»1. Juni …«, brummte Borowski und notierte den Tag.

»Das war um fünfzehn Uhr. Ich weiß das noch so genau, weil Herr Sage von der Hausverwaltung an dem Tag bei mir war. Er kam wie verabredet um vierzehn Uhr und ging eine Stunde später. Ich habe ihn nach unten begleitet und bei der Gelegenheit meinen Müll … Dabei traf ich unten im Treppenhaus unseren Pfarrer Busse. Freundlich wie immer. Wir haben noch ein paar Sätze über seine Aidsstiftung gewechselt und … das war das letzte Mal, dass ich ihn sah.« Sie war bewegt, auch wenn es bei ihr nicht die Form annahm wie bei Frau Böhmer.

»Also am 1. Juni um fünfzehn Uhr.« Borowski wirkte zufrieden. Er mochte exakte, gut begründete Aussagen.

Sie hatte Tee aufgebrüht und Kekse auf den Tisch gestellt.

»Aidsstiftung«, fragte Manz, der diesmal die Befragung führte, »was darf ich mir darunter vorstellen?«

»So ganz genau weiß ich das auch nicht, aber Herr Busse ist dort ehrenamtlich tätig gewesen. So jedenfalls habe ich ihn verstanden. Ehrenamtlich, aber wohl in gehobener Position, denn er erwähnte hin und wieder verschiedene Mitarbeiter und scheint seine Sekretärin sehr gemocht zu haben. Warum fragen Sie?«

»Weil ich nicht wusste, dass es so was in Berlin gibt. Eine Aidsstiftung.«

»Die Krankheit ist ja noch neu«, erklärte Borowski, indem er kurz aufhörte, sich Notizen zu machen.

Sie nickte. »Herr Busse ist Gründungsmitglied der Stiftung. Ich glaube, es stand auch schon mal was darüber im *Tagesspiegel.* Das alles, wie gesagt, ehrenamtlich. Was natürlich bedeutet …«

»Ohne Bezahlung.«

»So habe ich es verstanden. Herr Busse sagte mir, es sei die erste Aidsstiftung in Berlin. Er war manchmal etwas zornig, was das anging.«

»Ach ja?«

»Er fand, es würde zu wenig getan, für die Betroffenen. Angeblich, weil einige von ihnen homosexuell sind. Schwulenkrebs, so nennen manche die Krankheit. Eine schlimme Bezeichnung, finden Sie nicht?«

»War Herr Busse denn selbst homosexuell?«

»Nein. Er war alleinstehend, da seine Frau früh verstorben ist. Die Frau auf dem kleinen gerahmten Foto direkt links vom großen Fenster nach hinten raus, das ist sie.« Frau Erdmann überlegte. »Wenn einem Mann wie Herrn Busse die Frau stirbt, das ist schlimm. Natürlich ist es immer schlimm, wenn jemand stirbt, nicht dass sie das falsch verstehen. Aber die Gattin eines

Pfarrers, die Pfarrersfrau ... Daher musste er alles allein machen. Das Seelsorgerische und auch das Private. Was das Private anging, dafür hatte er ein Händchen. Und die Stimme! Wenn unser Pfarrer anfing zu reden, da war sogar Frau Scheer, die sonst immer sehr harsch ist ... Sie dürfen es bitte nicht weitersagen, aber ich dachte manchmal, dass sie gleich weint. Und so liebevoll ... Über seine Frau. Wie er gesprochen hat. Die beiden müssen sich sehr geliebt haben. Ich glaube, er hat gemerkt, dass ich da ein bisschen eingesprungen bin. Natürlich nur durch meine Anwesenheit. Jedenfalls hat er mich drei-, viermal mit ihrem Namen angesprochen. Wie gesagt, es muss eine große Liebe gewesen sein.« Sie räusperte sich. »Aber nun ist es mal gut, jetzt rede ich schon über Liebe und die Tränen von Frau Scheer, und ihnen beiden geht es ja um Mord. Es tut mir leid, ich würde Ihnen so gerne die Adresse der Aidsstiftung geben, aber ...«

»Wir werden sie schon finden, falls sich Anhaltspunkte in die Richtung ergeben.«

»Notfalls fragen Sie beim *Tagesspiegel* nach.«

»Herr Busse war wirklich sehr beliebt, hier im Haus ...«

»O ja. Der gute Geist, so sagen wir oft.«

»Wir?«

»Frau Böhmer, Frau Wendel, ich. In letzter Zeit hat sich sogar Frau Scheer so geäußert. Pfarrer Busse hat, mit seiner nachgiebigen, aber am Ende eben doch beharrlichen Art, alle hier im Haus zusammengebracht und erreicht, dass wir keine so anonyme Gemeinschaft sind wie in den meisten Häusern.«

Sie nahm einen Keks, biss ab. Ein vernehmliches Knacken war zu hören.

»Mit einer Ausnahme. Die Studenten in der WG oben im Dritten waren durch nichts zu bewegen, an unseren Treffen teilzunehmen. Außer natürlich Sara, die kam fast immer. Ich weiß nicht, was diese jungen Männer studieren. Ja, ich weiß nicht mal mit Sicherheit, ob sie überhaupt ernsthaft studieren. Auf mich jedenfalls wirken sie ausgesprochen gedämpft. Womit ich nicht unterstellen möchte, dass sie zum Beispiel Drogen konsumieren. Man kann auch vom Wesen, der Haltung, der Auffassungsgabe her gedämpft sein, nicht wahr? Sara übrigens ist alles andere als gedämpft. Was sie macht, weiß ich nicht. Sie sagte mir mal, an einem der Abende bei Herrn Busse war das, dass sie zur Uni geht. Ich glaube, sie studiert so was wie Kommunikation oder Kulturvermittlung, kann auch sein, Psychologie. So ganz klar war sie sich glaube ich selber nicht. Ich habe sie mehrfach im Copyshop vorne am Platz gesehen. Vermutlich jobbt sie da. Haben Sie schon mit ihr gesprochen?«

»Hm.«

Sie sah Manz an, wirkte auf einmal nachdenklich. »Ich glaube, wir Älteren müssen lernen zu akzeptieren.«

»Und was?«

»Gedämpft war vielleicht ein zu hartes Wort für diese jungen Männer. Jede Generation geht ihren eigenen Weg, so sage ich immer. Und Männer sind ja häufig etwas mehr als wir Frauen für sich und ihre Welt eingenommen. Etwas Verständnis und Nachsicht sind also angebracht. Aber da sehen Sie, was ich vorhin meinte.

Dass ich nun doch etwas wohlwollender über diese jungen Männer rede, verdanke ich letztlich unserem Pfarrer. Er hat uns Frauen hier im Haus, ohne je wie ein Lehrer zu wirken, darin bestärkt, nicht alles nach dem ersten Schein zu beurteilen.« Ein kleines Lächeln. Es kam und ging so schnell, dass man fast von einer Entgleisung sprechen musste. »Dass er zuletzt sogar Frau Scheer verwandelt hat, alle Achtung! Diese Frau kam anfangs mit einem Bild von ihren Mitmenschen daher ... Grässlich. Aber dann wurde sie immer weicher. Nicht ganz so weich wie Frau Böhmer, die ja bei jeder Gelegenheit anfängt zu weinen, aber aus Frau Scheer wurde unter dem Einfluss unseres Pfarrers ... Wie soll ich sagen? Es zeigte sich, dass in ihrem Leben nicht alles so klar und eindeutig war, wie sie uns immer weismachen wollte. Sie ist eigentlich eine ganz Liebe, nur hat sie es sich früher immer versagt, das zu zeigen.«

Manz fragte sich, warum Frau Erdmann, während sie so wohlwollend über Frau Scheer sprach, so angespannt wirkte.

»Man fragt sich ja oft, wie jemand wohl in Wirklichkeit ist. Ich meine, wenn er seine Verkleidung ablegt.« Bewegung des Kopfes. Sie schien erstaunt, dass Borowski immer noch da war. »Nun gut, solche zwischenmenschlichen Belange werden Sie kaum interessieren, Ihnen geht es um die Tat, die Zeiten, die Fakten.«

»Sie haben Herrn Busse zum letzten Mal am 1. Juni gesehen«, sagte Borowski.

»Am 1. Juni. Richtig.«

»Sie sind sich sicher?«

»Warum fragen Sie?«

»Weil alle anderen im Haus den Pfarrer zuletzt am 31. Mai gesehen haben.«

»Am 1. Juni, da bin ich ganz sicher. Hundertprozentig. Fragen sie Herrn Sage von der Hausverwaltung. Den habe ich ja nach unten begleitet.«

Sie verstummte. Ihr Mund allerdings bewegte sich noch ein wenig. So, als hätte er den dringlichen Wunsch weiterzusprechen, was sie ihm jedoch untersagte. Man sah es deutlich. Irgendetwas an der Studenten-WG im dritten Stock, an ihrem Urteil über Frau Scheer, an der Nennung des Datums oder was auch immer hatte sie aus der Fassung gebracht.

»Was ich sagen wollte: Herr Busse war noch ein Pfarrer der alten Art. Man hat gespürt, dass ihn seine Mitmenschen interessieren. Und er war ein guter Gastgeber. Einmal im Monat gab es eine Veranstaltung in seinen Räumen. Manchmal hat er uns Bilder oder Zeichnungen gezeigt. In der Regel, wenn er ein neues Konvolut zusammengestellt hatte. Manchmal fanden bei ihm unten auch Lesungen statt. Oder wir haben über die Vergangenheit geredet. Familiengeschichten. All die Zufälle, die einen zu dem gemacht haben, der man jetzt ist. Da kam so manche Tragödie zum Vorschein.«

»Zum Beispiel?«

»Dass Frau Wendel von unten sich immer eine Tochter gewünscht hat, aber nur Jungen bekam. Oder Frau Scheer! Die hat plötzlich angefangen, über ihre Eltern zu reden, es war fast schon ein bisschen zu viel des Guten. Oder eben auch die traurige Geschichte mit Pfarrer Busses früh verstorbener Frau. Was für eine Tragödie!«

»Wie ist sie denn gestorben?«

»Ertrunken. Busse und sie waren an ihrem zehnten Hochzeitstag nach Venedig gefahren. Das hatte sie sich sehnlichst gewünscht, weil sie bei ihrer Hochzeit kurz nach dem Krieg kein Geld dafür hatten. Er hat so liebevoll von ihr gesprochen. Sie muss eine sehr geduldige und einfühlsame Person gewesen sein, so wie er sie beschrieb. Und genügsam! Dieses Wort fiel öfter in den Erzählungen von seiner Frau, weil ... Ein Pfarrer verdiente damals nicht viel, und eine Pfarrersfrau musste sich darauf verstehen, mit Geld umzugehen. Ja, und so sind sie dann an einem Nachmittag auf den Lido gefahren. Zum Schwimmen. Busse war immer noch ganz verzweifelt, denn als er uns davon erzählte, kam viel Altes hoch. Vor allem hat er sich Vorwürfe gemacht, dass es eigentlich schon zu spät war zum Schwimmen und dass er sich nicht wegen eventueller Strömungen erkundigt hatte. Aber wie er das erzählt hat! Seine Stimme! Der Mann hatte eine Stimme ... Er konnte auf eine Art reden, dass man alles ganz genau vor sich sah. Jede Regung im Gesicht seiner lange verstorbenen Frau wurde da wieder lebendig, jedes Sandkörnchen auf dem Lido bekam seinen Platz, wenn ich es mal so blumig ... Gott, ich merke, wie mir sogar jetzt das Herz schwer wird, wenn ich an diesen letzten Abend mit seiner Frau zurückdenke. Wissen Sie, mein Mann war ein starker Raucher, und ich dachte damals, ohne mir wirklich Gedanken zu machen: ›Ach lass ihn, verdirb ihm nicht seinen Feierabend.‹ ... Na ja, genug von diesen traurigen Geschichten, weil ... An anderen Abenden haben wir mit unserem Pfarrer einfach nur gemeinsam Musik gehört.

Ein Pfarrer und fünf Frauen. Da war es dann oft sehr lustig, und …« Sie atmete durch. Tief.

Eine lange Erzählung.

Manz hatte während ihrer Darlegung mehr und mehr den Eindruck gehabt, Pfarrer Busse sei für fünf Frauen an diesen Abenden, für ein paar Stunden, der Mann gewesen, den sie sich vielleicht irgendwann mal erträumt hatten.

Wenn geträumt wird, kann es zu Enttäuschungen kommen.

Sie hatten alle recht viel gesagt. *Liebevolles! Selbst Sara war vom Pfarrer angetan.* Manz hatte solche Situationen schon erlebt. Es galt auf der Hut zu sein. Einer seiner polizeilichen Lehrmeister … *in Sachen Menschenkunde, damals in dieser kleinen Station an der Nordsee …* der hatte für solche Fälle einen Spruch gehabt, der Manz wieder einfiel, während Frau Erdmann nun über den altmodischen Plattenspieler von Pfarrer Busse sprach. *Wenn mir vor etwas graut, dann sind es Menschen mit einem guten Herzen.*

Mittlerweile hatte Borowski übernommen. Was er sagte, klang fast wie eine Zusammenfassung. Das machte er gerne. Den Zeugen das Gefühl zu geben gleich sei es vorbei.

»Kurz zur Überprüfung meines Protokolls. Die Mieterinnen im Haus kannten Herrn Busse recht gut.«

»Richtig.«

»Frau Wendel und Frau Böhmer zum Beispiel waren mehrfach in seiner Wohnung, um ihm bei verschiedenen Arbeiten zu helfen. Für die Kirche und für seine Aidsstiftung.«

»Ich habe ebenfalls geholfen. Zum Beispiel wenn es um alte Drucke oder Plakate ging.«

»Verstehe. Für seine Aidsstiftung.«

»Oder direkt für den Kirchenbasar.«

»Sie wissen also, wo er Pfarrer war.«

»In der Gedächtniskirche am Breitscheidplatz.«

»Wie waren seine Predigten?«

»Oh, das kann ich Ihnen nicht sagen. Ich bin nicht religiös. Fast möchte ich mich als Gegnerin der deutschen Amtskirche bezeichnen.«

»Herrn Busse jedoch …«

»Wenn die Kirche nur durch solche wie ihn verkörpert würde, hätte ich da sicher eine andere Einstellung.«

»Und diese Aidsstiftung? Ah nein, Sie sagten bereits, dass Sie nicht wissen …«

»Das können sie bestimmt über den *Tagesspiegel* rausfinden.

»Wie ist es mit Herrn Böhmer? Wie stand der zu Pfarrer Busse?«

»Herr Böhmer war ein-, zweimal auf den Veranstaltungen. Mehr pro forma. Er ist ein sehr kalter und rationaler Mensch. Ihnen ist sicher aufgefallen, wie schreckhaft seine Frau ist. Das Wort brutal haben Sie aber nicht von mir.«

»Sie wollen sagen …«

»Ich will gar nichts sagen. Nur so viel vielleicht: Sie täten Frau Böhmer mit Sicherheit einen Gefallen, wenn Sie dort mal jemanden vom Sozialen Dienst vorbeischicken. Oder einen Psychologen. Jemanden, dem sie sich anvertraut.«

»Verstehe.«

»Nein, wenn Herr Böhmer mal auf einer der Veranstaltungen von Herrn Busse war, dann entweder, um ihn sich warmzuhalten, da Herr Busse regelmäßig Pakete für ihn annahm, oder es ging mal wieder um die Wohnung von Herrn Busse. Herr Böhmer will sie dem Besitzer abkaufen, nur hat Herr Busse einen sehr alten Mietvertrag. Herr Böhmer besitzt bereits einige Wohnungen hier im Haus. Und wohl auch anderswo. Wobei die Wohnungen im Grunde ihr gehören. Sie hat vor zehn Jahren geerbt und … Nun, egal. Herr Böhmer hatte ihm, wie Herr Busse mir mal sagte, schon mehrfach das Angebot unterbreitet, ihn in eine kleinere Wohnung zu verpflanzen.«

»Was Herr Busse aber nicht wollte.«

»Ganz und gar nicht.«

Manz ließ sich von Frau Erdmann Tee nachschenken und setzte neu an.

»Wir haben uns gefragt, wie der oder die Täter in die Wohnung gelangt sind. Einbruchsspuren haben sich bis jetzt nicht gefunden. Also hat er seinen oder seine Mörder möglicherweise selbst reingelassen …«

»Ach, Unsinn! Die Tür sprang doch quasi von selbst auf.« Warum hatte sie diese Tatsache so beunruhigt?

»Verstehe. Haben Sie zu irgendeinem Zeitpunkt mal Personen im Haus gesehen, die nicht hierhergehörten? Oder Gäste von Herrn Busse, die Ihnen sonderbar vorkamen?«

Sie musste nicht lange überlegen. »Da kamen hin und wieder zwei ältere Herren. Das waren alte Freunde oder Bekannte, wie er mir mal erzählt hat. Dann war da ein Kroate, ein Herr Marić, auch ein Bekannter. Herr Marić in seiner ganzen protzigen Aufmachung und mit diesem Proletenauto wirkte auf mich zunächst sehr abstoßend. Doch auch da habe ich mich getäuscht. Ein sehr hilfsbereiter und feiner Mensch ist das.« Sie lächelte. »Wie Sie sehen, auch ich habe Vorurteile. Sollte man nicht haben. Gerade auch nicht in einer Stadt wie Berlin.« Sie lächelte erneut. »Tja und sonst? Er fuhr hin und wieder zu seiner Schwester, aber das ist sicher nicht, was Sie meinten. Nein, mir ist nichts Verdächtiges aufgefallen.«

Sie führte gerade ihre Tasse zum Mund, als doch noch was kam.

»Stopp. Wo sie danach fragen ... Da war vor ein, zwei Wochen mal jemand, der im Treppenhaus rumkrakeelt hat ... So was wie: ›Ich will mein Erbe!‹ Und dann haben in letzter Zeit auch mehrfach verschiedene Leute geklingelt. Die machten eindeutig falsche oder sonderbare Angaben an der Gegensprechanlage.«

»Zum Beispiel?«

»›Mich reinlassen, wohne hier.‹ So in der Art. Bei uns im Haus wohnt niemand mit ausländischem Akzent. Einmal sagte einer: ›Muss zu Anwalt.‹ Hier im Haus gibt es aber keinen Anwalt.«

»Verstehe.«

»Ein andermal: ›Habe Paket‹. Ich fragte: ›Für wen?‹ Er nannte daraufhin meinen Namen, aber ich erwartete kein Paket. Das war mir unheimlich. Also bin ich auf den vorderen Balkon und hab runtergesehen. Ein Mann stieg in eine schwarze Limousine.«

Borowski nickte. »Der Mann, der, wie Sie sagten, im Treppenhaus rumkrakeelt hat, wie alt war der?«

»Dreißig, vierzig.«

»Können Sie ihn beschreiben?«

Sie überlegte, ließ innere Bilder aufsteigen. Offenbar mit wenig Erfolg, denn die Operation endete damit, dass sie den Kopf schüttelte. Sachte. Frau Erdmann neigte nicht zu übertriebenen Gesten.

»Wissen Sie, ob Herr Busse Kinder hat?«

»Ja, zwei Töchter. Aber wo die wohnen, da müssten Sie seine Schwester fragen. Mit mir hat er nie groß über die beiden gesprochen. Schmecken Ihnen die Kekse nicht? Die sind aus dem Reformhaus. Vielleicht sind Sie andere gewohnt.«

»Weil wir bei der Polizei arbeiten?«

»Wie?«

»Noch mal zum ersten Juni. Erinnern Sie sich noch etwas genauer an die Umstände?«

Borowski nahm einen Keks. Für einen kurzen Moment sah es aus, als wollte er ihn in seinen Tee eintunken.

»Nun, ich hatte am ersten Juni um vierzehn Uhr einen Termin mit Herrn Sage von der Hausverwaltung«, fuhr sie fort, nachdem sie Borowskis Handhabe des Kekses recht scharf überwacht hatte. »Als ich Herrn Sage wegen einer Kleinigkeit an den Briefkästen nach unten begleitete, verließ Herr Busse gerade das Haus. Und der Termin mit Herrn Sage, das war der erste Juni. Da bin ich mir absolut sicher. Ich dachte mir schon, dass Sie danach fragen, warten Sie …«

Frau Erdmann stand auf, holte einen Terminkalender und zeigte Manz den Eintrag. »Sehen Sie, da steht es: 1. Juni, 14 Uhr, Termin mit Herrn Sage von der Hausverwaltung.«

»Ja. Danke. Eine Frage noch. Ist Ihnen etwas bekannt darüber, dass Herr Busse an einer Krankheit litt?«

»Ja, am Herzen. Er war regelmäßig beim Arzt. Und an Tagen, wo es ihm nicht so gut ging … körperlich …, da sagte er manchmal so Sätze wie: ›Lange mache ich es nicht mehr.‹ Aber er war ja auch schon Mitte siebzig.«

Borowski verlagerte sein Gewicht, es sah aus, als wollte er aufstehen.

»Fuhr Herr Busse häufig in Urlaub?«, fragte Manz.

»Wie?«

»Na, war er öfter mal für ein paar Tage weg? Auf Reisen? Oder zu Besuch bei seiner Schwester oder seinen Töchtern zum Beispiel?«

»Nein. Er hatte ja immer viel zu tun, vor allem durch seine ehrenamtliche Arbeit und die Versteigerungen … Nein, an einen Urlaub kann ich mich nicht erinnern.«

»Er hielt sich also in der Regel hier auf.«

»Ja. Warum fragen Sie?«

»Nun, zusammenfassend könnte man sagen, dass Sie, Frau Wendel, Frau Scheer und Frau Böhmer, in recht engem und regelmäßigem Austausch mit Herrn Busse standen. Beinahe täglich, so habe ich Sie verstanden.«

»Ja?«

»Ich frage mich, wie es dazu kommen konnte, dass eine ganze Woche verging, ehe jemand die Feuerwehr alarmierte.«

»Ach, so meinen Sie. Nun das liegt daran, dass wir gegenseitig unsere Privatsphäre achten.«

»Da ist also eine ganze Woche lang nichts passiert im Haus? Über die plötzliche Abwesenheit des Herrn Busse wurde nicht gesprochen?«

»Aber ja! Natürlich wurde gesprochen. So ab dem dritten Tag begannen wir uns Sorgen zu machen. Wir haben ein paarmal geklingelt, aber in der Wohnung schien niemand zu sein. Am Donnerstag haben Frau Böhmer, Frau Wendel und ich versucht, durch das Fenster in die Wohnung reinzugucken. Das klappte aber nicht, weil davor die Treppe zum alten Heizungsraum runterführt.«

»Sie sprechen jetzt vom Hinterhof?«

»Richtig. Von vorne war ja nichts zu sehen. Die Rollos zur Straße hin, die waren runtergelassen.«

»Waren die sonst auch immer unten?«

»Nein, dass die tagsüber unten blieben, war vorher nie der Fall gewesen.«

»Und dann?«

»Das kann ich Ihnen gar nicht genau sagen. Ich glaube, dass sich der Anruf bei der Feuerwehr dann noch mal verzögert hat, weil Herr Böhmer nicht wollte, dass wir uns einmischen.«

»Mit welcher Begründung?«

»Dass es uns nichts angehe und die Schnüffelei irgendwelcher Polizeibeamten Herrn Busse sicher nicht recht sei.«

»Hatte denn Herr Busse etwas gegen die Polizei? Hat er sich mal so geäußert?«

»Mir gegenüber nicht. Jetzt natürlich, im Nachhinein, jetzt, wo Sie alles so auseinandernehmen, komme ich mir fast ein bisschen dumm vor.«

»Das ist nicht nötig«, sagte Borowski.

»Wir hätten uns von Herrn Böhmer nicht einschüchtern lassen dürfen.«

»Sie fühlten sich von Herrn Böhmer eingeschüchtert?«

»Nun, ich kann nur für mich sprechen, aber … ja, irgendwie schon. Irgendwann haben wir uns dann aber doch zusammengetan, wir Frauen, und angerufen.«

»Gab es dafür einen Auslöser?«

»Na, der Geruch.«

Bevor sie gingen, ließ Manz sich noch ein paar Illustrationen von Frau Erdmann zeigen. Sie arbeitete gerade an einem Kinderbuch, in dem es um einen Löwen ging.

»Seine Mähne hört nicht auf zu wachsen«, erklärte sie. »Sie sehen ja, es wird immer wilder bei ihm.«

Manz' Mund stand ein wenig offen, als er die graphischen Arbeiten betrachtete.

»Anfangs ist der Löwe ganz verzweifelt«, erklärte sie weiter. »Weil er so anders ist als die anderen Löwen. Er wird sogar aus seinem Rudel ausgeschlossen. Hier sieht man es. Er wird regelrecht vertrieben. Dabei ist das doch eigentlich seine Familie.«

»Traurig.«

»Dann aber …«

Sie schob das Blatt zur Seite.

»… fangen Vögel an, in der Mähne zu nisten. Erst will der Löwe das nicht, aber schließlich lässt er es doch geschehen. Die Vögel erzählen ihm Geschichten aus fernen Ländern, von denen er noch nie gehört hat.«

»Sie zwitschern ihm was.«

»So könnte man sagen. Manche brüten dort sogar.«

»In der Mähne.«

»Ja.«

Wieder schob sie ein Blatt zur Seite.

»Dann kommen noch andere Tiere hinzu. Am Ende entsteht eine regelrechte Gemeinschaft.«

Sie schob weitere Blätter zur Seite.

»Hier wird es dann noch mal gefährlich, denn nun kommen die Wilderer … Sie sehen ja.«

»Viel Rot«, sagte Manz. »Die Wilderer bringen viel Rot mit. Am Anfang hatten wir sehr viel Gelb.«

»Genau. Mit den Wilderern kommt das Rot. Es entwickelt sich von Gelb über Blau zu Rot und dann Grün. Letztlich ist es ein Buch der Farben.«

»Es geht um die Farben? Verrückt!«, stieß Manz aus. »Die Geschichte geht hoffentlich gut aus. Ich meine, für die Tiere?«

»So weit bin ich noch nicht. Aber ich glaube, man darf den Tod nicht ganz ausklammern. Die Kinder würden sowieso danach fragen.«

»Das stimmt.« Manz erinnerte sich an die Geschichte von Robinson Crusoe, die seine Mutter ihm vorgelesen hatte, als er klein war. Da hatten ihn die Menschenfresser auch sehr interessiert.

»Also ich muss sagen, das ist schon etwas Besonderes, was Sie da gestalten. Unsere Jüngste wird bald fünf …«

»Das Buch ist für Kinder ab zehn Jahren.«

»Natürlich. Aber diese Bilder …«

Manz hatte noch nie so lebendige, ja regelrecht ungezügelte Bilder in einem Kinderbuch gesehen. Und er hatte seinen Töchtern aus einer Menge Kinderbücher vorgelesen.

»Dass die da alle leben, ihm quasi am Hals. Wer denkt sich so was aus?«

»Ich.«

»Ach. Und kann man das Buch irgendwann kaufen? Ich meine …«

»Zu Weihnachten. Aber wie gesagt, es ist für Kinder ab zehn.«

»Gut, Frau Erdmann, das war's erst mal. Wenn wir noch Fragen haben …«

Eine kleine Bewegung ihrer Augen. Der Blick galt Borowski. »Das nächste Mal stelle ich keine Kekse auf den Tisch.«

Unten vor dem Haus angekommen, blickte Manz an der Fassade hoch. Wieder blieb sein Blick an dem Prometheus hängen. Der Himmel über allem hatte seine Farbe verändert. Gleiches galt für den Druck und den Geruch der Luft.

»Da braut sich was zusammen«, sagte Borowski. »Vielleicht, dass wir endlich Regen kriegen.«

»Ich versteh schon. Du machst dir Sorgen wegen dieser unstimmigen Systolen, die dein Herz fabriziert. Wenn du nach Hause willst, ich kann auch erst mal alleine weitermachen.«

»Nein«, sagte Borowski entschlossen.

Manz' Blick wanderte erneut nach oben. Abgesehen von dem übergroßen Prometheus war es eine Nullachtfünfzehn-Altbaufassade, welcher, weit über die russischen Einschusslöcher hinaus, eine Menge an Zier verloren gegangen war.

»Gibt es da oben was zu sehen?«, fragte Borowski.

»Weiß ich noch nicht.«

»Aber du guckst hoch.«

»Weil ich glaube, dass wir hier nach Strich und Faden

belogen werden. Vor allem von den drei Frauen, die bei der Feuerwehr angerufen haben.«

Borowski konsultierte seine Aufzeichnungen. »Frau Böhmer, Frau Wendel und Frau Erdmann.«

»Vielleicht steckt diese Malerin auch noch mit drin.«

»Welche Malerin?«

»Frau Scheer. Bei der war ich, bevor du kamst. Ich meine, die Aussagen decken sich teilweise bis ins Detail.«

»Vor allem sollten wir diesen Herrn Böhmer möglichst bald finden. Alle reden von der guten Hausgemeinschaft, gleichzeitig werden wir immerzu auf den bösen Herrn Böhmer hingewiesen. Vielleicht mit gutem Grund.«

»Ganz sicher mit gutem Grund, nur … Warum warten sie eine ganze Woche, ehe sie die Feuerwehr anrufen?«

»Aus Respekt. Und weil Herr Böhmer das nicht wollte. Du hast es doch gehört.«

»Wieder Herr Böhmer. Der scheint hier für alles verantwortlich zu sein.«

»Und das gefällt dir nicht?«

»Nun, wir haben es im Fall von Frau Wendel, Frau Scheer und Frau Erdmann mit drei selbstständigen Frauen zu tun, die auf mich nicht den Eindruck machen … Wieso sollten die sich alle von Herrn Böhmer den Mund verbieten lassen?«

»Heißt?«, fragte Borowski.

»Vielleicht haben hier im Haus mehrere Personen was gegen die Polizei.«

»Mag sein, aber … Diese junge Zeugin, bei der du ohne mich warst? Wie hieß sie noch?«

»Sara.«

»Sara. Richtig. Du hast vorhin, als du über sie sprachst, ein komisches Wort benutzt.«

»Ach ja?«

»Durchmangeln. Du sagtest, sie bräuchte Zeit sich durchzumangeln.«

»Und?«

»Das geht nicht. Du kannst so nicht über Zeuginnen reden. Ich finde auch diese penetrante Art, wie du sie dir teilweise anguckst, nicht angemessen.«

»Bitte?«

»Du weißt ganz genau, wir kennen uns gut genug. Ich wollte dir das schon lange mal sagen.«

»Dein Herz.«

»Was hat das damit zu tun?«

»Gehen wir, ehe es anfängt zu regnen.«

Mehr als nur gebrochene Rippen

In den Räumen der Gerichtsmedizin geschah etwas, das vom Üblichen abwich. Thorsten Schimmag, für gewöhnlich nicht allzu zartfühlend, sprach, kaum dass sie den Obduktionsraum betreten hatten, Borowski an.

»Nur kurz, weil ich dich kenne. Rolfes hat mich angerufen, und ich hab einen Blick auf dein EKG geworfen. Mach dich nicht verrückt wegen dieser angeblich beunruhigenden Systolen. Ich kenne den Raum, in dem die Untersuchungen stattfinden, und ich kenne den Arzt. Du hast dein Belastungs-EKG bei weit über dreißig Grad gemacht, und unser Amtsarzt hört die Mäuse husten.

Wären da keine Systolen außer der Reihe, ich würde mir Sorgen machen, aber so … Schmeiß das raus aus deinem Kopf, da ist nichts.«

Das Gesicht von Borowski. Seine Augen. Manz umgriff seine Schultern, zog ihn kurz und mit Kraft zu sich ran, eine Geste, die nicht täglich vorkam.

»So weit das«, sagte Schimmag und wies mit der Hand. »Sprechen wir über ihn.«

Ein paar Schritte, dann standen sie neben Pfarrer Busse. Der lag auf einem Obduktionstisch mit Abflussrinnen, gefertigt aus dem Material, aus dem Obduktionstische für gewöhnlich gefertigt werden.

»Wie ihr seht, mussten wir mehrere Schichten abtragen.«

»Eigentlich alles«, sagte Manz und zeigte dabei erst auf die Rippen, dann auf den Beckenknochen, das Rückgrat.«

»Richtig. Wir haben ihn weitgehend entblößt. Das war nötig, um die Tiefe der Einblutungen zu bestimmen. Ich kann zusammenfassend sagen, dass Herr Busse mit mehreren sehr harten Schlägen gegen den Kopf, und anschließend auch noch Tritten in die Magengrube und gegen den unteren Ansatz des Brustkorbes malträtiert wurde. Auch seitlich am Brustkorb fanden sich massive Verletzungen. Man sieht es ja. Hier. Hier. Und auch hier.«

»Die Rippen sind gebrochen.«

»Seine Lunge war an zwei Stellen punktiert. Die Blutungen im Bauchbereich gingen nicht nur bis in die untersten Gewebeschichten, sie betrafen auch den Magen und die Leber. Hätte man ihn nicht erstickt, er wäre an inneren Blutungen gestorben. Abgesehen von der gebrochenen Nase und den verlorenen Zähnen fallen diese Blessuren hier über den Augen auf. Ebenfalls von einem heftigen Schlag. Vermutlich trug er zu diesem Zeitpunkt noch seine Brille. Auch am Hinterkopf gab es Verletzungen. Nicht vom Aufprall, vermutlich weitere Fußtritte. Zu all dem fanden sich noch Unterblutungen im Gesäßbereich, wie sie ebenfalls durch heftige Tritte entstehen. Heißt: Das Opfer wurde massiv geschlagen und getreten. Aller Wahrscheinlichkeit nach ging das bis zur Bewusstlosigkeit. Gestorben ist er daran aber nicht. Er wurde erstickt. Und zwar mit einem Kissen. Wir konnten die entsprechenden Blut- und Speichelanhaftungen nachweisen.«

»Hätte er denn nicht geschrien, wenn er so massiv angegriffen wurde?«

»Der erste Angriff fand vermutlich gegen den Kopf statt. Der Schwere der Verletzungen nach könnte er da bereits das Bewusstsein verloren haben. Ich meine, er war ein alter Mann, kein Profiboxer.«

»Warum dann noch all die weiteren Schläge und Tritte?«

»Wut? Kontrollverlust? Der Versuch, den Bewusstlosen wieder aufzuwecken? Das herauszufinden ist eure Sache.«

Thorsten Schimmag machte drei Schritte, um die beiden zum Ausgang zu bringen. Manz jedoch rührte sich nicht von der Stelle. Sein Blick ging runter auf den nahezu völlig entkernten Körper des Pfarrers.

»Du hast noch eine Frage?«

»Hm. Diese vielen heftigen Verletzungen … Die

müssen ihm doch nacheinander zugefügt worden sein. Schlag ins Gesicht. Tritt gegen den Hinterkopf. Den Bauchbereich. Den Brustkorb. Von vorne, dann auch noch von der Seite …«

»Du meinst, ob da mehrere Personen am Werk waren?«

»Zum Beispiel.«

»Möglich. Oder eben jemand, dessen Wut kein Ende nahm. Ich meine, das war nicht nur Raserei, er wurde dann ja auch noch erstickt. Und so was mit einem Kissen zu bewerkstelligen … Das allein kann acht oder zehn Minuten dauern.«

»Was die Schwere der Verletzungen angeht«, hakte Manz nach, »da käme wohl nur ein Mann infrage, oder?«

»Was die Faustschläge gegen den Kopf angeht, würde ich dir zustimmen. Aber Tritte gegen eine wehrlose Person am Boden … Da würde ich mich nicht festlegen wollen, was die Kraft angeht. Dass allerdings eine Frau so was tut …«

»Vielleicht mehrere?«

»Nein. Ausgeschlossen. Ich jedenfalls habe so einen Fall in meiner Zeit hier noch nicht erlebt.«

Der nächste Weg führte Manz und Borowski hoch in die Kantine. Zur Auswahl standen:

1. Matjes mit Bratkartoffeln, hausgemachter Remouladensoße und Salat.

2. Hackbraten mit Kartoffelstampf und reichlich Soße. Ebenfalls mit Salat.

3. Leber mit einer großen Portion in Butter ausgebackener Zwiebelringe. Ebenfalls mit Kartoffelstampf und Salat.

Und es gab, wie fast immer, Salat Nizza mit frischem Baguette und einem Zwergcamembert.

Zum Nachtisch standen Schälchen mit Früchtecocktail sowie Schokopudding mit Vanillesoße zur Auswahl.

Manz nahm die Leber, danach den Schokopudding, Borowski entschied sich für den Nizza-Salat und den Früchtecocktail.

Das Gespräch während des Essens drehte sich um Fahrtenbücher, die Inspektionsintervalle von beruflich genutzten Privatwagen sowie die dadurch entstehenden Kosten. Manz regte sich über seine BMW-Vertragswerkstatt auf, insbesondere über den dort tätigen Werkstattleiter. Borowski war also mit seinem Nachtisch bereits fertig, als Manz mit seinem noch nicht angefangen hatte.

Das verräterische Kissen

Kaum zurück in ihrem Büro wurden Manz und Borowski zu einem ersten Zwischenbericht in die Räume der Spurensicherung gerufen.

»Was die Daktyloskopie angeht«, begann Grossmann, »also, vorläufig. Wir sind noch lange nicht durch, weil allein die Anzahl …«

»Weiter.«

»Nun, wir haben frische Fingerabdrücke an drei Objekten gefunden. Zwei davon sind solche, die eigentlich seit Jahrzehnten niemand mehr angefasst haben kann.«

»Nämlich?

»An den Verlegeplatten, über denen mehrere Schichten dort teils fast schon eingewachsenen Teppichs lagen, sowie an den Holzdielen unter diesen Verlegeplatten. Es handelt sich um die Spuren von zwei Personen.«

»Jenen, die alles rausgerissen haben.«

»Würde ich annehmen.«

»Du hast eben von drei Stellen gesprochen«, sagte Borowski.

»Richtig. Wir fanden auch noch frische Abdrücke von zwei Personen auf einem aufgeklebten Etikett an dem Kissen, mit dem das Opfer erstickt wurde. Sollten diese Abdrücke mit denen von einem der Spurenverursacher auf den Verlegeplatten und Holzdielen übereinstimmen, dann dürfen wir mit großer Wahrscheinlichkeit davon ausgehen, dass sie mit der Tat in Zusammenhang stehen.«

»Dass sie von Herrn Busse selbst stammen …?«

»Nein, von ihm sind sie nicht, das wurde bereits ausgeschlossen. Was weitere Spuren angeht, da werdet ihr euch in Geduld üben müssen. Ihr habt ja gesehen, was in der Wohnung los ist. Wir haben in den Räumen über fünfhundert Abklebungen vorgenommen, die alle noch untersucht werden müssen.«

»Verstehe, Grossmann, verstehe«, sagte Manz. »Ich sehe, dich drängt es, auf den Hof zu gehen.«

»Ist eben so.«

Sie teilten sich auf. Borowski ging ins Büro, um die Aidsstiftung von Pfarrer Busse ausfindig zu machen, Manz begab sich mit dem Leiter der Spurensicherung auf den Hof.

»Sag, Grossmann, kannst du mir sagen, wie das bei Fahrten mit dem Privatwagen demnächst geregelt ist, was das Kilometergeld angeht?«

»Ich benutze nie meinen Privatwagen.«

»Warum nicht?«

»Weil ich Motorrad fahre.«

»Ach ja, stimmt. Und sonst?«

Grossmann hatte, während er sprach, wie eigentlich immer eine Zigarette im Mundwinkel kleben. Er sah beinahe aus wie ein Schauspieler, auch seine Stimme hatte etwas demonstrativ Raues.

»Im Moment untersuchen wir die Finger- und Handabdrücke an den herausgerissenen Schubladen, an Papieren, die durchwühlt wurden, und so weiter und so weiter. Dazu kommen noch einige Abdrücke des Fußballens, die nicht von Herrn Busse stammen.«

»Da ist jemand barfuß in der Wohnung rumgelaufen?«

»Ein naheliegender Schluss.«

Grossmann nahm einen tiefen Zug, behielt den Rauch lange in der Lunge. Entweder um sich zu beruhigen angesichts der vielen noch zu untersuchenden Spuren oder als Ausdruck einer stillen Freude, die sich der Tatsache verdankte, dass er für die nächsten Tage genau wusste, was zu tun war. Es gab keine Entscheidungen zu treffen, nichts hing in der Schwebe. Da Grossmann Kettenraucher war, spielt es im Grunde keine Rolle, ob er den Rauch aus dem einen oder aus dem anderen Grund so lange in der Lunge behielt. Endlich blies er ihn in Richtung der Mitte des Hofs.

»In einer Tasse auf dem Couchtisch befanden sich mehrere Zigarettenstummel. Zwei verschiedene Marken. Obwohl Herr Busse, wie uns Frau Böhmer mitteilte, Nichtraucher war.«

»Frisch?«

»Die Zigarettenstummel?«

»Hm.«

»Nun Zigarettenstummel sind eigentlich nie *frisch*, aber … Ja. Frisch, wenn du so willst.«

Grossmann nahm einen letzten tiefen Zug und schnippte anschließend den Rest der Zigarette in Richtung eines Gullys.

»Sollen wir nicht mehr machen«, sagte Manz. »War Thema letzten Monat auf der wöchentlichen Besprechung.«

»Da war ich wohl nicht dabei. Ist ein schlimmes Laster, ich sag's dir. Mehr habe ich im Moment nicht.«

Manz sah auf die Uhr. Es wurde Zeit, dass er nach Hause kam. Lisa würde in einer halben Stunde gehen, und dass Steffi sich erneut um Julia kümmern musste, wollte er nicht.

Oben in ihrem Büro war Borowski noch immer am Telefonieren.

»Ist was reingekommen?«, unterbrach Manz ihn.

»Rolfes hat nach dir gefragt.«

»Ich muss eigentlich los …«

Borowski setzte sein Telefonat fort, Manz beeilte sich auf dem Weg zu Rolfes.

»Du wolltest mich sprechen?«

»Ja. Aber nicht ich, sondern Dannewitz. Scheint wichtig zu sein.«

»Ich muss nach Hause, meine Jüngste …«

»Dauert nur eine Sekunde.« Rolfes hatte den Telefonhörer bereits in der Hand. »Manz ist jetzt hier. Ja … Ja gut.«

»Meine Frau ist in München, und unsere Babysitterin …«

»Auf drei Minuten wird's nicht ankommen, oder?«

Es dauerte dann aber doch eine Weile, bis Untersuchungsrichter Dannewitz kam.

»Entschuldigt bitte, ich hatte noch jemanden auf der anderen Leitung.«

»Sie wollten mich was fragen, oder …?«

»Ja. Borowski hat darum gebeten, Schollbeck hinzuzuziehen, damit der die Konten des Herrn Busse überprüft.«

»Richtig. Busse scheint in einem Hospiz gearbeitet zu haben. Ehrenamtlich, wie man uns sagte. Nach Aussage diverser Zeugen hat er in diesem Zusammenhang Erbschaften gemacht und regelmäßig Wertgegenstände in ein Auktionshaus gebracht. Wir müssen wissen, um welche Summen es dabei ging und wo das Geld ist.«

»Du meinst, wie es verwendet wurde.«

»Nenn es, wie du willst. Außerdem soll Schollbeck die Angehörigen der Verstorbenen ermitteln, die Pfarrer Busse … sagen wir während der letzten sechs Monate beerbt hat.«

»Ist das wirklich nötig? Ich meine, ein Pfarrer … So eine Kontoüberprüfung zu veranlassen ist immer eine Frage der Abwägung. Bei ehrenamtlichen Erbschaften ist die Sache noch delikater.«

»Mehrere Zeuginnen haben ausgesagt, dass jemand sehr zornig im Hausflur rumgebrüllt und an Busses Tür Sturm geklingelt hat. Unter anderem fielen dabei Worte wie: ›Ich will mein Erbe!‹«

»Ein Angehöriger, der sich von Pfarrer Busse geprellt fühlte?«

»Er hat rumgebrüllt und Sturm geklingelt. Näher geäußert zur Rechtmäßigkeit seines Anliegens hat er sich dabei leider nicht.«

»Du klingst ein bisschen gereizt.«

»Unsere Babysitterin geht um fünf, und Julia ist erst vier Jahre alt.«

»Wo ist deine Frau?«

»In München.«

»Die ist viel unterwegs.«

»Die Babysitterin …«

»Ja, natürlich. Ich veranlasse das Nötige.«

»Danke.«

Manz lief den Flur entlang, verfluchte den langsamen Aufzug und … Dann gab es auch noch einen Stau den Kottbusser Damm hoch. Und obwohl Manz mehrfach hupte, kam niemand auf den Gedanken, auf den mittleren Grünstreifen zu fahren, um ihm den Weg freizumachen.

Der Familienkonvent

»Du bist zu spät!«

Als Manz' älteste Tochter, noch im Flur, das sagte, tat sie es mit in Richtung ihres Vaters vorgebeugtem Oberkörper und leicht in den Nacken gelegtem Kopf.

»Es ist gleich halb sechs! Ich hatte um fünf eine Verabredung, die mir wichtig war, und wegen dir, weil du dir nie was merken kannst oder weil dir sowieso alles egal ist …«

»Ist das Abendbrot fertig?«

»Nein.«

Claudia drehte sich um, schlurfte in Richtung Badezimmer.

Warum ist sie nicht wie ihre Schwestern? Die sind viel zufriedener. Ruhiger auch. Und konzentrierter.

Das war in Manz' Augen Claudias größtes Problem. Ein Mangel an Konzentration. Ein Mangel an Überlegung.

Was wird aus ihr, wenn sie so bleibt? Eine alleinstehende, ältliche …

Manz gab den Gedanken an dieser Stelle auf, da er seine Schlussfolgerung für verfrüht hielt. Trotzdem war er betrübt. Ratlos, wie so oft, wenn es um Claudia ging.

Endlich sammelte er sich, sah im Kinderzimmer nach. Der Kassettenspieler, getarnt als Marienkäfer, lief, Julia und Stefanie lagen friedlich auf der Überdecke des Betts und studierten ein Buch. Wobei Stefanie ihrer kleinen Schwester gerade etwas erklärte und mit dem Zeigefinger einer gewundenen Linie folgte, die irgendwelche Fluginsekten, um die es in dem Buch ging, offenbar zu bewältigen hatten. Die beiden waren dabei so konzentriert, dass sie ihn gar nicht bemerkten.

Manz schloss die Tür leise, ging in die Küche und bereitete fünf Toast Hawaii vor.

Als er eben mit dieser Arbeit fertig war, hörte er, wie die Wohnungstür zuschlug.

Blöde Kuh. Soll sie doch abgehen von der Schule …

Er brachte seinen beiden jüngeren Töchtern ihr Abendessen, musste das Tablett allerdings auf dem Nachttisch abstellen, da Stefanie, kaum dass er »Hallo, bin wieder da« gesagt hatte, eine etwas unwirsche Bewegung mit der Hand machte und sagte: »Jetzt nicht, wir sind fast im Bienenhaus.«

Eine Viertelstunde später saß er im Wohnzimmer in seinem bequemen Ikea Freischwinger und begann über seine Familie nachzudenken. Er hatte sich irgendwann mal etwas anderes darunter vorgestellt als den Zustand, der nun herrschte.

Gut, wir sind nicht die Einzigen, die gescheitert sind.

Vor drei Monaten hatte er im *Stern* einen erschütternden Bericht über den Zerfall der klassisch bürgerlichen Familie gelesen. Untermauert mit statistischen Fakten und einem dunkeldüsteren Blick in die Zukunft. Um diesen Blick tun zu können, hatte das Rechercheteam nur einen Blick rüber in die USA werfen müssen. Das Begriffspaar »formalisierter Familienverband« war mehrfach in dem Artikel vorgekommen. Das alles hatte Manz beunruhigt. Was niemanden wundern sollte, denn er strebte ja genau das an, was seine Frau, im Sprachduktus einer Soziologin, etwas herablassend eine »klassisch bürgerliche Familie« genannt hatte.

Dass Manz so etwas anstrebte, dass ihn die Worte *bürgerlich* und *Familie* nicht über alle Maßen ängstigten, lag an Onkel Jochen. Manz' Stiefvater hatte mit ihm, als er noch jung war, öfter darüber gesprochen. Also über Sinn und Zweck einer Familie sowie über den Sinn und Zweck des Bürgerlichen. 1963 und 1964 hatten diese Unterhaltungen stattgefunden. Wobei sowohl das Bürgerliche wie auch das Familiäre für Onkel Jochen seinerzeit stets mit einer »Partei des Fortschritts in vernünftigen Schritten« verbunden gewesen war. Also mit der SPD. Und natürlich mit dem Berliner Bürgermeister, Willy Brandt.

War Christine da schon zum zweiten Mal schwanger? Quatsch, wir haben uns ja erst 64 kennengelernt.

Unter Onkel Jochens Anleitung hatte sich damals tatsächlich so was wie eine Vorstellung in ihm festgesetzt. Manz' Mutter, Ingrid, hasste alles Bürgerliche, »Familie«, so hatte sie oft gesagt, »ist was für Leichtgläubige«. Manz' Mutter hatte es Onkel Jochen ja auch nie ganz verziehen, dass er sie und ihren Sohn ein paar Tage vor dem Bau der Mauer von Pankow nach Neukölln verfrachtet hatte. Wozu noch gesagt werden sollte, dass Onkel Jochen kein Onkel von Manz war, sondern der Lebensgefährte seiner Mutter.

Das Bürgerliche war Ende 63, *kurz nach der Ermordung Kennedys,* zum ersten Mal von Onkel Jochen gekommen. Der war seinerzeit nicht nur Urologe, er hatte dem jungen Manz auch klargemacht, dass für »Menschen, wie wir es sind« eigentlich nur die SPD infrage kam. Als Partei. Als Weg. Als Hoffnung.

Jetzt, da Manz achtunddreißig war und den Artikel im *Stern* gelesen hatte, befürchtete er, seine Familie könne zerfallen, möglicherweise sogar verfallen. Also hatte er vor einigen Wochen den »Notanker geworfen«, wie er sich ausdrückte, und alle zum Familienkonvent zusammengerufen. Selbst die kleine Julia saß mit am Tisch und ließ ihre Beine vergnügt vor und zurück pendeln. Ihr schien es zu gefallen, wie alle gleichzeitig redeten und sich ins Wort fielen. In der Küche hatte der erste Konvent stattgefunden. Nicht im Wohnzimmer. Und genau da hatten die Diskussionen auch schon begonnen.

»Warum in der Küche?«, hatte Claudia in ihrem üblichen, gereizten Tonfall gefragt.

»Weil ich das so möchte. Und weil die Stühle hier eine senkrechte Rückenlehne haben. Es geht um uns als Familie.«

»Und was hat das mit den Rückenlehnen zu tun?«

»Ich möchte, dass wir von jetzt an am Samstag- und Sonntagabend um neunzehn Uhr zusammen zu Abend essen. Und reden. Vernünftig reden, nicht dieses Gequake vor dem Fernseher.«

Manz hatte eine kleine Theorie der Küche und des gemeinsamen Essens vorgetragen, die er mit einem ›Ältestenrat‹ in Verbindung brachte. Er verwendete in seiner Ansprache noch weitere Fremdworte und Bezeichnungen, die er sich aus dem Artikel im *Stern* gemerkt hatte. Zum Beispiel: Konvent, Axiom, Idealtypus, Verfall und soziales Handeln.

Christine war schnell misstrauisch geworden.

»Wo kommt das denn auf einmal her?«

Manz hatte daraufhin den *Stern* aus dem Wohnzimmer geholt und seiner Familie den erschütternden Artikel vorgelesen. Er hatte gemeint, damit eine drohende Gefahr anzusprechen.

Christine allerdings war der Meinung, dass der Artikel sich viel zu sehr auf die USA beziehe. Des Weiteren führte sie an, dass die Reputation des *Stern* seit der Veröffentlichung der gefälschten Hitlertagebücher doch sehr gelitten habe. Das Wort *Hitlertagebücher* wiederum führte dazu, dass Claudias Interesse erwachte. Auch Stefanie, obwohl sie erst dreizehn war, stellte Fragen. Und so ging Manz' Wunsch, dass die Familie abends zusammen essen und mal über etwas anderes als »das Alltägliche und Nebensächliche« reden sollte, in

Erfüllung. Auch wenn Hitler, die Verbrechen der deutschen Wehrmacht und die Aufarbeitung einiger Fragen zum deutschen und französischen Terrorismus eigentlich nicht das gewesen waren, woran er bei seinem Familienkonvent gedacht hatte.

Fünf Wochen lang waren sie jeden Samstag- und Sonntagabend in der Küche zusammengekommen. *Bis Christine wieder anfing wegzufahren.*

Es war tatsächlich so. Manz' Frau hatte sich mehr und mehr von der Familie abgesetzt. So jedenfalls empfand Manz ihre vielen Reisen, Kongresse und *was auch immer.*

Das alles ging ihm während einer Zeitspanne von etwa fünfunddreißig Sekunden durch den Kopf.

Er fühlte sich körperlich unwohl, er schwitzte. *Passiert mir doch eigentlich nie.* Die aufkommenden Gedanken an sein eigenes bald anstehendes Belastungs-EKG drückte er weg, indem er aufstand und die Tür zum Balkon öffnete. Draußen war es genauso heiß wie drinnen. *Bestimmt dreißig Grad. Erstickend.*

Also holte er sich ein Bier aus der Küche, trank und dachte an seine Begegnung mit Sara.

Nachdem er die Flasche geleert hatte, ging es ihm besser, und er überließ sich freien Gedanken und Bildern.

So stieg, im Modus zunehmender Entspanntheit, erneut Sara in ihm auf. In dem kleinen Film, den er sah, stand sie wieder vor der Anrichte und machte Kaffee. Ihre ruckartigen, auf den ersten Blick so ganz und gar nicht fraulichen Bewegungen, hatten die ihm schon am Morgen gut gefallen? Oder kam das erst jetzt? *So ganz anders, so viel selbstbewusster und natürlicher als Claudi.*

Manz erschrak über seinen Gedanken. Wie konnte er Sara mit seiner Tochter vergleichen? Das war fast schon obszön. *Und auch falsch!* Claudia war siebzehn und *im Grunde noch ein Kind*. Sara dagegen … Ganz schlüssig war er sich immer noch nicht, was ihr Alter anging, vermutete aber *Mitte zwanzig. Mindestens.*

Um aus diesen vertrackten und, wie er meinte, ungesunden Gedanken rauszukommen, griff er zuletzt hinter sich ins Regal, zog seinen Scheffler heraus und begann ein weiteres Kapitel über die Entstehung Berlins zu lesen. Darüber vergaß er alles, was ihn eben noch beunruhigt hatte. Erst als er um kurz vor zehn seinen Rücken spürte, stand er auf und sah kurz im Kinderzimmer nach. *Eingeschlafen …* Er legte ein Buch zur Seite, deckte seine Töchter zu und betrachtete sie eine Weile. *Steffi und Julia …* Manz sagte sich die Namen seiner beiden jüngeren Töchter ein paarmal innerlich vor. *Bei denen ist alles so normal und in Ordnung … Was ist bei Claudi nur falsch gelaufen?*

Schließlich ging er in den Flur. Christines Nummer stand tatsächlich auf einem Zettel, der auf dem Telefontischchen lag. Er rief im Hotel an, ließ sich vermitteln. Es ging niemand ran. Als er gerade aufgelegt hatte, öffnete sich die Wohnungstür. Claudia warf ihre olivfarbene Umhängetasche unten an den Garderobenständer.

»Na, hast du deine Verabredung doch noch …?«

Ein Blick.

»Hast du geweint?«

»Lass mich.«

Und schon war sie an ihm vorbei.

»Claudi. Komm. Wir können doch …«

Sie wollte nicht reden.

Knall machte die Tür zu ihrem Zimmer.

Und Manz schlug das Herz bis zum Hals.

Ob es an der seelischen Erschütterung lag? Oder an einem Gefühl aufsteigenden Zorns?

Manz wusste es nicht.

Der russische Pavillon

Er weiß es auch jetzt, fast vierzig Jahre später, noch nicht. Was ihm geblieben ist von diesen Tagen damals? Eigentlich kaum mehr als zwei Bilder: *Steffi, die der kleinen Julia im Bett vorliest, mich gar nicht wahrnimmt, als ich ihr Zimmer betrete.* Und: *Claudia mit vorgebeugtem Oberkörper, in den Nacken gelegtem Kopf. Wütend, weil ich zu spät nach Hause kam.*

All das ist schnell vergessen, als Manz' Blick das Gebäude vor ihm zur Gänze erfasst. Exakt zwei Wochen sind seit Mattis Konfirmationsgottesdienst in Berlin vergangen.

Fertig.

Dirk, der neben Manz steht, nickt ihm zu, greift dann in den Kasten zu seinen Füßen, nimmt zwei Flaschen Bier raus. Und diese zwei Bier bedeuten etwas anderes als die, welche sie während der letzten Tage tranken. Die Bedeutung, das sagen schon Dirks Blick und sein nach oben gestellter Daumen, ist eindeutig.

Fertig.

Es ist gelungen. Und sie haben ihren Zeitplan eingehalten. Der Garten hinter dem Haus von Christine und

Manz in Zizzwitz ... das Städtchen liegt fünfzehn Kilometer stromaufwärts von Dresden entfernt direkt an der Elbe, man kann den Fluss mit seinen weißen, sich stets wie wild drehenden Teufelchen von den Fenstern im ersten Stockwerk aus sehen ... dieser Zizzwitzer Garten also sieht jetzt anders aus als noch vor zwei Wochen.

»Zufrieden?«, fragt Dirk, die kalten Flaschen noch ungeöffnet in der Hand.

»Kann man so sagen, ja.«

Dass alles so ist, wie es ist, dass der russische Pavillon, in dem der Caterer aus Dresden übermorgen das Buffet für Mattis Konfirmationsfeier aufbauen wird, in derartiger Perfektion dasteht, verdankt Manz seinem Schwiegersohn. Dirk Brunner heißt er. Was natürlich bedeutet, dass Manz' zweitälteste Tochter *jetzt* Stefanie Brunner heißt. Wobei mit *jetzt* zweiundzwanzig Jahre gemeint sind. So lange nämlich sind sie und Dirk bereits verheiratet.

»Ich bin mehr als zufrieden. Vor allem auch, dass wir uns dieses große Vordach zugetraut haben. Nun, Dirk ... eigentlich hast du es dir zugetraut.«

»Wir.«

»Na gut, wir.«

Gemeinsam mit Stefanies Mann hat Manz diesen nicht eben kleinen Pavillon gebaut. Aus einem Bausatz vom BAUHAUS. Norwegen III heißt der Pavillon offiziell. So steht es in der Preisliste, so stand es auch auf dem Schild neben dem Ausstellungsstück hinter dem Baumarkt auf dem großen Parkplatz. Aber was ist schon offiziell im eigenen Garten? Für Manz heißt er »der russische Pavillon«. Manchmal auch: »Mein russischer Pavillon.« Dunkel gebeizte Blockbohlenbauweise. Am Giebel hat Dirk eine Stunde zuvor sogar noch das Jahr seiner Errichtung eingeschnitzt: *Sommer 2019* steht da. Im Inneren werden nach Mattis Konfirmationsfeier Manz' teils historische Tischkicker ihr neues Zuhause finden, denn die müssen aus dem zu Flutzeiten bisweilen etwas feuchten Keller raus. Zwei Fliegen also, mit einer Klappe.

»Gut geworden.«

»Oder?«

»Ja.«

Jeder kennt solche Momente. Wenn man sich gemeinsam über etwas freut. Wenn man also mit dem als Team erreichten ohne Wenn und Aber zufrieden ist, darf man seinem Empfinden getrost mehrfach Ausdruck verleihen. Wiederholungen, teils von ganzen Sätzen, sind in solchen Fällen nicht nur erlaubt, sie sind geradezu Pflicht. Die Wiederholung gehört zum wohlverdienten Genuss.

»Nein, der ist wirklich gut geworden. Oder? Was meinst du?«

»Sehr gut geworden sogar. Wirklich, Dirk. Mein Ernst.«

»Oder?«

Manz nickt. »Gut jedenfalls, dass wir den Mut hatten, das mit dem großen, improvisierten Vordach zu wagen.«

Dirk Brunner hat nicht nur den Pavillon gebaut, sondern auch die Platten auf dem Rasen verlegt, auf denen sie bei Mattis Konfirmationsparty tanzen werden. Was diesen Tanzboden angeht, hatte es eine kleine Auseinandersetzung gegeben, da Dirk darauf bestand, ihn auf einem im Rasen verankerten Holzgerüst fest zu verschrauben. Manz kam das zu aufwendig vor.

»Und du hast wirklich alles mit Christine besprochen?«

»Hab ich«, sagt Manz.

»Auch das mit ihren Rosen?«

»Klar. Sie möchte nicht weniger als du und ich, dass wir eine richtige Party feiern können. Wir feiern ja, wie du weißt, öfter Familienfeste. Und immer in diesem öddeligen alten Zelt vom Technischen Hilfswerk …«

»Was heißt öddelig?«

»Christine hat das Zelt nie gemocht und Matti hat es sich doch wirklich verdient. Seine Rede beim Konfirmationsgottesdienst …«

»… war eine gute Rede.«

»Er hat teilweise frei gesprochen!«

»Ich war dabei.«

»Ich hab Blut und Wasser geschwitzt.«

»Der Zement für das Fundament hat jedenfalls gut abgebunden.«

»Bombenfest, Dirk, bombenfest. Ich hab's vorhin noch mal gecheckt.«

»Ich hab nur gefragt, weil … Aber du hast das ja alles mit Christine besprochen.«

»Natürlich, es ist ja auch ihr Garten.«

»Das mit den Roden auch?«

»Roden?«

»Rosen.«

»Du hast gerade Roden gesagt.«

»Ich meinte Rosen. Christines Rosen. Waren da nicht welche von ihrem verstorbenen Vater dabei?«

»Richtig. Komm, mach die Flaschen auf.«

Dirk schnippt die Kronenkorken mit dem Daumen weg, dann, klingklong, trinken sie.

»Falls es in Zukunft bei einem unserer Gartenfeste mal regnen sollte, stellen wir uns einfach unter das Vordach und schauen zu, wie es pladdert. Ich schätze, so dreißig, fünfunddreißig Leute finden da locker Platz. Ach ja! Die Zapfanlage kommt da rechts hin. Zwischen die beiden Stützen. Da liegt die Wasserleitung für die Anschlüsse im Garten.«

»Es ist ein wirklich imposantes Vordach geworden«, gibt Dirk seinem Schiegervater erneut recht.

»Ich finde, der Pavillon verträgt das. Er hat so was Wuchtiges, meinst du nicht?«

»Schon.«

»Weißt du, Dirk, ich mag diese klapprigen Dinger aus Fichtenholz überhaupt nicht.«

»Hast du wenigstens zehnmal gesagt, als wir beim Bauhaus waren.«

»Die sehen immer aus wie Schuppen oder Sauna.«

»Wie gesagt …«

»Dieser Pavillon dagegen, der macht echt was her.«

»Deine Frau wird staunen.

»Ja.«

»Jetzt müssen wir nur noch Mattis Lampions aufhängen.«

»Er hat mir einen Plan geschickt, wo welche hinsollen.«

»Die Lampions sehen grandios aus. Und so toll bemalt! Ich hab sie mir heute Morgen noch mal angesehen. Man kann alle Gesichter wiedererkennen.«

»Unsere Vorfahren.«

»Die Toten.«

»Richtig. Matti meinte, die gehören dazu. Die, die schon lange tot sind, sollen wir oben in den Kirsch- und den Walnussbaum hängen, die anderen kommen über die Tanzfläche. So sind sie noch immer ein bisschen mit dabei, wenn unsere Manzschaft sich versammelt und feiert.«

»Manzschaft?«

»Na, wir. Du gehörst auch dazu.«

»Echt originell, so was hat nicht jeder.«

»Ja, das hat Matti gut hingekriegt. Kannst du dich daran erinnern, dass irgendwann mal jemand aus der Familie so eine künstlerische Ader entwickelt hat? Ich meine, wer kann schon Gesichter so malen, dass man wen erkennt?«

Matti hat die Lampions auf Basis eines Reispapier-Grundmodells von Ikea selbst mit den Gesichtern der Verwandtschaft ... *bemalt*, wie Manz meint. Die Gesichter sind allerdings in Sprühtechnik entstanden.

»Jedenfalls ist die Tanzfläche bombenfest, die Frauen kriegen keine Probleme mit ihren Schuhen, und euch geht nicht der ganze Rasen kaputt.«

Manz und Dirk haben den Bau des Pavillons exakt in die Zeit gelegt, in der Christine auf einer ihrer Vortragsreisen ist. *Mal wieder München, wahrscheinlich kam ich deshalb vorhin auf Claudis Wutanfall.*

Und Manz hat beim Bau eine Überraschung erlebt. Eine große Überraschung. Etwas sehr Altes ist da in Bewegung geraten. Christine gegenüber nämlich hat er früher immer gemeint, Stefanies Mann sei ein »Esoteriker. Jedenfalls so was in die Richtung. Wie der politisch eingestellt ist, möchte ich gar nicht wissen.«

Manz und sein Schwiegersohn sind zwar während der letzten zweiundzwanzig Jahre halbwegs miteinander ausgekommen, *durchaus freundlich im Umgang, ich glaube, das kann man so sagen*, wirklich gemocht allerdings hat Manz Steffis Mann nicht. Alle wussten das.

Der geborene Theoretiker.

»Warum so einer?«, hatte er Christine noch zwei Tage vor der Hochzeit gefragt. 1997 war das, sie hatten damals noch in Dresden, auf Manz' Laubenpiepergrundstück, gefeiert. »Steffi hätte Archäologin werden können. Stattdessen heiratet sie so einen! Und unterrichtet irgendwelche gelangweilten Menschen in dieser asiatischen … Was bitte soll das heißen, ›der Körper ist ein Tempel‹? Also wenn du mich fragst, dieser Dirk ist nicht mehr als ein hübsch anzusehender Turnlehrer.«

»Yogameister.«

»Sagt er!«

»Seine Schüler nennen ihn so.«

»Die sagen Meister zu ihm?«

»Ja.«

»Mich hat nie einer Meister genannt.«

»Nein.«

Ausgerechnet diesen Dirk Brunner also hatte Stefanie vor mittlerweile zweiundzwanzig Jahren geheiratet. Dabei hat Manz seine Zweitälteste doch immer für die Klügste der drei gehalten. Stefanie hatte damals bereits ein ausgedehntes Studium der Geschichtswissenschaft, mit zwei längeren Aufenthalten in Rom absolviert. Sie hätte sich an der Uni um eine Stelle als Assistentin bewerben können; ihr Doktorvater hielt, wie Manz von Onkel Wolke wusste, große Stücke auf sie.

Bestimmt hätte sie, genau wie Tante Rhabarber, Professorin werden können.

An diesen Gedanken könnte man einiges dranhängen. Tante Rhabarber nämlich hatte Anfang der sechziger Jahre von ihrer Schwester Christine geglaubt, auch die könne, wie sie selbst, wie ihr Mann – Onkel Wolke –, wie überhaupt viele von Christines Vorfahren, Professorin an der FU werden.

Die jedoch hatte Manz geheiratet …

»Warum, Christine? Warum so einer? Ich meine, das ist ein Bulle!«

… und wurde dann auch bald schwanger.

Ob Manz' Glaube, aus Steffi hätte mehr werden können, wenn sie sich nicht den falschen Mann ausgesucht hätte, seinerzeit so was wie den Versuch einer Revanche darstellte, ist innerhalb der Familie nie zur Sprache gekommen. Es wäre auch ein bisschen verrückt, weil … ein Vater sollte seiner Tochter niemals eine solche Last auf die Schultern hieven.

Familienangelegenheiten und Schicksalsentscheidungen nachzusteigen ist immer verführerisch. Vermutlich käme man schon bald darauf, auch die beruflichen und privaten Werdegänge der Eltern und Großeltern von Christine und ihrer Schwester offenzulegen. Und zu all dem kämen ja auch noch die Brüche. Plötzliche Haken und Schlaufen im Lebenslauf.

»Verliebt?«, hatte Manz damals seine Frau mit unschönem Beiklang gefragt. »Steffi ist verliebt? Was soll das heißen?«

»Ich habe dich doch auch geheiratet«, hielt Christine dagegen. »Und dass du damals bereits vollendet gewesen wärst …«

»Wie?«

»Du kamst aus einem Keller.«

»Ich kam aus keinem Keller.«

»Da scheinen deine Erinnerungen wohl doch nicht ganz so allumfassend zu sein, wie du immer meinst. Und noch mal, merk es dir endlich: Der Mann, den Steffi in zwei Tagen heiraten wird, *ist kein Turnlehrer*!«

»Ich habe nie in einem Keller gelebt.«

Keiner aus der Familie Manz, so jedenfalls hatte er 1997 gemeint, war so klug, hätte so tief ins Geistige eindringen können wie Stefanie. Seine Frau vielleicht ausgenommen.

»Und das alles wirft sie weg, nur um am Ende einen … Yogalehrer zu heiraten!«

»Yogameister.«

»Und in dessen Turnstudio irgendwelchen …?«

»Tu mir einen Gefallen: Rede nie so mit Steffi. Niemals. Auch nicht, wenn sie dich fragt. Und erst recht nicht, wenn du meinst, es sei an der Zeit, ihr die Wahrheit zu sagen. Du weißt, wie es um die Wahrheit steht, du bist immerhin Bulle.«

»Kriminaldirektor.«

»Dann solltest du mit den unheilvollen Folgen der Wahrheit vertraut sein.«

So war das gewesen. Damals. Und Manz' Haltung zu seinem Schwiegersohn war während der nächsten zweiundzwanzig Jahre nicht wirklich besser geworden. Wie es eben in manchen Familien zugeht, wenn sich erst mal was verhakt hat. Das können Kleinigkeiten sein. Zum Beispiel: ›Meinem ältesten Bruder wurden drei abgebrochene Studiengänge finanziert. Meinem zweitältesten immerhin zwei. Mir haben sie dann gar nichts mehr zugetraut, ich musste gleich mit der Lehre anfangen.‹ Oder: ›Mit welchem Recht hat meine Schwester sich nach Mutters Tod das Service von Rosenthal gekrallt? Mutter hat immer gesagt, wenn sie mal nicht mehr ist … Hat meine Schwester irgendwen gefragt, ob sie es haben darf? Natürlich nicht. Sie hat nie irgendwen gefragt, wenn sie was wollte. Schon als Fünfjährige war sie so!‹

Schwelendes. Dauerhaft Schwelendes. Nie Verziehenes. Stacheln im Fleisch. Große Tragödien von der Wirkung her. In Steffis Fall immerhin ging es um einen Mann, nicht ums Geschirr.

Manz hatte sich an die Anweisung seiner Frau gehalten und eine gute Miene gezogen. Die Familie hoffte, die Sache sei inzwischen halbwegs in Ordnung. War sie aber nicht. Nicht für Manz.

Im Grunde hab ich zweiundzwanzig Jahre lang allen was vorgemacht.

Nun aber, während des Baus des Pavillons, hat sich Manz' Einstellung zu Dirk Brunner gründlich geändert. Denn der verstand sich, wie sich schnell gezeigt hatte, nicht nur auf Holz und Beton, sondern auch auf die Abdichtung von Fugen, das Einsetzen von Fenstern, das Mauern eines Kamins sowie die fachgerechte Verlegung elektrischer Leitungen. Schon nach zwei Tagen arbeiteten die beiden in einer Weise Hand in Hand, als hätten sie darin jahrelange Erfahrung. Dirk Brunner war auch kein Esoteriker, wie Manz immer gemeint hatte, sondern *Pragmatiker durch und durch, da lag ich echt falsch.*

Und da war noch etwas. Dirk Brunner wählt seit Ewigkeiten die gleiche Partei wie Manz.

Das Wort Yogalehrer, davon hab ich mich damals verleiten lassen. Und jetzt zeigt sich … Er wählt SPD!

So war das gewesen, während des Baus. Irrtümer hatten sich aufgeklärt. Manz hat sich geschämt, und … ist über seinen Schatten gesprungen.

»Du kannst richtig was«, hat er bereits am dritten Abend gesagt, als er Dirk zwei Bierflaschen zum Öffnen gab.

Eine kleine Pause. Genug Zeit für einen Blick.

Dirk schnippte den Kronenkorken vom Hals der Flaschen weg, ohne ein Werkzeug zu benutzen. »Willst du mir kurz erklären, wie du das meinst?«

»So wie ich es sage. Du kannst richtig was. Gut ist das, was du hier machst, Dirk. Handwerklich sauber. Fundiert, von A bis Z.«

Dirk mit einem Blick schräg nach unten: »Das Fundament jedenfalls haben wir ordentlich hingekriegt.«

»Ich hab mich geirrt. Dich falsch eingeordnet. Eingeordnet ist das falsche Wort. Du weißt, was ich meine. Mein Fehler. Ich denke, ich kann dir meine Tochter mit gutem Gewissen anvertrauen.«

»Wir sind seit zweiundzwanzig Jahren verheiratet, zwei Kinder.«

»Allein dafür hat es sich gelohnt.«

»Wie?«

»Dass wir uns mal richtig kennenlernen. Prost!«

»Weißt du, was Steffi manchmal über dich sagt?«

»Dass ich einen Knall habe?«

Sie heben die Flaschen und stoßen an.

»Und weißt du, was ich über dich denke?«, fragt Dirk, noch bevor sie trinken.

»Natürlich weiß ich das. Du warst immer nachsichtig mit mir, hattest stets Verständnis für meine Haltung.«

»Genau so ist es. Ich mochte dich unglaublich gerne während all dieser zweiundzwanzig Jahre.«

»Nie ein böses Wort oder ein schlechter Gedanke.«

»Ich merke, du kennst mich sehr gut.«

Das alles gehört zu Manz' Zeitreise. Begonnen hatte sie bei Mattis Konfirmation.

Der Pfarrer!

Christines Begeisterung, als sie am nächsten Tag von ihrer Vortragsreise heimkehrt, fällt nicht ganz so euphorisch aus, wie Manz gehofft hat. Zum russischen Pavillon sagt sie zunächst gar nichts, sondern kommt kleinlich auf etwas anderes.

»Wo sind meine Rosen?«

Manz weist mit der Hand die Richtung. »Alle sorgfältig umgepflanzt und bei der Gelegenheit auch gleich gemulcht.«

»Da waren zwei Teerosen dabei, noch von meinem Vater!«

»Deshalb habe ich sie ja auch gemulcht.«

»Wo sind sie? Ich sehe nichts.«

»Rechts vom Haus.«

»Das ist die Nordseite.«

»Nordosten. Da kriegen sie morgens gut Sonne.«

Man sieht an diesem Gezänk wegen einiger Rosen

und auch an den zu Manz' Zeiten noch gültigen Beispielen mit dem Rosenthaler Geschirr und dem vorenthaltenen Studium, dass es sich um Streitereien und Tragödien handelt, wie sie in dieser Generation noch vorkommen. Aber Manz wie auch Christine sind Mitte siebzig, ihr Leben neigt sich dem Ende zu. Und mit ihnen und dem Vergehen ihrer Generation werden sowohl diese alberne Rosengeschichte wie auch die anderen Beispiele sich von selbst aus der Welt schaffen. Solche familiären Kabbeleien werden der nächsten und übernächsten Generation altertümlich, ja geradezu lächerlich vorkommen. Denn die Zeiten ändern sich. Es ist inzwischen sehr viel über den soziopsychologischen Kern solcher Verhakungen bekannt. Man weiß, wie man so etwas auflöst, ohne dass etwas Großes und Lächerliches wie Manz' jahrelange Abneigung gegen seinen Schwiegersohn daraus wird. Davon abgesehen: Ein Geschirr von Rosenthal ist längst nicht mehr jedermanns Sache.

Nun, noch leben Manz und Christine, und der russische Pavillon ist fertig. Um seiner Frau zu beweisen, was für eine saubere Arbeit Dirk und er geleistet haben … »Ich sag dir, der steht auf einem Jahrhundertfundament!« … lässt Manz die Tür aufschwingen.

»Komm, sieh ihn dir von innen an. Alles, was kompliziert ist und Geschick verlangte, hat Dirk gemacht.«

»Ach ja?«

»Na, komm. Komm rein.«

DRITTER TAG

Wovon lebte Pfarrer Busse?

Als Manz sein Büro betrat, zeigte sich das gleiche Bild wie am Vortag. Borowski hing am Apparat, telefonierte und machte sich Notizen. Da er dabei sehr konzentriert wirkte und nur hin und wieder »Ja« oder »Ja, verstehe« sagte, wollte Manz nicht stören und wandte sich wieder zum Gehen.

Borowski jedoch hatte ihn bereits bemerkt und deutete, nachdem er eine unerklärlich kreisende Bewegung mit der Hand gemacht hatte, auf Manz' Stuhl.

Also setzte er sich.

Es ging noch eine Weile weiter mit Borowskis »Ja« und »Ja, verstehe«, dann kam das Finale. »Gut. Ja, ich danke Ihnen. Vielleicht melden wir uns noch mal und … Ja, Gott auf allen Wegen, das wünsche ich Ihnen auch.«

Nachdem Borowski aufgelegt hatte, sah er Manz lange an.

Es folgte der Höhepunkt, denn Manz fragte: »Und?«

Die Antwort kam nicht sofort. Borowski konsultierte seine Mitschrift, die ging über drei Seiten. Wie es aussah, wollte er sich seiner Sache sicher sein.

Nach etwa dreißig Sekunden war er so weit.

»Halt dich fest.«

»Jetzt mach es nicht zu groß«, forderte Manz, der, wie er meinte, lange genug gewartet hatte.

»Ich habe eine ganze Reihe Stellen angerufen, und da ergab sich nach und nach ein ganz neues Bild von unserem Pfarrer.«

»Heißt?«

»Herr Busse war bis 1968 bei einer Freikirche angestellt. Aber nicht als Pfarrer, sondern im Rahmen einer nicht näher definierten seelsorgerischen Tätigkeit. Er wurde dort entlassen, als die Polizei im Rahmen einer Razzia größere Mengen Drogen bei ihm fand. Um wie viel Gramm es sich dabei handelte, konnte man mir nicht sagen, dafür war das Vergehen offenbar zu geringfügig und liegt zu lange zurück. Es handelte sich um portioniertes Haschisch, also keine harten Drogen. Die Razzia hatte ursprünglich gar nicht Busse gegolten, sondern einem jungen Mann, den man wegen verschiedener Einbrüche festgenommen hatte.«

»Hm.«

»Herr Busse sagte damals aus, er habe ihn, da er neu in Berlin war und keine Wohnung fand, vorübergehend bei sich aufgenommen. Die Drogen fanden sich an verschiedenen Stellen im Haus, in teilweise recht raffinierten Verstecken. Unter anderem unter einem losen Dielenbrett in Busses Schlafzimmer. Er hat wie gesagt damals bestritten, dass es sich um seine Drogen handelt, konnte aber anhand von Fingerabdrücken auf den Päckchen und Tüten schnell überführt werden.«

»Päckchen?«, fragte Manz. »Dann wird es wohl doch etwas mehr gewesen sein.«

»Wie gesagt, darüber ist nichts Genaues bekannt. Da

Herr Busse nicht vorbestraft war, für eine Freikirche arbeitete und dort gute Referenzen hatte, wurde er zu vierzig Tagen gemeinnütziger Arbeit verdonnert. Von der Freikirche bekam er nach seiner Entlassung eine Rente von vierhundert D-Mark zugesprochen.«

»Erstaunlich.«

»Fand ich auch. Nun, Schollbeck wird ja die Finanzen und Kontobewegungen überprüfen, sobald Dannewitz die Papiere unterschrieben und alles Nötige veranlasst hat. Ich habe noch mal mit Frau Böhmer telefoniert. Allein die Miete seiner mit zweihundertsiebzig Quadratmetern nicht eben kleinen Wohnung beläuft sich auf neunhundert Mark. Und er muss ja von irgendwas gelebt haben …«

»Die Erbschaften.«

»Hm. Ich denke, da sollten wir uns dringend drum kümmern. Jetzt wird es noch kurioser. Herr Busse hat tatsächlich Theologie studiert, das Studium aber nie beendet. Er war dementsprechend zu keinem Zeitpunkt bei einer Landeskirche als Pfarrer angestellt. Weder hier in Berlin noch sonst wo.«

Manz wirkte beinahe beleidigt »Aber Frau Böhmer hat ihn doch direkt vor der Gedächtniskirche fotografiert! In voller Pfarrerskluft! Wie nanntest du das?«

»Ornat. Er war dort nie Pfarrer. Keiner hat je von ihm gehört. Und auch sonst nirgendwo. Herr Busse war letztlich, trotz seiner sechsundsiebzig Jahre, nichts anderes als ein Student der Theologie ohne Abschluss.«

»Und einer, der früher möglicherweise mit Drogen gehandelt hat.«

»Das ist immer noch nicht alles. Ich habe bis jetzt

keinen einzigen Hinweis auf diese Aidsstiftung gefunden, auf die uns die Frauen so ausdrücklich hingewiesen haben.«

»Sara auch.«

»Ach ja! Deine Sara … Jemand vom Gesundheitsamt sagte mir, er habe zum einen noch nie von einer solchen Stiftung gehört, zum anderen handele es sich um eine Krankheit, die in Deutschland bestenfalls ein paar Dutzend Fälle betreffe, er könne sich nicht vorstellen, dass sich wegen einer derart seltenen Erkrankung bereits eine Stiftung gegründet habe.«

»Und doch hat Busse für diese Stiftung gesammelt …«, brummte Manz. »Herr Busse war offenbar nicht der, für den ihn jahrzehntelang alle hielten.«

»Wo du das sagst: An eine Ehefrau konnte sich keiner seiner damaligen Vorgesetzten und Kollegen bei der Freikirche erinnern.«

»Nun gut, nicht jeder redet bei der Arbeit über seine Frau.«

»Es gibt auch keine amtlichen Unterlagen die eine Eheschließung belegen. Ich denke, wir kommen weiter«, schloss Borowski seinen kurzen Bericht ab, »sobald Schollbeck die Finanzen und Kontobewegungen des Herrn Busse überprüft hat. Noch was: Ich weiß jetzt, in welchem Hospiz Herr Busse tätig war. Es ist das am Kranichplatz. Nummer elf.«

»Gut, wenn es schon Busses Aidsstiftung nicht gibt, dann sollten wir mal in diesem Hospiz nachfragen.«

Borowski sah auf seine Uhr. »Das musst du alleine machen, ich habe gleich einen Termin mit Schollbeck.«

Im Haus der Stille

Das Hospiz bestand aus roten Backsteinen und wirkte expressionistisch überhaucht. Es hatte drei Geschosse und lag etwa fünfzig Meter von der Straße entfernt in einem kleinen Park.

Hospiz … Sagte man nicht früher Sterbehaus?

Im Park, den Zuweg flankierend, standen zwei große Blutbuchen mit ihren charakteristisch glatten Stämmen, welche, wie jeder weiß, bei Mondlicht bisweilen silbern anmuten.

Drei Stufen aus sehr altem Beton, ein Rost zum Abtreten der Schuhe.

Die letzte Station …

Die Haustür war vor langer Zeit braun gestrichen worden und zuvor offenbar weiß gewesen. Abgeschlossen war sie nicht, aber doch recht schwergängig.

Direkt hinter der Tür ein langer, unbeleuchteter Gang.

Es war sehr still.

Der Geruch von Desinfektionsmitteln erinnerte Manz an ein Krankenhaus.

Na, hoffentlich geht alles klar mit Borowskis zweitem Check-up.

Eine Glasscheibe oben in einer schmalen hölzernen Tür direkt links hinter dem Eingang erlaubte Manz einen kurzen Blick.

Gott, wie nennt man die noch?

In dem kleinen fensterlosen Raum saß eine um die zweihundert Jahre alte Schwester in schwarzer Tracht an einem braunen Tisch, an dem eine dunkelgraue Lampe klemmte.

Die Lampe war eingeschaltet und erzeugte auf der Tischplatte vor der Schwester einen leicht ins Ovale verzogenen Kreis aus mattem Licht.

Als Manz den Raum betrat, öffnete die Schwester ihre Augen, begann zu atmen und richtete anschließend zuerst ihren Kopf, dann den Oberkörper auf. Ihre Augen waren so blau wie das Meer in einem Urlaubsprospekt, und es sah ja auch tatsächlich so aus, als wären sie im unteren Bereich auf eine dünne Schicht Wasser gebettet.

»Wie kann ich helfen?«, fragte sie mit zarter Stimme.

»Manz«, antwortete Manz und zeigte ihr seinen Dienstausweis. Er musste ihn der Schwester eine Weile hinhalten, denn sie zog zunächst, ohne sich übermäßig zu eilen, eine Schublade auf. In der befand sich ihre Brille.

Diakonissin. Genau. So heißen die.

»Kriminalpolizei?«, fragte sie, nachdem sie den Dienstausweis eine Weile studiert hatte.

»Ich suche jemanden, der mich ein wenig über die ...«, es dauerte eine Sekunde, Manz fehlte mal wieder das richtige Wort, »... jemanden, dem ich ein paar Fragen über die Gepflogenheiten hier im Hause stellen kann.«

»Dies ist ein Hospiz. Was für Gepflogenheiten erwarten Sie?«

»Ich wüsste zum Beispiel gerne, wer hier arbeitet und in welcher Funktion.«

Diesmal reagierte sie überraschend schnell. »Dann wollen Sie also zu Herrn Böhmer. Den Gang runter, letzte Tür links.«

»Ach«, sagte Manz.

»Es ist Ihnen nicht recht?«

»Doch, doch.«

»Aber warten Sie, ich glaube ...« Sie sortierte ein paar Zettel, fand, was sie suchte. »Ich wusste doch, dass da was stand. Die Nachtschwester ... Sehen Sie, da hat sie es notiert?« Sie schob Manz wie zum Beweis den Zettel hin. »Herr Böhmer hat sich gestern krankgemeldet.« Sie zog den Zettel zurück, betrachtete, was dort stand, schien zu überlegen.

»Das ist wirklich Pech. Ich kann mich nicht daran erinnern, dass Herr Böhmer jemals krank war.«

Die Zeit, so kam es Manz vor, ging hier im Haus einen anderen Takt.

»Wenn Sie mir bitte die Telefonnummer von Herrn Böhmer aufschreiben würden? Also die hier im Hause ...«

»Kriminalpolizei ...«, murmelte sie zweimal, während sie die Nummer notierte, und reichte Manz den Zettel.

»Danke.«

Sie nickte, legte ihre Brille zurück in die Schublade und schob sie zu. Es war abzusehen, was passieren würde, sobald Manz den Raum wieder verlassen hatte. Vielleicht würde sie noch eine Weile gegen die Zeit angehen, dann aber würde der Kopf herabsinken, danach der Oberkörper und zuletzt die Lider.

Manz verstand nun auch, warum man die Klemmlampe nur mit einer, *wenn es hochkommt*, Fünfundzwanzig-Watt-Glühbirne bestückt hatte. Aber noch war es nicht so weit, noch durfte die Schwester nicht schlafen.

»Eine Frage noch, dann lasse ich Sie in Ruhe.«

»Sie stören mich nicht.«

»Arbeitet hier ein Herr Busse?«

»Der Pfarrer Busse?«

»Genau.«

»Er arbeitet hier nicht in dem Sinne, dass er angestellt wäre, er leistet bei uns ehrenamtliche Dienste.«

»Er betreut Patienten.«

»Richtig. Er spendet Trost. Nimmt sich Zeit. Nicht alle, die bei uns zur Ruhe kommen, haben Angehörige. Und selbst wenn jemand noch welche hat, kann es passieren ... Die Menschen fürchten sich vor dem Tod. Manche sagen sogar, sie würden sich allein schon vor diesem Haus fürchten. Dabei geschieht bei uns doch nur das, was uns allen einst geschieht.«

»Man kommt zur Ruhe.«

»Kann ich Ihnen sonst noch irgendwie helfen?«

»Wenn jemand zur Ruhe gekommen ist. Was passiert dann? Ich meine nicht mit dem Körper. Ich denke eher an so Dinge wie die Regelung des Nachlasses.«

»Nun, in der Regel haben unsere Bewohner ihr Testament bei einem Notar hinterlegt.«

»Und wenn es nicht nach der Regel geht? Wenn sich zum Beispiel jemand umentscheidet? Sagen wir, ganz zum Ende hin?«

»Wegen Herrn Busse? Wegen der Erbschaften?«

»Ja?«

»Nun, dann läuft es nicht anders als anderswo. Dann kommt in der Regel ein Notar. Notfalls übernimmt Herr Böhmer die Zeugenschaft.«

»Ah ja?«

»Aber wenn es Ihnen um Herrn Busse geht und die Erbschaften, die er hier manchmal im Namen der Kirche antritt, da ging es, soweit mir bekannt ist, nie um große Vermögen. Meist handelte es sich um Werte, die mit der Wohnungsauflösung zusammenhingen, nicht etwa um Bankkonten, Häuser oder Ähnliches. In vielen Fällen sind die Angehörigen uns sogar dankbar, dass wir das für sie abwickeln. Wenn es überhaupt Angehörige gibt. Das ist ja bisweilen gar nicht der Fall.«

Sie war munter geworden. Auch ihr Gesicht war jetzt ein anderes. Manz konnte sich gut vorstellen, wie sie aussah, wenn sie lächelte.

»Aber wenn Sie da genauere Auskünfte brauchen …«

»Wende ich mich an Herrn Böhmer.«

»Haben Sie weitere Fragen?«

»Im Moment nicht, danke.«

Manz wollte den Raum gerade verlassen, als sie noch etwas sagte. »Herr Busse besitzt wirklich das, was man eine Gabe nennt.«

Manz sagte nichts, sah sie einfach nur an.

»Und er kann reden.« Sie ließ die Worte wirken, und Manz zeigte sich, wie so oft, geduldig. »Das mag nicht jedem etwas gelten heutzutage. Aber unser Pfarrer Busse kann reden.« Mehr kam nicht. Offenbar war sie der Meinung, sie hätte etwas Bedeutendes gesagt, denn ihre Augen leuchteten jetzt in ihrem schönsten Hellblau.

Und Manz begann zu verstehen.

»Danke noch mal, Sie waren mir eine große Hilfe.«

»Dafür bin ich da.«

Selbst der Blick den Gang runter zur letzten Tür links, wo laut ihrer Auskunft Herr Böhmer residierte, kam Manz lang vor. *Dunkel ist es hier. Offenbar mag man kein Licht.*

Als er endlich draußen war, atmete Manz unter den Blutbuchen ein paarmal tief durch. Ihm war, als bräuchte sein Körper dringend Sauerstoff.

Nachdem er genug geatmet hatte und sich sicher war, dass es ihm gutging, fuhr Manz zurück in die Direktion 5 und holte Borowski ab.

Das Auktionshaus Bassermann

»Wir nehmen meinen Wagen«, entschied Manz, als sie ihr Büro verließen.

»Warum kein Dienstfahrzeug?«

»Er wird zu wenig bewegt.«

»Ich hatte dir von Anfang an gesagt, dass ein BMW 2002 turbo in einer Stadt wie Berlin Blödsinn ist.«

»Ich erinnere mich.«

Die Tür des Fahrstuhls … gebürstetes Blech. Sie mussten warten.

»Hast du inzwischen mal mit Rolfes gesprochen oder mit Frau Wójcik aus der Personalabteilung?«

»Worüber?«, fragte Manz.

»Na, wie das mit der Versicherung geregelt ist, wenn du deinen Privatwagen nimmst.«

Die Fahrstuhltür öffnete sich, sie stiegen ein, Manz drückte auf einen Knopf, der mit einem U markiert war. Die Tür ging zu, die Kabine sank zügig.

»Hab doch mal ein bisschen Vertrauen, Borowski.«

»Wir haben darüber gesprochen. Ich wünschte, ich müsste dich nicht daran erinnern.«

»Worüber haben wir gesprochen?«

»Deinen Fahrstil. Wir haben das geklärt, nicht wahr?«

»Ja, natürlich.«

Die Fahrstuhltür öffnete sich, die Tiefgarage roch nicht anders, als andere Tiefgaragen 1983 rochen. Auch die Lackspuren an den eng gestellten Rohbetonpfeilern unterschieden sich nicht von den Schrammen an Rohbetonpfeilern in den Hoch- und Tiefgaragen von Karstadt, Herti oder anderswo. Gleiches galt für die dunklen Flecken am Boden.

Sie hatten ein gutes Stück zu fahren. Erst die Karl-Marx-Straße hoch bis zum Hermannplatz, dann weiter die Hasenheide und die Gneisenaustraße entlang. Borowski lobte Manz für seine defensive Fahrweise, ließ den Haltegriff los und entspannte sich.

Schließlich bogen sie nach links in den Mehringdamm ein, der weiter oben Tempelhofer Damm hieß, weil da der einst von Massen an Flugzeugen angeflogene Tempelhofer Flughafen lag, der sich, wie an manchen Schulen damals noch gelehrt wurde, auf dem Gelände des ehemaligen Tempelhofer Exerzierfelds befand. Manz wusste mehr als manch andere über dieses Exerzierfeld, denn Onkel Jochen hatte ihm, als er noch ein Teenager war, mal ein dünnes Büchlein von Fontane in die Hand gedrückt. *Schach von Wuthenow …* Manz war der Titel sofort eingefallen. Und in dieser Schrift von Fontane, da war eine Kutschfahrt sehr genau beschrieben, die exakt hier entlang… *Komisch.* Er hatte das Buch damals mehr aus Pflichtgefühl Onkel Jochen gegenüber gelesen, und dass er es interessant oder spannend gefunden hätte, wäre gelogen. *Wirklich sonderbar. Kein Mensch kann sagen, woran er sich später erinnert und woran nicht.*

Nun ging es weiter über die ewig volle Stadtautobahn. Der BMW rollte, der Motor erreichte allmählich die in der Bedienungsanleitung angegebene Betriebstemperatur.

»Da vorne, Ku'damm, musst du runter.«

»Du meinst den Kurfürstendamm?«, fragte Manz in leicht spaßigem Tonfall.

»Wird wohl so sein. Danach halten wir uns gleich wieder rechts.«

»Und du bist sicher, dass das Auktionshaus Bassermann heißt?«

»Ganz sicher.«

»Ich kenne Konserven von Bassermann, aber ...«

»Die rechte Spur bitte. Du musst gleich rechts runter.«

»Arschloch!«

»Rechts. Du musst dich rechts einordnen.«

»Danke, Borowski. Du hast vielleicht bemerkt, dass der Laster mich nicht reinlässt.«

»Trotzdem musst du rechts ...«

Geräusch eines Motors bei rapide sich erhöhender Drehzahl.

»Manz! Stopp! Das reicht nicht, das reicht nicht ...«

»Das reicht dicke, es ist nicht dein Familienvolvo.«

Borowskis Oberkörper schwang ein gutes Stück zur Seite, als Manz scharf zur Ausfahrt rüberspurte. Direkt hinter ihnen war das dröhnende Hupen des Lasters zu hören.

»Arschloch!«

»Bist du verrückt?«

»Schnappatmung?«

»So kommen täglich Menschen ums Leben.«

»Du hast gesagt, fahr rechts rüber.«

»Man kann den Fuß auch mal vom Pedal nehmen.«

»Kann man, Borowski, aber man möchte sich doch auch mal spüren.«

»Wir hatten darüber gesprochen.«

»Und jetzt?«

»Rechts, da vorne gleich die erste ... Vorsicht!«

Zehn Minuten später bogen sie in die Rungestraße ein.«

»Da. Das wird es sein.« Borowski setzte an, mit dem Finger zu zeigen. »Vorsicht! Rechts vor links.«

»Du bist anstrengend.«

»Und du bist ein ... Wir hatten darüber gesprochen. Und zwar schon mindestens vier Mal. Das nächste Mal fahr ich.«

»Hier?«

»Ja. Nummer zweiundzwanzig.«

»Komisches Gebäude«, sagte Manz.

»Wieso komisch?«

»Hast du keine Augen im Kopf?«

Die Villa, in der das Auktionshaus Bassermann residierte, stammte, wie die in den Tragbalken über dem Eingang eingeschnitzten Zahlen erklärten, aus dem Jahr 1911. Das Gebäude wollte aussehen wie eine Villa im Grunewald, es wollte eindeutig zu einem Typus gehören, wie er um das Jahr 1911 herum häufig gebaut wurde, ein Typus, der bisweilen Flaneure ohne Kenntnisse zu dem Ausruf »Jugendstil« verleitete. Das hätte dann aber geheißen: steiles Dach, Erker und Türmchen, schönere Fenster.

»Da stimmt doch gar nichts, Borowski. Das Gebäude ist eine Katastrophe.«

»Also wenn du mich fragst …«

Der Unterschied zu anderen Villen dieser Art war die Größe. Es sah aus, als hätte man seinerzeit in der Breite sowie der Tiefe des Gebäudes alles mal zwei genommen. Nicht aber in der Höhe. Damit waren die Proportionen mehr als deutlich verdorben, das Dach wirkte zu flach, die Türmchen angeklebt, und das Ganze machte einen allenfalls protzigen, keinesfalls aber gestalteten Eindruck. Immerhin, es gab eine anständige Rustikazone aus behauenen Steinen.

Elf Stufen führten zum Eingang empor, die Tür war schwer, schwarz und vermittelte mitsamt ihrem geschnitzten Besatz den Eindruck von Ebenholz.

Im Inneren auf Hochglanz gewienertes honigfarbenes Parkett, hohe, leicht gewölbte Decken und eine blendend schöne Fünfundvierzigjährige mit hohen Absätzen. Ihr Haar war so schwarz wie die Ebenholztür, und sie trug es in exakt der Art wie einst die Frau des Schahs von Persien. Überhaupt hatte sie mit jener eine gewisse Ähnlichkeit.

Die Augen dieses etwas aus der Zeit gefallenen Wesens hatten, ähnlich wie die von Frau Wendel, etwas von Abtastsonden.

»Sie wollen zu uns?«, fragte sie in einem Ton, als könnte sie es sich nur schwer vorstellen.

»Manz, Kripo Neukölln.« Der Ausweis flog ihm in die Hand. »Das ist Kriminalhauptkommissar Borowski. Wir sind mit Herrn Ehrlich verabredet.«

»Sie meinen Dr. Ehrlich?«

»Der wird's sein.«

Sie fixierte Manz. Und ihr Blick … Ganz und gar ausdrucksstark und vielsagend. Man könnte eine soziologische Studie anlässlich dieses Blicks abfassen. Nur eine kurze Studie natürlich, eine von vielleicht hundertsechzig Seiten. Wozu noch der Anhang käme. Man könnte bei der Gelegenheit eine Menge über die Stadtgeschichte von Berlin, die Zuwanderungsströme, die über Schleusen bewerkstelligte Regulierung des Wasserstands in den Kanälen, die Typologien der Wohn- und Verwaltungsbauten, die Parks, die Umgestaltung ehemaliger Exerzierstraßen, die Eingemeindung ehemaliger Dörfer, die nicht immer gelungene Stadtanlage insgesamt und die höchst unterschiedliche Entwicklung der verschiedenen Bezirke vermitteln.

»Wenn Sie mir bitte folgen wollen«, sagte sie mit einer Stimme, die eine Nachtigall dazu bewogen hätte, ihr kleines Köpfchen schamhaft zu senken.

Schritte auf poliertem Parkett, ihre waren am deutlichsten zu hören. Ein steinernes Treppenhaus, ein anderer Klang. Oben erneut Schritte auf Parkett, ein für eine solche Villa charakteristischer Geruch, zuletzt eine hohe, matt weiß gestrichene Tür.

Sie bildete die Vorhut. Eine Geste mit der Hand. Manz und Borowski mussten sich zunächst im Flur gedulden.

»Hier sind zwei Herren von der Kriminalpolizei.«

»Ah ja! Sollen reinkommen.«

»Sie hätten mir Bescheid geben können.«

»Gott, ganz vergessen bei dem ganzen Durcheinander. Es tut mir leid.«

»Nun ja …«

Es wirkte sanft, wie sie das sagte, war aber doch sehr, wirklich sehr hart und klang enttäuscht.

»Bitte«, sagte sie, nun wieder im Vollbesitz ihrer Kräfte, wies ihnen noch den Weg, was nicht unbedingt nötig gewesen wäre – und entschwand.

Die Größe des Raums war beeindruckend. Durch zwei oben mit einem flach gewölbten Sturz begrenzte Durchgänge ging es in zwei weitere Räume ähnlicher Dimension. Und die Dimensionen im Inneren waren, wie Manz sofort registrierte, genauso missglückt wie der ganze Bau.

»Ich hatte mit einem Herrn Borowski telefoniert …?«

»Mein Kollege.« Manz schwenkte seine flache Hand beiläufig in Borowskis Richtung. »Ich bin Manz.«

»Der leitende Ermittler?«

»Wenn Sie so wollen. Es geht um die Geschäfte, die Sie mit Herrn Busse getätigt haben.«

Sofort kamen beide Hände von Dr. Ehrlich nach oben. Es war eindeutig die Stunde der Hände und Gesten. »Geschäfte ist stark übertrieben. Gefälligkeiten trifft es eher.«

»Dann berichten Sie mal.«

»Berichten Sie mal … Wo soll ich anfangen?« Dr. Ehrlich schob seine Hände zusammen, als wollte er sie waschen. »Ich lernte Herrn Busse über Herrn Böhmer kennen, der unsere Auktionen bereits seit einigen Jahren regelmäßig besucht. Nicht dass Herr Böhmer einer unserer bedeutendsten Kunden wäre, aber er verfügt über Kenntnisse. Bei den meisten Auktionen hat er nicht mitgeboten, ihn interessieren vor allem Bilder und kleine Skulpturen aus dem mexikanischen und südamerikanischen Raum. Und da hat er, da dieses Sammelgebiet in Berlin nicht das übliche ist, ein paar erfolgreiche Beutezüge gemacht. Große Fische für kleines Geld, wenn Sie verstehen.«

»Was heißt für Sie kleines Geld?«

»Dreitausend, fünftausend ...«

»Es geht uns zunächst um Herrn Busse«, sagte Borowski.

»Ja, der war, wie ich das verstanden habe, von Herrn Böhmer damit beauftragt, den Nachlass verschiedener älterer Herrschaften aus drei Hospizen zu verkaufen.«

»Aus drei Hospizen, da sind Sie sicher?«

»In der Regel war nichts dabei, was in die Kategorie passt, aus welcher wir bei Bassermann anbieten. Nun war es aber so, dass beide, Herr Böhmer wie auch Pfarrer Busse, im Auftrag der Kirche handelten. Und der alte Herr Bassermann ist ein Mann der Kirche. Also haben wir eine neue Art von Auktion eingerichtet. Eine für den Nachwuchs, so haben wir immer gesagt. Junge Ehepaare, die erste gemeinsame Wohnung, die erste Berührung mit Antiquitäten und Kunst.«

»Für kleines Geld«, warf Manz in die Runde.

»Genau. Diese Auktionen wurden von Herrn Busse bestückt. Ein paar impressionistisch anmutende Bilder von Künstlern aus der zweiten, teils auch dritten Reihe, ein paar Skulpturen. Viele Drucke und graphische Arbeiten. Ja, und hin und wieder war auch mal eine Münzsammlung dabei.«

»Was hat das gebracht?«

»Wenig. Mal fünftausend, mal sechstausend, ganz selten nur ging es in den fünfstelligen Bereich. Andererseits ist ein solcher Betrag nicht unerheblich, zum Beispiel für eine gerade erst gegründete Stiftung.«

»Was für eine Stiftung?«, fragte Manz.

»Sehr traurig. Eine neue Krankheit, die, so wie ich das verstanden habe, die Lunge befällt. Zur Unterstützung dieser Menschen, die ja nicht alle wohlhabend sind, ist das viel Geld.«

»Um wie viel geht es denn nun? Nur überschlagen ...«

Dr. Ehrlich überlegte eine Weile. »Vielleicht zwölf-, vierzehntausend Mark. Mag sein, auch mal etwas mehr. Wie gesagt, nur überschlagen.«

»Im Monat?«

»Um Gottes willen, wir sind kein Versandhaus. Alle drei Monate haben wir eine dieser Sonderauktionen angesetzt.«

»Und das Geld haben Sie Herrn Busse dann überwiesen.«

»Das Auktionshaus Bassermann, nicht ich persönlich. Ja. Manchmal bat Pfarrer Busse auch darum, bar ausgezahlt zu werden. Da wir für diese kirchlichen Sonderauktionen keine Provision genommen haben, sahen wir da keine Probleme. Aus unserer Sicht hatte das Ganze den Charakter einer Spende.«

»Verstehe«, sagte Manz.

»Ich hoffe, wir bekommen jetzt keine Probleme. Ich ... Müssen wir Herrn Busse in Zukunft abweisen, wenn er uns wieder etwas anbietet?«

»Nein, das müssen Sie nicht«, sagte Borowski.

»Es täte mir auch leid. Herr Busse ist ein sehr ... Ich weiß gar nicht, wie ich ihn ... Sehr fein in seinen Empfindungen und Bewertungen. Stets an seinem Gegenüber interessiert. Und er kann reden! Ich weiß nicht, wie ich es Ihnen erklären soll, aber ... Der Mann kann reden. Besser kann ich es nicht ausdrücken. Herr Busse selbst könnte es. Hatten Sie schon mal direkten Kontakt zu ihm?«

»Nein«, sagte Borowski.

Manz hatte sich, während Borowski sich mit Dr. Ehrlich unterhielt, ein wenig im Raum umgesehen. Jetzt traf er seine Entscheidung.

»Das Bild da zum Beispiel. Geht das in eine Auktion?«

»Nächsten Monat. Das ist natürlich keins aus den Konvoluten von unserem Pfarrer Busse.«

»Das sieht aus«, sagte Manz, »wie ein etwas karges, fast möchte ich sagen, unentschlossenes Bild von Max Liebermann.«

»Es ist ein Bild von Liebermann, ganz richtig. *Tennisplatz am Meer* ist es betitelt.«

»Er hat eine ganze Reihe Tennisplätze am Meer gemalt, wenn ich mich richtig erinnere«, erklärte sich Manz.

»Ich wundere mich ein wenig.«

»Sie werden jetzt hoffentlich nicht sagen, dass Sie einem Kriminalbeamten wie mir …?«

»Nein, überhaupt nicht! Wer oder was jemand ist, wo jemand herkommt, spielt für mich, spielt für alle hier bei Bassermann überhaupt keine Rolle. Nein, mich wundert, dass Sie das Bild für karg halten.«

»Nun, es ist karg. Eine grüne Fläche, ein verlorener Zaun, dahinter ein Streifen hellblaues Meer und über dem eine Fläche schmuddelblauer Himmel.«

»Hm.«

»Ganz rechts an den Rand gequetscht kommen dann noch diese drei kleinen schnell hingetuschten Strandkörbe hinzu, mit zwei ebenfalls sehr kleinen Frauen.

Man hat das Gefühl, das Bild kippt im nächsten Moment nach rechts weg.«

»Nun, der Balance zuliebe gibt es ja links vorne noch dieses Dreieck aus hellerem Sand. Eine diagonal angelegte Komposition, könnte man nicht auch so sagen?«

»Auf mich wirkt es unentschlossen und kippt nach rechts weg«, beharrte Manz.

»Eine Dynamik, die offenbar nicht jeden Geschmack trifft. Liebermanns Bild, auf dem die Damen mit den Herren Tennis spielen, liegen Ihnen vermutlich ...«

»Was würde das kosten?«, fragte Borowski profan dazwischen.

»Hier finden Versteigerungen statt, keine Verkäufe. Für den Liebermann liegt das Startgebot bei achtzigtausend Mark. Er wird sicher das Doppelte bringen. Kommt immer drauf an. Manchmal kommt auch ein Russe oder es gibt ein Bietergefecht ... Aber wie gesagt: Die Sachen von Herrn Busse gingen bestenfalls mal in den unteren fünfstelligen Bereich. Insgesamt. Also für das ganze Konvolut. Kann ich Ihnen sonst noch helfen?«

»Danke«, sagte Manz. »Es kann sein, dass sich noch mal ein Herr Schollbeck mit Ihnen in Verbindung setzt. Der ist bei uns für Finanzielles zuständig, für die Nachverfolgung von Kontobewegungen und alles, was die Steuer betrifft.«

»Das klingt ja, als sollte ich unseren Rechtsanwalt anrufen.«

»Das fällt nicht in unsere Zuständigkeit. Im Fall, dass es dazu kommt, besprechen Sie die Details bitte direkt mit Herrn Schollbeck.«

»Wie gesagt, es war eine Gefälligkeit, da es um kirchliche Belange ging. Zur Unterstützung ...«

»Ja, das habe ich verstanden. Wir danken Ihnen für Ihre Auskünfte.«

»Wenn ich sonst nichts ... Finden Sie den Weg, oder soll ich Frau Marquart heraufbitten?«

»Wir schaffen das«, sagte Borowski.

Unten wurden sie noch kurz von Frau Marquart abgefangen. »Konnte Dr. Ehrlich Ihnen helfen?«

»Er war sehr hilfreich. Danke.«

Manz und Borowski verließen das Gebäude. Sie blieb zurück, und Manz fragte sich, als er die elf Stufen vor dem Portal hinabstieg, wie alt sie wohl gewesen war, als sie hier anfing, und ob sie in zwanzig Jahren noch immer dort im Gang auf Besucher warten würde. Weit kam er nicht mit seinen Überlegungen, denn Borowski bestand darauf, dass diesmal er fahren würde. Und es war ihm ernst damit.

Bouletten und Franzosen

Drei Knopf weit geöffnete Hemden und Blusen, kurze Röcke, gleißendes Sonnenlicht, zweiunddreißig Grad Raumtemperatur, Stimmen, Stühlerücken, Geklapper von Geschirr. Dazu der Geruch von verschiedenen Deodorants, Gebratenem und Geschmortem.

Bei Bouletten mit schön weichgekochten Karotten, Kartoffelstampf und reichlich in Butter ausgebackenen Zwiebeln musste Manz nicht groß überlegen. Borowski entschied sich für den, wie es auf dem kleinen Schild stand: *Rasanten Salat.* Eine rot-weiße Mischung aus Cocktailtomaten, roten Zwiebeln, roten Paprikaschoten, garniert mit einigen Krümeln Feta.

Es war anders als beim letzten Mal. Manz aß schneller als Borowski und stand bald auf, sich einen Nachtisch zu holen.

»Für dich auch?«

»Nein danke.«

Während des Essens, das hatten sie vor langer Zeit ausgemacht, wurde nicht über den laufenden Fall gesprochen. »Erst beim Kaffee«, hatte Manz damals gesagt.

»Ist Christine noch in München?«

»Bis Anfang nächster Woche.«

»Was macht sie da eigentlich?«

»Na, wie immer in letzter Zeit.«

»Mehr weißt du nicht?«

»Eine Zusammenkunft von Sozial... Soziologen. Es geht um neue Richtlinien bei der Beantragung von Fördermitteln und eine Einbindung dieser Förderrichtlinien in ein europäisches Konzept. Man will eine runde Sache daraus machen, so hab ich das verstanden.«

»Immerhin.«

»Außerdem gibt es wohl ein paar Seminare, in denen neue Erkenntnisse zu Familienstrukturen von eingewanderten Familien vermittelt ... Was sollte das heißen – ›immerhin‹?«

»Erzähl doch erst mal zu Ende.«

»Na ja, neuerdings scheinen viele aus dem Iran, dem Irak und auch Rumänien zu uns zu kommen.«

»Eine interessante Aufgabe. Ich meine, sich da immer wieder in neue Lebenswelten einzufuchsen.«

»Hm«, antwortete Manz.

»Was mich nur wundert, ist das mit den Familienstrukturen. Also, dass sich Christine damit noch immer befasst.«

»Warum?«

»Ich hatte sie, als wir bei euch zum Essen waren, so verstanden, dass sie eine politische Position anstrebt. Sie sprach von Straßburg und Brüssel.«

»Da hast du dich verhört. Erstens ist weder mein noch ihr Französisch allzu gut, zweitens bin ich bei der Berliner Polizei angestellt und nicht bei irgendeiner französischen Behörde. Du weißt doch, wie die Franzosen sind. Gerade auch wenn es um uns Deutsche geht. Ich glaube nicht, dass das lange funktioniert, wenn ich die rumkommandiere.«

»Von Rumkommandieren habe ich nichts gesagt. Aber jetzt mal im Ernst. Ist das für dich generell undenkbar?«

»Was?«

»Dass du in Straßburg arbeitest?«

»Woher soll ich das wissen? Ich arbeite in Neukölln.«

»Und Straßburg wäre keine Alternative?«

»Wozu? Weil sie da angeblich besser essen?«

»Zum Beispiel.«

»Und das Essen hier sagt dir nicht zu? Ist dir zu ... Was denn? Wovon redest du?«

»Na, wenn deine Frau sich das wünscht. Straßburg. Brüssel. Ein politischer Auftrag. Und was dich angeht: Wenn du irgendwann mal eine richtig hohe Position anstrebst, sagen wir Kriminaldirektor oder so, dann wären drei, vier Jahre im Ausland nicht schlecht.«

»Wie? Nein. Doch. Nein. Wünsche und Vorstellungen haben wir alle.«

»Kriminaldirektor! Alleine das Wort hat schon was!«

»Nicht für mich. Außerdem ... zwei unserer Töchter gehen hier zur Schule, und für Julia haben wir mit viel Glück einen Kitaplatz ergattert. Nein, ich glaube, wenn Christine von Straßburg und Brüssel redet ... falls du sie überhaupt richtig verstanden hast ... dann meint sie damit, dass sie sich wünscht, der Bevormundung durch eine Frau Scholle aus München zu entkommen. Frau Scholle, Frau Scholle und noch mal Frau Scholle. Christine war in letzter Zeit extrem ... na ja.«

»Gereizt?«

»Lass uns nicht davon anfangen, ich bin auch ein bisschen gereizt.«

»Wegen deiner Frau oder wegen Frau Scholle?«

»Natürlich wegen Christine! Das kommt immer öfter vor, dass sie wochenweise weg ist, und ich hocke hier zusammen mit den Mädchen.«

»So erleben sie ihren Vater immerhin mehr als andere Kinder. Meist sind es doch die Frauen, oder?«

»Oder was?«

»Na, die für Nähe und Zuwendung zuständig sind. Die Väter dagegen ... Ich glaube, für die Kinder ist so was gut. Ein Rollentausch, wenn du so willst.«

»Kommt drauf an, was für Kinder man hat. Claudi quäkt nur noch rum. Tut so, als wäre ich ihr Feind. Oder als müsste sie mir was beweisen. Sie muss mir nichts beweisen, ich verlange das gar nicht.«

»Vielleicht solltest du was von ihr verlangen. Vielleicht will sie genau das.«

»Ist gut, Borowski …«

»Vielleicht ist das, was du quäken nennst, letztlich eine Art von Zuneigung, und du interpretierst die Signale falsch oder wenigstens …«

»Du bist ein Bulle, oder? Und nicht Freud oder … meine Frau. Einen Kaffee?«

»Gerne. Aber nur ein Spritzer Kondensmilch.«

»Weiß ich, Borowski. Das hab ich mir doch schon kurz nach unserer Hochzeit gemerkt. Wo ich das gerade sage … Im neuen *Spiegel* steht was über diese Krankheit, von der die Zeuginnen gesprochen haben und wofür Pfarrer Busse Spenden gesammelt hat. Aids. Du erinnerst dich?«

»Hm.«

»Wie gesagt, steht jetzt groß im *Spiegel*. Die Krankheit scheint vor allem Künstler und Homosexuelle zu befallen. Angeblich wegen des lockeren Lebenswandels. Ungeschützter Geschlechtsverkehr mit ständig wechselnden Partnern, das ist gemeint.«

»Künstler und Homosexuelle. Hab ich verstanden. Aber denk bitte dran: In meinen Kaffee nur einen Spritzer Milch.«

Gequatsche über dies und das also während des Essens. Dann erst, beim Kaffee, wurde richtig geredet.

»Wegen der Barauszahlungen im Auktionshaus Bassermann …«, begann Manz.

»Ja, da ging mir auch gleich einiges durch den Kopf.«

»Vielleicht hat Pfarrer Busse Herrn Böhmer bei der Abrechnung betrogen.«

»Mein Gedanke. Und vielleicht haben sie auch beide die Hinterbliebenen und die Kirche betrogen.«

»Oder diese Aidsstiftung, die es möglicherweise gar nicht gibt. Ich meine, wenn erst jetzt was darüber im *Spiegel* steht …«

»Da fragt man sich natürlich, wie wohl Herr Böhmer reagiert hätte, hätte er erfahren, dass Busse ihn hintergeht und sich bei Bassermann in bar auszahlen lässt. Und das dürfte nicht lange gedauert haben, so gut, wie er sich offenbar mit diesem Dr. Ehrlich verstand.«

»Das heißt, wir müssen dringend mit Herrn Böhmer …«

In diesem Moment trat ein Mann Mitte fünfzig an ihren Tisch.

»Störe ich?«

»Schollbeck!«, sagte Manz. »Nein, du störst nicht. Im Gegenteil, du ersparst uns einen Weg.«

Schollbeck hatte volles, mittelgraues Haar und eine recht gute Figur, wenn man vom leichten Bauchansatz absah. Das Besondere an ihm: Sein Schnurrbart. Er trug ihn in einer Manier, wie es einst manche Bergbauern und russische Revolutionäre taten.

»Wir waren gerade im Auktionshaus Bassermann«, erklärte Borowski. »Schon mal davon gehört?«

»Aber ja. Man kann sich dort Bilder ansehen. Vor den Auktionen. Karin und ich fahren manchmal hin.«

»Wie geht es Karin?«, erkundigte sich Borowski sofort.

»Besser. Wir haben jetzt einen guten Orthopäden gefunden.«

»Freut mich.«

»Ist da im Auktionshaus schon mal was vorgefallen?«, setzte Manz nach.

»Mir ist nichts zu Ohren gekommen. Warum?«

»Weil Pfarrer Busse zusammen mit einem anderen Bewohner des Hauses im Leberstieg dort möglicherweise etwas fragwürdige Geschäfte abgewickelt hat.«

»Ihr meint die Versteigerungen für die Kirche? Karin und ich waren mal auf einer. Um Reichtümer ging es da nicht. Da wurden zweit- und drittklassige Bilder und Zeichnungen aus irgendwelchen Nachlässen ... Wie gesagt, für die Kirche.«

»Wenn es denn für die Kirche war.«

»Es täte mich sehr wundern«, sagte Schollbeck, »wenn das Auktionshaus Bassermann wegen irgendwelcher Kleinauktionen seinen Ruf aufs Spiel setzen würde. Nun, morgen oder übermorgen wissen wir mehr. Die Bank von Herrn Busse ziert sich ein bisschen, verlangt weitere Papiere, aber das kriege ich hin.«

»Würde uns helfen.«

Schollbeck wollte sich gerade verabschieden, als ein junger Beamter an den Tisch trat. »Ihr sollt sofort in den Leberstieg fahren. Eine Zeugin aus dem Haus gegenüber möchte dringend eine Aussage machen.«

Frau Runges gutes Gedächtnis

Die Zeugin erwartete Manz und Borowski bereits vor dem Haus und nannte sofort ihren Namen.

»Runge. Vorname Frida. Ich möchte eine Aussage machen. Vielleicht gehen wir hoch. Dann sehen Sie gleich alles aus der richtigen Perspektive.«

Manz und Borowski folgten ihr in eine kleine Zweizimmerwohnung, deren größerer Raum etwas von einem Büro hatte. Allerdings mit Couch und Sitzecke.

»Ich bin, wie Sie sehen, etwas beengt. Nächsten Monat ziehe ich in eine größere Wohnung. Köln. Die Auftragslage ist für mich besser geworden, seit ich nicht mehr nur für Berliner Architekturbüros arbeite. Hier wird ja nicht viel gebaut, weil, die Mauer würgt die meisten Investitionen von vorneherein ab. Aber das wird Ihnen nicht neu sein.« Sie erklärte alles in einem Ton, als wäre es für die Polizei von Bedeutung. Aufgeregt war sie nicht. »Ich bin freischaffende Statikerin und arbeite für verschiedene Architekturbüros. Neuerdings eben auch solche in Köln, Leverkusen, Düsseldorf. So auch an diesem Abend. Montag, der 29. Mai war das. Schreibt keiner von Ihnen mit?«

»Doch.« Borowski zückte Kugelschreiber und Block.

»Es war kurz nach 23 Uhr, ich saß da am Schreibtisch über meinen Berechnungen. Dann hörte ich einen Knall. Das Geräusch kam mir komisch vor, also bin ich schnell auf den Balkon. Das sind nur drei Meter. Kommen Sie, dann sehen Sie alles so wie ich.«

Sie ging auf den Balkon, Manz und Borowski folgten ihr. *Keine Pflanzen oder Blumen*, dachte Manz. *Besser so, wenn sie umzieht.*

»Von meinem Schreibtisch bis hierher, das dauerte vier, höchstens sechs Sekunden.«

»Sind ja nur drei Meter«, sagte Manz.

»Exakt.«

Borowski nickte anerkennend.

»Es war natürlich dunkel. Nicht so wie jetzt. Aber ich konnte doch vier Personen erkennen. Männer.«

»Das konnten Sie von hier aus sehen? Bei Nacht?«, fragte Manz.

»Es waren Männer, ich erkenne so was an der Art, wie sie sich bewegen.«

»Hm.«

»Einer trat, kaum dass ich hier stand, noch mal mit Wucht gegen die Tür. Das also war der Knall gewesen. Zwei standen dort rechts, in etwa vier Metern Entfernung von der Tür, aber nah am Haus. Sie schienen eigentlich gehen zu wollen, aber dann hat einer von ihnen durch das kleine Fenster in die Wohnung des Pfarrers geguckt. Der vor der Tür trat noch mal zu und ging dann zu dem vierten, der stand links, vielleicht drei Meter entfernt. Also drei Meter von der Mittelachse der Tür. Sie schienen kurz etwas zu bereden. Während sie das taten, wollte einer der beiden rechts zu ihnen gehen. Er ging aber nur bis zur Mitte, also bis zur Tür, der andere folgte ihm. Aber nur einen Schritt weit. Denn in diesem Moment kam der, der eben gegen die Tür getreten hatte, zu ihnen zurück, und sie bildeten eine Dreiergruppe etwa einen Meter rechts vom Eingang.«

Borowski notierte. Man sah, dass er so schnell schrieb, wie es eben ging.

»Ich dachte, gleich treten sie wieder gegen die Tür, also habe ich rübergerufen: »Was ist da los? Ey! Was ist da los?« Diese Worte. Die vier benahmen sich wie ertappt. Der ganz links lief sofort weg, einer der anderen folgte ihm. Ebenfalls im Laufschritt. Dann sah einer der beiden, die noch immer rechts von der Tür standen … Etwa einen Meter rechts, haben Sie das?«

Borowski nickte.

»Der sah zu mir hoch. Und Sie sehen ja die Laterne. Da konnte ich ihn gut erkennen. Er und der andere gingen dann nach rechts zu einer goldfarbenen Limousine in etwa zwölf Metern Entfernung, neben der ein weiterer Mann stand. Er war mir zuerst gar nicht aufgefallen.«

»Es war ja auch Nacht. Und Sie waren sicher etwas aufgeregt.«

»Ich war nicht aufgeregt, dafür ging alles zu schnell. Alle drei stiegen dann in den Wagen und fuhren ab.« Sie nickte, schien zufrieden mit sich zu sein. »Mehr kann ich Ihnen nicht sagen. Ich bin heute erst aus Köln zurückgekommen, aber alle in der Straße reden davon, dass unser Pfarrer ermordet wurde. Deshalb ...«

»... haben Sie angerufen«, half ihr Manz.

Borowski war noch damit beschäftigt, seine Notizen zu ergänzen.

»Können Sie den, den Sie genauer gesehen haben, ein bisschen beschreiben?«

»Das war ein Zigeuner. Jedenfalls hatte er schwarze Haare und trug Sachen, die nicht zueinander passen.«

»Aha.«

»Er war eher klein. Schmaler Kopf, schmale Schultern. Ich denke, dass der höchstens sechzehn, siebzehn war. Aber ganz sicher bin ich da nicht. Manche Zigeuner bleiben ja klein. Dunkle Haut, aber nicht schwarz. Das war jedenfalls kein Italiener oder Türke. Zigeuner wie gesagt, kann auch sein, Ungarn.«

»Gut und der andere?«

»Welcher andere.«

»Na, der neben dem wartenden Auto?«

»Ach so, stimmt. Den habe ich gut gesehen, der war

voll angestrahlt. Das war ein Araber. Ich dachte nämlich noch: Was hat denn ein Araber mit einem Zigeuner zu schaffen?«

»Woran haben Sie erkannt, dass der Mann Araber war?«

»Weil er wie einer aussah.«

»Und wie sehen Araber Ihrer Meinung nach aus?«

»Klein und moppelig.«

»Ah ja?«

Sie zeigte wieder nach unten.

»Der Wagen fuhr dann wie irre rückwärts die Straße runter bis zum Böhmischen.«

»Zum Böhmischen Platz.«

»Rückwärts wie gesagt. Weil das hier ja eine Stichstraße ist. Das hat richtig gejault. Also das Getriebe. Am Platz ist er dann immer noch rückwärts nach links reingestochen und dann vorwärts nach rechts weg. Ich dachte noch: Arschloch, wenn da jetzt ein Kind auf der Straße gewesen wäre … Die Türken hier lassen ihre Kinder viel draußen rumlaufen. Manche Deutsche auch, aber bei den Türken ist das ganz normal, dass die Kleinen sich selbst überlassen sind.«

»Verstehe. Sie wissen nicht zufällig, was für ein Wagen das war?«

»Doch. Ein alter Opel Diplomat. Die gibt es entweder mit Sechszylinder Reihenmotor oder mit V-Achtzylinder. Gold. Also die Farbe. Mit schwarzem Vinyldach.«

»Da sind Sie sich sicher?«

»Todsicher, mein Schwager fährt so einen. Er nimmt mich immer mit, wenn es zu den politischen Versammlungen … Egal. Der redet ständig über das Ding und überhaupt über Opel. Also die großen. Opel Kapitän, Opel Admiral, Opel Diplomat. Was anderes gibt's für den nicht.« Eine kleine Pause entstand. Sie sah Manz an und kniff dabei ein Auge leicht zu in einer Art, als wäre sie nicht sicher, ob er alles verstanden hätte. »Ich meine, das sind ja auch gute deutsche Autos. Brauchen halt sehr viel Sprit.«

»Tja ...«

»Die sind jetzt billig zu haben. Wie alle Spritfresser. Vor allem der V-8 schluckt mächtig, und das Getriebe so zu quälen tut dem auch nicht gut.«

»Gibt es sonst noch etwas, das sie uns mitteilen möchten?«

»Nein. Und ich hab auch nur ausgesagt, was ich wirklich gesehen habe. Ich dachte, vielleicht ist das wichtig, wo doch drüben der Pfarrer erwürgt wurde.«

»Er wurde erwürgt?«

»Nicht? Hier in der Straße sagen alle, erwürgt.«

Eine Frechheit

»Sieht fast so aus, als wäre Herr Böhmer verschwunden.«

»Oder abgehauen«, spekulierte Borowski.

Sie waren noch einmal zur Nummer vier rübergegangen, um mit Herrn Böhmer zu sprechen. Sie klingelten wie am Vortag, niemand öffnete.

Als sie gerade das Treppenhaus hinabstiegen, um Frau Böhmer zum Verbleib ihres Mannes zu befragen, wurden sie verfolgt. Frau Wendel, Frau Erdmann und Frau Scheer holten sie vor der Tür unten ein.

»Warum verhindern Sie so was nicht?«, begann Frau Scheer.

»Was meinen Sie?«

»Die ganze Straße redet davon, dass unser Pfarrer erwürgt wurde.«

»Alle zerreißen sich das Maul«, ergänzte Frau Wendel. »Wir sind hier in Neukölln, Sie als Polizeibeamte ...«

»Kriminalbeamte«, korrigierte Borowski.

»Dann müssten Sie doch wissen, was für Menschen hier leben und wie das rumgeht.«

»Wie hätten wir das verhindern sollen?«

»Diese ganzen Spezialisten!«, sagte Frau Scheer. »Die auffälligen Wagen, das ständige Rein und Raus ...«

»Meinen Sie nicht, Pfarrer Busse hätte sich einen etwas dezenteren Abgang gewünscht?«, fragte Frau Wendel. Und diesmal sprach sie nur Manz an.

»Was wir hier machen, ist eine ganz normale polizeiliche ...«

»Für Sie mag das normal sein, jemanden wie unseren Pfarrer dem Getratsche und Gerede der Leute preiszugeben, für uns nicht«, erklärte Frau Scheer mit einiger Schärfe. »Da bleibt doch was hängen. Da wird es noch in fünf Jahren heißen: ›Da ist es gewesen.‹ Ich wurde schon zehnmal von irgendwelchen Proleten angesprochen: ›Was ist denn da los? Was war das für einer, dieser Pfarrer?‹ Was die Leute meinen, ist ganz eindeutig: Sie glauben, wenn jemand ermordet wurde, dann kann er wohl kaum ganz unschuldig daran gewesen sein. Sie haben unseren Pfarrer diesen Menschen zum Fraß vorgeworfen.«

»Genau!«, kam es von Frau Erdmann und Frau Wendel im Chor.

»Sonst noch was?«, fragte Borowski.

»Die Berliner Polizei, Gott, was erwartet man da schon anderes, als dass alles schiefgeht?«

Nachdem Frau Wendel das gesagt hatte, gingen die drei gemeinsam zurück ins Haus. Borowski klingelte. Diesmal war Frau Böhmer schnell an der Tür.

»Wir suchen Ihren Mann.«

»Ich auch. Er ist weg. Ich verstehe das nicht.«

»Er scheint ja hier in der Gegend verschiedene andere Wohnungen zu besitzen«, sagte Borowski.

»Nicht er, ich!«

»Gut. Könnte es sein ...«

»Nein, da war ich schon überall.« Nun fing sie doch wieder an zu zittern. »Kann es sein, dass ... dass der, der das unserem Pfarrer angetan hat, dass der jetzt meinen Mann beseitigt hat?«

»Waren die beiden denn gemeinsam an irgendwelchen Geschäften beteiligt?«

Sie überlegte. »Nein. Außer dass Herr Busse im Hospiz, für das mein Mann arbeitet, hin und wieder Sterbende oder Todkranke aufsuchte, um sie zu trösten. Aber deshalb bringt man doch niemanden um.«

»Nun, Ihnen ist sicher bekannt, dass Herr Busse Nachlässe geerbt hat.«

»Ja, für die Kirche. Frau Erdmann, Frau Wendel und ich haben ihm manchmal geholfen, diese Nachlässe zu katalogisieren.«

»Das ist uns bekannt, danke.«

»Ich weiß, dass auch Frau Scheer ihm mal zur Hand gegangen ist. Als Malerin versteht sie ja am meisten von uns von Bildern.«

»Von diesen Listen, die Sie angefertigt haben ... Besitzen Sie da noch welche?«

»Nein, die sind alle drüben beim Pfarrer. In seinem Arbeitszimmer. Das ist da vorne links. Auf dem Schreibtisch oder in einer der Schubladen werden Sie die Listen ...« Sie kam ins Stocken. »Aber wo ist mein Mann? Das ist noch nie passiert, dass er so plötzlich weg war.«

»Wissen Sie das genau?«, fragte Manz. »Mir scheint, dass Sie hier im Haus getrennt gelebt haben.«

»Trotzdem«, sagte sie, überlegte kurz und sagte das Wort dann noch mal.

»Wir kümmern uns darum«, versprach Manz. »Ich glaube nicht, dass Ihrem Mann etwas zugestoßen ist. Sollte er zurückkehren, dann rufen Sie uns bitte sofort an.«

»Ja?«

Borowski gab ihr seine Karte.

»Frau Böhmer«, sagte Manz, ehe sie die Tür schließen konnte. »Sehen Sie mich bitte an.«

»Wozu?«

»Sehen Sie mich an.«

»Und?«

»Gibt es irgendwas, das sie uns verschwiegen haben? Irgendetwas, das Pfarrer Busse betrifft?«

»Was sollte das sein?«

»Sie haben die Frage verstanden?«

»Sie machen mir Angst.«

»Wir haben eben von einer Zeugin erfahren, dass um die Zeit herum, in der ihr Nachbar ermordet wurde, mehrere Männer versucht haben, ins Haus zu kommen.

Es wurde mehrfach gegen die Tür getreten. Möglicherweise handelte es sich bei diesen Leuten um Rumänen, Ungarn oder Araber. Haben Sie irgendeine Idee, was diese Leute von Pfarrer Busse gewollt haben könnten?«

»Nein.«

»Da ist nichts? Sie haben bei Ihrem Nachbarn nichts bemerkt, das irgendwie auffällig war?«

»Nur dass er ein sehr netter Mensch war.«

»Sagen Sie, die leere Wohnung im dritten Stock ... Uns wurde erklärt, die sei im Besitz ihres Mannes.«

»Sie gehört mir, nicht meinem Mann. Ich habe sie von meinem Erbe gekauft, nachdem der alte Herr Rauch gestorben ist. Sie soll nächstes Jahr renoviert werden.«

»Besitzen Sie einen Schlüssel zu der Wohnung?«

»Den hat zurzeit mein Mann ...«

»Der Schlüssel ist oben in seiner Wohnung?«

Sie antwortete nicht. Manz sah Borowski an. »Gut, dann lassen wir sie öffnen.«

»Lieber nicht.«

»Bitte?«

»Mein Mann mag es nicht, wenn etwas hinter seinem Rücken geschieht, er ... Er wird dann sehr wütend, und wenn rauskommt, dass Sie mit mir über die Wohnung gesprochen haben ...«

»Frau Böhmer?«, fragte Borowski in seinem ruhigen Ton. »Haben Sie Angst vor Ihrem Mann?«

Sie musste nichts sagen, ihr Körper sprach mehr als deutlich.

»Wir können jemanden vom Sozialamt schicken. Es gibt Stellen, die Frauen wie Sie schützen.«

Und da fing dann das Wackeln an. Frau Böhmer

schüttelte ihren Kopf und hörte damit erst wieder auf, als Borowski sie in den Arm nahm.

Als sie eine Stunde später in der angeblich leeren Wohnung oben im dritten Stock standen, war auf den ersten Blick zu erkennen, dass sie längst renoviert war. Man hätte sie jederzeit an jemanden vermieten können. Es sei denn, der neue Mieter hätte sich an den vielen Möbeln und Bildern gestört, die dort wie in einem Lager herumstanden.

»Und jetzt?«, fragte Borowski.

»Jetzt versuchen wir unser Glück noch mal bei dieser WG. Irgendwann werden diese Studenten ja mal anwesend sein.«

Ein Bote wird eingefangen

Der junge Mann, der ihnen öffnete, entsprach nicht ganz Manz' Vorstellung von einem Studenten. Er trug eine Hose mit Bügelfalte und eine dünne limettengelbe Weste über einem kurzärmligen karierten Hemd. Sein Gesicht war rund, der Seitenscheitel sehr akkurat.

»Ja, bitte?«

»Manz. Kriminalpolizei.« Der junge Mann studierte den Dienstausweis mit Hingabe.

»Ja, scheint in Ordnung zu sein. Aber wird das lange dauern? Ich habe noch einen Termin.«

»Kommt drauf an, was Sie uns zu sagen haben.«

»Nun, dann ...« Er drehte sich um, blickte quer durch den kleinen Stummelflur ins große Zimmer, als erwartete er sich von dort Anweisung.

Oder gar Hilfe?

Wenn ja, dann kam keine.

»Gut, kommen Sie rein.«

Es waren derselbe Raum, dieselben Küchenmöbel, derselbe Tisch aus den zwanziger Jahren wie gestern bei Manz' Unterhaltung mit Sara. Zwei ebenfalls junge Männer standen links und rechts in präzis symmetrischer Aufstellung neben dem Tisch. Es sah aus, als hätte sie jemand angewiesen, dort und keinesfalls woanders zu stehen.

Sie ist nicht da. Entweder in ihrem Zimmer oder außer Haus.

Die Möbel machten weniger Anstalten, Auskunft über die Vergangenheit zu geben, als am Vortag, und die Sonne schien mit Macht durch Fenster, die seit Ewigkeiten niemand mehr geputzt hatte.

»Ehe Sie fragen müssen ...«, begann der Seitengescheitelte, der sie an der Haustür in Empfang genommen hatte, »ich bin Robert Gokowski. Das sind Leon und Ben. Sie können sich gerne setzen.«

Auch die drei Studenten nahmen Platz. Sie saßen wie vor einer Prüfungskommission nebeneinander an der Längsseite des Tischs mit der abgeschubberten Korkplatte. Manz und Borowski fanden ihnen gegenüber Platz.

»Eigentlich heiße ich Benedikt«, sagte nun der links. »Ben ist mein Rufname.«

Seine Haare waren nicht gescheitelt. Das zu versuchen wäre auch unsinnig gewesen bei den vielen drahtigen Locken.

Es stellte sich schnell heraus, dass es so war, wie Sara

Manz am Morgen zuvor gesagt hatte. Alle drei studierten Wasserbau und Strömungstechnik an der TU. Wortführer war Robert Gokowski, der zwischen seinen Mitbewohnern saß und tatsächlich etwas unter Zeitdruck zu stehen schien. Jedenfalls sah er hin und wieder unauffällig auf seine Uhr.

»Sie wissen, was hier im Haus passiert ist?«, begann Borowski.

»Ja«, sagte Ben, die beiden anderen nickten.

»Hatte einer von Ihnen näheren Kontakt mit Herrn Busse?«

»Nein, oder?«, fragte Gokowski und blickte erst nach links, dann nach rechts. »Kontakt mit Herrn Busse …?«

»Nein.«

»Ich auch nicht.«

»Also wir hatten keinen Kontakt mit Herrn Busse. Auch nicht mit den anderen Bewohnern im Haus. Wir wohnen hier, weil die Miete okay ist, richtig?«

»Ja.«

»Genau.«

Fremde im Haus waren den dreien nicht aufgefallen.

»Irgendwelche Leute auszuspionieren ist nicht mein Ding.«

Die beiden anderen nickten.

»Angeblich wurde hin und wieder geklingelt«, sagte Borowski. »Leute, die nicht ins Haus gehören.«

»Und?«

»Es gibt eine Gegensprechanlage und einen Türsummer …«

»Ja?«

»Sie haben dann aufgemacht?«

»Wahrscheinlich.«

»Mal gefragt, wer unten steht?«

»Nein. Hier kommen ja ständig Pakete.«

Nun fiel Ben doch etwas ein. »Einmal wurde ich von der alten Dame aus dem ersten Stock …«

»Frau Wendel?«

»Kann sein. Die fragte mich, ob ich den Mann kennen würde, der gerade aus dem Keller gekommen war.«

»Ja, so was hat sie mich auch gefragt«, erklärte daraufhin Leon. »Da ging es aber um einen, der angeblich im Hausflur rumgebrüllt haben soll. Ich hatte nichts gehört. Ich meine, was für eine Frage? Wir wohnen im dritten Stock.«

Robert Gokowski wirkte vollkommen desinteressiert an diesen Aussagen und zunehmend nervös. Jedenfalls sah er ständig auf seine Uhr. Unauffällig, aber eben doch nicht unauffällig genug.

»Haben Sie den Mann aus dem Keller denn gesehen?«, hakte Borowski nach.

»Ja, da war irgendwer. Ich kannte ihn nicht. Obwohl … eigentlich hatte ich auch gar nicht auf ihn geachtet. Uns geht dieses ständige Herumgeschleiche irgendwelcher Mieterinnen nichts an.«

»Es nervt«, ergänzte Leon. »Manchmal kommt es einem vor wie eine Verschwörung. Die gucken einen auch immer an, als würden sie was von einem wollen. Kommt aber nie was.«

Ben bestätigte, dass die Hausbewohnerinnen oft im Treppenhaus standen und sich austauschten. Mehr noch, er malte das Bild ein wenig aus.

»Manchmal hocken sie auch im Hinterhof beisammen.

Entweder auf der Terrasse des Pfarrers oder drüben bei Frau Bösner.«

»Sie meinen Frau Böhmer?«

»Kann sein. Ich seh sie da manchmal, wenn ich den Müll runterbringe. Aber sonst? Mir ist jedenfalls nichts aufgefallen.«

Wieder nickte Ben, der eigentlich Benedikt hieß.

»Sagen Sie, Herr Gokowski ...«, fragte Manz. »Ist der Temin so dringlich?«

»Warum?«

»Weil Sie ständig auf Ihre Uhr sehen.«

»Sie sagten, es würde nicht lange dauern.«

»Das sagte ich nicht.«

Es ging dann eine Weile um die Pakete, die regelmäßig ins Haus geliefert wurden. Nach und nach erinnerten sich Ben und Leon, dass sie in der Regel bei Herrn Busse abgegeben wurden, »aber wohl für Herrn Böhmer bestimmt waren«. Als Manz gerade fragen wollte, wo Sara studiert, klingelte es. Gokowski ignorierte das Geräusch, die beiden anderen sahen ihn an.

»Sicher Ihre Verabredung«, schlug Manz vor.

»Nein, ich hab einen Termin an der Uni.«

Ben stand auf, ging in den Flur, drückte auf den Summer. Er kehrte nicht zurück.

»Na, vielleicht haben wir Glück, und es ist Ihre Mitbewohnerin.«

Eine längere Pause entstand. Manz und Borowski fixierten die beiden so lange, bis Leon es nicht mehr aushielt.

»Haben Sie mit Sara nicht gestern schon gesprochen?«

»Nur kurz«, antwortete Manz, ohne den Blick von

Gokowski abzuwenden. »Es haben sich mittlerweile neue Fragen ergeben.«

Borowski stellte seine Füße so auf den Boden, als müsste er gleich aufspringen. Die Sonne spielte ein kleines Spiel mit den Wolken.

»Was für Fragen?«

»Solche, die wir nur mit Sara besprechen möchten. Aber sagt mal, was ist los mit euch?«

»Was soll los sein?«

»Ihr sitzt da, als hätte euch jemand ein glühendes Eisen in den Arsch geschoben.«

Nun ging es schnell. An der Wohnungstür war eine Stimme zu hören: »Hab alles dabei, ich krieg dann zweihundert Mark.«

Borowski stand auf. Schneller, als man das bei seiner Statur hätte annehmen können.

»Besser, du kommst in einer Stunde noch mal«, flüsterte Ben an der Tür.

»Warum in einer Stunde? Hast du kein Geld?«

Als der Fremde diese Frage stellte, war Borowski bereits im Flur. »Möchten Sie nicht kurz reinkommen? Ihre Freunde erwarten Sie schon.«

»Wer ist das?«

»Borowski. Kriminalpolizei.«

»Ihr bleibt sitzen«, befahl Manz und stand nun ebenfalls auf.

Er war gerade an der Haustür angekommen, da ging sie schon los. Die Jagd, runter durchs Treppenhaus. Manz sah und hörte es von oben.

Wildes Getrappel, hastig rutschende Hände auf dem Handlauf, Sprünge über vier Stufen aufs jeweils nächste

Treppenpodest, irgendwo schrien zwei Frauen hell auf und protestierten, unten dann eine Flanke von Borowski übers Geländer.

Der hat nichts mit dem Herz, das war die Hitze im Untersuchungszimmer.

Manz kehrte in den Raum zurück. »Tja, Herr Gokowski, dann wissen wir doch schon mal, um was für eine Verabredung es ging.«

Eine Viertelstunde später stand auch Manz auf der Straße. Der Lieferant wurde gerade von einem Streifenwagen abgeholt, sein Blouson hing ihm komisch hinten zwischen den Armen, Borowski richtete sich sein Jackett.

»Hat er sich gewehrt?«, fragte Manz.

»Ansatzweise«, sagte Borowski. »Ich hab gerade überlegt. Die Männer die die Zeugin von gegenüber gesehen hat. Die unbedingt ins Haus wollten. Könnte gut sein, dass die gar nichts mit dem Pfarrer zu tun hatten, sondern mit den dreien da oben.«

»Wir wissen es nicht.«

»Was jetzt?«

Manz antwortete nicht sofort. Er hatte vorne an der Ecke zum Böhmischen Platz jemanden entdeckt.

»Mach du das. Die drei oben kurz vernehmen, alles zu dem Lieferanten abfragen.«

»Und du?«

»Ich versuche mal herauszufinden, was sie so treibt.«

»Wer?«

»Nicht umdrehen. Da vorne an der Laterne steht Sara.«

»An der Laterne?«

»Wie ich schon sagte …«

»Für Sara bist du zuständig.«

Borowski bekam keine Antwort mehr. Sara war gerade aus Manz' Blickfeld verschwunden, er setzte sich in Bewegung. Borowski kannte das, sie hatten schon einige Male darüber gesprochen. *Tunnelblick*, so hatte Manz etwas benannt, das eher ein Zustand war als ein Blick.

Am Landwehrkanal

Als Manz am Böhmischen Platz ankam, sah er sie wieder. Sara war gerade dabei, ihn diagonal zu überqueren. Es gab einige dicht belaubte Akazien, und am Rand, zur Straße hin, standen wieder diese unpassend wirkenden, rosa blühenden Zwergbäume. Dass die Sonne ihm nicht auf den Kopf brannte, war zunächst ganz angenehm, dann aber musste Manz feststellen, dass sich die Hitze hier unter den breit ausgefächerten, grünen Zweigen regelrecht staute.

Sara war am Rand eines Spielplatzes stehen geblieben.

Guckt sich die Kinder an. Warum? Will sie welche? Hat sie Geschwister? Haben Kinder für sie was von Unschuld?

Manz' Gedanken waren nicht unbedingt originell, mit der Wirklichkeit hatten sie vermutlich auch nicht allzu viel zu tun, aber das war ihm egal. Er kannte, was hier gerade mit ihm geschah, seit Jahren. Es ging darum, sich einzufühlen.

Aber warum? Sie wirkt doch ganz vernünftig und …

Er war sich sicher, dass Sara, wie auch die anderen Frauen im Haus, ihm etwas vorenthielt.

Scheint ein Geheimnis zu geben, das all diese unterschiedlichen Frauen vereint.

Was ihn an diesem Geheimnis interessierte, war nicht nur die Frage, um was es dabei ging, ihn interessierte vor allem, *warum?* Und so begann das Bild von Sara genauer zu werden. Obwohl sie, da er sie im Moment nur von hinten sah, nichts war als eine x-beliebige junge Frau.

Eng sitzende Jeans, rote Seidenbluse, ein gelbes Halstuch, hellbraune modische Cowboyboots, warum ein Halstuch und Cowboyboots im Hochsommer?

Obwohl Sara also, bis auf die Schuhe und das gelbe Halstuch, eher durchschnittlich aussah, prägte sich ihm das von der Sonne grell überstrahlte, an den Rändern leicht ausgefranste Bild ein und begann jenes von den drei neugierigen Frauen im doch eher düsteren Treppenhaus zu überlagern.

Es gibt Tage, an denen die Schritte der Frauen auf den Platten der Gehsteige lauter klingen und die Gedanken einiger Männer nicht nur aufgeladener sind, sondern in geradezu obszöner Manier herumstromern. Dies war so einer.

Der Kinderspielplatz war eingezäunt. *Schlichte Bauweise, viel Geld hat man nicht ausgegeben.*

Zwei Laster voll Rundhölzer, so Manz' Vermutung, hatte der Berliner Senat spendiert. Die einen dienten als Pflöcke, die anderen hatte man oben und auf halber Höhe horizontal dazwischenmontiert. Das Ganze hatte was von einem primitiven Gatter, wie man es aus alten Western kennt.

Hält jedenfalls keinen Hund ab, und auch keine flüchtigen Kinder.

Manz' Gedanken dämmerten weg ins Große. Er imaginierte, während er Sara betrachtete, einige Pferde, von denen eins von ihr an einer langen Leine voltigiert wurde.

Es kamen noch andere Bilder. Die Zeit verging zäh, die Hitze brütete, und Sara lehnte an dem Gatter, den rechten Stiefel auf die untere Querstange gestellt.

Ein Cowboyhut würde ihr stehen.

Nach gefühlt einer halben Stunde riss sie sich vom Anblick der spielenden Kinder los, schlenderte rüber in die Böhmische Straße und ging dann weiter Richtung Karl-Marx-Straße. Dort angekommen blieb sie längere Zeit vor einem Schuhladen stehen, betrachtete die Auslagen. Zum Glück dauerte es diesmal nicht allzu lange, ehe sie weiterging.

Da Sara bereits hundert Meter weiter erneut vor einem Schaufenster stehen blieb, hatte Manz Zeit, die Auslagen des Schuhgeschäfts zu betrachten.

Was sie sich wohl angesehen hat?

Manz entschied sich für ein paar dunkle Wildlederstiefel, die ihr bis ein gutes Stück über die Knie … ja was? Gingen? Gegangen wären? Es war ja nur eine Vorstellung.

Etwas Ähnliches wiederholte sich, als er vor der Auslage im Schaufenster einer Boutique stand, die Sara zuvor betrachtet hatte. Das Angebot richtete sich nicht unbedingt an Urberliner oder Deutsche. Trotzdem wählte Manz für Sara einen knapp knielangen Rock aus geraffter gelber Seide, der sich verspielt kräuselte.

Zu den hohen Stiefeln und dem lustigen Rock würde sie ein grünes Bolerojäckchen mit großen Knöpfen aus Hirschhornknochen tragen. *Warum nicht, sie scheint ja, was ihre Kleidung angeht, einen rustikalen … Abwarten.*

Die Hitze fuhr fort mit ihrem Werk an Manz' Gehirn. Einige weitere Geschäfte erregten zunächst Saras, dann sein Interesse. Schließlich hatte er sie in Gedanken komplett neu eingekleidet. Inklusive Nagellack und Frisur.

Nein, kein Cowboyhut.

Ein kleines Hütchen hatte Manz ihr zuletzt verpasst. Mit einer Fasanenfeder, die mutig und frech in den Raum stak. Von der Machart her also nicht unähnlich jenem Hütchen, das Robin Hood in alten Filmen trug. Sie sah nicht irgendwie toll oder aufreizend aus. Sie sah so aus, wie sie war.

Unentschieden.

Mochten das auch alles nur Manz' Vorstellungen sein, er hatte sich ihr doch ein wenig genähert. War gewissermaßen in ein vertrautes Verhältnis zu Sara getreten.

Sie stieg runter zur U-Bahn, er folgte ihr.

Sie wechselte die U-Bahn, er tat es ihr nach.

Sie löste eine Karte für das Naturkundemuseum. Er ebenfalls.

Das Saurierskelett dort kannte er schon. Sie stand neben dem haushohen Kochengebilde. Wirkte sie traurig, als sie, wohl gut zehn Minuten lang, zu dem Kopf hinaufsah? Nun, das Licht und die gedämpften Farben taten das ihre. Spätestens hier, im Museum, hatte Manz das Gefühl, sie habe ihn längst entdeckt. Wenn es so war, dann zeigte sie es nicht.

Gefällt ihr offenbar, ziellos durch die Stadt zu streunen. Mit mir an ihren Hacken.

War ihm dieser Gedanke nicht schon gekommen, als er ihr zum ersten Mal begegnet war? Oben in der Studenten-WG, als sie ihn fragte:

»Sie gehen schon? Das war alles?«

Hatte sie ihn nicht genau das gefragt, als er aufstand? Hatte sie damit nicht im Grunde gewünscht, dass er blieb? Dort oben in der heißen Küche. An einem einst mit Kork belegten Küchentisch.

Manz sah die Küche wieder vor sich. Besonders der in einen der alten Schränke eingebaute Brotkasten fesselte ihn. Nichts in dieser Küche passte zusammen.

So wie ja auch nichts von dem, was Manz während der letzten anderthalb Stunden für sie ausgesucht hatte, zusammenpasste.

Ihr aufforderndes Grinsen kam ihm wieder in den Sinn.

Gibt sich verspielt, aber ….

Es bestand kein Zweifel, er war dabei, in sie einzutauchen, sie zu erfassen.

Und wieder blieb sie vor einem Kinderspielplatz stehen. Es war wie beim ersten Mal. Sie sah den Kindern so lange zu, dass es eigentlich keine vernünftige Erklärung gab.

In Worten hätte Manz noch nicht sagen können, was er längst ahnte, spürte … War es nicht sogar so, dass er es längst wusste?

Als sie sich zuletzt an einer Böschung, die zum Landwehrkanal runterging, ins trockene Gras setzte, schloss er zu ihr auf und nahm neben ihr Platz.

Der Jahrhundertsommer, die Farbe des Grases, der Müll und der Unrat der Stadt, die Art, wie sie gekleidet war, die Art, wie die Zweige der Erlen auf die glitzernde Wasserfläche herabhingen …

Selbst hier, am Wasser, fehlt Wasser.

Sie sah ihn an. Lange. Ihr Gesicht wirkte müde und doch … *Wieder dieses mühsam erzeugte, herausfordernde Lächeln*, das eigentlich eher einem Grinsen glich. Jetzt endlich begriff er, was es bedeutete.

Es war keinesfalls ein Grinsen, es ging nicht darum, dass sie Lust hatte, ihn herauszufordern oder zu spielen, wie er anfangs gemeint hatte. Sie wartete darauf, dass er in sie drang und ihr eine Entscheidung abnahm. *Früher oder später tun das die meisten.* Es würde nicht mehr lange dauern. Sie war letztlich nicht mehr und nicht weniger als das, was sie war. Eine Frau Anfang, vielleicht Mitte zwanzig, die es nicht schaffte, eine Entscheidung zu treffen. Wie viele solcher Frauen und Männer ihm nicht schon untergekommen waren in all den Jahren.

»Du bist mir gefolgt.«

»Wann hast du es bemerkt? Im Naturkundemuseum?«

»Schon lange vorher.«

»Einer meiner Töchter gefällt das Dinosaurierskelett.«

»Warum?«

»Weil sie ein Buch gelesen hat, in dem solche Tiere auf einer geheimnisvollen Insel leben.«

»Ich meinte, warum du mir gefolgt bist.«

»Weil ich glaube, dass es an der Zeit ist.«

»Wofür?«

»Dass du mir sagst, was im Haus los ist.«

»Was soll denn los sein?«

Links von ihnen querte eine steinerne Brücke den Kanal. Sie war, wenn die eingemeißelten Zahlen stimmten, einundachtzig Jahre alt. Der weit gespannte Bogen war gemauert und gerade eben hoch genug für die Ausflugsdampfer der weißen Flotte.

»Was denn?«, fragte sie erneut. Die Frage wirkte einigermaßen sinnlos.

Als er nicht antwortete, zog sie die Augenbrauen ein wenig zusammen. Bei manchen Frauen hat so was einen großen Effekt, bei ihr nicht.

»Du meinst, was los sein soll, außer, dass im Erdgeschoss des Hauses, in dem du wohnst, zehn Tage lang ein Toter in seinem Wohnzimmer lag und niemand sich darum gekümmert hat? Ein Mann, von dem alle im Haus ständig betonen, sie hätten ihn sehr gemocht, ja sogar geliebt! Ein Mann, den man jeden Tag sah, ein Mann, der mehrfach erwähnte, dass er es mit dem Herzen hat, ein Mann, der plötzlich nicht mehr auftauchte, auf kein Klingeln reagierte, keine Pakete mehr annahm …«

»Und?«

»Was sonst noch los ist? Du meinst, außer dass in eurer WG ein Drogendealer ein und aus geht? Oder dass alle im Haus mich und meinen Kollegen pausenlos belügen? Was, Sara, müsste denn noch los sein, ehe du was sagst?«

»Was denn?«

»Zum einen frage ich mich, ob all diese Lügen, all dieses Drumherum dazu dient, das Haus zu schützen oder den Pfarrer.«

»Wieso?«

»Nun, Herr Busse war kein Pfarrer, er hatte eher etwas von einem Betrüger.«

Ihr Protest kam schwach. »Herr Busse war ein herzensguter Mensch.«

»Gehört ›herzensgut‹ zu deinem täglichen Wortschatz? Ich kann es mir kaum vorstellen. Eher schon kann ich mir vorstellen, dass es im Haus eine Absprache gab, in der dieses Wort vorkam. Für den Fall, dass etwas Schlimmes passiert ist und die Polizei Fragen hat.«

»Das alles stellst du dir vor?«

»Das und noch mehr, Sara. Während der letzten anderthalb Stunden, als du so ziellos in der Gegend herumgeschlendert bist, weißt du, was ich da gemacht habe?«

Kein Wort von ihr.

»Ich bin vor den gleichen Schaufenstern stehen geblieben und habe mir vorgestellt, welche Schuhe, was für einen Rock, was für ein Top dich reizen würde. Ich habe dich sozusagen völlig neu angezogen. Was dabei rauskam, war ein ziemliches Durcheinander.«

»So was dürfen Sie doch bestimmt gar nicht.«

»Eine Verdächtige observieren und mir Gedanken machen? Dafür werde ich sogar bezahlt.«

Sie blickte aufs Wasser, schien nachzudenken. Ein Ausflugsdampfer von der weißen Flotte kam vorbei, die Touristen auf dem Oberdeck winkten, Manz winkte zurück.

Er ließ noch etwas Zeit verstreichen, dann erst stellte er seine Frage.

»Sag mir, was los ist, Sara. Komm, sag es mir. Oder bist du jemandem verpflichtet?«

»Sag mir, was los ist, Sara. Komm, sag es mir …«

Manz kichert leise.

»Was soll sie dir sagen?«, fragt Christine.

Sie steht neben ihm, *wie lange schon?* Ihr Blick geht in Richtung der Gäste, die in Gruppen beisammenstehen und darauf warten, dass das Buffet unter dem Vordach des russischen Pavillons eröffnet wird.

»Und vor allem: Wer ist Sara?«

»Ach, nichts. Eine junge Frau, die ich observiert habe. Ich habe sie nie gefragt, wie alt sie ist.«

»Vergessen?«

»Irgendwie schon. Es gibt Momente, da meinte ich, siebzehn, vielleicht achtzehn. Und dann wieder meinte ich, mindestens fünfundzwanzig. Aber das kennst du ja. Manche Frauen haben die Fähigkeit, sich zu verwandeln. Sie geben einem Rätsel auf. In diesem Fall ging es noch weiter. Sara war sich selbst ein Rätsel. Ich musste sie also erst mal ein bisschen weichklopfen.«

»Weichklopfen?«

»Ich wollte nicht, dass sie mir ein Rätsel bleibt.«

»Und? Hast du das Sara-Rätsel am Ende gelöst?«

»War schwierig bei ihr. Ich brauchte einigen Anlauf. Vor allem musste ich meinen Kopf freikriegen.«

»Also bist du ihr gefolgt. Du bist, wenn ich alles zusammennehme, was du mir im Laufe der Jahre erzählt hast, einer ganzen Reihe Frauen gefolgt.«

»O ja! Ich hatte immer das Bedürfnis, mehr über sie zu erfahren. Mehr als in einem Gespräch. Und da ist es manchmal das Beste, man geht ihnen nach …«

»Hm.«

»... guckt sich an, wie sie sich bewegen, welche Orte sie aufsuchen, welche Geschäfte sie interessieren, stellt sich vor, wie sie aussehen würden, wenn ich das zu ihnen Passende für sie einkaufen würde. Es hat etwas von einer Jagd mit den Augen, du verstehst.«

»Ich denke, ich verstehe recht genau. Kenne ich sie?«

»Sara? Nein. Ich habe dich nie mit diesen Geschichten belämmert.«

»War das so was wie dein Geheimnis?«

»Nein. Ich habe mich in der Regel bemüht, das Berufliche im Büro zu lassen.«

»Dafür hast du mir aber im Laufe der Jahre eine ganze Menge berufliche Fragen gestellt. Einmal wolltest du sogar wissen, wer Søren Kierkegaard ist.«

»Borowski hatte damals angeblich was mit dem Herz, und mein nächster Check-up war bereits angesetzt.«

»Und da dachtest du, du hättest auch was mit dem Herz.«

»Du warst in München. Einer deiner Kämpfe mit Frau Scholle.«

»Ach so, es ist schon etwas her.«

»83. Der Jahrhundertsommer. Und du weißt ja, wie mein Körper auf Hitze reagiert.«

»Es ist also wieder etwas Altes in dir aufgestiegen.«

»Wegen des Gedichts von Dietrich Bonhoeffer und dem Pfarrer. Mattis Konfirmation. Ich glaube, das fing schon in der Kirche an.«

»Matti hält seine Konfirmationsrede, und du denkst an ... Sara?«

»Da noch nicht, da war es der Pfarrer.«

Die Sonne ist bereits untergegangen, die Koteletts und Würstchen werden gerade auf den Grill gelegt, und Stefanies Tochter Lydia hat vor einiger Zeit ihren Platz hinter der Musikanlage eingenommen. Diese Anlage besteht aus großen Boxen, einem modernen Verstärker und ihrem Handy. Ebenfalls vor einiger Zeit, nämlich im Februar, hat Manz eine mittelschwere, mit einigem Leid daheim auskurierte Erkrankung der Lunge überstanden. Er fühlte sich auch im Frühsommer teils »schwach, wie ausgeschaltet«, dann wieder, wie er Christine erklärte, »Überwach!«.

»Hm …«

»Da herrscht dann plötzlich ein beunruhigendes Maß an Empfindung und Genauigkeit in mir! Wohl weil ich für ein paar Tage Angst hatte zu sterben.«

»Also bitte!«

»Nimm das nicht zu leicht, Christine, der Pfarrer war zweimal im Haus!«

»Weil du ihn gerufen hast. Weil du Krankheit nicht gewohnt bist und meintest, deine Zeit wäre gekommen. Aber ob diese plötzlich erwachte Sensibilität, von der du da sprichst, etwas mit dem Pfarrer oder den Nachwirkungen deiner Erkrankung zu tun hat … Ich weiß nicht.«

»Dann erklär mir doch mal, wo dieses Übermaß an Empfindsamkeit und dieses gesteigerte Interesse an Altem plötzlich herrührt. Es kommt mir vor, als müsste ich dringend etwas nachholen, mir Rechenschaft ablegen über die Vergangenheit.«

»Ja, das ist rätselhaft. Andererseits … Viele ältere Menschen drängt es zurück in der Zeit.«

»Ich sprach von sensibel nicht von senil. Glaub mir, ich meine etwas Umfänglicheres als eine einfache Beschäftigung mit der Vergangenheit. Das Ganze entwickelt sich in meinem Kopf zu einem höchst privaten, stark verzweigten Projekt ...«

»Sara.«

»... ähnlich einem Wurzelballen, der im Kriminellen gründet, wenn du so willst.«

»Warum im Kriminellen?«

»Weil mir das die Ankerpunkte liefert, mich zu erinnern.«

»Ankerpunkte? Du sprichst noch von dir?«

»Ich spreche von uns.«

»Ach? Ich bin auch beteiligt?«

»O ja, sicher doch.«

Krankheit oder Erinnerung, das also ist für Manz die entscheidende Frage.

Es ist ein schöner, warmer Frühsommerabend. Fünfundvierzig Gäste stehen auf dem Rasen um die improvisierte Tanzfläche herum.

»Außer Borowski hat keiner abgesagt.«

»Seien wir froh, dass er seine Bypassoperation gut überstanden hat.«

»Ja ... Er wird sich wieder erholen, sagt sein Arzt. Trotzdem komisch, dass ausgerechnet ihm so was passiert. Borowski hat nie geraucht.«

»Ihr habt damals recht viel getrunken.«

»Ich bitte dich!«

»Dein Borowski ...«

»Na, komm. So nahe waren wir uns nun auch wieder nicht.«

Der Caterer hat alles auf der überdachten Veranda aufgebaut, im Pavillon drehen die Enkel am Kicker, das Ferkel dreht sich am Spieß.

Als die Lampions leuchten und alle ein Glas Sekt in Händen halten, klopft Manz mit dem Stiel eines Löffels an seins.

Stefanie erschrickt als Erste. Sie steht zwischen ihren Schwestern Dr. Claudia Manz und Julia. Auch Christines Augen drücken Besorgnis aus. Manz hat auf Familienfeiern schon oft Reden gehalten. In der Regel kamen die zwar ganz gut an, gerieten nach Christines Dafürhalten allerdings oft etwas frugal. Seinen Teil der Familie und seine Freunde schien das nicht weiter zu stören, aber es waren ja auch welche aus ihrer Familie da, und die waren, wie sie wusste, nicht alle Anhänger seiner teils etwas altbackenen Einstellungen. Auch die Lippen der drei Töchter werden oft etwas schmal, wenn ihr Vater vor der Familie spricht.

Natürlich. Man lässt es ihm durchgehen. Wenn auch ein wenig im Modus der Scham. Manz ist vierundsiebzig Jahre alt und ... »An eurem Vater sind einige gesellschaftliche Veränderungen nahezu spurlos vorbeigegangen«, wie Christine ihren Töchtern gegenüber einige Male sagte.

»Ich möchte«, beginnt Manz, »bevor wir anfangen zu tanzen und wie immer zu viel trinken, ein paar Worte sagen. Ihr alle wisst, wie gerne ich das tue.«

Lächeln der beiden Schwiegersöhne. Ja, auch Claudias Mann, Frank, ist dabei. Er ist eigentlich immer dabei, wenn die Familie feiert, er ... Wie gesagt: Er ist da.

Blicke. Erst zwischen den Schwestern. Dann zwischen den Schwestern und ihrer Mutter. Zuletzt auch zwischen einigen aus Christines Verwandtschaft.

»Wie ihr seht, bei uns hat sich etwas verändert. An dieser Stelle standen bis vor zehn Tagen noch Christines Rosen. Die stehen nun neben dem Haus. Ihren Platz hat dieser russische Pavillon eingenommen. Auf den komme ich gleich. Und auch auf Mattis Konfirmation komme ich noch, keine Sorge. Vorher jedoch möchte ich, dass wir unser Glas erheben auf … Habt ihr alle zu trinken? Henning, was ist mit dir?«

Henning schüttelt dezent den Kopf. Seit er sich … ein denkwürdiger Abend im Zizzwitzer Ruderclub vor einigen Tagen … seit also Henning sich wieder von der AFD distanziert hat … eine längere, eigentlich sogar eine sehr lange Geschichte, fast schon ein Buch! Eins, das einiges über seine Eltern, ein nie gewolltes Jurastudium, ein Sichselbstquälen, ein Hochwühlen, ein innerliches Rotieren zu einem Zentrum hin, sowie die verflossenen drei Jahre zum Thema hätte … Egal. Henning darf jetzt wieder dabei sein. Nur eben leider … Es geht ihm nicht gut, er war kürzlich beim Arzt.

»Matti! Henning braucht ein Glas Sekt.«

Es vergeht etwas Zeit, da Matti den Sekt erst mal aus dem russischen Pavillon holen muss. Manz steht da. Leicht breitbeinig. Unverrückbar. So, wie er es immer getan hat. Früher, als er noch Kommissar war in Berlin, Direktion 5. Auch an Tatorten stand er oft so da. Stoisch. Ohne Eile. Prägte sich alles ein. Es hieß damals, er habe ein fotografisches Gedächtnis. Das ist Unsinn. Wenn, dann hat Manz ein fotografisches Gefühl.

Leises Gemurmel. Die Spannung steigt.

Vor ihm im Halbkreis stehen die Familie und die anderen Gäste. Alle sind gezwungen, nun ebenfalls abzuwarten, bis Matti endlich mit dem Sekt kommt und Henning ein Glas in die Hand drückt.

»Gut. Wenn wir dann alle so weit sind, möchte ich, dass wir unser Glas erheben und auf Onkel Jochen trinken. Meinen Stiefvater. Ohne den nämlich, darauf wette ich meinen Arsch, würden wir hier alle gar nicht stehen.« Manz' Stimme ist, während er das sagt, etwas brüchig geworden. Er bringt den Toast nur mit Mühe zu Ende. »In diesem Sinne. Auf dich!«

Alle wissen, was gemeint ist. Alle sehen, dass es in Manz' Augen glitzert. Alle wissen, was Onkel Jochen für ihn noch immer bedeutet. Sie heben also still und feierlich ihre Gläser gen Himmel, einem der bemalten Papiermonde entgegen und ... trinken. Nur Manz' Mutter zögert, ehe sie trinkt. Sie steht neben Christine und zischt leise: »Ein bisschen pathetisch, findest du nicht?«

Manz hat sich wieder in der Gewalt.

»So, Leute. Bevor ich ein paar Worte zu Mattis Aufnahme in den Kreis der Gläubigen sage ... ich meine mich zu erinnern, dass der Pfarrer in Berlin sich so ausdrückte ... noch ein Wort: Wir stehen hier vor dem russischen Pavillon. Eine Schnapsidee, so sagte man mir. Man sagte mir auch, es bräuchte Fachleute, um so was zu errichten. Wird mir zu teuer, dachte ich, und ... wozu braucht man Fachleute, wenn man einen Schwiegersohn wie Dirk hat? Dirk, komm mal her.«

Bewegung, Gemurmel. Fast alle Anwesenden wissen, dass das Verhältnis zwischen Manz und Dirk Brunner seit Jahrzehnten eher kühl ist. Dirk tritt an Manz' Seite.

Der sieht ihn an, in einer Weise, als hätte er zuvor noch nie Gelegenheit gehabt, das zu tun. Blicke zwischen den Schwestern. Der Ausdruck dieser Blicke, der Ausdruck der angedeuteten Gesten: hilflos. Stefanie muss zuletzt von ihren Schwestern etwas gestützt werden.

»Dirk und ich haben den russischen Pavillon gemeinsam gebaut. Eigentlich hat er ihn gebaut, ich war sein Hilfsarbeiter. Dirk kann so was. Dirk kann alles. Alles jedenfalls, was ihr hier seht. Und ich glaube, es ist der rechte Zeitpunkt zu sagen, was zu sagen ist. Ich habe mich, was ihn angeht, getäuscht. Sehr getäuscht. Das über einen langen Zeitraum. Und manchmal schämt man sich so sehr, wenn man sich täuscht, dass man schweigt ... Oder sogar anfängt zu lügen. Wir hatten solche Fälle. Damals in Neukölln. Mehr Worte will ich darüber nicht verlieren, ich glaube, ihr wisst, was ich meine. Dirk ...«

Manz umarmt seinen Schwiegersohn.

Er nimmt sich Zeit dafür.

Gemurmel.

Verwirrung bei den Töchtern. Stefanie ... Weint sie?

Manz entlässt Dirk schließlich und sammelt sich. Was keinesfalls bedeutet, dass seine Töchter sich nun entspannen dürfen, denn schon Manz' erster Satz bewirkt, dass ihre Augen erneut groß und ihre Blicke etwas starr werden.

»Nun ein paar Worte zu Mattis Konfirmation. Als Claudi ... Als Claudia mir sagte, dass Matti sich wünscht, am Konfirmationsunterricht teilzunehmen, konnte ich es kaum glauben. Bei uns in der Familie spielten Religion und Glauben ja nie eine besondere

Rolle. Ich dachte, das ginge inzwischen fast allen so. Vor allem natürlich den Jüngeren. Aber Matti wollte unbedingt. Nun, was denkt man als Großvater, wenn einer in Mattis Alter plötzlich so eine Entscheidung trifft? Früher hätte ich ihn vermutlich gefragt: ›Und? Wie heißt sie?‹ Aber das war bei Matti nicht der Fall. Er hat mir damals erklärt, er wolle herausfinden, wer er ist, aber er wolle das nicht allein machen, sondern in einer Gruppe, die sich bereits an seiner Schule gebildet hat. ›Klingt ziemlich kompliziert‹, dachte ich. Denn ist es nicht so, dass ich mich eher auf mich selbst besinne, wenn ich herausfinden will, wer ich bin oder was ich will? Offenbar gilt das nicht für alle. Bei Mattis Wunsch, in die Gemeinschaft der Gläubigen aufgenommen zu werden, ging es, so schien mir, eher um die Gemeinschaft als um den Glauben selbst. Aber da hatte ich etwas falsch verstanden, wie Matti mir später erklärte. Für ihn, so sagte er, seien das keine verschiedenen Dinge. Stimmt doch, Matti? Oder hab ich das jetzt mal wieder falsch …?«

»Stimmt ansatzweise!«, sagte Matti, woraufhin ein wenig gelacht wurde.

»Da seht ihr, wie es steht. Ein Wort wie ansatzweise hätte ich in seinem Alter noch gar nicht gekannt. Er wird mir also noch ein drittes und vielleicht ein viertes und fünftes Mal erklären müssen, was das für ihn ist. Christlicher Glaube. Nun gut, ich will mich nicht auf ein Feld hinauswagen, von dem ich nicht mehr verstehe, als ein ehemaliger Kriminalbeamter eben versteht. Für uns Ermittler damals waren Menschen, die etwas unbedingt wollten oder glaubten, in der Regel Personen, bei denen wir nachgehakt haben.«

Einige aus Manz' Familie lächeln, einige aus Christines Verwandtschaft senken schamvoll die Köpfe.

»Was ich allerdings sehr gut verstehe«, fährt Manz fort. »Das ist die Frage, die ja bereits im Titel des Gedichts vorkam, das Matti uns in der Kirche vorgetragen hat: ›Wer bin ich?‹ Und dieser Frage nachzugehen, das leuchtet mir ein, macht mehr Spaß zusammen mit anderen als allein. Das Ganze, so scheint mir, läuft dann allerdings auf eine ganz andere Frage hinaus. Nämlich: ›Wer sind wir?‹ Zwar könnte ich auch bei einem zu großen *wir* aus meiner beruflichen Erfahrung heraus Bedenken anmelden, denn wir hatten es ja dann immer häufiger mit organisierter Kriminalität oder falsch verstandener Solidarität zu tun. Aber das erspare ich euch, da meine einseitigen Erfahrungen vermutlich nur wenig mit Mattis Gedanken zur Konfirmation zu tun haben.« Wieder spricht er Matti an. »Hilf mir, habe ich bis jetzt alles richtig …?«

»Ansatzweise.«

»Ansatzweise, ihr habt es gehört. Und das war auch schon alles, was ich sagen wollte, außer natürlich: Ich gratuliere dir, Matti, dass du zu wissen scheinst, was du willst. Mehr hab ich nicht zu sagen. Außer natürlich: Das Buffet ist eröffnet.«

Er macht Lydia ein Zeichen, dass sie demnächst, aber nicht sofort die Musik wieder anmachen kann.

Manz erntet für seine Rede Applaus, es ist aber auch ein Gemurmel, teils mit Kopfschütteln zu hören. Wie immer kommt es vor allem aus Christines Verwandtschaft.

»War die Ansprache in Ordnung?«, fragt er, als seine Frau kurz drauf an ihm vorbeikommt.

»Sie war so in Ordnung wie immer. Wir reden später.«

In diesem Moment tippt Lydia auf die Playlist ihres Handys, und *Some say* von Nea erklingt. Ein Lied, mit dem sie schon kurz nach ihrer Ankunft in Zizzwitz alle genervt hat. Manz blickt in Richtung der ersten Tänzer, und das Ganze verschwimmt ihm ein bisschen. Die Gäste strömen nach und nach in Richtung des Buffets, ein, zwei gratulieren ihm zu seiner Ansprache, dann lässt man ihn in Ruhe.

So dauert es nicht lange, und Manz sieht wieder die Frauen vor sich. Er kann das sofort einordnen, denn die Geschichte vom Mord im Leberstieg ist in seiner Erinnerung eine, die von Frauen handelt.

Und von einem Haus.

Auch das steht ihm sehr genau vor Augen.

Das Treppenhaus … Ja genau … Borowski und ich sind reingegangen, hatten den Fall nach gut einer Woche gelöst.

Auch die ersten Worte des Täters bei der Vernehmung hat Manz noch im Ohr.

Trotzdem … Das Treppenhaus war zuerst da.

Während die Gäste damit beginnen, ihre Teller zu füllen, werden Manz' Erinnerungen genauer.

Drei Frauen im Treppenhaus. Teils auf dem ersten Zwischenpodest, teils über das Geländer weiter oben gebeugt, in einem speziellen Licht. Ständig am Reden. Und sie haben uns pausenlos belogen.

Manz' Erinnerung ist also eine, die von Körpern in einem … *gedämpft erdige Farbtöne* … Treppenhaus handelt. Eher so eine Erinnerung als eine, in der es um Mord geht. Oder Wut. Oder Würde. Auf die Würde des Täters hatte dessen Anwalt später gesetzt.

Schon gar nicht ist das, was in Manz aufsteigt, eine Erinnerung an einen bis auf die Knochen abgeschälten Pfarrer. Die Erinnerung an diese Ungeheuerlichkeit, an dieses Gestrüpp aus Lügen, angeblichen Fehleinschätzungen und Falschdarstellungen im Namen der Würde beginnt also erneut mit drei Frauen in einem Berliner Treppenhaus, in einem bestimmten Licht.

Es mag redundant wirken, dass dieses Treppenhaus hier immer wieder angeführt wird, und es ist ja auch redundant. Aber Manz' Erinnerung hat nun mal diesen Charakter der Wiederholung. Erinnerung kann sich auch festsetzen, variieren, täuschen. Das alles ist sogar gleichzeitig möglich. Zum Beispiel bei Zeugen. Richter und Beisitzer mit Berufserfahrung können ein langes Lied davon singen. Die Wiederholung ist hier also nicht nur angebracht, sie ist zwingend.

Berliner Treppenhaus mit drei redenden Frauen.

Es gibt sicher irgendwo einen alten Ölschinken, *geheimnisvoll schimmernd unter einem bereits stark abgedunkelten Firnis,* mit genau diesem Titel. Die Lichteffekte. Hell und dunkel. *Die akkurat aufgetragenen vertikalen und horizontalen Kantenlinien*, die Schattenzonen, in denen man aber doch genügend erkennt, die mächtige, bildgliedernde Diagonale des Handlaufs … Und natürlich sind da die redenden, mit dem Zeigefinger auf etwas weisenden greisenhaften Frauen mit ihren großen Augen, ihren fast schon ins Groteske verzerrten Mündern … Aber ging es in diesem Fall nicht eher um Frauen mittleren Alters? Neugierig wie zuvor die Alten und mit großen Augen, nicht aber mit grotesken Mündern.

Wie auch immer. Das Treppenhaus, von dem hier die Rede ist, steht in Manz' Erinnerung wie ein Monument. *Offenbar mein stärkster Eindruck damals. Stärker jedenfalls als der, den die Leiche hinterließ. Und näher an der Wahrheit, denn unter den drei Frauen war auch Frau Böhmer. Und ganz dicht bei ihr, den Kopf fast auf den Schultern der Freundin, Frau Erdmann. Und sie haben kein Wort von dem gesagt, was wirklich … Kein Wort.*

Sara drückt der Schuh

Manz und Sara saßen jetzt schon seit zwanzig Minuten am Landwehrkanal. Manchmal brachte Geduld mehr als eine regelrechte Vernehmung. Sie würde reden, da war Manz sich jetzt sicher.

»Ich bin niemandem im Haus verpflichtet«, erklärte sie endlich.

Er würde sich nun, da genügend Zeit vergangen war, mit einer ersten Frage vortasten. »Du bist zweimal an einem Kinderspielplatz stehen geblieben, hast den Kleinen lange beim Spiel zugesehen.«

»Na und?«

Ein weiterer Ausflugsdampfer kam vorbei, das Schiff ähnelte dem vorigen wie ein Ei dem anderen. Gleiches galt für die Touristen, die erneut winkten.

»Willst du den Pfarrer beschützen oder das Haus?«

»Das Haus natürlich nicht, es ging … Frau Scheer, Frau Wendel, Frau Erdmann und Frau Böhmer geht es, glaube ich, eher um sich selbst. Nie wird etwas direkt ausgesprochen. Es hieß immer: ›Das können wir dem Pfarrer nicht antun.‹ Oder auch: ›Ihr wisst ganz genau, was die Polizei daraus macht.‹«

»Ich nehme an, der zweite Satz kam von Frau Scheer. Der Malerin mit den goldenen Hirschen.«

»Kann sein«, sagte Sara, indem sie betont gleichgültig ihre Schultern hochzog. »Eine richtige Absprache gab es nicht. Es war nicht so, wie du dir das vorstellst. Du hast Pfarrer Busse nicht gekannt, nie erlebt …« Sie atmete tief durch. »Vor allem hast du ihn nie reden hören und warst nicht dabei, wenn er einem zugehört hat. Ich kann nur noch mal das sagen, was ich dir schon mal gesagt habe. Er war ein besonderer Mensch. Milde. Klug. Aufmerksam.«

»Wie ein Pfarrer.«

»Du machst dich lustig.«

Nun war es an der Zeit.

»Das mag auf dich so wirken, aber ich bin nicht mehr lange lustig, Sara. Soll ich dir erzählen, wie euer Pfarrer ums Leben kam, wie man mit ihm, mit seinem Körper umgegangen ist?«

»Nicht nötig.«

»Er wurde halb zu Tode geprügelt und getreten. Dann hat man ihn mit einem Kissen erstickt. Unser Gerichtsmediziner sagt, der Todeskampf habe vermutlich zwischen zehn und fünfzehn Minuten gedauert. Wie gesagt, vorher wurde er so heftig geschlagen und getreten, dass innere Organe gerissen und geplatzt sind.«

Ihr Gesicht … Sie kämpfte nicht mit den Tränen. Sie zitterte auch nicht. Alles an ihr war steinhart.

Wie ich mir dachte. Sie hat sich selbst weichgekocht.

Nach Spielen ist ihr nicht mehr zumute. Und nach Solidarität wohl ebenfalls nicht.

Der nächste Ausflugsdampfer zog vorbei. Er sah zwar aus wie die vorherigen, aber die Menschen waren jünger. Laute Musik war zu hören, an Deck wurde getanzt.

»Es gibt in Berlin Hunderte solcher Ausflugsdampfer«, erklärte Manz. »Meine Frau und ich sind ein paarmal mitgefahren. Zusammen mit unseren beiden älteren Töchtern. Seit unser drittes Kind da ist, gehen wir eher in den Zoo oder ins Schwimmbad. Es sind immer viele Kinder mit ihren Eltern im Zoo. Kannst du dir ja denken. Obwohl … Meine älteste Tochter, die ist jetzt siebzehn. Da geht sie nicht mehr gerne mit. Klar. So ab vierzehn, fünfzehn fangen Kinder an sich zu verändern. Manche sind eine Weile etwas unleidlich oder verwirrt oder …«

»Junge Männer.«

Saras Lippen: ein Strich. Sie hatte die beiden Worte herausgepresst, als ginge es um eine Geburt. Aber es war eine schnelle Geburt, wie sich zeigte. Und es kam einiges nach.

»Mit junge Männer meine ich Jungs zwischen sechzehn, achtzehn, höchstens zwanzig.«

»Sechzehn, achtzehn? Nicht vielleicht noch jünger?«

»Weiß ich nicht. Ich könnte das selbst bei Deutschen nicht sicher sagen.«

»Es waren keine deutschen Jungen?«

»Woher soll ich wissen, wo die geboren wurden?« Das hatte Sara sehr heftig, beinahe roh ausgestoßen. Sie bekam sich dann aber schnell wieder unter Kontrolle.

»Frau Erdmann und Frau Wendel meinten immer, die seien so um die achtzehn. Manchmal stand einer von denen vor Busses Tür, wenn ich vorbeikam. Es geschah heimlich. Immer erst so nach zehn Uhr abends. Aber natürlich hatten längst alle mitbekommen, dass bei Busse sehr junge Männer ein und aus gingen. Vom Typ her Rumänen oder Bulgaren. Und ich vermute, Busse hat sie für ihre Dienste bezahlt. Ich schätze, alle im Haus haben das gedacht. Und das … das passte einfach nicht zusammen mit dem, was Pfarrer Busse für uns war. Du täuschst dich, wenn du glaubst, es ginge um eine Lüge oder dass wer was vor der Polizei verheimlichen will. Es ging … Ja, anders kann man es, glaube ich, nicht sagen …«

Sie verstummte.

»Um was? Mensch, Mädchen, sag es doch einfach.«

»Würde. Ich weiß, dass Sie das nicht verstehen, aber …«

»Ich verstehe vollkommen. Bei meiner Arbeit geht es sehr oft um Würde.«

Das Gespräch dauerte noch eine Viertelstunde, aber viel mehr hatte Sara ihm nicht mitzuteilen. Außer, dass Herr Böhmer den Pfarrer vermutlich erpresst hatte.

»Er wollte seine Wohnung.«

»Hat Busse sich erpressen lassen?«

»Ich glaube nicht. Mir jedenfalls hat er gesagt, dass er nicht im Traum daran denkt, auszuziehen.«

Auf der Brücke erschien ein Zehnjähriger mit einer Tröte und trötete. Zur Begrüßung, wie es schien, denn es kam gerade der nächste Ausflugsdampfer.

»Was passiert jetzt?«, fragte Sara und sah ihn an. Ein Moment, Auge in Auge.

Zwei junge Männer setzten sich drei Meter hinter ihr an die Böschung. Manz sah sie etwas unscharf über Saras rechter Schulter. Die beiden waren für ihn eher bewegte Flächen als lebendige Körper. Das lag am Gegenlicht. Golden. Rötlich. Ungefähr in diesem Farbspektrum. Die Sonne stand immer noch gut vier Faust hoch über dem Horizont, schwebte direkt über dem Kanal. Und ganz vorne, sehr scharf, war Saras Gesicht. Sie sah ihn immer noch an. Worauf wartete sie? Auf einen Satz, der ihr die Last …? Empfand sie so etwas überhaupt? War sie nicht eher ein Typ, der die Dinge spaßig auffasste oder … interessiert?

Sie und ihr Blick also, in einem Licht, das sie wie eine Aura umgab. Ein Moment, sich später daran zu erinnern. So möchte man doch annehmen. Nur ist es so, dass sich nie voraussagen lässt, welche Momente später noch mal auftauchen und welche nicht. Es sind nicht immer die Momente von großer Intensität und Bedeutung oder Bilder in güldener Stimmung. Und was da hochkommt, erscheint in der Regel auch nicht allzu genau. Es sind der Verstand, die Phantasie, ein unterschwelliges Wollen, die das grob Skizzierte erst komplettieren. Mehr noch: Erst diese Art von nachträglicher Fälschung befähigt jemanden wie Manz sich einzubilden, er würde sich an nacheinander ablaufende Vorgänge erinnern. Es geht also – um hochzugreifen – um einen poetischen Akt. Die kristallklaren Erinnerungen, die, welche einen bisweilen mit Wucht in Richtung einer schönen oder hässlichen Rührung treiben, liegen also nicht in der Vergangenheit. Es sind Akte, die ausschließlich in der Gegenwart stattfinden. Mehr noch, es gibt sogar Erinnerungen, bei denen es im Grunde um die Zukunft geht. Das alles verwirrt sich bisweilen so sehr, dass zunächst nicht mehr da ist als eine Rührung oder ein Zorn. Man wird von etwas erfasst, dann werden irgendwelche Bilder oder Kurzfilme herbeigezaubert. Häufig wird diesem Segen ein Vertrauen geschenkt, das er gar nicht verdient. So gesehen: Vergessen ist auch ganz schön. Manche Zeugen, die Manz und Borowski damals vernommen haben, behalfen sich auf diese Weise. Zum Beispiel wenn sie sich in etwas hineingezogen fühlten, oder an etwas erinnert wurden, mit dem sie lieber nichts zu tun haben wollten.

Ein Geräusch.

Die beiden Männer hinter Sara öffneten zwei Flaschen Bier genau gleichzeitig. Aus einer quoll etwas Schaum, aus der anderen nicht. Manz stand auf, sagte beiläufig: »Ist doch besser so, Sara«, und ging.

Und obwohl er sie ohne Absolution dort am Kanal zurückließ, zeigte sie sich später noch einmal erkenntlich. Oder beflissen. Manch einer würde sogar sagen: sie zeigte sich als Denunziantin.

Herr Siegel

Als Manz, von der inneren Verfasstheit her noch immer etwas geladen, zu dem Haus mit dem auf ihn so unpassend wirkenden Prometheus und den rätselhaft spät blühenden Mandelbäumchen zurückkehrte, wurde er noch auf der Straße von einer sehr aufgeregten Frau Böhmer angesprochen. Sie schien dort bereits auf ihn gewartet zu haben.

»Na endlich.«

»Wieso?«

»Ich habe vor zwanzig Minuten angerufen!«

Ihre Ungeduld erklärte sich, als ein Wagen vor der Tür hielt und Borowski zusammen mit zwei Beamten von der Bereitschaft ausstieg.

»Kannst du mir sagen ...«, setzte Manz an. Frau Böhmer fiel ihm ins Wort.

»Da ist jemand in Busses Wohnung und hat das Siegel aufgebrochen.«

Ein zweiter Wagen traf ein. Grossmann und zwei Mitarbeiter der Spurensicherung stiegen aus.

Als Manz und Borowski vor der Tür zu Busses Wohnung standen, zeigte sich, dass tatsächlich jemand das Siegel aufgebrochen hatte.

»Schon wieder«, brummte Borowski. »Das ist jetzt das zweite Mal, dass wer den Tatort unerlaubt betritt.«

Bevor es in die Wohnung ging, ließ Grossmann einen seiner Männer Fotos von der Tür und dem zerrissenen Siegel machen.

»Ihr bleibt erst mal draußen.« Manz schob die Tür auf und betrat die Wohnung, Borowski folgte.

Der kleine Flur sah aus wie zuvor, im großen Zimmer war niemand, es roch noch immer nach Leiche.

Borowski inspizierte so leise wie möglich den kleinen vorderen Raum. Er schüttelte den Kopf, als er wieder rauskam.

Im Flur zu den hinteren Räumen klaffte noch immer das Loch im Boden. Zwei weitere Zimmer. *Niemand.* Als Manz und Borowski gerade dem Flur in den Seitenflügel folgen wollten, hörten sie hinter sich ein Geräusch. Es klang wie: »Pssst!«

Sie wandten sich um. Eine ruhige Bewegung, kein

Herumschnellen. Einer der beiden Polizisten war ihnen gefolgt.

Was gibt's?, fragte Manz mit den Augen.

»Im Keller«, sagte der Mann. Manz und Borowski folgten ihm.

Als sie ins Treppenhaus kamen, zeigte der Polizist nach oben, Manz' Blick folgte der Weisung des Fingers. *Alle drei.* Das Bild entsprach dem, was er erwartet hatte. Das scharf einfallende Licht, die schwebenden Staubteilchen, die nur seitlich beleuchteten Gesichter und natürlich ... die Augen.

Der Keller von Nummer vier sah aus, wie der Keller eines Berliner Altbaus eben aussieht. Deckenhöhe 1,65, Preußische Kappen.

»Weiter hinten«, flüsterte Borowski.

Sie mussten nur den Geräuschen folgen. Ein Rascheln und Kratzen. Das Bild im letzten Kellerverschlag links zeigte in etwa, was sie erwartet hatten, nämlich einen Mann, der gerade dabei war, einen Schrank mit vielen Schubladen intensiv zu durchsuchen. Hin und wieder stopfte er Papiere und Fotos in eine große Tüte. Sie ließen ihn eine Weile gewähren. Er ging systematisch vor, öffnete eine Schublade nach der anderen. Als er gerade damit beginnen wollte, einen Umzugskarton zu inspizieren, unterbrach Manz ihn.

»Wie sind Sie bitte hier reingekommen?«

Der Mann drehte sich sehr schnell um. Er war Anfang siebzig und gut, aber völlig unpassend gekleidet.

Ein grüner Lodenmantel bei den Temperaturen?

Nach dem ersten Schreck wurde der Mann wütend. »Wer sind Sie? Raus hier!«

»Kripo. Wie sind Sie reingekommen?«

»Na, wie wohl? Ich hab einen Schlüssel.«

»Und oben?«

»Hab ich auch einen Schlüssel.«

»Die Wohnung war versiegelt.«

»Ich suche Unterlagen.«

»Was für Unterlagen?«

»Na, das Testament, was denken Sie denn?«

»Sie brauchen etwas, also brechen Sie ein?«

»Ich breche nicht ein. Ich bin der Testamentsvollstrecker von Herrn Busse, und als Frau Böhmer mir am Telefon sagte, er sei verstorben …«

»Da sind sie mal kurz rein in die Wohnung. Trotz des Siegels.«

»Ich dachte, das wäre überholt.«

»Überholt?«

»Na, vergessen es abzumachen.«

»Das glauben Sie doch selbst nicht.«

»Denken Sie, was Sie wollen.«

Er wollte sein Werk fortsetzen, Manz war das nicht recht.

»Aufhören, sofort! Können Sie sich ausweisen? Komm, zeig mir deinen Ausweis.« Ein scharf geschnittenes Gesicht und ein langer Mantel aus grünem Material, wie man sie bevorzugt in München sieht. Das alles im Licht von drei Taschenlampen.

Dem Mann schien die Art, wie man mit ihm umging, zu missfallen, der Mantel bebte. »Sagen Sie mal, junger Mann, wie reden Sie denn mit mir?«

»Den Ausweis. Sofort! Sonst müssen Sie mitkommen.«

»Dürfen Sie denn das einfach fordern?«

»Wenn ich jemand bei einem Einbruch erwische ...«

»Ich breche nirgends ein, ich suche das Testament von Herrn Busse.«

»Herr Siegel, was machen Sie denn da?« Die Stimme kam von hinten. Frau Böhmer war ihnen gefolgt.

Da sie die Tür des Verschlags weit nach innen aufgeschoben hatte, entdeckte Borowski eine auf die Latten aufgetackerte Pappkarte. Sie nannte den Mieter des Verschlags, und dort stand in der gleichen Schrift wie oben neben den Klingelschildern ein Name. Borowski zeigte darauf, Manz sprach ihn aus. Als Frage.

»Böhmer? Ist das Ihr Keller?«

»Ja«, sagte Frau Böhmer. »Wir haben mehrere. Den hier habe ich Herrn Busse überlassen, weil er doch immer so viel unterzubringen hatte.«

»Wie ich sagte, ich bin der Testamentsvollstrecker von Herrn Busse«, erklärte Herr Siegel nun zum dritten Mal.

»Und was haben Sie da noch eingesteckt? Zwei große Plastiktragetaschen haben Sie vollgestopft. Ist das ein so umfängliches Testament?«

»Das sind persönliche Dinge von Herrn Busse, die niemanden etwas angehen.«

»Entweder Sie zeigen uns jetzt Ihren Ausweis, oder Sie kommen mit zur Dienststelle«, sagte Borowski.

»Sie können doch nicht einfach irgendwelche Bürger verhaften.«

»Wenn ein Bürger in eine amtlich versiegelte Wohnung einbricht, in der kürzlich ein Gewaltverbrechen verübt wurde, und wenn dieser Bürger zudem dabei beobachtet wird, wie er einen Keller im selben Haus durchsucht, dann dürfen wir das. Es ist Ihnen natürlich überlassen, sich einen Anwalt zu nehmen.«

Herr Siegel gab Manz seinen Ausweis und erklärte noch einmal, was er bereits dreimal erklärt hatte.

»Guck mal«, unterbrach ihn Borowski. Er hatte sich ein paar Fotos aus einer der Tragetaschen gefischt.

Manz betrachtete die Aufnahmen. Sie schienen zu bestätigen, was Sara ihm am Kanal verraten hatte.

»Urlaubserinnerungen«, protestierte Siegel. »Das geht außer Herrn Busse niemanden etwas an.«

»Wo sind die gemacht worden? Irgendwo in Asien, nehme ich an.«

»Im Urlaub. Na und?«

»Also meine Frau und ich, wir waren auch schon in Asien«, sagte Manz. »Ich habe Tempel mit goldenen Dächern fotografiert, einen Fischmarkt, Lampions bei Nacht, ja sogar bunt leuchtendes zu Pyramiden gestapeltes Obst. Aber kleine Jungs? Nur kleine Jungs? Wie alt sind die? Zwölf? Vierzehn? Ich denke, Sie sollten sich einen Anwalt nehmen.«

»Bin ich verhaftet?«

»Nein. Aber unser Untersuchungsrichter wird sicher noch Fragen an Sie haben. Wir melden uns dann. Ich gehe doch davon aus, dass Ihr Ausweis echt ist.«

Herr Siegel atmete scharf ein, verzichtete aber auf Protest.

»Und jetzt verlassen Sie bitte diesen Verschlag.«

Der Alte bückte sich, hob die Tragetasche auf.

»Das lassen Sie bitte hier.«

Herr Siegel wollte aber nichts dort lassen, es kam zu einem kleinen Gerangel, bei dem Borowski Sieger blieb.

Sie begleiteten Herrn Siegel noch nach oben und ließen ihn anschließend gehen.

Als Frau Böhmer in ihrer Wohnung verschwinden wollte, hielt Manz sie kurz auf.

»Halten Sie sich bitte bereit. Mein Kollege hat noch ein paar Fragen an Sie.«

Borowski war irritiert. Manz instruierte Grossmann, der daraufhin zusammen mit seinen Männern in den Keller hinabstieg.

»Du willst, dass ich Frau Böhmer noch mal befrage?«

»Richtig. Sie soll dir erklären, warum sie uns bis jetzt nicht darauf hingewiesen hat, dass sich oben in der leeren Wohnung ihres Mannes lauter Möbel befinden, die aussehen, als stünden sie dort zum Verkauf, sie soll dir zweitens sagen, warum sie verschwiegen hat, dass Busse Sachen in einem ihrer Keller lagerte. Wir wären ohne diesen Zwischenfall vermutlich niemals auf ihn gestoßen.«

»Na ja, sie war bei unserer Befragung ziemlich durcheinander und hat gezittert.«

»Hat sie wirklich gezittert? Für mein Empfinden grenzt ihr Verhalten schon hart an Behinderung einer polizeilichen Ermittlung. Weise sie doch bitte darauf hin, dass man sie noch dazu befragen wird, warum ihr Nachbar in ihrem Keller Fotos lagern durfte, die in die Kategorie Kinderpornographie fallen.«

»Ich bin mir sicher, dass sie davon überhaupt nichts gewusst hat.«

»Ja? Ich bin mir sicher, dass alle hier im Haus davon gewusst haben.«

Sie standen im Hausflur, gut drei Meter von der Eingangstür entfernt.

»Du findest die Fotos wirklich so belastend?«, fragte Borowski.

»Was meinst du denn bitte, was ich jetzt sagen soll?«

Die Wand hinter Manz war noch immer grün, und noch immer sah man dort die unentzifferbaren aufgesprühten Buchstaben.

»Na, wie die Jungs da an den Ständen so aufgereiht stehen ...«, setzte Borowski an. »Und wie sie dabei gucken ...«

»Wie Ware auf einem Markt. So wirkt das auf mich.«

»Es sind nur Fotos.«

»Heißt?«, fragte Manz, diesmal etwas schärfer.

»Bis jetzt beschreiben alle den Pfarrer Busse als einen hochsensiblen Mann, der sich in die Nöte und das Leid anderer hineinversetzt und ihnen geholfen hat.«

»Kommt noch was Intelligentes?«

»Na, vielleicht hat er die Aufnahmen gemacht, um hier in Berlin darauf hinzuweisen, dass sich in Asien Minderjährige prostituieren müssen.«

»Jetzt kratzt du aber wirklich den allerletzten Rest an Naivität zusammen.«

Da die Tür zur Straße hin mittels eines Holzkeils offen gehalten wurde, zeigte sich die Wand hinter Manz von einem scharfen Strahl Sonnenlicht beschienen. Ein sehr helles Dreieck war unten entstanden, dessen Hypotenuse von links oben nach rechts unten gleichmäßig abfiel.

»Was willst du mit all dem sagen?«, fragte Manz.

»Im Zweifel für den Angeklagten«, antwortete Borowski, ohne auch nur eine Zehntelsekunde zu zögern.

»Weiter.«

»Na, ich frage mich, wie jung diese Jungs auf den Fotos wirklich waren. Ich meine, so wie die sich präsentieren ...«

»Dreizehn, vielleicht fünfzehn Jahre alt.«

»Sicher?«

»Ja, Borowski, ganz sicher.«

»Sagst du! Mit deinem europäischen Blick. Die Aufnahmen entstanden aber in Asien ...«

»Ich glaube, du solltest deine Gedanken vergessen.«

»Ich hab sie ja noch gar nicht richtig ausgesprochen!«

»Einfach vergessen, Borowski.«

»Ich versuche nur, mich in den Pfarrer Busse hineinzuversetzen.«

»Nicht zu tief, Borowski. Außerdem ermitteln wir nicht gegen Herrn Busse. Und Frau Böhmer muss auch nicht mehr mit Samthandschuhen angefasst werden.«

»Sie ist eine verunsicherte Zeugin.«

»Nicht vielleicht doch eine Mittäterin? Nun, das zu entscheiden ist Sache des Untersuchungsrichters.« Erneuter Blick auf die Uhr. »Ich muss los, die Babysitterin passt nur bis fünf auf Julia auf.«

Die Verwandlung eines Angebers

»Hallo! Bin zurück. Ist jemand da?«

»Hier!«

Diesmal war Manz so zeitig zu Hause, dass er Lisa noch antraf. Sie war zusammen mit Julia im Kinderzimmer. Manz' jüngste Tochter saß auf dem Boden, ihr Gesicht war rot, sie hatte geweint.

»Die Hitze«, sagte Lisa und blickte auf ihre Uhr. »Gleich fünf. Dass Sie aber auch am Freitag so lange arbeiten müssen.«

»Das Verbrechen …«

»… kennt keinen Feierabend.«

»Hab ich das schon mal gesagt?«

»Öfter. Na, ich geh dann mal.«

»Montag bleibst du bis zweiundzwanzig Uhr. Hat meine Frau mit dir darüber …?«

»Hat sie mir alles erklärt und dann auch noch aufgeschrieben. Montags spielen Sie Fußball.«

Ein kurzer, dafür starker Impuls. Manz war sich auf einmal ganz sicher, dass nichts, aber auch gar nichts von Bedeutung zwischen ihm und Christine stand. Er hatte einfach Glück gehabt, damals. Er hatte die Richtige gefunden. Eine Frau, die selbstbewusst war und mit Erfolg ihren eigenen Weg ging. Was hatte ihn kürzlich nur so irritiert? Er war für einen kurzen Moment so zufrieden mit sich und seinen Gedanken, dass er Lisa anlächelte.

»Ist was?«, fragte sie.

»Warum?«

»Weil sie so grinsen.«

»Nein, alles gut.«

»Na jedenfalls hab ich versucht, Julia Wadenwickel zu machen, aber das will sie nicht. Das macht einen ganz schwach, wenn ein Kind so weint und gar nicht mehr damit aufhören will.«

»Wadenwickel?«

»Aua«, sagte Julia.

»Wegen der Hitze. Die macht sie immer total fertig.«

»Das hat sie von mir. Wie viel kriegst du?«

»Hat Ihre Frau schon alles bezahlt.«

»Okay. Hier, fürs Wochenende.« Er gab ihr zwanzig Mark. »Wo sind Claudi und Steffi?«

»Claudi ist zum Lernen bei einer Freundin, Steffi bei ihrem Pferd. Kann ich dann gehen?«

»Haben die beiden gegessen?«

»Nein, aber es steht alles auf dem Herd.«

»Danke.«

Kaum, dass Lisa die Wohnung verlassen hatte, fing Julia an zu weinen. Für Manz war das kein Problem. Er ging zum Schrank und holte ihre Schwimmsachen raus. Sobald Julia ihren Badeanzug sah, hörte sie auf zu weinen.

»Wir fahren!«, erklärte sie.

»Wir fahren nicht, wir gehen ins Schwimmbad.«

»Ja!«

»Wo ist das Krokodil? Es ist doch sonst immer hier unten im Schank.«

»Da.« Julia zeigte auf die andere Tür. Dann stand sie auf, ging ins Bad, holte ihre Schwimmbrille und ihre neuen Ohrstopfen. Für ihre vier Jahre war Julia, wie Manz meinte, schon recht weit. Allerdings war sie, was Wasser in ihren Ohren und Augen anging, empfindlich.

Vom Mariannenplatz zum Prinzenbad, das war nicht mal ein Kilometer, davon abgesehen handelte es sich bei Julias zweitem Zuhause um ein Freibad.

Im Prinzenbad war 1983 noch nicht alles ideal. Das Kinderbecken zum Beispiel war kein Kinderbecken, sondern lediglich der flache Teil des Sprungbeckens. Nun, die Wassertiefe spielte in diesem Fall keine entscheidende Rolle, da Julia auf ihrem Krokodil saß und ihr Vater sie schob. So nämlich fingen sie jedes Mal an. Und Julia, ähnlich manch anderem Kind, mochte es nicht, wenn sich an vertrauten Abläufen etwas ändert. Sie brauchte, auch wenn sie und das Krokodil hier schon so manches Abenteuer erlebt hatten, eine Weile, ehe sie sich mit dem Wasser vertraut gemacht hatte.

Das Wasser roch an diesem Tag kein bisschen nach Chlor. Es hatte deswegen mit dem Gesundheitsamt schon das eine oder andere Mal, *entweder sie dosieren zu stark oder zu schwach,* Probleme gegeben. Was verständlich ist, da Urin und Fäkalien für Kinder genauso ungeeignet sind wie zu stark dosiertes Chlor. Wenn man von solchen kleinen Unkorrektheiten absah – das Wasser war klar und der Boden des Beckens hellblau gekachelt.

Die bereits tiefrot glühende Sonne trieb ihr Spiel, und Julia war gut ausgerüstet mit ihrer Schwimmbrille, den aufgeblasenen Schwimmflügeln und den Ohrstöpseln, die, ähnlich abgeschnittenen Karotten, seitlich aus ihrem Kopf herausragten. Nur ein kleines Stück natürlich. Also vielleicht 2,5 Millimeter. Manz' Tochter saß wie eine nautische Prinzessin auf ihrem Krokodil und hielt sich, das jedenfalls war die Meinung ihres Vaters, sehr viel besser als die meisten anderen in ihrem Alter. Zehn Minuten lang, »Schneller!«, ließ sie sich von ihrem Vater zwischen den anderen Kindern, einigen Müttern und einem weiteren Vater hindurchschieben. Dann war es so weit. Julia beugte sich vor und umklammerte ihr Krokodil.

»Drähn!«, rief sie im Kommandoton.

»Halt schön die Luft an«, sagte Manz.

»Drääähn!«

Und das tat ihr Vater dann auch. Er drehte das Krokodil mitsamt seiner angeklammerten Tochter. Kaum war Julia wieder oben, spuckte sie Wasser aus, schob sich die Schwimmbrille ein bisschen zurecht und, »Drääähn!«, atmete erneut tief ein.

So ging es noch mal und noch mal. Nach jeder dritten Drehung ließ Manz ihr ein bisschen Zeit, richtig durchzuatmen. Dann, »Drääähn!«, ging es weiter.

Für Julia war das Ganze ein großer Spaß, für ihren Vater war es eine anstrengende Arbeit.

Auf der anderen Seite der schwimmenden Absperrung sprangen unterdessen drei Angeber vom Einer ins Wasser. Sie führten sich auf, wie manche Halbstarke sich eben aufführen, nahmen keine Rücksicht. Einmal bekam ein kleines Mädchen, das sich unter der Obhut seiner Mutter offenbar zum ersten Mal ins Tiefe getraut hatte, einen vollen Schwall Wasser ins Gesicht. Was daraus folgte, kann man sich denken.

Drei junge Frauen im Alter von … Ja, wie alt waren sie? Schwer zu sagen. Die jedenfalls stolzierten in ihren Bikinis am Beckenrand auf und ab und taten so, als würden sie die immer waghalsigeren Sprungübungen der Jungen nicht die Bohne interessieren.

»Drääähn!«

Manz war einen kurzen Moment lang abgelenkt gewesen, kam nun aber dem Befehl seiner Tochter nach. Einer der drei Angeber, wie es schien, der Anführer, kletterte auf den Sprungturm und … dort oben wirkte er nicht mehr wie dreizehn, sondern *eher sechzehn oder sieb-*

zehn. Er trug eine blaue Badehose mit weißen Adidas-Streifen auf der Seite und machte nun dort oben auf dem Dreier seine Faxen. Tat so, als würde er stolpern, hüpfte leichtsinnig auf einem Bein auf dem Sprungbrett herum.

Eine Weile, »Drähhn!«, ging das gut, dann rutschte er ab, schrammte mit dem ganzen Körper an dem mit Split gekörnten Brett entlang, wirbelte, nachdem sein Oberarm das Brett hart touchiert hatte, unkontrolliert herum und knallte zuletzt mit einem Bauchplatscher aufs Wasser.

Die Mädchen, es waren definitiv keine jungen Frauen, lachten. Und zwar so heftig, dass sie sich regelrecht krümmten.

Manz stellte mit einem kurzen Blick sicher, dass Julia oben saß und gerade konzentriert ihre Schwimmbrille inspizierte ... schon tauchte der Junge auf ... Sein Gesicht! Manz dachte: *Gerade noch mal gut gegangen.*

Vier Schwimmzüge brachten den Angeber an den Beckenrand. Dort erst fand die Verwandlung statt. Aus dem Siebzehnjährigen in seiner blauen Adidas-Badehose wurde in Manz' Augen ein Fünfzehnjähriger, und der verzog nun seinen Mund zu einem Bibbern. Dann wurde sein Gesicht zu einer Ansammlung tief geschnittener Falten, und dann ging es richtig los. *Wie ein Kleinkind, das etwas Glühheißes angefasst hat.*

Es wurde noch schlimmer, ja fast schon war es peinlich, denn er schrie: »Mutti! Mutti! Aua!« Mehrfach tat er das. Offenbar hatte er seinen Stolz, seine Freunde und auch die Mädchen vollends vergessen nach dieser Verwandlung in das, was er war. *Wahrscheinlich erst dreizehn.*

Manz konnte nicht hin, er hielt ja das Krokodil ...

Na, Gott sei Dank!

Eine Frau Anfang vierzig kam ungeschickt stolpernd mit einem riesigen Frotteehandtuch herbeigeeilt. *Wozu ein Handtuch?* Elegant jedenfalls wirkte die ängstlich überhastete Art, mit der sie vorwärtsstürzte, nicht. Sie ließ das Handtuch am Beckenrand fallen, sprang rein und schaffte es mithilfe zweier anderer Frauen, ihren Kleinen aus dem Wasser zu bugsieren.

Gerade mal eine Minute war seit seinem Abrutschen vergangen, Manz kam es vor wie fünf Minuten. Kurze Drehung des Kopfes. Julia hatte ihre Schwimmbrille abgenommen, blinzelte. Sie hielt den Kopf gesenkt und betrachtete mit vollster Konzentration ebendiese Schwimmbrille.

Jetzt, auf den Fliesen neben dem Beckenrand kniend, wirkte der großkotzige Angeber definitiv wie dreizehn. *Kann auch sein, zwölf.* Er kam Manz viel zarter vor als eben beim Ersteigen des Sprungturms. Seine ganze rechte Seite war dabei, sich knallrot zu verfärben. Kratzer und Striemen zeichneten sich ab. Blut kam zum Glück nicht. Trotzdem weinte er hemmungslos wie ein Kleinkind. Das wurde erst besser, als seine Mutter, die vor ihm kniete, ihn in den Arm nahm und sehr fest an sich presste. Zum Glück hatte sie die Situation sofort erfasst und darauf verzichtet, ihren Sohn mit dem großen Frotteehandtuch abzurubbeln.

Manz erschrak. Hatte Julia das alles gesehen? Nun, sie hielt den Kopf noch immer tief gesenkt, betrachtete konzentriert ihre Schwimmbrille.

»Es tut ihm weh«, sagte sie in beinahe nüchternem Ton.

»Ja, er ist ganz dumm gefallen«, antwortete Manz. »Und da hat er sich …« Er suchte nach Worten, seiner Tochter das Unglück in milden Worten zu erklären. Doch das war nicht nötig.

»Drääh!«, forderte Julia und setzte ihre Schwimmbrille wieder auf. Manz drehte also das Krokodil, während die Mutter mit ihrem Sohn aus seinem Blickfeld verschwand.

FÜNFTER TAG

Tante Rhabarber

Am übernächsten Tag, dem Sonntag also, ging es zu Tante Rhabarber nach Wilmersdorf.

Claudia hatte sich mit dem Vorwand, lernen zu müssen, ausgeklinkt. Stefanie und Julia spielten mit den Nachbarskindern von Tante Rhabarber in einem Baumhaus Tierstation. Ein aufblasbarer Seehund war, wie Julia ihrer Tante zu Beginn des Spiels ausdrücklich erklärt hatte, ein Nilpferd, das von dieser Station aus mit Obst aus dem Garten versorgt und teilweise von oben überwacht und geschützt wurde.

»Lassen wir sie spielen«, schlug Tante Rhabarber vor. »Ich hab uns Pflaumenkuchen besorgt.«

Sie gingen rein, die zweiflüglige Verandatür blieb offen. Zum einen wegen der Temperatur, zum anderen, um die Kinder zu hören, für den Fall …

»Ich nehme an, Kaffee ist dir recht?«

»Kaffee ist mir recht. Kann ich irgendwie helfen?«

»Bleib sitzen, ich mache das schon.«

Es roch nach frisch gemähtem Gras, und Christines fünf Jahre ältere Schwester hieß natürlich nicht Tante Rhabarber, sondern schlicht Karin Wolle. Wer es peinlich genau nahm, setzte noch den Professorinnentitel davor. Bei ihr und ihrem Mann, Dietmar Wolle, genannt Onkel Wolke, hatte Christine während der ersten sieben Semester ihres Soziologiestudiums gelebt und … um auch das vollständig darzulegen … neben dem Soziologierstudium auf Empfehlung von Onkel Wolke als höchst engagierte Gasthörerin auch noch an religionsphilosophischen Vorlesungen und Seminaren teilgenommen. Christines Kenntnisse und ihr Auftreten dort waren seinerzeit so überzeugend gewesen, dass der zuständige Professor ihr angeboten hatte, sich formell einzuschreiben und eine Arbeit, »vermutlich wäre daraus später eine Habilitationsschrift geworden!«, über den Theologen und Religionsphilosophen Paul Tillich zu verfassen. Eine Auseinandersetzung, die sich auf Tillichs Unterscheidung der Begriffe ›Entfremdung‹ und ›Sünde‹ konzentriert hätte. Wobei Sünde nach Christines Auffassung, den Übergang von ›Essenz‹ zu ›Existenz‹ darstellt.

Essenz, so damals ihre These, *ist die eigentliche Natur des Menschen, also so etwas wie seine potenzielle Vollkommenheit und wirkliche Bestimmung. Existenz dagegen stellt nur das aktuelle, also tatsächlich verwirklichte Sein des Menschen dar. Ein Sein, in dem seine essenzielle Natur stets nur verzerrt zum Ausdruck kommt.*

Leider jedoch: Christines frühe Schwangerschaft und ihre Verbindung mit Manz zerstörten all diese Träume einer universitären Karriere. Denn es blieb nicht bei einem Kind, es wurden am Ende drei.

Etwas, das Tante Rhabarber Manz nie hatte verzeihen können.

Sie und ihr Mann lebten in Verhältnissen, die Manz stets als: »Wirklich extrem bürgerlich, erst recht für jemanden in Berlin!«, bezeichnete. Die Wilmersdorfer, wie sie in der Familie genannt wurden, waren laut Manz: »So was wie Lehrer mit einem Abonnement für die Deutsche Oper.« Wobei Tante Rhabarber nie in ihrem Leben Lehrerin war und bereits Anfang der siebziger Jahre als Sozialwissenschaftlerin an die noch immer im Umbruch befindliche Freie Universität Berlin berufen wurde.

Es war ein schöner, hochsommerlicher Nachmittag. Manz' Töchter und die Nachbarsmädchen kletterten in ihrem Baumhaus herum und fütterten zwischendurch unten das Nilpferd – indem sie es mit Äpfeln und Pflaumen bewarfen – während Manz sich mit der Schwester seiner Frau über die Geschichte der Strafverfolgung von Homosexuellen unterhielt.

Wenn Manz seiner Schwägerin jedes Wort geglaubt hätte, waren dieses Thema und auch das Vorgehen der Polizei teilweise noch immer von Vorstellungen und Vorgaben geprägt …

»… die sich letztlich in der Zeit des Nationalsozialismus manifestiert und in Gesetzen niedergeschlagen haben.«

»Jetzt übertreibst du ein bisschen.«

»Ich meinte nicht dich, ich meinte den Apparat.«

»Ach ja, der Apparat!«

»Worum geht's denn eigentlich? Das Thema hat dich doch vorher nie interessiert.«

»Na, Borowski und ich bearbeiten gerade einen Vorgang, in den ein Pfarrer involviert … Gott, jetzt rede ich schon wie du. Er war vermutlich homosexuell und wurde ermordet.«

»Und?«

»In seinem Keller fanden wir eine große Anzahl Fotos, auf denen kleine, halbnackte Jungen zu sehen sind. Fotos, die in Asien aufgenommen wurden, wo er und zwei seiner Freunde früher oft Urlaub gemacht haben.«

»Hat er denn die Fotos selbst geschossen?«

»Weiß ich nicht. Es sind jedenfalls eindeutig die Aufnahmen eines Amateurs.«

»Und ist er oder sind seine Freunde auf den Aufnahmen mit drauf?«

»Auf denen, die ich gesehen habe, nicht.«

»Oh!«, sagte Tante Rhabarber.

»Was?«

»Das Nilpferd muss zur Behandlung in die Station.«

Draußen war zu sehen, wie die Mädchen dabei waren, die Aufblasrobbe hoch ins Baumhaus zu bugsieren.

»Wahrscheinlich ist es krank geworden«, sagte Manz. »Zu viel Obst.«

»Nun, die Aufklärungsdebatten der sechziger und siebziger Jahre«, begann Tante Rhabarber, »haben vereinzelt zu einer unheilvollen Scheinverschränkung der homosexuellen Emanzipationsbewegung mit einer sich damals formierenden Pädophilenbewegung geführt. Eine solche Verschränkung mag hier und da vorgekommen sein, wurde auch hier und da im Duktus pseudoerzieherischer Erkenntnis oder eines ungenügend reflektierten Wünschens und Einbeziehens seitens noch junger politischer Kräfte als naturgewollt dargestellt, war aber im Zuge des homosexuellen Befreiungsdiskurses keinesfalls Normalität oder Alltag.«

»Heißt auf Deutsch?«

»Pass ein bisschen auf, was du denkst, wenn du irgendwelche Fotos siehst.«

»Ich soll vorsichtig damit sein, Menschen zu kriminalisieren.«

»Du weißt, was ich von deinem Hang halte, Dinge zu vereinfachen.«

»Ich bin Bulle, kein Sozialarbeiter. Und wir Bullen verfassen nun mal Ermittlungsakten, keine Essays.«

Eine kurze Pause entstand, da Tante Rhabarber erst mal ihren letzten Bissen Pflaumenkuchen runterschlucken musste. Wobei … Vielleicht war der Bissen, den sie mit ihrer kleinen Silbergabel abgestochen hatte, gar nicht zu groß, vielleicht gab es ein anderes Problem. Jedenfalls sah man an der Bewegung ihres Adamsapfels wie auch an den leicht sich schließenden Augen, den Falten, die sich im Gesicht bildeten, dass ihr das Schlucken des Brockens schwerfiel.

»Du solltest dich …«, setzte sie an, trank aber erst mal drei Schluck Kaffee, was ihr Zeit gab, innerlich zu formulieren … »Du solltest dich, so du mal Zeit dafür findest, dringend mit den präzisen Benennungen von Berufen und akademischen Aufgabenfeldern befassen.«

»Wem würde das nützen?«

»Ob es jemandem nützt, weiß ich nicht, aber es würde das Maß an Reizung vermindern, mit dem du mich und meine Schwester unablässig traktierst.«

»Wieso bitte traktiere ich?«

»Weder meine Schwester, also deine Frau, noch ich, waren je Sozialarbeiterinnen. Und schon gar nicht war ich je Lehrerin.«

»Ach? Spricht man denn an der Universität nicht immer von Forschung und Lehre?«

»Deine rhetorischen Fähigkeiten sind nicht so schlagend, wie du glaubst.«

Manz' Verhältnis zu seiner Schwägerin hatte im Lauf der Jahre bereits mehrere Stufen durchlaufen. Der Beginn war nicht schön gewesen, da Tante Rhabarber es sich damals nicht hatte verkneifen können, mehrfach laut auszusprechen, dass sie die Verbindung ihrer Schwester mit Manz für einen »Fehlgriff peinlichster Art« hielt. Christine, so hatte sie damals gemeint, war auf dem Weg zu einer »sicher höchst erfolgversprechenden und befriedigenden« universitären Karriere, als sie Manz kennenlernte.

Schlimmer noch als dieses Kennenlernen und Verlieben war aus ihrer Sicht die »so überschnelle und unbedachte« Schwangerschaft gewesen. Seither hatten Manz und Tante Rhabarber eine ganze Reihe von Kämpfen ausgetragen, die schließlich zu einer bedingten Annäherung geführt hatten.

Nur kurz eingeschoben: Bestünde die Notwendigkeit, die Entwicklung des Verhältnisses zwischen Manz und seiner Schwägerin, zum Beispiel im Modus einer aufs Private angewandten Sozialstudie, genauer auszuleuchten, dann wäre eine Fußnote sicher nicht die richtige Form. Was den Umfang der Abhandlung angeht, die natürlich einen Abriss sowohl der Nachkriegs-Entwicklung an der Freien Universität wie auch der Berliner Polizei und Christines Beschäftigung mit Paul Tillich sowie Søren Kierkegaard umfassen müsste, sollte eher ein kleines Extrabändchen ins Auge gefasst werden. Es würde sich dann dem Extrabändchen: *Stadtgeschichte von Berlin aus Sicht eines Kriminalhauptkommissars* beigesellen. Zu all dem auch noch ein Extrabändchen *Anschauungen zur europäischen Geschichte der Sexualität seit Mitte des achtzehnten Jahrhunderts* abzufassen, wäre hingegen überflüssig, da Tante Rhabarber eine solche Schrift bereits veröffentlicht hat.

Dass die Bezeichnung Tante Rhabarber von Manz gekommen wäre, stimmt übrigens nicht. Claudia, damals noch ein Kind, hatte das eingeführt, mit der Begründung, ihre Tante würde ohne Ende reden, und keiner in der Familie wisse, wovon.

SECHSTER TAG

Geschäfte und Zahlungen

Bevor Herr Siegel am Montag von Manz und Borowski befragt wurde, gab es eine kurze Besprechung, bei der Grossmann, Kriminalhauptkommissar Schollbeck für die Abteilung Finanzvergehen, Untersuchungsrichter Dannewitz sowie Christoph Tanne als Leiter der Pressestelle der Direktion 5 anwesend waren. Grossmann, als Leiter der Spurensicherung, hatte sich mittlerweile einen ersten Überblick über die Spurenlage verschafft.

»Also …«, begann er und wollte sich eine Zigarette anzünden.

»Hier drinnen machen wir das nicht mehr«, klärte ihn Christoph Tanne auf.

Grossmann ließ also seine Kippe unangezündet im Mundwinkel hängen.

»… was den Inhalt der Tragetasche angeht, in die Herr Siegel Dokumente und Fotos des Opfers … darf ich eingesackt sagen?«

Keine Reaktion von Tanne.

»Da haben wir einhundertfünfundsechzig Fotografien sichergestellt. Aufgenommen in verschiedenen asiatischen Ländern. Sehr junge Männer, ich würde sagen, halbe Kinder.«

Der letzte Halbsatz bewirkte, dass Christoph Tanne sein Gewicht von der einen Arschbacke auf die andere verlagerte und anschließend versuchte, die Tischplatte mit seinem konzentrierten Blick zu entzünden.

»Allerdings«, fuhr Grossmann fort, »sind die Aufnahmen schon älter. Bei manchen hat die Entwicklungsmaschine hinten das Datum aufgedruckt. Zwischen 1968 und 77. Somit ergibt sich daraus vermutlich kein justiziabler Ansatz.«

»Und gegen einen Toten schon gar nicht«, erklärte Untersuchungsrichter Dannewitz.

»Von den Fotos abgesehen befanden sich in den Beuteln Dutzende dieser schmalen Hefter mit Kontoauszügen. Wir haben sie kurz durchgesehen. Was dort festgehalten wurde, deckt sich mit der Anfrage des Kollegen Schollbeck bei der Bank.« Grossmann sah Schollbeck an, der fuhr fort.

»Herr Busse hat regelmäßig Nachlässe über verschiedene Auktionshäuser veräußert. Im Schnitt erwirtschaftete er im Monat gut fünftausend Mark. Dieses Geld hat er etwa zur Hälfte an verschiedene kirchliche Institutionen überwiesen, den Rest hat er für sich verwendet. In den letzten fünf Jahren hat sich das ein wenig verändert. Da waren die durchschnittlichen Erlöse aus den Versteigerungen beinahe doppelt so hoch, und es gingen monatlich viertausend Mark an Herrn Böhmer. Dazu kommen noch Erlöse aus dem Verkauf von Möbeln, Geschirr etc. an verschiedene Second-Hand-Händler. Da kam vermutlich weniger zusammen. Dieses Geld hat Herr Busse zur Hälfte für seinen täglichen Bedarf aufgewendet, der Rest ging an Herrn Böhmer. Zuletzt sind da noch unregelmäßige Eingänge mit dem Vermerk *Spende*. An eine Aidsstiftung, die allerdings keine eingetragene Stiftung ist, sondern nur ein Name auf Briefpapier. Dieses Geld ging zur Hälfte an ein kirchliches Hospital. Eine regelrechte Aidsstiftung scheint es nie gegeben zu haben. Herr Busse hat also Nachlässe versilbert und in etwa ein Drittel der Kirche zukommen lassen. Für euch das Interessanteste sind vermutlich zwei Überweisungen von jeweils 10000 DM nach Rumänien. Das Geld ging an eine Frau Bucur. Ich warte noch auf eine nähere Auskunft der dortigen Behörden.«

Hier übernahm wieder Grossmann.

»Eine erste Sichtung der Papiere im Keller hat erst mal keine weiteren Hinweise auf pädophile Neigungen des Herrn Busse ergeben.«

Hier mischte sich Christoph Tanne von der Presseabteilung ein. »Genau dazu möchte ich kurz etwas sagen. Herr Busse war möglicherweise homosexuell, und es gibt ein paar alte Fotos, auf denen junge Männer abgebildet sind.«

»Es sind nicht ein paar Fotos, wir haben hundertfünfundsechzig Fotografien sichergestellt. Und wir sind mit der Sichtung des Kellers noch nicht fertig.«

»Gut«, sagte Christoph Tanne. »Es sind also eine ganze Reihe von Fotos. Zudem haben wir die etwas vage Aussage einer Bewohnerin des Hauses, dass Herr Busse hin und wieder Besuch von, ebenfalls jungen, Männern hatte. Diese junge Bewohnerin lebt zusammen mit drei Studenten in einer Wohngemeinschaft, in der aller Wahrscheinlichkeit nach Rauschgift konsumiert wird. Daraus ergibt sich die Frage, was ihre Aussage wert ist.«

An dieser Stelle mischte sich Manz ein. »Wir haben bis jetzt keinen Hinweis darauf, dass die von dir erwähnte junge Bewohnerin, Sara heißt sie übrigens, dass die an einem Missbrauch von Betäubungsmitteln beteiligt ist.«

»Wie auch immer«, fuhr Christoph Tanne fort. »Das mit dem angeblichen Besuch junger Männer in der Wohnung des Herrn Busse ist bis jetzt nur die Einschätzung der Zeugin. Worauf ich hinauswill, sind die Fotos. Wir wissen, dass sich in einigen asiatischen Ländern junge Menschen prostituieren. Teilweise, aber das habe ich auch nur aus zweiter Hand, werden sie von ihren Verwandten dazu gezwungen. Ich nehme jetzt als Beispiel dieses Foto ...« Eine Bewegung der Hand, eine Drehung des auf dem Tisch liegenden Fotos um hundertachtzig Grad.

»Eine Reihe von, zugegeben recht jungen, Männern vor einem Stand, der Werbung für einen Nachtclub macht. Sie tragen kurze Hosen und posieren ein wenig. Da kommt der eine oder andere vielleicht auf irgendwelche Gedanken. Aber abgesehen davon, dass es in Asien teilweise sehr warm ist ... Was wäre, wenn ihr das Foto in der Wohnung eines Mannes gefunden hättet, und es wären junge Frauen abgebildet?«

»Du meinst, kleine Mädchen?«

»Ich meine, dass wir sehr vorsichtig sein müssen, hier einen Mann vorzuverurteilen, nur weil er möglicherweise homosexuell war. Junge Männer oder Frauen zu fotografieren, die sich quasi anbieten, war seinerzeit nicht strafbar. Was wichtiger ist: Es gab in der Zeit, in der diese Aufnahmen entstanden, noch nicht die Ansichten über ... über ein bestimmtes Interesse, das wir heute moralisch und teilweise auch juristisch verurteilen. Ich denke, wir alle wissen, wie die Strafverfolgungsbehörden über lange Zeit mit Homosexuellen umgegangen sind. Das war auch schon zweimal Thema einer Fortbildung, an der leider keiner von euch teilgenommen hat. Was da seinerzeit an Abneigung zum Ausdruck kam, war eine schlimme Form von Ächtung, verbunden mit Vorstellungen, die sich auf die dunkelsten Zeiten deutscher Geschichte zurückführen lassen.«

»Oha!«, sagte Borowski.

Manz sah ihn an. Hart. Fast schon gebieterisch. Er hatte bereits erlebt, dass Borowski aus sich herausging. Meist geschah das, wenn man ihn für einen Scheißbullen, Hinterwäldler oder Trottel hielt.

»Nun«, fuhr Christoph Tanne fort, »wir schreiben nicht mehr das Jahr 1968. Auch 1977 liegt schon ein gutes Stück in der Vergangenheit. Die Ansichten haben sich geändert. Vielleicht, aber auch das ist nur eine Vermutung, ist das einer der Gründe, warum die Hausbewohner mit ihren Aussagen, was die angeblichen nächtlichen Besucher des Herrn Busse angeht, so zurückhaltend waren. Außerdem ist Herr Busse tot.«

»Wir ermitteln doch auch gar nicht gegen ihn«, sagte Manz.

»Ich wollte auch gerade fragen, was dieser ganze Scheiß soll«, entfuhr es Borowski, der für gewöhnlich auf ordentliche Formulierungen Wert legte. »Busses Schwei... Busses Gewohnheiten interessieren uns nur insofern, dass sie vielleicht zu dem oder den Tätern führen. Aber ich frag dich mal direkt, Christoph: Hältst du uns für doof? Oder ... für Nazis? Das sind Fotos, die drei Männer irgendwo in Asien von Kindern gemacht haben, die sich ziemlich eindeutig für sexuelle Dienste anbieten. Und ob der oder die Fotografen nun schwul waren oder … Wie nennt man die anderen, also uns …?«

»Heteros.«

»Danke. Das, Christoph, ist mir scheißegal. Oder ist das für dich in Ordnung? Kleine Jungs. Kleine Mädchen. Würde mich interessieren. Ich meine, bevor ich …«

»Niemand wird hier handgreiflich«, sagte Manz und legte Borowski seine Hand schwer auf die Schulter.

»Und wir bleiben bitte noch kurz beim Thema«, ergänzte Untersuchungsrichter Dannewitz.

»Meine Aufgabe ist es«, erklärte Christoph Tanne weiter, »diese Behörde und damit auch euch vor Angriffen, oder auch unerwünschten Solidaritätsbekundungen zum Beispiel der Presse, zu schützen.«

Borowski atmete tief durch, griff aber niemanden an.

»Du hast mich eben gefragt, was der *Scheiß* soll.« Christoph Tanne sah nun den Untersuchungsrichter an. »Sollte sich die Vermutung bestätigen, dass der oder die Täter aus einem bestimmten Milieu stammen, dann ist das eine höchst sensible Angelegenheit. Nicht nur in Bezug auf den Ruf des Pfarrers Busse.«

»Busse war nie Pfarrer, du Idiot!«

»Borowski, bitte. Nicht in dem Ton. Wir haben alle dasselbe Ziel.«

»Wenn Sie es so sehen, Herr Untersuchungsrichter.«

»Ich denke«, fuhr Dannewitz fort, »wenn ihr ihn gleich vernehmt … Wir wollen alle verhindern, dass Herr Siegel, sollte man ihn vor Gericht in den Zeugenstand rufen, Grund hat, sich öffentlich über die Ansichten dieser Behörde zu beschweren. Herr Siegel hat seinen Anwalt dabei. Also seid bitte vorsichtig.«

Borowski hatte Erfolg mit seiner Atemtechnik, er war wieder ruhig. »Wir konzentrieren uns auf die Ermittlung des Täters oder der Täter.«

»Immerhin ist Herr Siegel in eine amtlich versiegelte Wohnung eingebrochen«, ergänzte Manz. »Und in einen Keller.«

»Gut. Mehr habe ich nicht zu sagen«, erklärte zum Abschluss der Leiter der Pressestelle.

Der Untersuchungsrichter nickte, der Vernehmung stand nichts mehr im Wege.

Herr Siegel hat Angst

Herr Siegel hatte offenbar eine fast schon physische Angst vor der Polizei. Seine Augen waren unablässig in Bewegung, er trug wieder seinen grünen Lodenmantel, den er vorne so eng übereinandergeschlagen hatte, als müsste er ihn als Rüstung benutzen.

Borowski begann ruhig und formell. »Wie alt sind Sie, Herr Siegel?«

»Siebenundsiebzig. Ich wurde 1906 in Königsberg geboren.«

»Seit wann leben Sie in Berlin?«

»Seit 1941.«

»Uns wurde von einigen Mietern des Hauses Leberstieg 4 gesagt, Herr Busse habe zwei alte Freunde. Einer davon sind vermutlich Sie.«

»Ja.«

»Bitte nennen Sie uns den Namen und die Adresse des anderen Freundes.«

Herr Siegel schwieg.

»Wovor haben Sie Angst?«

»Vor der Polizei. Vor Ihren Vorurteilen.«

»Die Polizei ist nicht mehr die von früher«, sagte Borowski. »Herr Busse ist für uns ein Opfer, ein Mann, der auf sehr grausame Art ermordet wurde. Wir brauchen Informationen, um den oder die Täter zu fassen, die Ihrem Freund das angetan haben. Kurz, wir bitten Sie, uns zu helfen. Um nichts anderes geht es hier. Also ... Wir bräuchten den Namen des Freundes von Ihnen und Herrn Busse.«

»Brauer. Wilhelm Brauer. Richardstraße 55.«

Manz sah Borowski an, dass er sich unwohl zu fühlen schien. Also übernahm er.

»Wir gehen unter anderem einer Spur nach, die ins Milieu der ... ich sage mal, im erweiterten Sinne Prostitution, führt. Können Sie sich vorstellen, dass Ihr Freund, der Pfarrer Busse, zu so einem Milieu Kontakte pflegte oder dort jemanden finanziell unterstützt hat?«

»Busse hat ständig Menschen unterstützt.«

»Zum Beispiel mit seiner Aidsstiftung.«

»Es gab keine Stiftung, da hat er sich was vorgemacht«, erklärte Herr Siegel. »Das Geld ging an ein Krankenhaus.«

»Herr Busse hat, soweit wir das ermitteln konnten, in einem Hospiz gearbeitet. Möglicherweise waren es sogar drei solcher Einrichtungen.«

»Richtig.«

»Er hat dort offenbar einigen Menschen auf ihrem

letzten Weg so sehr geholfen, dass ihm Nachlässe zugingen.«

»Ja, davon hat er gesprochen.«

»Auch dieses Geld ging an die Kirche?«

»Wie ich schon sagte, das ganze Leben von Hans drehte sich darum, anderen zu helfen. Pfarrer übrigens war er nicht. Er wäre gerne einer gewesen.«

»Hat er sonst noch jemanden unterstützt? Zum Beispiel indem er größere Summen Geld irgendwohin überwiesen hat?«

Nun zögerte Herr Siegel. Er zog den Mantel, den er eine Weile fast vergessen zu haben schien, wieder enger zusammen.

Sein Anwalt beruhigte ihn. »Was Pfarrer Busse aus welchen Gründen auch immer getan hat, kann Ihnen niemand zur Last legen, Herr Siegel.« Er wandte sich an Manz. »Ich muss sagen, ich bin etwas irritiert. Ich dachte, es ginge bei dieser Befragung darum, dass mein Mandant eine Wohnung betreten hat.«

»Sie suchten ein Testament, wenn ich sie richtig verstanden habe?«, fragte Dannewitz.

»Ja, ich bin der Nachlassverwalter. Hans hat mich dazu bestimmt.«

»Mit Hans meinen sie Herrn Busse?«

»Wen sonst? Es muss da ein Schriftstück geben.«

»Das Testament.«

»Genau.«

»Nun gut«, erklärte Dannewitz. »In eine Wohnung einzudringen, unter diesen Umständen … Stand Ihr Mandant schon mal vor Gericht? Gab es Verfahren gegen ihn?«

»Nicht mehr nach 45.«

»Gut, dann wird es unter diesen Umständen auf eine eher geringe Strafe hinauslaufen. Vermutlich ist es mit einer Belehrung getan. Unseren Ermittlern geht es wie gesagt darum, den oder die Täter zu ermitteln.«

»Der Glockenturm und die Taumelbar«, stieß Siegel plötzlich hervor. »Beides Nähe Nollendorfplatz. Da ging er manchmal hin.«

»Sie und Herr ...«, Borowski warf einen kurzen Blick in seine Notizen. »Haben Sie und Ihr gemeinsamer Freund Herr Brauer ihn mal begleitet?«

»Einmal. Aber wir sind nicht mit reingegangen. Diese Bars sagten uns nicht zu.«

»Der Name Bucur, sagt Ihnen der vielleicht was?«

»Bucur? Nein. Mehr weiß ich nicht über Hans' Kontakte. Für mich war er jemand anderes.«

»Ein Pfarrer.«

»Was immer Sie sich da zusammenreimen ... Was immer Sie zu glauben meinen ... Mein Freund war ein herzensguter Mensch, der sehr viel für andere getan hat. Und ein guter, aufgeschlossener Pfarrer. Auch wenn er in Wirklichkeit nie einer war.«

Weitere Fragen gab es nicht. Herr Siegel konnte gehen.

Herr Brauer kann alles erklären

Die Vernehmung des Zeugen Brauer verlief anders. Brauer, ebenfalls Mitte siebzig, kam ohne Anwalt, dafür mit Rollator, und nahm die Befragung als das, was sie für ihn war.

»Von mir aus fragen Sie, ich kann sowieso nichts sagen.«

Manz nickte. »Nun, vielleicht doch. Als Erstes wüssten wir gerne, was für ein Mensch Herr Busse war.«

»Als er jünger war oder später?«

»War das ein Unterschied?«

»O ja.«

»Dann klären Sie uns bitte auf.«

»Na, unser Busse, der fuhr, nur mal als Beispiel, bis Mitte der Siebziger einen Porsche. Es gibt nicht viele Pfarrer, die sich für ein solches Fahrzeug entscheiden. Nun, Busse war kein Pfarrer, wie Siegel und ich später rausfanden. Die von der Freikirche hatten ihn gefeuert. Schon Anfang der Siebziger. Wegen Drogenbesitzes, hieß es, womit sie Marihuana meinten. Dabei kam das Zeug todsicher von einem der Jungs, die er damals aufgenommen hat.«

»Was für Jungs?«

»Streuner, ohne ein Dach überm Kopp. Die hat er erst mal wieder aufgepäppelt.«

»So was kostet Geld«, warf Borowski ein. »Dazu noch der Porsche ...«

»Ich glaube, den hatte ihm wer vermacht. Er war ja ein gut aussehender Mann. Bis weit in seine Fünfziger rein. Jedenfalls hatte er immer Geld. Wir waren ein paarmal zusammen auf Sylt, und das gibt's nicht umsonst. Ein Lebenskünstler oder auch Lebemann, so hätte man früher gesagt.«

»Sie sagten eben: Wir waren auf Sylt ...«

»Busse, Siegel und ich. Dazu kamen dann noch die Fernreisen.«

»Wohin?«

»Asien. Busse war an Tempeln interessiert.«

»Nur an Tempeln?«

»Na, manchmal hat er sich diese Jungs angesehen, die sich dort überall anboten. War ja damals noch nicht so, dass man sich da groß Gedanken gemacht hätte. Wie gesagt, Busse hatte immer irgendwen an der Angel. Männer. Dass Sie das richtig verstehen.«

»Hat er hin und wieder die Dienste dieser Jungen ...«

»Jetzt wird's eng, richtig? Kinderschänder und so. Nein, hat er nicht. Fotos, sonst war nichts. Er kam ja aus Königsberg.«

»Auch?«

»Wieso auch?«

»Na, weil Herr Siegel ...«

»Ja, die kamen da beide her. Busse hat mir öfter davon erzählt, wie das war. Die Flucht. Und die Zeit danach in Berlin. Der musste nicht nur sich, sondern auch seine Mutter durchbringen. ›Immerzu am Geldanschaffen‹, so nannte er das. Ab Anfang der Fünfziger wurde es dann wohl besser. Seine Mutter hat wieder geheiratet. Wahrscheinlich sah die auch gut aus. So wie er. Gab ja damals zu wenig Männer.«

»Bis wann haben Sie, Herr Siegel und Herr Busse diese Fernreisen unternommen?«

»Bis Mitte der Siebziger ging das. Ungefähr. Dann muss was passiert sein. Vielleicht die Trennung von Siegel. Jedenfalls wurde Busse immer mehr zu einem Heiligen. Hat angefangen, im Hospiz zu arbeiten, für eine reformpädagogische Einrichtung, und, und, und ...«

»Hatte er da noch Interesse an jungen Männern?«

»Glaube ich nicht. Er war ja schon sechzig und eben ein Heiliger. Weniger Geld, das meine ich. In letzter Zeit hat er immer mal was von irgendwelchen Rumänen erzählt. Aber da ging es, glaub ich, nicht mehr so sehr ums Sexuelle. Er sagte, wenn wir überhaupt mal drauf kamen, dass diese Jungs teilweise extrem arm sind, dass in Rumänien bittere Not herrscht und sie dort eine Diktatur haben. Da kam wie gesagt bei ihm immer mehr der Heilige durch. Ich glaube, er hat da auch jemanden unterstützt. Er hat ja in den letzten zehn Jahren immer irgendwen unterstützt. Da ging sein ganzes Geld hin.«

»Zu den Rumänen.«

»Ich habe ihn mehrfach gewarnt, bei diesen Jungs vorsichtig zu sein. Weil wenn die ein bestimmtes Alter erreicht haben ...«

»Welches Alter?«

»Zwanzig, fünfundzwanzig. Dann kommt die Zeit, in der sie zugreifen.«

»Da muss man vorsichtig sein?«, schlug Borowski vor.

»Richtig. Diese Jungs haben in dem Alter ja schon ihre Erfahrungen und ... Geld ist für die alles. Busse hat nur gelacht, als ich ihn gewarnt habe, und gemeint, er sei ein alter Fuchs. Ihm gehe es ohnehin nur darum, diesen Jungs zu helfen, und das würden sie auch so verstehen.«

»Er hat ihnen geholfen, indem er ihnen zum Beispiel Geld gab?«

»Und ihnen zuhörte, sich für ihre Geschichten interessierte. Ich glaube, er hat sogar in Rumänien ein Grundstück gekauft.«

»Ach ja?«

»Für die Mutter von einem von denen.«

»Haben Sie in diesem Zusammenhang mal den Namen Bucur gehört?«

»Bucur? Nein. Wieso, hat der ihn ermordet?«

»Herr Busse hat zweimal Geld an eine Frau Bucur überwiesen.«

»Wie viel?«

»Zweimal zehntausend Mark.«

»Idiot. Dann ist das die Geschichte von der kranken Mutter. Diese Jungs haben alle eine kranke Mutter.«

»Wer hat Ihnen das gesagt?«

»Niemand. Das geht so rum. Für mich ist das alles nichts mehr. Ich bin vierundsiebzig und hab meine Ruh.«

»Wissen Sie vielleicht, wo Herr Busse diese hilfsbedürftigen jungen Männer kennengelernt hat?«

»Im Glockenturm und in der Taumelbar. Aber dass ihr mich richtig versteht: Als seine wilden Jahre vorbei waren, da ist aus Busse ein echter Heiliger geworden. Kein Spaß. Ich weiß ja, was ihr denkt. Weil er schwul war und sich um junge Männer ohne Geld gekümmert hat. Aber wie gesagt …«

»Er hat viel für die getan.«

»War's das?«

»Wenn noch Fragen auftauchen«, ergriff nun Borowski noch mal das Wort. »Wir wissen ja, wo wir Sie finden.«

»Eine Drohung? Junge, ich bin Mitte siebzig und geh am Rollator. Du kannst deinen Frieden machen. Mit mir und mit dir selbst auch. Täte dir vielleicht gut. Dass du mal den Stock rauskriegst aus deinem Arsch.«

Kopfballtor

Nachdem Herr Brauer gegangen war, verabschiedeten sie sich ohne Nachbesprechung von Untersuchungsrichter Dannewitz und gingen auf ein kleines Bier an den Dönerstand vorne in der Karl-Marx-Straße. Dort stand, wie so oft um diese Zeit, ein Kollege, den Manz manchmal um Rat fragte.

»Lautschläger!«

»Manz.«

»Und?«

»Gut. Danke. Borowski sieht etwas betrübt aus.«

»Man hat ihm gerade einen Stock im Arsch unterstellt.«

»Ich lache später, wenn's recht ist.«

»Borowski. Hol doch mal Bier.«

Borowskis Blick. Gebrochen.

»Und sonst?«, fragte Lautschläger, als Borowski weg war.

»Immer noch der Pfarrer, der nie Pfarrer war.«

»Ihr tappt im Dunkeln?«

»Ein wenig Licht am Ende des Tunnels. Der Glockenturm und die Taumelbar, sagt dir das was?«

»Alte Knacker und früher auch rumänische Stricher.«

»Jetzt nicht mehr?«

»Nein. Wie man so sagt: Die Zeiten ändern sich. Die Ansichten auch. Die Jungs sitzen jetzt an der Kirche.«

»Sind diese rumänischen Stricher gefährlich?«

»Da müsste dann schon irgendwas weit außer der Reihe vorgefallen sein. Normalerweise geht es diesen jungen Männern um Geld. Sie lassen sich für ihre Dienste bezahlen, das meinte ich.«

»Wär ich fast selbst drauf gekommen.«

»Wenn ihr da hinfahrt und halbwegs verlässliche Informationen braucht, dann fragt ihr im Glockenturm Horst Pütz und in der Taumelbar den Rossling. Grüßt die beiden von mir.«

»Du hattest da schon zu tun?«

»Rauschgift. Nichts Großes. Und sonst?«

»Christine ist seit fast einer Woche in München.«

Borowski kam mit dem Bier, sie stießen an, tranken.

»Und eure Kinder?«, wollte Lautschläger wissen, nachdem er sich etwas Bierschaum von der Oberlippe gewischt hatte. »Ich meine, wenn die Mutter ständig auf Achse ist ...«

»Wir haben eine Babysitterin.«

»Was für ein Luxus. Wie macht ihr das, Borowski? Ihr habt doch vier. Was macht ihr, wenn Sylvia weg ist?«

»Dann kommen meine Eltern.«

»Was ist mit deinen Eltern, Manz? Keine Lust?«

»Mein Stiefvater arbeitet zehn Stunden am Tag in seiner Praxis, und meine Mutter ... Christine und ich möchten nicht, dass unsere Mädchen umerzogen werden.«

»So hat jeder seine Probleme«, erklärte Lautschläger nach ein paar weiteren Schlucken.

»Ja«, drängelte Borowski. »Wir zum Beispiel kriegen bald eins mit der Zeit.«

»Wir haben noch fast eine Stunde«, erwiderte Manz.

»Dir reicht das vielleicht. Ich möchte mich in Ruhe umziehen.«

»Na gut.« Manz klopft Lautschläger auf die Schulter. »Wir sehen uns.«

Zurück in der Direktion 5 nahmen sie ihre Sporttaschen aus dem Spind, fuhren zum Sportplatz und zogen sich um. Borowski brauchte tatsächlich erheblich länger als Manz. Was daran lag, dass er vor dem Spiel ausgiebig heiß und kalt duschte. Er meinte, seine Muskeln wären dann geschmeidiger.

Die Kollegen waren schon da, als sie auf den Platz kamen. Kriminalhauptkommissar Borgmann ließ den Ball etwas angeberisch auf seinem Mittelfinger kreisen. Er würde wie immer den Schiedsrichter geben.

Zwei Mannschaften zu je acht Mann. Also vierzehn auf dem Feld, die Torwarte kamen, wenn es ging, mit raus. Das Fußballfeld an der Gneisenaustraße hatte Standardgröße, das Spiel war auf zweimal fünfundvierzig Minuten angesetzt, die Außentemperatur lag bei siebenundzwanzig Grad, Borgmann pfiff an.

Wer Manz und Borowski damals hier spielen sah, wusste hinterher, dass sie körperlich fit waren und sich nicht scheuten, Einsatz zu zeigen. Da das Gleiche auch für die gegnerischen Spieler galt und Borgmann nicht zum Pfeifen neigte, war es, vor allem was Borowskis Auftritt anging, ein etwas ruppiges Spiel, bei dem er öfter im Modus eines Spagats mit zurückgeworfenem Oberkörper nach der Methode Horst Hrubesch wem reingrätschte. Rufe im Befehlston, Flüche, Beleidigungen. Manz schoss zwei Tore. Das zweite nach einer Flanke über gut dreißig Meter von Borowski. Am Rand standen etwa vierzig Zuschauer, die teils so laut wurden, als wären sie hundert.

In der zweiten Halbzeit spielten sie unter Flutlicht, und am Ende gewann Manz' Mannschaft mit vier zu drei.

Nach dem Schlusspfiff ergab sich bei einem ihrer geschlagenen Gegner, was die Körperhaltung anging, exakt das Bild wie jenes berühmte von Uwe Seeler nach dem verlorenen Endspiel in Wembley.

Gelohnt hatten sich die neunzig Minuten allein schon für die zehn Minuten danach. Da saßen sie alle auf ihren Bänken und spürten, wie das Blut mit Druck durch ihre Adern gepresst wurde und sich der Atem allmählich beruhigte.

Schweißtropfen fielen von gesenkten Köpfen vor gefalteten Händen auf den Beton, und Borowski fragte zweimal: »Gut, oder?« Woraufhin Manz jedes Mal den Kopf unter leichtem Nicken noch etwas tiefer senkte, zuletzt bis fast runter zwischen die Knie.

Danach wurde geduscht.

Männerdusche. Das Wort fiel kein einziges Mal, denn es waren ja immer nur Männer da. Die Bächle hatte mal angeboten mitzuspielen, es hieß, sie sei ein Ass im Handball, aber ... 1983. Andere Zeiten.

Danach ein Bier.

Man ging Szenen, die hier Spielzüge genannt wurden, noch mal durch. Nicht immer herrschte dabei Einigkeit.

Manz trank drei Flaschen, Borowski nur zwei, weil ... Borowski fuhr ja Manz noch zu seiner Wohnung am Mariannenplatz. Es war zweiundzwanzig Uhr, als sie dort ankamen.

»Morgen in aller Frische?«

»So machen wir es, Borowski. Deine Flanke war gut. Du wärst ein noch besserer Spieler, wenn du nur um einen Kopf größer wärst.«

»Bitte?«

»Holst du mich morgen früh ab?«

»Wie lange ist er diesmal in der Werkstatt?«

»Mein Wagen? Zwei Tage.«

»Der ist ziemlich oft in der Werkstatt. Ich meine, für einen BMW. Wollte Christine nicht sowieso, dass du dir einen Kombi kaufst, wegen der Kinder? Ist doch auch besser. Vernünftiger, will ich sagen.«

»Du hupst einfach, ich komm dann runter.«

Manz schlug die Tür von Borowskis Familienvolvo zu.

Nachdem der Kollege abgefahren war, blieb Manz noch fünf Minuten vor dem Haus stehen.

Wenn nichts Dringliches anlag, tat er das jeden Abend. Sich diese fünf Minuten rausklammern aus dem Fluss des Üblichen. Um das Berufliche abzuschütteln und an nichts zu denken.

Bevor er hochging zu den Mädchen.

Er fühlte sich gut. Stark. Das Blut brauste noch immer in seinen Ohren, die Haut war warm, und der Himmel schwarz. Eine Stimmung, in der ihm manchmal Gedanken und Bilder kamen. Kleine Phantastereien, die bei Gelegenheit auch mal zu was führten.

Drüben vor dem Künstlerhaus Bethanien waren die Laternen mittlerweile angesprungen, und die Natriumdampfbrenner verbreiteten ihr charakteristisches rötliches Licht. Vor diesem Licht querten Menschen als schwarze Körper den Platz.

An diesem Abend klappte alles, als wäre es seit Langem eingeübt.

Nachdem Steffi und Julia im Bett waren, führte er ein längeres Gespräch mit Claudia. Sie gestand ihrem Vater, dass sowohl ihr Wunsch, Hotelfachfrau zu werden, als auch ihre schlechte Laune »teilweise jedenfalls« damit zusammenhing, dass ihre Freundin Caro eigentlich Christian hieß und dass Christian ihr wahrscheinlich untreu war. Sie ging, was ihren Seelenzustand anging, ziemlich ins Detail. Aber nur so lange, bis ihr Vater sie unterbrach.

»Jetzt ist es mal gut mit diesem Christian.«

»Es ist dir egal?«

»Ja. Denn wenn es wirklich um einen Jungen ginge, der dich ernsthaft interessiert, würdest du anders reden.«

»Ach ja? Und wie, glaubst du, würde ich über ihn reden?«

»Gar nicht.«

»An dir geht das alles einfach vorbei.«

»Weil ich dir bis jetzt kein Wort glaube.«

Claudia fand, als das Gespräch dann doch wieder in Gang kam, heraus, dass ihr Vater in der Lage war zuzuhören. Hin und wieder mal eine Frage, der Rest der Redezeit ging an sie. Was bei all dem herauskam, war, dass Claudia nicht wusste, was sie später mal machen sollte. Das Abitur kam ihr zo leicht vor. »Alles kommt mir immer so leicht vor, aber das verstehst du nicht.«

»Das ist das Erste von deinem ganzen Gerede, was ich überhaupt verstehe.«

»Dass mir alles zu leicht vorkommt?«

»Ja. Borowski hat neulich in der Kantine gesagt …«

»Schon wieder der.«

»Ja, aber er hatte recht. Der fand auch, dass zu leicht nicht gut ist. Und Borowski ist ein Mann, der was vom Leben versteht.«

»Woran merkt man das?«

»Er wird sehr oft wütend.«

Das eigentliche Gespräch fing erst jetzt an. Und dabei ging es nicht mit einem Wort um Claudias Beruf. Es war eher ein Gespräch über … Manz bereute, dass er Christines Vorschlag, Kierkegaard und Sartre doch einfach mal zu lesen, nicht befolgt hatte.

»Wenigstens die Sekundärliteratur«, hatte sie gesagt. »Es gibt da so kleine Büchlein, die das auch einem Laien verständlich machen.«

Leider, wie gesagt, hatte er ihren Rat nie befolgt. So musste er ohne Kompass navigieren. Nun, sie kamen, was die Leichtigkeit anging, leicht schlingernd irgendwohin. Mehr noch! Die Sache nahm ein geradezu glorioses Ende, denn als Manz seine Tochter fragte: »Hat dir das jetzt irgendwie geholfen, ein bisschen klarer oder … wie soll ich denn sagen?«

Da antwortete sie: »Ja, vielleicht.« Was für ein Satz, was für eine Belohnung. »Machst du das bei Verhören auch so? Dass du die anderen die ganze Zeit reden lässt?«

»Na ja, wenn du so fragst, dann hätte Borowski jetzt mit dabei sein müssen.«

»Ihr beide … Mutti fragt sich auch, was das ist. Eine Freundschaft? Oder … Ihr verbringt echt viel Zeit miteinander.«

»Borowski muss morgen zur Nachuntersuchung. Mit seinem Herz ist möglicherweise irgendwas nicht in Ordnung.«

Sie überlegte eine Weile. »Wer weiß, vielleicht schaffe ich ja ein halbwegs gutes Abitur und studiere Medizin.«

»Hoffen wir, dass es bis dahin für Borowski nicht zu spät ist.«

Und dann war es noch mal für einen kurzen Moment so wie früher, und Manz bekam einen kleinen Kuss.

Als Claudia in ihr Zimmer ging, war es bereits ein Uhr durch. Manz war total aufgekratzt, weil … Das Gespräch mit seiner Tochter hatte ihn ein gutes Stück zurück in die Vergangenheit versetzt. Was zum Teil daran lag, dass sie ihrer Mutter ähnelte. Und so kam er schließlich nach drei assoziativen Sprüngen darauf, dass er sich nie wirklich gefragt hatte, was Christine beruflich … Ja, und von da war es dann nicht mehr weit bis nach Straßburg. Bilder und Vorstellungen stiegen auf, verzweigten sich, reihten sich aneinander. Das ging so lange, bis daraus eine regelrechte Geschichte geworden war. Fast wäre er darüber eingeschlafen. Während er sich dann im Schlafzimmer auszog, wurde ihm klar, dass es bei seinen letzten Überlegungen wohl nicht in erster Linie um Straßburg gegangen war.

Er vermisste seine Frau.

SIEBTER TAG

Der nervöse Herr Böhmer

Der nächste Morgen verlief anders als gedacht.

Das Telefontischchen im Flur, der farngrüne Apparat ... Manz saß gerade mit Stefanie und Julia beim Frühstück, als Rolfes anrief.

»Wir haben eben die Information bekommen, dass Herr Böhmer sich im Haus aufhält.«

»Von wem?«

»Anonym. Die Stimme einer jungen Frau.«

»Ach nein«, sagte Manz und sah für einen kurzen Moment Sara vor sich, wie sie im Gegenlicht einer bereits rot glühenden, spätnachmittäglichen Sonne neben ihm an der Böschung des Landwehrkanals saß.

»Beeil dich bitte«, forderte der Ermittlungsleiter.

»Ist Borowski schon unterwegs?«

»Der ist bei seinem zweiten Check-up.«

Drehung des Körpers, ein Abwägen von Möglichkeiten, dann die Entscheidung.

»Steffi!«

»Julia will wieder ins Schwimmbad.«

»Du passt auf sie auf, bis Lisa ... Die ist in einer halben Stunde da.«

»Julia will aber ins Schwimmbad.«

»Ihr macht das schon. Bis heute Abend.«

Manz war gerade im Leberstieg angekommen, da hielt Rolfes Dienstwagen neben ihm.

»Rolfes! Was treibt dich aus deinem Kabuff?«

»Besser zu zweit. Wir wissen nicht, was uns erwartet.«

Rolfes wollte gleich ins Haus, musste aber warten, da Manz sich nicht vom Fleck rührte. »Gibt's mal wieder was zu sehen?«, fragte er schließlich.

Manz stand da, den Kopf in den Nacken gelegt, und starrte den Prometheus über dem Eingang an. Es war endlich so weit, zweimal schon hatte er ihn angestarrt, diesmal enträtselte er das Geheimnis.

»Manz, bitte!«

»Der ist nicht echt.«

Rolfes folgte Manz' Blick. »Du meinst den Heini da oben? Der ist aus Stein, was erwartest du?«

»Er ist nicht echt. Siehst du die Verankerung? Die Stahlhaken und den schlecht aufgetragenen Putz? Der gehört nicht hierher. Das ist auch kein Halbrelief …«

»Jetzt komm bitte.«

Erster Stock links. Die Tür wurde erst geöffnet, nachdem Rolfes zweimal laut gerufen hatte. »Herr Böhmer, Polizei! Machen Sie auf! Wir wissen, dass Sie da sind!«

Ein Geräusch, ein Spalt, ein Gesicht, Empörung.

»Ich bin gerade beim Packen.«

»Das macht es nicht besser«, antwortete Manz.

Der Schnitt der Wohnung war der gleiche wie der aller Wohnungen, und die Verteidigung, die Herr Böhmer vorbrachte, ähnelte der von wenigstens vierhundert Verdächtigen, die Manz im Laufe der letzten Jahre vernommen hatte.

»Was für ein Unsinn! Ich bin nicht in Busses Wohnung eingedrungen. Sie unterstellen mir Gedanken, die ich nie hatte.«

Herr Böhmer saß auf einem Hocker, wie man sie für gewöhnlich in einer Bar benutzt. Vor ihm ein schmaler Tresen. Nur stand dieser Tresen in seiner offenen Küche und war eigentlich ein Frühstückstisch. Über dem Tresen hingen drei Pendelleuchten an langen schwarzen Kabeln von der Decke. Manz und Borowski saßen ihm gegenüber. Wichtiger als all das war der halb gepackte Koffer, der auf dem Boden lag.

»Wir haben die Aussage Ihrer Frau«, eröffnete ihm Rolfes, »dass Sie in der Wohnung waren und Herrn Busse ein Kissen auf den Kopf gelegt haben.«

»Jetzt sagen Sie es ja selbst. ›Ich war in der Wohnung.‹ Das war ich auch, aber ich bin nicht eingedrungen. Der Schließmechanismus der Wohnungstür von Herrn Busse ist seit Langem in einem Zustand, dass es reicht, leicht gegen die Tür zu drücken, um sie zu öffnen.«

»Sie stellen unsere Geduld auf eine harte Probe«, erklärte Manz. »Und ich kann Ihnen versichern, dass der für diesen Fall zuständige Untersuchungsrichter von einem Eindringen sprechen wird, falls er Sie in diese Richtung belastet.«

»Nur weil ich die Würde eines Mitglieds dieser Hausgemeinschaft …«

»Wie lange waren Sie in der Wohnung?«, fragte Rolfes.

»Drei Minuten. Höchstens. Ich bin rein, habe das Gesicht des toten Herrn Busse bedeckt, dann … schnell wieder raus. Ich bin den Geruch von Leichen nicht gewohnt.« Herr Böhmer stand auf. »Ich mache mir einen Espresso, möchten Sie auch?«

»Nein.« Rolfes war nicht der Typ für ein geselliges Beisammensein mit einem Verdächtigen. »Aber wo Sie gerade von Leichen sprechen ... Der Kollege Manz war gestern im Hospiz am Kranichplatz. Sie arbeiten dort?«

»Ich bin Leiter dieser Einrichtung.«

»Es handelt sich um einen kirchlichen Träger?«

»Ja.«

»Katholisch?«, fragte Manz.

»Wie kommen Sie darauf?«

»Die Schwester, mit der ich gesprochen habe, machte auf mich einen katholischen Eindruck.«

»Warum? Weil sie alt ist und manchmal einschläft?«

Das Mahlwerk der Siebträgermaschine begann zu arbeiten.

»Schalten Sie die Maschine aus«, forderte Rolfes. »Sofort.«

»Gott, sind Sie aufgeregt!«

»Die Schwester teilte mir mit, dass Herr Busse regelmäßig im Haus war«, erklärte Manz.

»Ehrenamtlich. Als Pfarrer versteht er sich natürlich darauf, sterbende Menschen zu trösten und sie auf den Weg vorzubereiten, den sie vor sich haben. Ich würde sogar sagen, Herr Busse verstand sich besser als jeder andere darauf. Das übrigens war der Hauptgrund, warum ich das Kissen auf sein Gesicht gelegt habe. Ich fand es ... ungerecht! Ja, ich glaube, das war meine Empfindung. Es kam mir falsch vor, dass er da, wie es schien, seit Tagen, wie ein Kadaver in seiner Wohnung lag. Er wird in unserer Einrichtung schwer zu ersetzen sein. Man kann natürlich Menschen, die wissen, dass sie im Sterben liegen, auch medikamentös ruhigstellen. In vielen Krankenhäusern wird es so gehandhabt. Aber wir sind ein kirchliches Hospiz, wir respektieren, dass manche Menschen sich einen unbetäubten Zustand wünschen, dass sie sich aussprechen und etwas über den Tod erfahren wollen.«

Rolfes reichte es. »Wir wissen, dass Sie und Pfarrer Busse Gelder aus Nachlässen einbehalten haben!«

»Wieso einbehalten? Die Leute haben den Pfarrer Busse testamentarisch bedacht. Meist lief es darauf hinaus, dass wir uns darum gekümmert haben, den Hausstand aufzulösen. Aber ich merke schon, dass Sie nicht die geringste Ahnung haben, worum es in einem Hospiz wie diesem geht und was Herr Busse geleistet hat. Menschen zu beruhigen ist eine der Aufgaben aktiver Religionsausübung. Wobei Sie das Wort beruhigen auch mit Gewissheit übersetzen können. Die Gewissheit, dass das Leben wie auch der Tod im großen Gefüge einen Sinn machen. Natürlich hat das Interesse an derlei Gewissheiten in den letzten hundert Jahren stark abgenommen. Aber wenn es ans Sterben geht …«

»Dann kann man noch schnell was abgreifen, sich bereichern«, sagte Rolfes.

»Bereichern? Wer hat sich denn bereichert?«

»Sie und Herr Busse. Wobei er mit seinem menschlichen Gesäusel die Aufgabe hatte, die Todkranken dazu zu bewegen, ihr Testament zu ändern.«

Die Farbe von Böhmers Gesicht veränderte sich. Das Gleiche galt für seine Tonlage. »Sie wissen überhaupt nicht, was Sie da sagen!«

»Nun, wir wissen von den Versteigerungen, die Pfarrer Busse dank Ihrer Vermittlung durchgeführt hat, wir wissen, dass er einen großen Anteil der Erlöse für sich behalten hat, und wir wissen, dass Sie gewissermaßen mit einer großzügigen Provision bedacht wurden.«

»Der Kirche ist regelmäßig Geld zugegangen, das sonst an den Staat gefallen oder von einem Entrümpler eingestrichen worden wäre.«

Rolfes ging nicht weiter auf diese Erklärung ein. »Wie kam es zu der Verbindung zwischen Ihnen und Herrn Busse? Es ist schon ein großer Zufall, dass Sie auch noch Tür an Tür wohnen.«

»Nun, als Pfarrer …«

Rolfes zog die Tonlage noch mal etwas an. »Sie wissen ganz genau, dass Herr Busse nie Pfarrer war.«

»Zu dem Zeitpunkt wusste ich es noch nicht. Es wäre übrigens gut gewesen, man hätte ihn zu einem gemacht.«

»Mit seinen Talenten, was das Beruhigen angeht … Das habe ich verstanden.«

»Nun, er bot uns seinerzeit seine Dienste an. Schon vor sechs, sieben Jahren war das. Wir lernten uns nach und nach besser kennen, und als meine Frau und ich eine Wohnung suchten, war er es, der mich darauf hinwies, dass hier etwas frei ist. So kam es dazu. Der Besitzer dieses Hauses ist keine Einzelperson, sondern eine Erbengemeinschaft aus München. Offenbar sehr wohlhabende junge Leute. Jedenfalls könnte man meinen, es bestünde nur ein geringes Interesse, überhaupt zu vermieten.«

»Die Wohnung ganz oben rechts zum Beispiel steht seit fast zwei Jahren leer«, sagte Manz.

»Daran sehen Sie …«

»Die Wohnung gehört Ihrer Frau, Herr Böhmer«,

übernahm wieder Rolfes. »Und in dieser Wohnung stehen Antiquitäten. Wir wüssten gerne, wie Sie an die gekommen sind.«

»Gar nicht. Ich habe die Wohnung Herrn Busse überlassen. Für Möbel, die er bei den Wohnungsräumungen rausgesucht hat.«

»Um sie zu verkaufen.«

»Für die Kirche.«

»Das stimmt nicht. Sie haben bei Ihrer Durchsuchung von Busses Wohnung die entscheidenden Unterlagen nicht gefunden. Das war doch der Grund, warum Sie da eingedrungen sind. Nun, sie befanden sich nicht in der Wohnung, sondern im Keller. Wo ich das sage: Sie und Ihre Frau bewohnen hier im Haus zwei verschiedene Wohnungen …«

»Meine Frau ist bisweilen etwas anstrengend. Sie ist sehr emotional und unausgeglichen. Das übrigens war ein Grund, warum ich kurz in die Wohnung von Herrn Busse rein bin.«

»Ihre Frau ist religiös?«

»So kann man sagen, ja. Sie hat Herrn Busse oft geholfen und zum Beispiel Ostergestecke mit ihm gebastelt. Was die Erbschaften angeht, um Ihnen das noch einmal verständlich zu machen … Bei uns liegen häufig Menschen, die keine Angehörigen mehr haben. Und da ist es schon immer vorgekommen, dass dem Hospiz etwas zufiel. Einfach weil wir im Moment höchster Not diejenigen waren, die diesen Menschen beigestanden haben. Herr Busse hat diese Erbschaften dann gesichtet, teilweise oben zwischengelagert, das ist richtig, und anschließend Gegenstände von Wert entweder in eine Versteigerung gegeben oder anderweitig verkauft. Soweit ich weiß, hat ihm Frau Wendel aus dem ersten Stock dabei geholfen, den Wert einzuschätzen. Sie ist Inhaberin eines Möbelgeschäfts und kennt sich daher aus mit ...«

»Das ist uns bekannt.«

»Also?«

»Von dem Erlös ging aber nur ein Teil der Kirche als Spende zu.«

»Herr Busse hat etwas davon für sich aufgewendet, das ist richtig. Wir sahen das als eine Art Bezahlung an, dafür, dass er sich die Zeit genommen hat, diesen Menschen beizustehen. Er war ja nicht bei uns angestellt.«

»Sie haben auch etwas bekommen«, sagte Rolfes. »Wir haben inzwischen ermittelt, dass Herr Busse sich im Auktionshaus Bassermann hin und wieder in bar hat auszahlen lassen. Er hat Sie sozusagen betrogen. Da Sie, wie man uns sagte, in enger Verbindung zu dem Auktionshaus standen, haben Sie vermutlich irgendwann davon erfahren. Vielleicht hat Sie das wütend gemacht. Vielleicht ist es zu einem Streit gekommen ...«

Herr Böhmer antwortete nicht, Manz hakte nicht nach, und Rolfes, der früher oft mit ihm gearbeitet hatte, wusste, warum sein Kollege schwieg. Manz tat so was hin und wieder. Einfach mitten aus einem Gespräch heraus zu schweigen. Er beobachtete Herrn Böhmer nicht einfach, er fixierte ihn. Rolfes tat das Gleiche. In manchen Fällen hatte das dazu geführt, dass die Befragten anfingen zu plappern, sich um Kopf und Kragen redeten. Bei Herrn Böhmer war das nicht der Fall. Er stand auf und ging erneut zu seiner Maschine.

»Möchten Sie nicht vielleicht doch einen Espresso? Der Kaffee kommt aus Guatemala.«

Herr Böhmer schaltete die Maschine ein, das Mahlwerk begann erneut zu arbeiten. Doch diesmal war etwas anders als eine Viertelstunde zuvor. Herr Böhmer sprach laut gegen die Maschine an. Die Art, wie er das tat, klang sehr alltäglich, beinahe beschwingt.

»Ich hoffe, ich konnte Ihre Fragen hinreichend genau beantworten.«

»Nein, konnten Sie nicht«, sagte Rolfes »Wir nehmen Sie jetzt mit. Verdacht auf Veruntreuung.« Blick Richtung Koffer. »Außerdem müssen wir verhindern, dass Sie Beweismittel vernichten oder sich absetzen.«

Unwillkürlich ging nun auch der Blick von Herrn Böhmer in Richtung des Koffers.

»Es bleibt alles hier. Wir werden einen Durchsuchungsbeschluss beantragen.« Rolfes ging zu der Espressomaschine und schaltete sie aus. »Kommen Sie.«

Unter dem Prometheus

Als sie aus dem Haus kamen, wären sie fast mit Frau Erdmann zusammengestoßen.

»Wie gut, dass ich Sie treffe, das erspart mir einen Weg«, sagte Manz, wandte sich noch kurz an Rolfes: »Mach du das bitte, ich komme nach.«

Rolfes schüttelte zwar den Kopf, tat aber, worum Manz ihn gebeten hatte.

»Sie nehmen Herrn Böhmer mit?«, fragte Frau Erdmann, als der Wagen abfuhr.

»Ja. Und es ist möglich, dass wir noch weitere Personen hier aus dem Haus zur Befragung abholen lassen.«

Ihr Kehlkopf bewegte sich, wie das passiert, wenn Menschen mit trockenem Hals gewaltsam schlucken.

»Aber sagen Sie, Frau Erdmann, der Prometheus, der da am Haus hängt ...«

Sie war irritiert. Ihr Blick wechselte schnell hin und her zwischen Manz und dem listigen Gott über dem Eingang.

»... der gehört eigentlich gar nicht hierher, oder?«

»Der Prometheus?«

»Ja. Der wurde nachträglich angebracht. Ich meine, solche groben Stahlhaken, ein so schlecht aufgebrachter Putz ... das ist doch keine Handwerksarbeit aus der Zeit, in der dieses Haus errichtet wurde.«

»Der ... Nein, der Prometheus saß ursprünglich auf einem Brunnen.«

»Aber hätte man dort nicht eher einen Poseidon hingesetzt? Ich meine, Poseidon hat einen Bezug zum Wasser, aber doch nicht Prometheus. Der wurde an einen Berg gekettet, dann kamen die Adler ...«

»... und haben seine Leber gefressen.« Frau Erdmann hatte sich wieder halbwegs in der Gewalt. »Sie haben recht, es kann sein, dass das mit dem Brunnen falsch ist. Ich weiß nur, dass er nach einem Bombenangriff zwischen den Trümmern lag und der frühere Besitzer ihn hierhergeschafft und da oben angebracht hat.«

»Ah, das war mal eine richtige Skulptur!«

Sie zog die Schultern hoch.

»Die hintere Hälfte wurde abgesägt, und dann hat man ihn hier etwas lieblos befestigt.«

»So wird es im Haus erzählt. Das ist nun aber schon eine halbe Ewigkeit her.«

»Natürlich. Aber wo wir gerade dabei sind ... Diese Mandelbäumchen, blühen die nicht eigentlich im April?«

»Es sind keine Mandelbäumchen, sondern so eine Art spätblühende Zierkirschen, wie ich das verstanden habe, die aus den Bergen kommen. Aus Japan, soweit ich weiß.«

»Ach so. Und warum haben Sie uns verschwiegen, dass bei Herrn Busse Jungs aus dem Strichermilieu ein und aus gingen?«

»Strichermilieu? Ich glaube, da irren Sie sich. Das waren ...«

»Sie haben mich jetzt lange genug belogen, meinen Sie nicht?«

Sie sah zum Prometheus hoch, ihr Unterkiefer war in Bewegung. Wie schon bei der ersten Vernehmung versuchte sie sich am Sprechen zu hintern. Diesmal klappte es nicht.

»Ich glaube, wir haben das getan ...«

»Alle aus dem Haus?«

»Einige von uns Frauen. Um seine Würde zu bewahren.«

»Vielleicht auch die des Hauses?«

»Das mag sein. Wir wollten nicht, dass sein Andenken ... Wir waren uns ja auch gar nicht sicher, was für junge Männer das waren.«

»Und das Alter?«

»Was ist damit?«

»Uns wurde gesagt, dass es sich in der Regel um

Minderjährige handelte. Ich könnte auch einen Schritt weiter gehen und sagen: Kinder. Im Keller haben wir entsprechende Fotos gefunden. Vermutlich von solchen, die für Geld sexuelle Dienste anbieten.«

»Fotos von Kindern?«

»Es reicht, Frau Erdmann. Wenn ich mit unserem Staatsanwalt spreche, wird er Sie vermutlich der Begünstigung des kommerziellen sexuellen Missbrauchs von Kindern und Jugendlichen ...«

»Das ist ja unmöglich. Ganz unmöglich! Was sollte ich für ein Interesse haben ...?«

»Es könnte sich bei der Überprüfung ihrer Konten zeigen, dass Sie regelmäßig Geld von Herrn Busse erhalten haben. Da liegt natürlich der Verdacht nahe ...«

»Aber doch nicht deswegen! Ich habe Expertisen für ihn geschrieben.«

»Expertisen? Noch ein solches Wort und ich nehme Sie mit aufs Revier oder ... besser vielleicht, ich beordere einen Mannschaftswagen hierher und nehme Frau Böhmer, Frau Wendel und Frau Scheer auch gleich mit.«

Wieder ging ihr Blick in Richtung Prometheus. Sie brauchte Kraft. »Dürfen Sie denn überhaupt so mit mir reden?«

»Wenn Ihnen ein Gespräch mit unserem Staatsanwalt oder dem Untersuchungsrichter lieber ist ...«

»Ja, nein. Nein, ich ... Ich bin eigentlich ganz froh.« Sie sah ihn mit viel Wasser in der schmalen Rinne unter ihren Augäpfeln an. Mehr noch, ich ... bin Ihnen dankbar. Ich danke Ihnen, Herr ...« Ihre Hand kam ein Stück weit hoch, fast sah es so aus, als wollte sie nach Manz' Hand greifen.

»Herr …«

»Manz. Weiter nun.«

»Wir … Sie haben die Namen ja schon genannt. Wir vier Frauen hatten …«

»Sie haben sich manchmal getroffen? Vielleicht im Treppenhaus?«

»Woher …?«

»Weiter.«

»Wir hatten so was ja schon befürchtet. Junge Rumänen, sagte Frau Scheer. Sie hatte das wohl an der Sprache erkannt. Manche von den Jungs warteten ja vor seiner Tür und …« Sie hörte auf zu sprechen. Ihr Blick war sonderbar trüb und starr. »Was Sie immer noch nicht verstanden haben, was Sie vermutlich nie verstehen werden …«

»Was für ein wunderbarer Mensch er war?«

»Sie machen sich lustig. Das würden Sie nicht tun, wenn Sie ihn erlebt hätten. Wenn Sie dabei gewesen wären, wenn Busse redete. Sie hätten hören müssen, wie er sprach, dann würden Sie uns verstehen.« Ihr Blick wich dem von Manz noch immer nicht aus. »Glauben Sie denn, dass Sie den fassen werden, der das getan hat?«

»Frau Böhmer, Frau Wendel, Frau Scheer und Sie wussten also Bescheid.«

»Ja und nein. Sie können sich nicht vorstellen, in was für einem Dilemma …«

»Sara auch?«

»Ich denke, ja. Sie hat dann Herrn Böhmer angesprochen, und der hat ihr Angst gemacht.«

»Ich danke Ihnen für Ihre Auskünfte, und ich glaube, Ihren Prometheus sollte sich mal ein Statiker oder Bautechniker ansehen. Nicht, dass er Ihnen irgendwann auf den Kopf fällt.«

Als Manz gerade gehen wollte, kam Borowski mit seinem Familienvolvo. Er sprang regelrecht aus dem Wagen, und sein Gesicht …

»Man hat deine beiden Töchter im Prinzenbad aufgegriffen.«

»Aufgegriffen?«

»Sichergestellt, was weiß ich. Eine Dreizehnjährige mit einem Kleinkind im Wasser. Unbegleitet!«

»Nun, sicher nicht ganz unbegleitet. Ich nehme doch stark an, es war ein Krokodil dabei.«

»So leicht nimmst du das? Sei froh, dass das Jugendamt noch nicht alarmiert wurde.«

»Okay, und wo sind sie jetzt?«

Borowski zeigte auf seinen Volvo. Hinten saß Stefanie und wirkte etwas bedröppelt. Ganz anders Julia neben ihr. Die hatte mächtig Spaß.

»Und das Krokodil?«, fragte Manz. Habt ihr das dagelassen?«

»Es ist ein Volvo, kein BMW«, antwortete Borowski. »Wir mussten nicht mal die Luft rauslassen.«

»Und dein Herz?«

»Schimmag hatte recht.«

»Alles in Ordnung?«

»So weit alles in Ordnung. Was ist hier mittlerweile passiert?«

»Rolfes hat Herrn Böhmer zur Vernehmung mitgenommen. Dannewitz wird einen Durchsuchungsbeschluss ausstellen, und dann wird Grossmann sich darüber beschweren, dass er noch mehr Arbeit hat, aber …

Danke natürlich. Hast du ihnen die Haare richtig abgetrocknet?«

»Das haben sie selbst gemacht. Stefanie hat fast schon was von einer Mutter. Und ich weiß nicht, ob das der rechte Weg ist.«

»Julias Ohren?«

»Auch Stefanie. Ich fahr euch jetzt nach Hause.«

»Dass sie dir die Kinder überhaupt mitgegeben haben …«

»Ich hatte meinen Dienstausweis dabei, und Stefanie hat mich Onkel Borowski genannt.«

»Onkel Borowski? Und sie haben dir die Kinder überlassen?«

»Können wir bitte fahren? Ich war fast vierzig Minuten auf dem Ergometer. Außerdem will ich nach Hause und Sylvia erzählen, wie es mit meinem Herz ausgegangen ist.«

Ein ruhiger Mensch

Die Befragung im *Glockenturm* brachte einen ersten Namen, was die jungen Männer anging, die Sara erwähnt hatte. Leider war der Name nicht vollständig. Der Wirt, Horst Pütz, sagte aus, Busse habe in letzter Zeit von einem jungen Rumänen gesprochen, den er ehrenamtlich betreue.

»Avram hieß der.«

»Und weiter?«

»Keine Ahnung. Busse sagte immer nur Avram. Manchmal auch ›mein Avram‹. Als er mal erwähnte, dass Avram in Rumänien eine kranke Mutter zu versorgen hätte, hab ich ihn gewarnt. Denn wenn eine kranke Mutter ins Spiel kommt, geht es bei diesen Jungs um größere Summen, da kann es gefährlich werden. Was genau das nun für ein Verhältnis war zwischen den beiden, weiß ich nicht. Ich nehme an, Busse hat seine Hilfsprojekte vorgeschoben, um in Kontakt mit dem einen oder anderen von diesen Puppen zu kommen.«

»Puppen?«

»Jungs.«

»Wann kommen denn diese jungen Männer?«, fragte Borowski, der sich ein wenig im Gastraum umgesehen hatte. »Ich kann hier keine Rumänen entdecken.«

»Die kommen gar nicht«, erklärte der Wirt des Glockenturms knapp.

»Sie sagten eben …«

»Wir lassen die hier nicht rein. Manche von denen sind noch nicht volljährig. Meinen Sie, ich riskiere meine Konzession? Nein, Busse hat die sicher drüben bei der Kirche auf dem Winterfeldplatz angesprochen.«

»Und woher wissen Sie dann, dass manche noch nicht volljährig sind und Busse irgendwelche Hilfsprojekte vorgeschoben hat?«

»Weil ich die Jungs da an der Kirche A: ständig rumstehen sehe und weil B: Busse häufig davon gesprochen hat, dass er sie dabei unterstützt, aus der Stricherszene rauszukommen.«

»Könnte nicht genau das der Fall gewesen sein?«

»Berlin ist keine Sozialstation. Was meint ihr, wie oft ich höre, dass jemand angeblich dabei ist, einem von denen ein besseres Leben zu ermöglichen. Aber ja! Natürlich ist es möglich, dass Busse die Wahrheit gesagt hat, schließlich war er Pfarrer. Still. Ein bisschen schüchtern. Und er war einer der wenigen, die einem auch mal zugehört haben. Der hatte was, wie sagt man …? Was Soziales. Ich mochte ihn. Nur, wie soll ich Ihnen das erklären, ohne dass es komisch klingt?«

»Versuchen Sie's.«

Der Wirt schien ernsthaft zu überlegen. Jedenfalls schob er seine Unterlippe bis an den Rand seines präzis getrimmten Oberlippenbärtchens hoch.

»Ein Mensch«, entschied er. »Jemand, der einem nicht auf die Nerven ging und ernsthaft an anderen interessiert war.«

Auch in der *Taumelbar* wurde Busse als freundlich und interessiert beschrieben. Allerdings als schlechter Kunde.

»Trank immer nur Mineralwasser.«

»Herr Busse war also ein ruhiger, angenehmer Mensch.«

»Richtig. In der Szene hieß er Läufer, Schlenderer, Schleicher. Tauchte hin und wieder auf, trank ein Glas Mineralwasser und kam mit dem einen oder anderen ins Gespräch. Wobei ich mit Gespräch meine, dass er meist zuhörte. Obwohl … Wenn der dann doch mal was gesagt hat … Der Mann konnte reden, so was hab ich noch nicht erlebt. Nicht, dass er viel gesagt hätte, aber die Worte … Wie gesagt …«

»Hat Herr Busse Ihnen mal von seinem Beruf als Pfarrer erzählt?«

»Der war Pfarrer? Nein, da hat er nie was gesagt. Aber Pfarrer, das würde zu seiner ganzen Art passen.«

»Wurde mal ein Avram oder vielleicht dessen Mutter erwähnt?«

»Richtig.«

»Den Nachnamen von diesem Avram …«

»Tut mir leid. Busse sagte immer nur Avram. Avram hat dies gesagt, Avram hat das gesagt, Avram will nicht mehr da an der Kirche stehen. Avrams Mutter geht es sehr schlecht. Ich hatte ihn gewarnt. Busse war in einem Alter, wo diese Jungs ihre Chance sehen. Aber das müsstet ihr doch wissen.«

»Was müssten wir wissen?«

»Die werden mit Transportern aus ihrer Heimat direkt hierhergebracht und arbeiten dann als Stricher. Die machen das für ihre Familien. Wird jedenfalls so gesagt. Ist denn dem Pfarrer was passiert?«

»Er wurde ermordet. Regelrecht totgetreten. Also ein paar Informationen wären schon hilfreich.«

»Ermordet … Das passt eigentlich nicht. Wenn es gut läuft, kriegt so einer fünfzig Mark, wenn er jemandem einen bläst. Wenn er an einem Abend zehn Kunden schafft, sind das fünfhundert Mark. Das ist für den ein Vermögen. Und wenn so einer wie Busse, von dem hier immer gesagt wurde, er habe Geld und würde wertvolle Gemälde und Möbel besitzen, wenn so einer daherkommt, mit dem Angebot, finanziell zu helfen …«

»Sie haben Busse also gewarnt.«

»Er meinte, ich solle mir keine Sorgen machen, er sei ein alter Hase und es laufe ohnehin alles über eine staatliche Institution.«

»Könnten Sie sich vorstellen, dass einer der Stricher, die da an der Kirche stehen, einen Mord begeht?«

»Busse wurde wirklich totgetreten?«

»Können Sie sich vorstellen, dass einer dieser Stricher so was tut?«

»Eigentlich nicht. Nein. Mord ist nicht deren Geschäft. Diebstahl, das bestimmt. Vielleicht mal ein Einbruch. Aber Mord? Denen geht es ausschließlich um Geld, und ein toter Kunde … Ich meine, das sind arme Schweine, oder? Aber das bedeutet ja nicht automatisch, dass sie jemanden umbringen. Ist doch auch gar nicht nötig. Wenn ein alter Kerl sich in so einen verliebt hat, dann zieht der doch sowieso am kürzeren Ende. Wie gesagt, wenn alles so ist, wie geredet wird …«

»Berlin ist keine Sozialstation.«

»So seh ich das.«

Nach ihrer Befragung in der Taumelbar gingen Manz und Borowski noch zur Kirche auf dem Winterfeldplatz. Es war ein warmer Abend, vor einer Kneipe mit dem angemessenen Titel *Ruine* standen junge und mittelalte Gäste herum, tranken Bier, plauderten, und auf einer Parkbank am Fuß der Kirche saßen tatsächlich drei junge Männer, die man für Rumänen hätte halten können. Sie unterhielten sich. Einmal gab es offenbar Grund zu lachen. Mehr war nicht zu sehen. Und so endete der Arbeitstag damit, dass Manz auf seine Uhr sah und Borowski ihn nach Hause fuhr.

Eine Stunde später saßen Manz und seine drei Töchter am Abendbrottisch und lachten über den Badeausflug von Stefanie und Julia am Tag zuvor.

»Also bitte, Steffi« sagte Manz mit gespielter Strenge. »Festgenommen ist ein klein bisschen übertrieben, oder?«

»Doch! Der Bademeister sagte … Und dann kamen ja auch zwei von der Polizei und wollten wissen, wo denn bitte …«

»Hippo!«, krähte Julia dazwischen.

»… wo also unsere Eltern …«

»Hippo!«

»Jetzt hör doch mal auf mit deinem Hippo, ich erzähle gerade.«

»Los! Hippo!«

Selbst Claudia konnte lachen. Drei, vier Mal. Sie schaffte es nicht, das wegzudrücken. Überhaupt verlor sie an diesem Abend noch mal ein bisschen von ihren Weltvorstellungen, ihrem Gebaren aber …

»Hippo!«

… bald würde sie ihren achtzehnten Geburtstag feiern und in manchen Momenten oder wenn sie sich zurechtgemacht hatte, sah sie aus …

Ja, eigentlich schon wie eine richtige Frau.

»Hippo! Los!«

Endlich wurde der Karton geholt, und Julia krähte, während die Steine aufgebaut wurden, immer wieder: »Ich fange das Nilpferd!«

Das Brettspiel hieß Hippo und ähnelte von der Sache

her *Mensch ärgere dich nicht*. Nur dass die Wege erheblich verflochtener waren und es auch um mehr ging, als seine Spieler ins Ziel zu bringen. Zootiere waren unter Leitung ihres Anführers – ein Nilpferd – entlaufen und befanden sich in Gefahr. Es ging nun darum, sie einzufangen und in einem goldenen Turm in Sicherheit zu bringen, weil … draußen kamen sie nicht zurecht. Das Beste aber an Hippo: Die jüngste Mitspielerin bekam zwei Würfel, die anderen nur einen.

Und es war dann tatsächlich so, dass Julia das Nilpferd in Sicherheit brachte. Manz war … es geht nicht anders, es muss so gesagt werden, wie es war: Manz war glücklich. Er rettete eine Giraffe und einen Waschbären. Wobei ihm der Waschbär allerdings dreimal – immer bei einer Doppelteneins von Julia – wieder entwischte.

»Zurück! Da hin! Zurück und noch mal!«

Fast zwei Stunden lang glaubte Manz, es sei alles wie früher. Auch da war Christine oft weg gewesen, und er hatte mit seinen Töchtern regelmäßig Spieleabende veranstaltet.

Aber der goldene Turm wackelte bereits. Bald würde Claudia das Haus verlassen. Um mit ihrer besten Freundin zusammenzuziehen oder irgendwo in Westdeutschland Politik zu studieren. Dazu nämlich hatte sie sich angeblich entschlossen. Einen weiteren Schlag bekam der Turm, als Julia in bereits stark übermüdetem Zustand fragte: »Wann kommt Mutti?«

Abende wie diesen würde es bald nicht mehr geben. Stefanie immerhin hielt ihre Linie. Sie war gut in der Schule und wusste schon seit wenigstens zwei Jahren, dass sie später mal Archäologin werden würde.

ACHTER TAG

Herr Böhmer verstrickt sich

Vor der Vernehmung des Herrn Böhmer fand eine kurze Besprechung mit Rolfes, Schollbeck und Staatsanwalt Dannewitz statt. Schollbeck erklärte, dass Busse kleine und mittlere Summen an Frau Erdmann, Frau Wendel und vor allem Frau Scheer überwiesen hatte.

»Das ergab sich aus einigen neueren Kontoauszügen des Herr Busse, die wir in der Wohnung von Herrn Böhmer fanden.«

»Kontoauszüge von Herrn Busse fanden sich in Böhmers Wohnung?«

»Ja.«

»Von welcher Wohnung sprichst du?«

»Na, die im Erdgeschoss.«

»Also die, in der Frau Böhmer lebt?«

»Lebt sie da allein? Die beiden sind doch verheiratet.«

»Kontoauszüge von Herrn Busse …«, brummte Borowski. »Das heißt, sie und ihr Mann waren garantiert nicht nur in Busses Wohnung, um ihm der Würde zuliebe ein Kissen aufs Gesicht zu legen.«

Manz nickte. »Erinnerst du dich, wie aufgewühlt Frau Böhmer bei unserer ersten Befragung war?«

»Du willst sagen, es ging dabei weniger um Herrn Busse?«

»Vor allem beginne ich jetzt zu ahnen, warum man uns das mit den jungen Männern verheimlicht und so dringlich auf einen brüllenden Mann hingewiesen hat, über den natürlich niemand etwas Näheres wusste.«

»Man wünschte keine längere Untersuchung im Haus.«

»Eine Möglichkeit, mehr nicht«, mahnte Dannewitz.

Borowski spann den Faden trotzdem weiter. »Denkbar wäre auch, dass die Frauen mit so was wie dem Verhältnis ihres Pfarrers zu jungen Männern einfach nicht in Verbindung gebracht werden wollten. Du erinnerst dich sicher daran, wie wütend die Frauen darüber waren, dass Polizei im Haus ein und aus ging. ›Die ganze Straße redet davon, alle zerreißen sich das Maul!‹ Hat sich Frau Scheer nicht so geäußert?«

»Für sie war es vermutlich am wichtigsten, dass nicht zu gründlich im Haus geforscht wurde. Nicht, dass man ihr wieder den Strom abstellt.«

»Alles möglich«, sagte Dannewitz, »aber kaum zu beweisen.«

Grossmann hatte Fingerabdrücke von zwei Spurenverursachern an der Wäschemarke des Kissens gesichert, mit dem Busse erstickt wurde. Eine davon stammte von Herrn Böhmer.

Mit diesen Informationen versorgt, begannen Manz, Borowski und Staatsanwalt Dannewitz die Vernehmung.

»Also ...«, sagte Manz.

»Was heißt hier also?«, unterbrach ihn Herr Böhmer sofort. »Ich weiß gar nicht, warum ich überhaupt hier bin.«

»Sie haben sich mein Schreiben nicht durchgelesen?«, fragte Dannewitz.

»Doch, aber das sind lauter haltlose Unterstellungen.«

Mit derlei Geplänkel begann es, doch das änderte sich.

Herr Böhmer gab nach Vorhaltung der bisherigen Ermittlungsergebnisse bekannt, dass es bei Busses Treffen mit den jungen Männern um »sehr junge Männer« ging. Er glaubte auch nicht, dass bei Busse eine Form von Resozialisierung oder langfristiger Unterstützung im Vordergrund stand.

»Ich hatte das ja bereits in Zusammenhang mit unserem Arrangement wegen des Verkaufs der Nachlässe mitbekommen. Vieles von dem, was Herr Busse als soziales Engagement ausgab, auch seine angebliche Zusammenarbeit mit irgendwelchen Institutionen, entsprach nicht der Wahrheit. Ich halte es allerdings für möglich, dass Busse einiges von dem, was er anderen erzählt hat, wirklich glaubte. Wenn er zum Beispiel sagt, dass er einen der Jungs von der Straße wegholen wollte, dann bedeutete das, dass er ihn vielleicht zwei, drei Wochen bei sich wohnen ließ und ihm etwas Geld gab. Auch über das Leid und die Ausgrenzung irgendwelcher Aidskranken hat er viel gesprochen. Er hat sogar Briefpapier mit dem Aufdruck *Aidshilfe* drucken lassen, aber dass wirklich etwas von dem Geld, das er da eingesammelt hat, diesen Kranken zugeflossen ist, wage ich zu bezweifeln.«

»Ein Teil schon«, sagte Manz.

»Ja, so war alles bei ihm: Teils, teils. Wissen Sie, was ich mir manchmal vorgestellt habe?«

»Sagen Sie es uns, Herr Böhmer.«

»Dass Busse nachts wach in seinem Bett lag und sich fragte: Wer bin ich?«

»Verstehe. Ein interessanter Gedanke. Jetzt aber, Herr Böhmer, noch mal zur Rolle der anderen Bewohner des Hauses.«

»Was für eine Rolle?«

»Wir wissen inzwischen, dass Herr Busse Geld auf die Konten von Frau Wendel, Frau Erdmann und Frau …«

»Weil sie geholfen haben, Gegenstände, Bilder und anderes vom Wert her zu taxieren.«

»Dieser Betrug war also eine gemeinschaftliche Unternehmung.«

»Was für ein Betrug?«

»Sich an Nachlässen zu bereichern.«

»Was Sie da sagen, ist eine Frechheit! Ohne unser Engagement wären diese Sachen bei irgendeinem Entrümpler gelandet.«

Die Vernehmung von Herrn Böhmer dauerte insgesamt gut eine Stunde. Am Ende sprach er Manz und Borowski noch kurz auf dem Flur an.

»Was wird denn nun jetzt aus all dem? Wirft man mir ernsthaft etwas vor?«

Manz prognostizierte, dass man ihn möglicherweise wegen Erbschaftsbetrügereien anklagen werde.

»Und natürlich der Begünstigung gewerblicher Prostitution mit Minderjährigen. Der Untersuchungsrichter wird sicher auch noch mit den anderen Mieterinnen sprechen. Aber das entscheiden im Detail weder ich noch mein Kollege, das liegt im Ermessen der Staatsanwaltschaft.«

»Dann kann ich gehen?«

»Ja. Aber der Staatsanwalt wird sie, wie er Ihnen eben mitteilte, morgen früh ein weiteres Mal befragen. Ich würde Ihnen für die nächste Zeit dringend raten, uns zu informieren, für den Fall, dass Sie eine längere Reise planen.«

»Sie reden mit mir, als wäre ich ein ordinärer Verbrecher.«

»Wir kennen hier keine ordinären Verbrecher.«

»Ich kann also gehen?«

»Sie können gehen, haben sich aber morgen früh um zehn Uhr erneut hier einzufinden. Dann, wie gesagt, wird Staatsanwalt Dannewitz sich mit Ihnen unterhalten.«

»Was bedeutet das?«

»Wie ich bereits sagte: Möglicherweise wird man Anklage gegen Sie erheben. Betrug, Veruntreuung, Erbschleicherei, Veränderung eines polizeilich relevanten Tatorts, Behinderung einer Ermittlung sowie die Begünstigung gewerblicher Prostitution von Minderjährigen. Da kommt einiges zusammen. Ich bin mir jetzt schon sicher, dass sich zudem die Steuerfahndung für Ihre Immobilien interessieren wird.«

»Die gehören meiner Frau.«

»Wo sie das gerade erwähnen«, fügte Borowski hinzu, »zwei unserer Mitarbeiterinnen werden sich mit Ihrer Frau unterhalten. Ihr ängstliches Verhalten gibt Anlass dazu.«

Endlich Namen

Noch im Laufe des Tages gelang es Manz und Borowski auf Basis der Aussagen der beiden Wirte vom Nollendorfplatz und den finanziellen Nachforschungen von Schollbeck, einen Verdächtigen zu ermitteln. Kompliziert war diese Ermittlung nicht.

Den entscheidenden Zusammenhang stellte Schollbeck her, der der Spur des Geldes gefolgt war. »Die rumänischen Behörden haben sich gemeldet. Frau Bucur hat zwei Söhne, und einer von ihnen heißt tatsächlich Avram.« Der nun bedingt Tatverdächtige stammte aus Rumänien, hieß Avram Bucur und war achtzehn Jahre alt. Ein weiteres Steinchen fiel in sein Fach, als Manz sich an etwas erinnerte. »Da war doch dieser junge Mann mit seinem Camaro. Gleich am ersten Tag ... Kroate oder so. Weißt du noch?«

Borowski blätterte bereits in seinem Notizbuch.

»Soweit ich mich erinnere ...«, sagte Manz, »begannen sein Vor- und Nachname mit dem gleichen ... War das ein L?«

»Miran Marić«, sagte Borowski und nannte auch gleich die Adresse.

Daraus ergab sich der nächste Vorgang. Ihn abzuarbeiten dauerte kaum eine Stunde.

Marić war Fachingenieur für Fahrzeugelektronik.

»Nicht vorbestraft. Auch keine Probleme mit der Steuer.«

Die Wohnung von Miran Marić sah aus wie die Wohnung eines Mannes, der einen Camaro fährt und sich für Autos und Motorsport interessiert.

Poster mit schnellen Sportwagen, Automodelle im Maßstab 1:15, Möbel aus sehr hellem Holzfurnier mit viel Glas. Was die Farbe der Auslegeware anging schien Marić eine Vorliebe für verschiedene kräftige Blau- und Gelbtöne zu haben.

»Einen Schnaps oder ein Bier kann ich euch leider nicht anbieten, ich habe so was nicht im Haus.«

»Gut. Bleiben Sie so.«

»Ihr habt noch Fragen?«

»Avram Bucur. Ein Rumäne. Sagt Ihnen der Name was?«

»Ja, klar. Steckt der dahinter?«

»Sagt Ihnen der Name was?«

»Ich kenne ihn nicht persönlich, aber Avram ist Rumäne, das stimmt. Er lebt aber, wie ich gehört habe, nicht in Rumänien, sondern in Wien. Wo genau, weiß ich nicht, der kommt immer nur monateweise hier hoch. Busse hat hin und wieder von ihm gesprochen. Aber das war nicht mehr als Blabla. Dachte ich jedenfalls.«

»Wien also …«

»Busse hatte irgendwann mal vor, mit ihm dorthinzufahren. Ich hielt das für Blabla, aber … Wenn Avram was mit Busses Tod zu tun hat, dann solltet ihr euch mal mit Christian unterhalten. Christian Steiner. Wir waren eine Weile im gleichen Sportclub. Vielleicht, dass ihr sogar was über ihn habt, der hat nämlich immer damit angegeben … Ich glaube, Einbruch, und man hätte ihn nur einmal erwischt. Der hing oft mit Avram ab.«

»Woher wissen Sie das alles?«

»So was spricht sich rum in der Szene.«

»Gleicher Sportclub.«

»Exakt. Steiner war so was wie Avrams Zuhälter. Jedenfalls hat er ihm hier immer ein Zimmer besorgt, wenn Avram in Berlin war.«

»Hat Busse Ihnen das erzählt?«

»Nein, Steiner. Und wie gesagt …«

»Es hatte sich bereits rumgesprochen. Woher kannten Sie Herrn Busse?«

»Ich hab eine Weile bei ihm gewohnt. Er hat mir geholfen, dass ich mein Maschinenbaustudium abschließen konnte.«

»Könnte man sagen, dass Herr Busse Sie gerettet hat?«, hakte Borowski nach.

»Ich kannte hier niemanden, und er war … Er interessierte sich für mich. Nicht sexuell, er erklärte mir, das sei lange vorbei. Einfach so. Er hat zugehört. Er kannte eine ganze Reihe Kroaten.«

»Wann kam Avram Bucur nach Berlin?«

»Vor zwei Jahren ungefähr. Und er war immer nur zweitweise hier. Ich hab das gar nicht mit Busses Tod zusammengebracht, aber Busse hat öfter von ihm gesprochen. ›Mein Avram‹, sagte er immer. Und Sie glauben, der hat Busse gekillt?«

»Sie würden ihm das nicht zutrauen?«

»Ich kannte ihn nicht. Das war nur ein Name. Avram Bucur eben.«

»Und Sie wissen ganz sicher nicht, wo Herr Bucur sich zurzeit aufhält?«

»Nein. Aber guckt mal eure Akten durch. Vielleicht steht da was über Steiner. Christian Steiner. Da gingen einige Geschichten rum, dass er schon mal im Knast war. Sonst noch Fragen?«

»Im Moment nicht. Danke für Ihre Hinweise.«

Manz und Borowski standen auf. Marić hatte noch eine Frage.

»Ist schon bekannt, wann Herr Busse beerdigt wird?«

»Vielleicht fragen Sie mal im Haus. Dort schien man ihn gut gekannt zu haben.«

»Stimmt. Frau Böhmer wird das wissen.«

Damit war auch dieser Vorgang abgeschlossen. Die Steine kippten jetzt der Reihe nach in ihre Fächer, weil …

Miran Marić behielt recht. Es gab Akten zu Vorgängen, die Christian Steiner betrafen. Und da ging es nicht nur um Einbruch, sondern auch um schwere Körperverletzung. Man hatte ihn erkennungsdienstlich behandelt, er hatte drei Monate in Untersuchungshaft verbracht. Die seinerzeit hinterlegte Wohnanschrift allerding schien nicht mehr gültig zu sein. Ein Umstand, der weder Manz noch Borowski wunderte.

Und dann.

Klack und Peng.

Grossmann hämmerte den letzten Nagel in Steiners Sarg.

»Die Fingerabdrücke an den Bodendielen und auch die am Wäschezeichen des Kissens, mit dem Busse erstickt wurde, stammen von Christian Steiner. Auf den Dielen unter dem herausgerissenen Teppich fanden sich wie schon gesagt die Abdrücke einer weiteren Person. Vielleicht stammen sie von eurem Avram Bucur.«

Abgesehen von einem normalen Fahndungsaufruf fiel der vorerst letzte Schritt der Staatsanwaltschaft zu, gemeinsam mit Untersuchungsrichter Dannewitz, der die

Daten der beiden Tatverdächtigen mit Bitte um Festnahme und Auslieferung an die österreichischen Behörden übermittelte.

Bis auf einige noch zu leistende Papierarbeit war der Gesamtvorgang für Manz und Borowski somit erledigt. Dachten sie jedenfalls, doch …

NEUNTER TAG

Ein Gedicht

Am nächsten Tag geschah etwas, das eigentlich niemand für möglich gehalten hätte. Herr Böhmer erschien nicht zu seiner Vernehmung durch Untersuchungsrichter Dannewitz.

Manz und Borowski teilten sich auf. Borowski schrieb die letzten Protokolle und vervollständigte die Ermittlungsakte, Manz begab sich auf die Suche nach Herrn Böhmer.

Im Leberstieg hatte ihn niemand gesehen, seine Frau wusste ebenfalls nicht, wo er war. »Wirklich nicht. Im Hospiz habe ich auch schon angerufen.«

Frau Böhmer kannte allerdings einige Gewohnheiten ihres Mannes.

»Er trinkt manchmal im Café Krönchen am Böhmischen Platz noch vor der Arbeit einen Espresso und … In unseren Mietwohnungen habe ich überall schon angerufen, da ist er nicht.«

Außerdem kaufte Herr Böhmer – für sich selbst, das fand Manz etwas drollig – regelmäßig Blumen.

»Entweder bei Blume 2000 oder weiter vorne im Blumenhaus Steckling.«

Zudem war da die bereits ermittelte Verbindung mit Herrn Dr. Ehrlich vom Auktionshaus Bassermann.

Daraus ergaben sich für Manz einige Fahrten, Laufwege und Befragungen. So kam es, dass er zuletzt auch dem Hospiz einen zweiten Besuch abstattete.

Die Glasscheibe oben in der schmalen hölzernen Tür links hinter dem Eingang war selbstverständlich dieselbe wie eine Woche zuvor. Auch Manz' Bedürfnis, zunächst durch diese Scheibe in den kleinen fensterlosen Raum zu blicken, war das gleiche. Und noch immer saß dort die alte Schwester in schwarzer Tracht an ihrem braunen Tisch, an welchem eine graue Klemmlampe klemmte. Die war auch heute eingeschaltet und erzeugte auf der Tischplatte vor der Schwester einen leicht ins Ovale verzogenen Kreis aus mattem Licht.

Als sei keine Minute vergangen.

Auch diesmal meinte Manz, die Schwester habe erst mit seinem Eintritt in den Raum begonnen zu atmen, ihre Augen zu öffnen und dann zuerst ihren Kopf, schließlich auch den Oberkörper aufzurichten.

»Ach, der Herr Manz«, sagte sie in einem Tonfall, als wären sie schon lange miteinander bekannt. »Wie kann ich Ihnen heute helfen?«

»Ich suche mal wieder Herrn Böhmer.«

»Den haben wir hier bereits seit einigen Tagen nicht mehr gesehen. Keiner kann sich erklären, was da los ist.«

»Ich würde gerne sein Büro sehen. Sie haben sicher einen Schlüssel.«

So war es. Die Diakonissin schloss auf, Manz betrat Böhmers Büro. Dort roch es nach altem Holz, Staub und dem Bohnerwachs eines Jahrhunderts.

Der Raum war sicher fünfzig Quadratmeter groß und wenigstens vier Meter hoch. Trotzdem vermittelte er nicht den Eindruck von Größe, was vermutlich daran lag, dass man ihn beim Bau komplett schwarz getäfelt hatte. Zwei sehr hohe Kastenfenster gingen auf einen stark verwilderten Garten raus, der einer Wiese glich. In dieser Wiese standen zwei alte Obstbäume, von denen der eine vollends tot war, der andere fast. In gut vierzig Metern Entfernung ragte eine Brandwand gut zwanzig Meter in die Höhe.

»Hier im Büro ist alles so aufgeräumt. Man hat gar nicht das Gefühl, dass gearbeitet wird.«

Die Schwester zeigte auf eine Tür. »Herr Böhmer räumt abends immer alles in Regale seines Kabuffs. Er mag es ordentlich.«

Manz ging zu der Tür, hinter der sich nach Auskunft der Schwester die Regale befanden. Er öffnete sie und fand Herrn Böhmer. Da in dem Raum kein Luftzug herrschte, pendelte er nicht hin und her.

»Ach«, sagte die Schwester, als auch sie sah, was es zu sehen gab. Manz hörte am Klang ihrer Stimme, dass sie an den Tod gewöhnt war.

Eine Stunde später saß Manz auf einem nicht eben bequemen Stuhl in ihrer Kabause. Die Leiche war bereits abtransportiert worden, aber Grossmann und seine Leute waren noch da. Das eigentümlich stille und aufgeräumte Büro von Herrn Böhmer war jetzt kein Büro mehr, sondern ein möglicher Tatort.

»Können Sie sich vorstellen, warum Herr Böhmer das getan hat?«

Die alte Diakonissin zögerte, ehe sie sprach. »Sie glauben, dass er sich selbst dort das Leben genommen hat?«

»Ich halte es für wahrscheinlich.«

»Nein«, sagte sie, nachdem sie eine Weile nachgedacht hatte. »Ich kann es mir nicht vorstellen.« Wieder schien sie zu überlegen, lange dauerte es nicht. »Vielleicht konnte er es sich selbst bis vor ein paar Tagen auch noch nicht vorstellen. So wie auch Pfarrer Busse sich nicht vorstellen konnte, dass die Polizei in seinen Erbschaften etwas anderes sieht als möglicherweise er selbst.«

Manz ging nicht davon aus, dass sie eine Antwort oder Erklärung wünschte. Also wartete er einfach ab. Es mochte an ihr liegen oder am Raum. Zwischen den Worten und Sätzen lagen hier stets größere Abstände.

Endlich eine Bewegung. Sie faltete ihre Hände nicht, sondern legte sie einfach leicht gekreuzt übereinander, ehe sie zu sprechen begann.

»Wer bin ich? Sie sagen mir oft,
ich träte aus meiner Zelle
gelassen und heiter und fest
wie ein Gutsherr aus seinem Schloss.

Wer bin ich? Sie sagen mir oft,
ich spräche mit meinen Bewachern
frei und freundlich und klar,
als hätte ich zu gebieten.

Wer bin ich? Sie sagen mir auch,
ich trüge die Tage des Unglücks
gleichmütig, lächelnd und stolz,
wie einer, der Siegen gewohnt ist.«

Hier hielt sie kurz inne.

»Bin ich das wirklich, was andere von mir sagen?
Oder bin ich nur das, was ich selbst von mir weiß?
Unruhig, sehnsüchtig, krank, wie ein Vogel im Käfig, ringend nach Lebensatem, als würgte mir einer die Kehle.«

Ihre Hände rutschten ein Stück weit nach rechts und links.

»Dieses Gedicht hat der Pfarrer Dietrich Bonhoeffer im Juni 1944 geschrieben. Im Tegeler Gefängnis. Bevor er ermordet wurde.«

Sie ließ zwischen den Sätzen stets eine kleine Lücke. Auf Manz wirkte das, als nähme sie sich die Zeit, ihre Rede in einzelne Bilder und Vorstellungen aufzuteilen.

»Pfarrer Bonhoeffer lebte dort in einem winzigen Raum. Vielleicht so groß wie meiner hier. Eine Pritsche. Einen Schemel. Einen Kübel. Mehr gab es da nicht. Er hatte also sehr viel Zeit nachzudenken und …« Lächelte sie? »Bekam offenbar Schwierigkeiten zu unterscheiden. Zwischen dem Menschen, der er meinte zu sein. … Und dem, den andere in ihm sahen.« Sie führte den Gedanken nicht weiter aus, wechselte auf eine andere Spur. »Und Sie sind nun ein Kommissar und versuchen genau das herauszufinden, was manchmal nicht mal die wissen, die doch eigentlich sie selbst sein sollten.«

Die Schwester sah ihn an. Was erwartete sie?

»Ich glaube«, sagte Manz, nachdem nun auch er einen Moment lang überlegt hatte. »Da haben Sie das Problem meines Berufs sehr genau erfasst.«

»Es gibt ein Wort. Wenn es darum geht, warum jemand dies oder das getan hat. Sie werden es kennen …«

»Motiv?«, fragte Manz.

Sie schüttelte sachte den Kopf. Offenbar war sie mit dem Wort nicht einverstanden.

Die Beerdigung eines unechten Pfarrers

Am späten Nachmittag gingen Manz und Borowski zur Beerdigung des Herrn Busse. Die Aussegnung fand in einer kleinen Kapelle statt, und die Orgel war keine echte Orgel, sondern eine elektronische. Es wurde ein Lied von John Lennon gespielt.

Frau Böhmer, Frau Wendel, Frau Erdmann, das Ehepaar Scheer und Sara hatten in der zweiten Reihe Platz genommen. Herr Siegel und Herr Brauer sowie der Wirt der Taumelbar waren ebenfalls gekommen, eine ältere Dame, wie Manz später erfuhr, die Schwester des Verstorbenen, saß neben ihnen in der ersten Reihe. Mit zwei Stühlen Abstand zu diesen vier hatte es sich die Diakonissin aus dem Hospiz bequem gemacht.

Dazu kamen noch zwölf Trauergäste, die Manz und Borowski nicht kannten. Diese Männer und Frauen unterschieden sich vom Aussehen und der Kleidung her zwar ein wenig von den anderen Trauergästen, doch auf den ersten Blick sah keiner von ihnen aus, als könnte er für die Ermittlungen eine Rolle spielen.

Insgesamt dreiundzwanzig, hatte Manz zusammengezählt. *Nicht gerade viele.*

Sobald die etwas schrill eingestellte Orgel fertig war mit John Lennon, trat ein echter Pfarrer vor, um den unechten auszusegnen. Wie es üblich ist, vollzog er ein paar rituelle Handlungen, bevor er zu sprechen begann. Und er tat das mit der Intonation eines bereits älteren Menschen.

»Wir hängen an dem verzweifelten Wunsch
Es möge nicht geschehen sein, was geschehen ist.
Es bleibt sinnlos.
Gott, du bist uns fremd geworden, denken wir.
So fremd wie die Tage nach diesem Tod.
Wir möchten doch so gerne glauben
dass wir hier nicht sitzen müssten
dass es nicht so leer bleibt in uns.«

Nun hob der Pfarrer ein wenig die Stimme.

»Wir bitten dich:
Gott, bring uns über diesen Tod hinaus,
dass wir die Freiheit lernen, und …«

Manz und Borowski sahen sich an. Es gab nichts zu sagen oder zu deuten. Hier schien niemand zu sein, der von ihnen hätte angesprochen oder gar befragt werden müssen. Nichts wich von dem ab, was bei einer normalen Beerdigung zu erwarten gewesen wäre.

Dann jedoch, nach der Ansprache des Pfarrers, trat, von hinten kommend, ein junger Mann, den sie kannten, neben den Sarg. *Er mag mit seinem perlmuttfarbenen Camaro gekommen sein, aber er trägt heute keinen Jeansanzug*, dachte Manz noch, schon begann Miran Marić zu sprechen. Und was er zu sagen hatte, war von ganz anderer Art, als Manz erwartet hatte.

»Gott behüte uns
Wenn wir kommen
Wenn wir gehen.
Bei allem, was Böse ist
bewahre er uns.
Die Vernunft und alle Sinne lasse er uns.
Er segne unsere Zeit.«

Nun wechselte Miran Marić in eine andere Sprache, Manz und Borowski verstanden kein Wort mehr. Aber es musste eine sehr ergreifende Rede sein, die der junge Herr Marić hielt, denn im Raum senkten einige die Köpfe, und drei Frauen öffneten ihre Handtaschen, um Taschentücher rauszuholen. Zwischendurch jedoch hellten sich die Gesichter ein paarmal auf, und es wurde sogar ein wenig gelacht. Auch Frau Böhmer verstand vermutlich kein Wort. Den Fluss ihrer Tränen jedoch hielt das nicht zurück.

Die Rede dauerte gut eine Viertelstunde, dann verfiel Miran Marić wieder ins Deutsche. Und nun passierte auch ihm, was schon einigen seiner Zuhörer geschehen war. Er rieb sich zweimal das linke Auge und hatte Mühe, die letzten vier Sätze zu sprechen.

»Eine Stimme, die uns vertraut war, schweigt
Ein Mensch, der immer da war, ist nicht mehr.
Er braucht uns nicht mehr, wir halten inne.
Vergangenes … zieht in Gedanken vorbei.«

Nun waren alle erfasst. Selbst an Manz und Borowski ging diese Rede nicht spurlos vorbei.

An der Beerdigung selbst nahmen sie nicht mehr teil, und als sie das hohe schmiedeeiserne Tor des Ausgangs durchschritten, sagte Borowski: »Man wundert sich manchmal.«

»Ich gebe dir recht.«

»Vielleicht hat Herr Marić diese feierlichen Zeilen irgendwo abgeschrieben, was meinst du?«

»Ich weiß es nicht, Borowski. Aber warum glaubst du, er könne so etwas nicht selbst verfassen? Weil er einen Camaro fährt?«

»Gut. Lassen wir es für heute genug sein.«

Heimkehr, Freude und Zorn

Später am Abend war es endlich so weit …

»Mutti! Mutti ist wieder da!« Julia war als Erste an der Tür gewesen, als Christine sich zusammen mit ihrem Koffer und einer großen Umhängetasche in den Flur quälte.

»Wir haben gewartet!« Das klang ein bisschen nach Protest.

Manz brauchte nicht mal zwei Sekunden, um zu erfassen, dass seine Frau völlig erschöpft und sehr niedergeschlagen war. Er verzichtete also darauf, sie nach der Konferenz in München zu fragen.

»Komm!«, forderte Julia. »Ich habe ein Nilpferd gemalt.«

»Schatz, im Moment nicht.«

»Doch!«

»Nein, verdammt! Du siehst doch, dass ich müde bin.«

Julia fing an zu weinen und stolperte in Richtung ihres Zimmers.

»Bin jetzt wieder ich schuld?«, fragte Christine. »Warum ist sie noch nicht im Bett?«

»Offenbar hat sie ein Bild gemalt.«

Christine ließ Koffer und Umhängetasche fallen, ging wortlos an Manz vorbei in die Küche.

»Ich habe deinen Rotwein …«, setzte er an.

»Na, wie großartig. Soll ich jetzt Danke sagen?«

Eine halbe Stunde später saß Christine zusammen mit ihrem dritten Glas Wein auf dem Sofa. Sie hatte ihre Schuhe abgestreift, einer war auf die Seite gekippt, der andere stand aufrecht.

Seit zwanzig Minuten schon sprach sie von ihrer Vorgesetzten, Frau Scholle, die, wie es schien, Christines Arbeit von fast einem Jahr zunichtegemacht hatte.

»Sie will mich klein halten.« Der Satz fiel mehrfach. »Ich werde aus ihr nicht schlau. Keine Ahnung, wer das wirklich ist. Ein Monstrum von Frau, wenn du mich fragst. Wer hat die nur in diese Position gebracht? Und wo sind die beiden anderen?«

»Welche beiden anderen?«

»Unsere Töchter. Wir haben drei, nicht nur eine, vielleicht erinnerst du dich?«

»Claudi lernt bei einer Freundin, und Steffi übernachtet bei ihrer Pferdefreundin.«

»Na, da hast du es dir ja schön bequem gemacht.«

»Wenn du das so siehst.«

»Was guckst du mich so an?«

»Ich möchte, dass du dich ein bisschen zusammenreißt und zu Julia gehst. Sie hat ein Bild für dich gemalt und freut sich seit zwei Tagen darauf, es dir zu zeigen.«

Christine atmete in einer Weise, als würde sie sich gleich übergeben. Aber irgendwie war jetzt die Luft raus bei ihr. Also stand sie auf und ging Richtung Kinderzimmer. Neben der Tür zum Flur blieb sie mit ihrem kleinen Zeh am Sockel des Sideboards hängen.

VIERZEHNTER TAG

Vernehmung von Avram Bucur

Avram Bucurs Haare waren lackschwarz, knapp schulterlang und links gescheitelt. Er war schlank, wirkte beinahe zierlich, saß sehr aufrecht und trug einen etwas zu weiten, dunklen Anzug, den ihm, da er nicht zu seiner jugendlichen Erscheinung passte, vermutlich jemand – sein Verteidiger, die Frau vom Jungendschutz? – besorgt hatte. Bis auf einen kaum fünf Sekunden dauernden Aufruhr zu Beginn wirkte er, als ginge ihn die Vernehmung im Grunde nichts an.

Für den späteren Prozess ist es natürlich günstig, wenn die Ermittler etwas über mögliche Motive in Erfahrung bringen. Dabei geht es nicht nur darum, den Beschuldigten zu belasten, auch das Gegenteil kann der Fall sein. Im Fall der Ermordung des Pfarrer Busse war Geldgier unter Umständen nicht das einzige Motiv. Leider jedoch gab es, was die Erklärungen von Avram Bucur anging, ein grundlegendes Problem.

»Urăsc când mă sug gura. Este groaznic.«

Das waren die beiden einzigen Sätze, die Avram Bucur selbst sagte. Zornig hatte das geklungen, sein Körper hatte sich etwas gestreckt, als wollte er größer sein, als er war. Kaum hatte er diese Worte gesprochen, gebot sein Verteidiger ihm zu schweigen. Woran der Beschuldigte sich nicht nur bei der Vernehmung, sondern auch später, vor Gericht, konsequent hielt.

»Was hat er gesagt?«, fragte Manz die Übersetzerin. Die zögerte.

»Sie haben ihn nicht verstanden?«, hakte Borowski nach.

»Ich hasse es, wenn sie mir einen blasen. Es ist eklig.«

Gerade mal vier Tage hatte es gedauert, Avram Bucur in Österreich festzunehmen und nach Deutschland auszuliefern. Sein Anwalt erklärte, der Satz sei falsch verstanden worden, woraufhin die Übersetzerin ihn mit einem harten Blick bedachte.

»Avram ist mehrfach in der Wohnung von Herrn Busse gewesen«, erklärte der Anwalt weiter, »um dort sexuelle Dienste gegen Geld zu verrichten. Diesen Umstand bestreitet er nicht. Und das erklärt natürlich auch seine Spuren.«

»Unter drei Lagen Teppich auf herausgerissenen Bodendielen?«, fragte Borowski.

»Sie haben ihn, wenn ich das Schreiben von Herrn Dannewitz richtig verstanden habe, nicht wegen Einbruchs in Österreich festnehmen lassen.«

»Den gibt er zu?«

»Ja. Aber zu diesem Zeitpunkt war Herr Busse nicht in der Wohnung.«

»Es fanden sich auch Fingerabdrücke von ihm an dem Kissen, mit dem Herr Busse erstickt wurde.«

»Wie ich bereits sagte, Herr Bucur war mehrfach in der Wohnung, um dort sexuelle Dienste zu leisten. Ich denke, die Vorstellung, dass dabei auch mal ein Kissen in die Hand genommen wurde, liegt nicht allzu fern.«

»Spricht Ihr Mandant Deutsch?«

»Nein.«

»Das heißt, Herr Busse und er haben nie ein Wort miteinander gesprochen?«

»So was kommt in diesem Metier vor.«

»Von welchem Metier sprechen Sie?«

»Prostitution. Armutsprostitution, um genau zu sein. Hinzu kommt, dass Herr Bucur gerade erst achtzehn Jahre alt geworden ist. Das Verhältnis bestand aber schon seit einem Jahr. Was mich zu der Frage führt, wer hier eigentlich in menschenverachtender Weise ...«

»Sie meinen, Herr Busse sollte vernommen werden, nicht Ihr Mandant?«

»Ich habe nur auf das Alter von Herrn Bucur hingewiesen, auf seine finanziell prekäre Situation und die seiner Familie sowie darauf, dass Herr Busse sexuelle Handlungen mit einem Minderjährigen ...«

»Möchte Ihr Mandant damit die Zahlung von zweimal zehntausend Mark an seine Mutter Frau Maria Bucur erklären?«

»Er möchte gar nichts erklären. Ich sehe es so, dass Herr Busse sich, warum auch immer, zu einer Zahlung von zwanzigtausend Mark an die Mutter meines Mandanten entschlossen hat. Daher vermutete Herr Bucur, dass Herr Busse sehr wohlhabend sei, und brach zusammen mit seinem Freund Christian Steiner in die Wohnung ein. Diesen Einbruch gibt er zu. Es wurde nach Geld und Wertsachen gesucht. Das alles jedoch zu einem Zeitpunkt, da Herr Busse nicht zugegen war. Wir verhandeln hier also einen Einbruch. Das läuft, angesichts der Jugend meines Mandanten und der Tatsache, dass er nicht vorbestraft ist, auf eine Bewährungsstrafe hinaus. Zumal ja auch nichts von Wert entwendet wurde. Oder haben Sie irgendwo Teile einer Beute sicherstellen können?«

»Nun, Herr Steiner ist mehrfach vorbestraft. Unter anderem wegen schwerer Körperverletzung.«

»Herr Steiner ist nicht mein Mandant. Er hat, da er noch nicht gefasst wurde, bis jetzt auch noch nicht ausgesagt.«

Manz hatte, während der Anwalt weitersprach, noch immer die Stimme von Avram Bucur im Ohr.

Bei vielen jugendlichen Tätern hatte die Stimme diesen Klang gehabt. Zum Beispiel wenn sie meinten, dass sie doch das Recht hatten, das zu tun, was sie getan hatten. Zum Beispiel wenn sie meinten, dass ihnen »Verdammt, oder?« etwas zustand. Geld zum Beispiel. Oder Würde. Es ging oft um Würde, in Neukölln. Waren Manz und Borowski an einer Vernehmung, in der so wütend gesprochen wurde, beteiligt gewesen, dann war bei diesem »Verdammt, oder?« jemand auf der Strecke geblieben.

Was ein Verteidiger vorträgt, ist eine Sache, was die Staatsanwaltschaft tut, eine andere.

Avram Bucur kam in Untersuchungshaft, und Untersuchungsrichter Dannewitz leitete die Ermittlungsakte an die zuständige Staatsanwaltschaft weiter.

Zwei Tage nach dieser Vernehmung legte der Anwalt von Avram Bucur neue Beweise für die Unschuld seines Mandanten vor. Eigene Ermittlungen bei der Österreichischen Grenzpolizei hatten ergeben, dass Avram Bucur und Christian Steiner am 1. Juni um zehn Uhr morgens die Grenze nach Österreich überquert hatten.

»Zwei junge Männer, die wie Rumänen aussahen?«, fragte er in rhetorischem Ton. »Natürlich hat man sie rausgewunken und ihre Personalien überprüft. Daraus ergibt sich der 1. Juni um zehn Uhr morgens. Eine Fahrt, die weiter Richtung Wien zur Schwester meines Mandanten ging. So weit das. Mir liegt die Aussage einer von Ihnen vernommenen Zeugin vor … Moment … hier. Eine Frau Erdmann hat ausgesagt, dass sie Herrn Busse am Vormittag des 1. Juni noch gesehen hat. Er verließ gerade das Haus, um sich zu seiner Arbeit zu begeben. Mein Mandant kann ihn also unmöglich am Abend des 31. Mai ermordet haben.«

Borowski ließ das nicht gelten. »Alle anderen Hausbewohner sind sich sicher, dass Herr Busse ab dem Nachmittag des 31. Mai nicht mehr gesehen wurde. Als ein bei ihm abgegebenes Paket am frühen Abend des 31. abgeholt werden sollte, hat er nicht mehr geöffnet.«

»Das mag sein. Trotzdem hat Frau Erdmann ihn am 1. Juni lebend gesehen. Und da war mein Mandant bereits bei seiner Schwester in Wien.«

»Nicht bei der Mutter?«

»Die lebt in Rumänien. Er war bei seiner Schwester. Das ist sie bereit, unter Eid zu bezeugen.«

Diese Vorhaltungen des Anwalts beunruhigten weder Manz noch Borowski. Der Einbruch, die mit äußerster Entschlossenheit durchgeführte Durchsuchung der Wohnung und insbesondere die Fingerabdrücke an den herausgerissenen Dielen brachten den Verdächtigen in unmittelbare Nähe der Ermordung des Pfarrers. Trotzdem galt es Widersprüche aufzulösen. Ein weiterer Vorgang war abzuarbeiten.

Wie es mit der Erinnerung steht

Frau Erdmann hatte am Telefon auf Nachfrage erneut erklärt, sie hätte Herrn Busse noch am 1. Juni gesehen.

»Um fünfzehn Uhr, da bin ich mir hundertprozentig sicher, denn das war der Tag, an dem Herr Sage von der Hausverwaltung bei mir war. Er kam wie verabredet um vierzehn Uhr und ging eine Stunde später.«

Manz und Borowski brachten Herrn Sage mit, als sie Frau Erdmann nochmals im Leberstieg aufsuchten.

»Schon wieder?«, fragte sie. »Ich habe Ihnen doch nun wirklich alles sehr genau erklärt.« Wieder legte sie ihren Terminkalender als Beweis vor.

»Sehen Sie, hier. 1. Juni, vierzehn Uhr Treffen mit Herrn Sage von der Hausverwaltung wegen eines Defekts an meiner Küchenspüle. Und als ich Herrn Sage eine Stunde später nach unten begleitete, traf ich Herrn Busse, der gerade nach Hause kam. Sie waren doch hier, Herr Sage … Vielleicht glaubt man Ihnen.«

Herr Sage konnte das Missverständnis aufklären.

»Es stimmt. Ich war bei Ihnen, Frau Erdmann. Wegen der Küchenspüle. Und Sie haben mich auch runtergebracht. Aber das war nicht am 1. Juni, sondern am 31. Mai. Wissen Sie nicht mehr? Ich war bei Frau Wendel wegen der Abdichtung der Dusche, und da ich nun schon mal im Haus war …«

»Oh«, sagte Frau Erdmann und betrachtete sehr lange ihren Terminkalender. »Ja, das … Ja, ich fürchte, dann habe ich mich in dieser Sache geirrt. Dann muss das doch am 31. gewesen sein, dass ich Herrn Busse das letzte Mal sah. Wie ärgerlich.«

Den endgültigen Durchbruch aus Sicht der Staatsanwaltschaft brachte die Verhaftung und Auslieferung von Christian Steiner. Der Grund war so naheliegend wie in der Praxis alltäglich. Die beiden Verdächtigen beschuldigten sich gegenseitig, den Mord an Pfarrer Busse begangen zu haben. Laut ihren Schilderungen gab es jeweils ein Opfer, einen Aggressor und jemanden, der im Grunde noch versucht hatte, dem Opfer zu helfen. Ihre Aussagen stimmten dabei so weit überein, dass das geschilderte Tatgeschehen selbst stets das gleiche blieb und auch mit den Erkenntnissen der Gerichtsmedizin übereinstimmte. Nur waren die Rollen von Aggressor und Verteidiger jeweils vertauscht. Warum sie sich, trotz dieser offenbar doch erheblichen Diskrepanzen, nach dem Mord noch viele Stunden gemeinsam in der Wohnung aufgehalten und alles durchsucht hatten, konnten sie nicht schlüssig erklären.

Während der Staatsanwalt damit begann, die Anklageschrift vorzubereiten, waren Manz und Borowski bereits mit einem neuen Vorgang befasst. Am Rand der Lessinghöhe war eine Joggerin von einem jungen Mann angegriffen und mit vierundzwanzig Messerstichen getötet worden. Da die Temperatur noch immer bei fast dreißig Grad lag, kurbelten sie die Seitenscheiben runter, und Borowski schaltete das Radio an. Sie hörten »99 Luftballons« von Nena. Ein Lied, das Borowski sehr gefiel, Manz dagegen …

... Gott!

»Woran denkst du?«

Manz muss sich erst kurz besinnen. Das Lied »Some say« von Nea geht gerade zu Ende. *Erschreckend.* Er war fast ein ganzes Lied lang in der Vergangenheit unterwegs gewesen.

»Also?«

»Woran ich eben gedacht habe? Na, an unsere Töchter.«

»So sah das nicht aus.«

»Außerdem dachte ich an einen Terminkalender.«

»Was hast du da eingetragen? Zum Beispiel, dass du vielleicht irgendwann noch mal mit mir tanzen wirst?«

»Wie wäre es mit jetzt gleich?«

Es dauert ein paar Takte, dann schafft es Manz, ausgehend von einem etwas ruckartig gestalteten Foxtrott, freiere Formen zu entwickeln und Christine in Drehungen zu versetzen. Linksherum. Harter Stopp. Rechtsherum. So, wie sie es bei ihrem letzten Urlaub in Spanien den dortigen Tänzern abgeguckt haben. Ergänzt werden diese kleinen Paraden von blitzschnell angesetzten, raumgreifenden Schritten und Diagonalpassagen, die dem Tango entlehnt sind.

Andere Paare machen es ihnen nach, schon drängt sich die halbe Manzschaft auf der Tanzfläche. Röcke fliegen, kleine Rempeleien sind nicht zu vermeiden.

Als stünde sie für einen Bildhauer Modell ...

Während Manz sich mit seiner Frau dreht, ziehen die Nichttänzer am Rand wieder und wieder an seinem

Blickfeld vorbei. Die auffälligste Gestalt ist, wie so oft, seine Älteste.

Dass Claudi so groß geworden ist und …

Drehung.

Immer so aufrecht und unverrückbar und …

Drehung.

Doktortitel, zwei Praxen …

Drehung.

Steht da wie eine Statue.

Zwei ihrer drei Söhne stehen neben ihr.

Aber so sagt man doch auch, »eine gestandene Frau«.

»Wie?«, fragt Christine nach einigen Tangoschritten.

»Was, wie?«

Große Passage.

»Du hast gerade gesagt …«

Vorletzte blitzschnelle Drehung.

»… gestrandete Frau.«

Kleine Passage.

»Warum sollte ich so einen Unsinn sagen?«

Gestoppte Drehung.

Schlussakkord.

Seitschritt gehalten.

Alle Tänzer stehen, Röcke schwingen aus.

»Du hast es gesagt …«

»Was hab ich gesagt?«

»Gestrandete …«

»Was zu trinken?«

»Nicht zu viel Eis.«

Manz holt, »ein Eiswürfel reicht«, zwei Gläser Aperol Spritz, die Matti an der Bar fachmännisch herstellt.

»Prost! Auf uns und auf Mattis Konfirmation.«

»Prost. Aber was war das denn jetzt, mit der gestrandeten Frau?«

»Ich hab nichts gesagt, Christine.«

Die Gläser in den Händen lehnen sie an der Brüstung der überdachten Terrasse des russischen Pavillons und sehen den anderen beim Tanzen zu.

»Also gut, vergessen wir das mit der Gestrandeten, aber … Woran hast du wirklich gedacht? Du warst so versunken. Ich kenne dich doch.«

»Na ja …«, setzt Manz an. »Weil das doch Mattis Konfirmationsfeier ist. Und weil Claudi, Steffi und Julia vorhin so schön beisammenstanden …«

»Ja?«

»Das liegt doch auf der Hand.«

»Nicht für mich.«

»Die Zeit, als sie noch Kinder waren. Ich musste an diesen extrem heißen Sommer denken, ich glaube, 83 war das. Borowski kam eines Morgens mit einem kurzärmligen Hemd ins Büro … Ausgerechnet Borowski! Der war doch sonst immer so korrekt. »Ungeglättetes Leinen!«, verkündete er …

»Daran hast du gedacht?«

»Nicht nur. Mir fiel auch wieder ein, dass er damals damit angegeben hat, das grüne Aufblaskrokodil von Julia würde hinten in seinen Volvo passen, ohne dass man die Luft rauslassen muss. Erinnerst du dich noch an das Aufblaskrokodil?«

»Nein. Aber wieso denkst du, während alle Mattis Konfirmation feiern, an ein Krokodil?«

»Oh! Jetzt werden sie wild.«

Lydia hinter ihrem Mischpult lässt gerade einen Bolero erklingen. Und bei Bolero, da sind einige aus Manz' Verwandtschaft nicht zu bremsen. Was daran liegt, dass die meisten von ihnen auf den gleichen beiden Inseln Urlaub machen. Selbst Onkel Wolke gibt sich bei dieser Gelegenheit volksnah und schlägt mit dem Zeigefinger den Takt.

»Ist dir sonst noch was eingefallen?«

»Na, wie die Mädchen damals waren. Claudia tat so, als würde sie spätestens am übernächsten Tag ausziehen, Steffi übte sich an ihrer kleinen Schwester als Beschützerin, und Julia war ganz vernarrt in Nilpferde und ihr Aufblaskrokodil. Du erinnerst dich wirklich nicht mehr an das Aufblaskrokodil?«

»Nein.«

»Na, du warst ja auch viel weg damals. Hast dich an deiner Frau Scholle gerieben.«

»Also, dass ich mich an Frau Scholle gerieben ... Sie heißt übrigens Erika und ist nur deshalb nicht hier, weil ihr Mann sich das Bein gebrochen hat. Also, dass ich mich an der gerieben habe, kann kaum sein. Ich meine, ich verdanke ihr beruflich eine ganze Menge.«

»Nun, du wolltest wissen, woran ich gedacht habe.«

»An ein aufblasbares Krokodil.«

»Richtig, und an die Mädchen. Unsere Mädchen.«

»Sagtest du schon, und sonst?«

»Na, so lange hab ich doch gar nicht geträumt, oder? Gerade mal ein Lied lang.«

»Du hast noch an etwas anderes gedacht.«

»Wie kommst du darauf?«

»Dein Unterkiefer.«

»Wie?«

»Der hat sich seitlich bewegt. Und das bedeutet …«

»Gott!«

»Also?«

»Du beobachtest meinen Unterkiefer? Heißt das, du kannst aus Knochen lesen?«

»Was für einen Vorgang habt ihr in der Woche bearbeitet, wo ich angeblich in München war? Sag schon.«

»Da war ein Pfarrer ermordet worden. Und alles haben wir bestimmt nicht aufgedeckt.«

»Wie ging es aus?«

»Vor Gericht? Sechs Jahre für den noch jungen Haupttäter, zwei davon auf Bewährung, acht Jahre für seinen Komplizen, denn der war bereits mehrfach vorbestraft.« Manz' Unterkiefer bewegt sich ein Stück zur Seite, bleibt so für ein paar Momente. »Ich war nur kurz vor Gericht, um unsere Ermittlungsergebnisse zu erläutern. Vor mir sagte Frau Böhmer aus. Die wohnte damals in dem gleichen Haus wie der ermordete Pfarrer. War auch mit ihm befreundet. Unglaublich, was vor Gericht alles eine Rolle spielt. Man würde es nicht glauben, hätte man es nicht erlebt.«

»Jetzt sag schon!«

»Frau Böhmer sprach sehr ausführlich, teils unter Tränen, über ein Ostergesteck, das sie zusammen mit dem Pfarrer gebastelt hatte. Einer der Täter war, wie sie meinte, mit Absicht auf dieses Gesteck getreten, hatte es regelrecht zertrampelt. Den beiden Verteidigern gelang es nicht, den Richter dazu zu bringen, ihr zu untersagen, weiter über dieses Gesteck zu sprechen. Und es war mehr als deutlich zu sehen, dass sowohl der Richter als auch die Beisitzer und Schöffen von ihrer Schilderung stark beeindruckt waren. Ein mit Absicht zertrampeltes Ostergesteck! Der Staatsanwalt hat das später sicher aufgegriffen, um die Angeklagten zu charakterisieren. Gut möglich also, dass die Sache mit dem Ostergesteck am Ende einen Einfluss auf die Höhe des Strafmaßes hatte.«

»Hm.«

»Und du erinnerst dich wirklich nicht mehr an deine ewigen Querelen mit Frau Scholle?«

»Es gab nie irgendwelche Querelen.«

Gerade startet Lydia den zweiten Bolero. Und das ist diesmal »María Bonita« von Agustín Lara. Jeder, der Manz heißt, kennt dieses Lied. Ein Raunen mit einigen Ahs und Ohs ist zu hören, drei Dutzend teils nicht mehr junge Körper setzen sich paarweise in Bewegung.

War wohl doch gut, dass Dirk die Holzplatten fest aufgeschraubt hat.

Weiter oben, vor einem sternenklaren Himmel, geben die großen Lampions mit den drollig überzeichneten Gesichtern der Vorfahren dem Ganzen etwas kindlich Verspieltes. Die aufgesprühten Geister hängen in langen Reihen kreuz und quer über der Tanzfläche, und hier und da, was die bereits lange verstorbenen Vorfahren angeht, auch im Kirsch- und im Walnussbaum. Eine Idee von Matti, der der Meinung war, eine Familie sei mehr als nur die, die noch leben.

»Ach nee, guck mal! Gott, nein!«, sagt Christine. »Sogar Claudi und Frank tanzen. Und richtig frei, fast schon wild. Man staunt immer wieder.«

»Komm«, sagt Manz. »Nicht, dass die anderen am Ende denken, wir könnten's nicht mehr.«

Er führt Christine erneut auf die Platten und unter diesem Tanz, diesem scharf getakteten Hin und Her unter den Mondgesichtern, sinkt der unechte Pfarrer zurück in jenes Dunkel, das ihn seit fast vierzig Jahren umgibt. So verhält es sich mit fast allen Begebenheiten, an die Manz sich erinnert. Die alten Bilder flimmern ein paarmal kurz auf, gewinnen für die Dauer einer Flasche Bier, eines Blicks oder eines Lieds an Strahlkraft, doch dann … erweist sich das scheinbar Bedeutende und Ergreifende, ja selbst das Beisammensein mit einer schönen Frau, einem schönen Mann, doch als ungenügend, was die Haltbarkeit angeht. Was bleibt, ist Borowskis Finger.

Matthias Wittekindt, Berlin,
Juli bis Dezember 2021

Familie Manz

Ingrid Manz ∞ Onkel Jochen / Dr. Burmester
(*1925) (*1921 † 2006)

Manz ∞ Christine (*1945) (*1942)
Prof. Karin ∞ Prof. Dietmar Wolle
Sabine

Dr. Claudia ∞ Klaus Weber (*1965)
Thomas (*1993) Tim (*2003) Matthias (Matti) (*2005)

Stefanie ∞ Dirk Brunner (*1969)
Lydia (*2006) Charlotte (*2002)

Julia ∞ Frank Ziegler (*1978)
Emma (*2012)

Vor Gericht 1990 / Sommer 2018 *Die Schülerin* 1978 / Sommer 2019 *Die rote Jawa* 1961 / Weihnachten 2019
Fünf Frauen Frühling 1983 / Sommer 2019

Anmerkung und Danksagung

Ganz besonders bedanken möchte ich mich an dieser Stelle bei der Pastorin und Ausländerbeauftragten Almuth Berger, die mich in einigen Fragen beraten hat. Auch die Richterin Susanne Pfefferkorn hat mir bei einigen fachlichen Fragen geholfen und mich zudem auf den Fall hingewiesen.

Fünf Frauen basiert wieder einem Gerichtsprozess, dem ich beiwohnen durfte. Ein brutaler Mord. Zwei Angeklagte. Allerdings will dieses Buch auf etwas anderes hinaus als der erste Band der Erinnerungen des Kriminaldirektors a.D. Manz (*Vor Gericht*). Es geht nicht nur um die reine Aufklärung eines Falls. Die Zeuginnen und ihr Reden vor Gericht hatten es mir angetan. Ihre Aussagen waren so umfänglich, gingen teilweise – von der Richterin geduldet – so weit weg von dem, was man sich unter einem Beitrag zur juristischen Aufklärung vorstellt, dass für mich beinahe der Eindruck entstand, hier solle – aus Sicht der Zeuginnen – in erster Linie des Pfarrers gedacht werden. Und zwar mit großer Zuneigung. ›Ein Prozess als Requiem‹, der Gedanke kam mir. Umso verblüffender die Wendung, die im Prozess erst sehr spät zur Sprache kam.

Matthias Wittekindt

Matthias Wittekindt, geboren 1958 in Bonn, vergisst beim Schreiben oft alles um sich herum. Das passiert ihm in seiner Berliner Stadtwohnung genauso wie im Garten am Zeuthener See, wo er im Sommer gern arbeitet. Nachmittags kommt dort immer mal ein Nachbar oder jemand vom Ortsverein vorbei, sagt, dass der Grill angeworfen wurde, und fragt, ob Wittekindt nicht Lust habe vorbeizukommen. »Klar, ich schreibe das hier nur noch schnell zu Ende …« Manchmal wird ihm dann abends noch ein übrig gebliebenes Würstchen vorbeigebracht. Der Vorteil: Er bleibt schlank. Und: Er kommt gut voran, sodass er sich immer mal ein paar Tage freinehmen kann, um etwas mit seiner Frau zu unternehmen, was nicht das Geringste mit seiner Arbeit zu tun hat. Aufgewachsen ist Matthias Wittekindt in Hamburg. Nach einem Studium der Architektur und Religionsphilosophie in Berlin und London hat er u. a. als Architekt, als Regisseur und als Theater- und Hörspielautor gearbeitet. Seit 2011 konzentriert er sich ganz auf seine von der Kritik hochgelobten Kriminalromane. Matthias Wittekindt hat eine erwachsene Tochter. Im Kampa Verlag sind drei Fälle von Kriminaldirektor a.D. Manz erschienen: *Vor Gericht*, *Die Schülerin* und *Die rote Jawa*.

KAMPA VERLAG

Jürgen Seidler
Schmutziges Licht
Kriminalroman

Ein schwarzes Mädchen wird entführt.
Ihr Vater fürchtet die Geister der Vergangenheit.

Weil er ein guter Polizist war, musste Peter Ebuk aus Uganda fliehen. Seit drei Jahren lebt er mit seiner Tochter in einem brandenburgischen Dorf in der Nähe von Rheinsberg und hofft auf Asyl. In seiner Heimat hat der ranghohe Polizist mächtige Männer hinter Gitter gebracht – und das wurde ihm zum Verhängnis. Auf der Flucht wurde seine Frau erschossen. An einem völlig fremden Ort trägt er jetzt allein die Verantwortung für seine Tochter. Die Schuld am Tod seiner Frau lastet weiter schwer auf ihm, als seine dreizehnjährige Tochter Viktoria während des Osterfeuers verschwindet. Bei Jugendlichen in Viktorias Alter komme es nicht selten vor, dass sie sich verspäteten, erklärt ihm die örtliche Polizei, doch Ebuk befürchtet das Schlimmste: Ist ihm der ugandische Geheimdienst bis nach Deutschland gefolgt? Haben die Männer, deren schmutzige Geschäfte er aufdeckte, nun seine Tochter entführt? Die brandenburgische Polizei prüft währenddessen eine Verbindung zu dem mysteriösen Verschwinden eines anderen Mädchens fünf Jahre zuvor. Eine weitere Spur führt in die rechtsradikale Szene, zu den Bewohnern eines Gutshofs, die sich als »völkische Siedler« bezeichnen ...